Classic of
Mountains
and Seas

山海經

大圖鑑

遠古神話之歌

國學大師 **遲嘯川** 博士——著

序　汎覽周王傳，流觀山海圖

「地之所載，六合之間，四海之內，照之以日月，經之以星辰，紀之以四時，要之以太歲。神靈所生，其物異形，或夭或壽，唯聖人能通其道。」

——〈海外南經〉

《山海經》是一部集地理志、方物志和民俗志於一體的上古奇書。

全書十八卷，三萬多字，其中〈山經〉五卷、〈海經〉八卷、〈大荒經〉四卷、〈海內經〉一卷，記載了神州大陸各地域的山脈、水道、神話歷史人物以及邦國地理等等，涉及內容相當廣泛。

舉例來說，書中講述許多宗教祭祀活動，每一小節的結束語都簡短記載祭祀各種山神該準備的祭品和所舉行的儀式典禮，或是描述巫師祭祀時的景象。在《南山經》的文末，便這麼寫道：「其祠皆一白狗祈，糈用稌。」

又或者，書中還描寫各種奇形怪狀的怪獸，有的獸身人面，有的鹿身蛇尾，有的鳥身龍首，有的人面三首。

還有豐富的民族學相關知識，而這些知識多是虛構的、依照現實情況去誇大想像的，具有神話色彩。例如：不死民、三首國、長臂國、丈夫國、一目國、夸父國、犬封國、黑齒國等等。

至於那些奇禽怪獸、異草珍木更是不勝枚舉。某些動物的出現代表著盛世太平，某些動物的降臨則代表天下即將大亂。植物也各有其醫療效用，有的能治癒疑難雜症，例如「佩之無瘕疾」的育沛和「佩之不聾」的玄龜；有的能解決日常需求，例如「食之不飢」的祝餘草和「服者不寒」的薊柏木。

更有意思的是關於神仙譜系的記錄，像是帝俊、炎帝、黃帝等人的

神譜。神話學大師袁珂於《山海經校注‧序》中便如此描述《山海經》：「匪特史地之權輿，亦乃神話之淵府。」《山海經》是後世諸多神話的本源，像是夸父追日、女媧補天、后羿射日、黃帝大戰蚩尤、大禹治水等神話都源自於《山海經》。而且，將其他古籍所記載的帝王譜系與《山海經》對照，不難發現上古時期的神話與歷史同出一源，神話便是歷史的反映。想要研究和考證上古歷史，就必須仔細地閱讀《山海經》。

簡言之，整部《山海經》可謂一部具有神話性質的地理書。它分別從東西南北各個方向記述上古的山川河流，並介紹了異地邦國的民俗風情。透過這些記述，我們便足以繪製出一幅上古神州的瑰麗畫卷。

《山海經》真正的作者究竟是誰，至今眾說紛紜，成書年代也未有定論。它曾經被認為是大禹、伯益所著；南方楚人所著；或是巴蜀人所著。但現今學術界的主流，則認為作者不只一人，神話學大師袁珂便明確地提出：「以今考之，實非出一時一人之手，當為戰國至漢初時楚人所作。」〈山經〉和〈海經〉自成一套系統，成書的年代各有不同。〈山經〉大致是戰國初或中期之作，〈海經〉則稍晚，而不時出現其中的秦漢郡縣名，則可以想見是流傳於世時，後人所添加的。

另外，古之為書，有圖有文，圖文並舉是古典文化的傳統。從《山海經》所記載的文字敘述來看，其最早的母本也是有搭配圖的。清代學者畢沅在《山海經古今本篇目考》中指出：「《山海經》有古圖，有漢所傳圖，有梁張僧繇等圖。」然而，隨著時間流逝，圖畫早已被淹沒在歷史長河之中。人們現今所見的《山海經》圖多是明清時期的文人根據《山海經》的內容所繪製。

本書系統且全面地闡釋《山海經》，先有原文、譯文和注釋三者對照，輔助讀者輕鬆讀懂《山海經》原文。其次，再以圖表的方式呈現《山海經》的山川和國家地理位置。最後，選配多幅明清手繪動物、人物圖，並將之上色，讓讀者能暢遊於《山海經》的奇幻世界之中。

編者 謹識

山海經第五　中山經

下卷 海經

山海經第六　海外南經

山海經第七　海外西經

山海經第八　海外北經

山海經第十六　大荒西經

山海經第十七　大荒北經

山海經第十八　海內經

《山海經》世界的構成

　　《山海經》十八卷大體上分為山、海、荒三種文化體系，每一種體系又各具有相對獨立的內容，〈山經〉五卷為一種系統；〈海內經〉、〈海外經〉八卷為一種系統；《大荒經》四卷和《海內經》一卷另為一種系統。

山經系統

　　〈西山經〉的大致範圍北至今寧夏鹽池西北、陝西榆林東北一帶，西南至甘肅鳥鼠山、青海青海湖，西北可能到達新疆的東南角（不包括羅布泊以西以北）。

　　〈北山經〉的大致範圍西起今內蒙古騰格裡沙漠，東抵河北中部即〈山經〉中所提的大河河水下游，北抵內蒙古陰山以北，北緯43°迤北一帶。

黑龍江省

吉林省

遼寧省

維吾爾自治區

甘　肅　省

內蒙古自治區　河

北

省

山西省

山東省

寧夏
回族
自治區

青海省

陝西省

河南省

江

蘇

省

安
徽
省

西藏自治區

四川省

重
慶
市

湖北省

浙江省

江西省

湖南省

福建省

貴州省

雲南省

廣西壯族
自治區

廣東省

　　〈中山經〉的範圍其西南到達四川盆地的西北邊緣。

　　〈南山經〉的大致範圍東起今浙江舟山群島，西至湖南西部，南至廣東南海（不包括今廣西、貴州、雲南、海南和廣東西南部一帶）。

　　〈東山經〉的範圍東抵今山東成山角，北起萊州灣，南抵安徽濉河。

海經與大荒經系統

海外

海內

帝畿

旬服

侯服

綏服

要服

荒服

〈海經〉包括「海內」、「海外」、「大荒」三部分。「海內」與「海外」不能理解為本土與海外。「海內」指的是「五服」中旬服、侯服、綏服等地區;而「海外」或「大荒」則指要服與荒服。

五服是古代劃分地域的方法,古人對整個國家地域沒有確切的認識,於是就根據帝畿(帝王都城)的遠近劃分了「五服」,即旬服、侯服、綏服、要服、荒服。

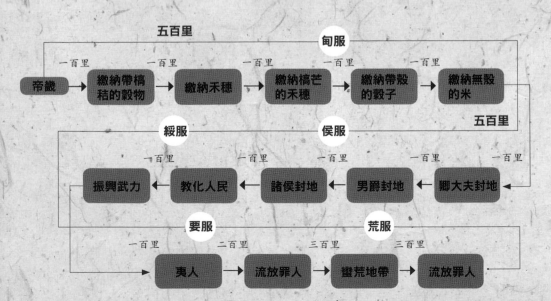

五百里

旬服

一百里　　　　一百里　　　　一百里　　　　一百里　　　　一百里

帝畿 → 繳納帶槁秸的穀物 → 繳納禾穗 → 繳納槁芒的禾穗 → 繳納帶殼的穀子 → 繳納無殼的米

五百里

綏服　　　　　　侯服

一百里　　　一百里　　　一百里　　　　一百里　　　　一百里

振興武力 ← 教化人民 ← 諸侯封地 ← 男爵封地 ← 卿大夫封地

要服　　　　　　荒服

一百里　　　二百里　　　三百里　　　三百里

夷人 → 流放罪人 → 蠻荒地帶 → 流放罪人

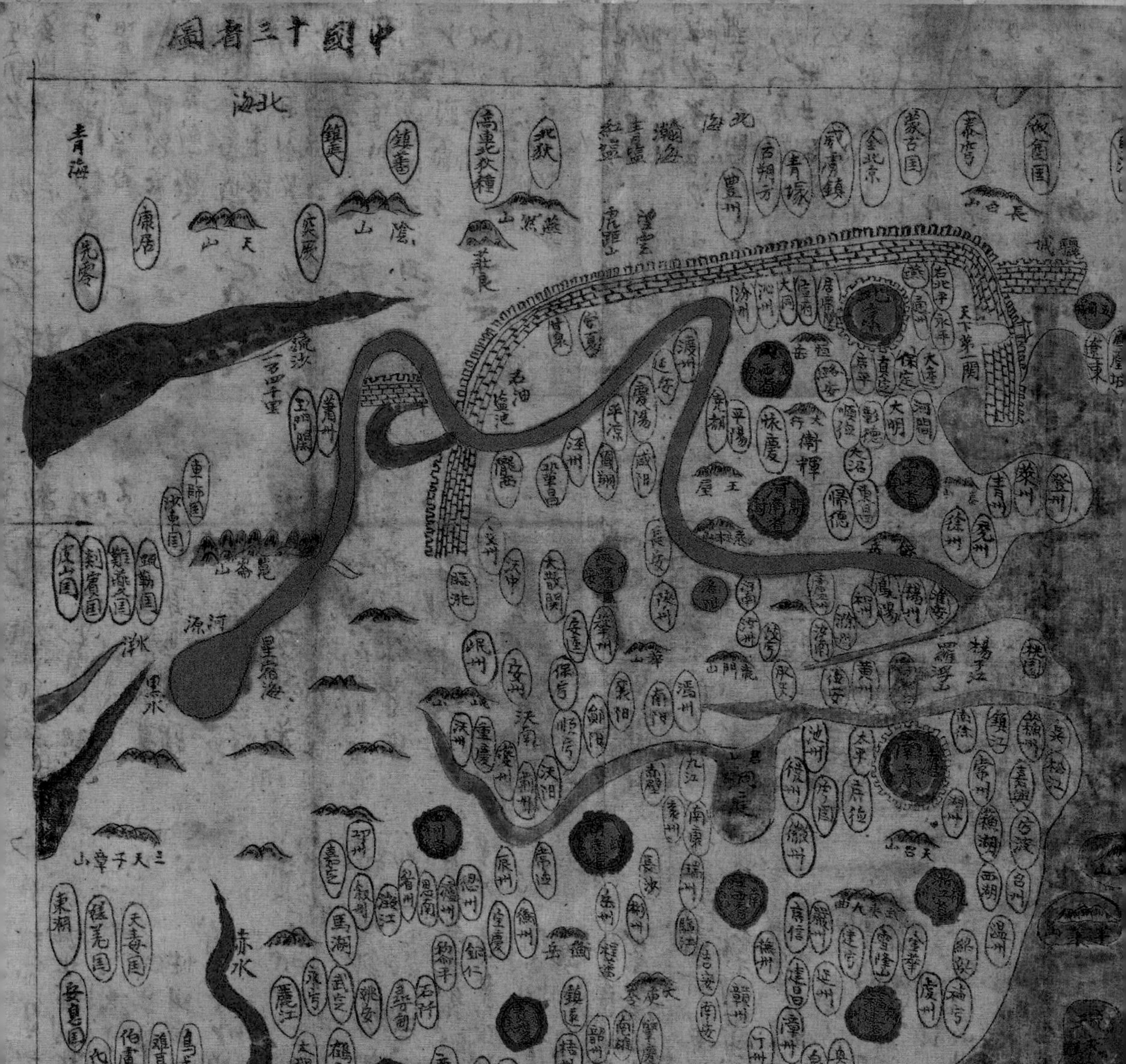

▲天下圖 　西元十七世紀，佚名。原圖無題，由〈天下圖〉和〈山海圖〉兩張手繪圖稿所組成，是彼時朝鮮的天下觀。其繪製的內容含有《山海經》中所列諸國，如長臂國、交脛國和岐舌國等等。現藏於美國國會圖書館。

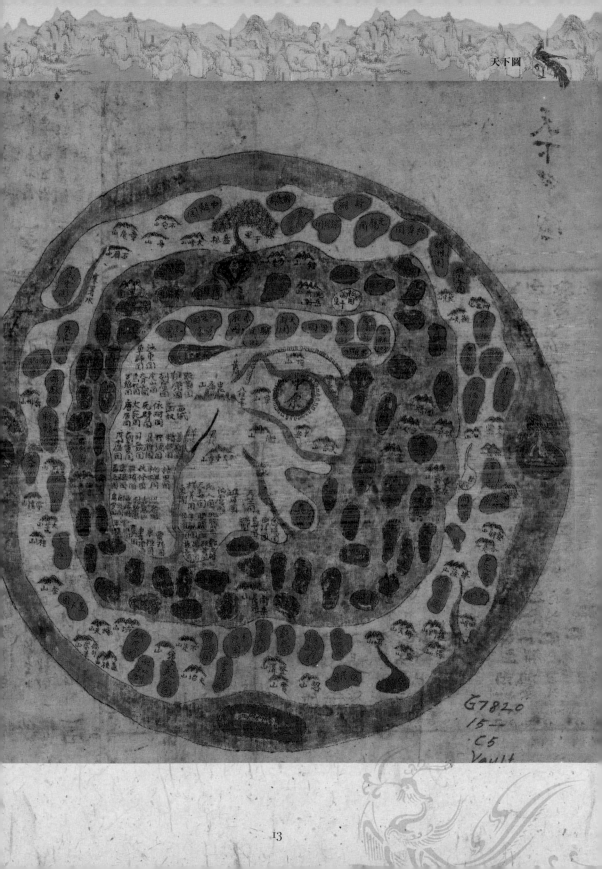

《山海經》中的帝王譜系

　　《山海經》不但涉及歷史、民族、天文、地理、動物、植物、醫藥等內容，而且還涉及少昊、帝俊、黃帝、顓頊、炎帝、大暤等譜系的內容。譜系是記述宗族世系或同類事物歷代系統的書，《山海經》中關於炎帝、黃帝、帝俊三人的譜系內容相當豐富。

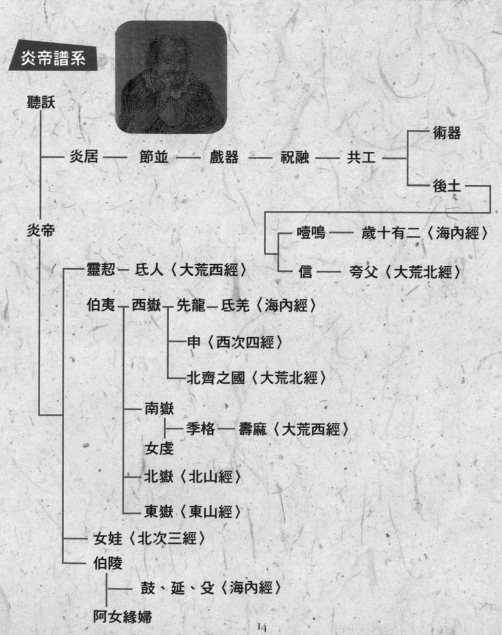

炎帝譜系

聽訞

炎居 — 節並 — 戲器 — 祝融 — 共工 ┬ 術器

後土

炎帝

噎鳴 — 歲十有二〈海內經〉

信 — 夸父〈大荒北經〉

靈恝 — 氐人〈大荒西經〉

伯夷 — 西嶽 — 先龍 — 氐羌〈海內經〉

申〈西次四經〉

北齊之國〈大荒北經〉

南嶽

季格 — 壽麻〈大荒西經〉

女虔

北嶽〈北山經〉

東嶽〈東山經〉

女娃〈北次三經〉

伯陵

鼓、延、殳〈海內經〉

阿女緣婦

黃帝譜系

黃帝 —— 昌意 —— 韓流 —— 顓頊 ┬ 伯服〈大荒南經〉

├ 老童 —— 祝融 —— 太子長琴
│ （重黎）〈大荒西經〉

├ 驩頭 —— 苗民〈大荒北經〉

┈ 淑士〈大荒西經〉

┈ 中輪〈大荒北經〉

┈ 叔歜〈大荒北經〉

┈ 季禺〈大荒南經〉

├ 駱明 —— 白馬 ┬ 禹 ┬ 啟〈海內經〉

│ └ 均國 — 役采 — 修鞈〈大荒南經〉

└ 炎融 — 驩頭〈大荒北經〉

├ 禺虢 — 禺京〈大荒東經〉

├ 均始 — 北狄〈大荒西經〉

├ 苗龍 — 祝吾 — 弄明 — 犬戎〈大荒北經〉

帝俊譜系

帝俊 ┬ 帝鴻 —— 白民〈大荒東經〉

├ 中容〈大荒東經〉

├ 晏龍 — 司幽〈大荒東經〉

├ 季厘〈大荒南經〉

├ 後稷〈大荒西經〉

├ 台爾 — 叔均（姬姓）

├ 黑齒〈大荒南經〉

├ 禺號 — 淫梁 — 番禺 — 奚仲 — 吉光〈海內經〉

├ 三身 — 義均〈海內經〉

├ 十日〈大荒南經〉

├ 十二月〈大荒西經〉

山經神怪圖鑒

狌狌 P.37　　白猿 P.37　　蠪蚳 P.39　　鹿蜀 P.39

玄龜 P.39　　怪蛇 P.39　　猼訑 P.41　　䳢鳥鴸 P.41

九尾狐 P.43　　灌灌 P.43　　赤鱬 P.43　　鳥身龍首神 P.43

狸力 P.45　　鴸 P.45　　長右 P.45　　蠱 P.47

鯥魚 P.47　　羬 P.49　　蠱雕 P.51　　鳥首龍身神 P.51

瞿如 P.53　　虎蛟 P.53　　鳳皇 P.53　　兕 P.53

鱄魚 P.55

顒 P.57

龍身人面神 P.59

羬羊 P.63

螐渠 P.63

肥𧔥 P.63

赤鷩 P.65

鴖 P.65

蔥聾 P.65

㸲牛 P.65

肥遺 P.67

䱻魚 P.67

人魚 P.69

豪彘 P.69

橐𩇯 P.71

嚻 P.71

尸鳩 P.71

猛豹 P.71

熊 P.73

羆 P.73

白翰 P.73

谿邊 P.75

玃如 P.75

數斯 P.75

鸚鵑 P.77　　鶌 P.77　　犛 P.77　　羭山神 P.79

鸞鳥 P.83　　鳧徯 P.83　　朱厭 P.85　　飛獸神 P.87

人面馬身神 P.87　　鹿 P.87　　㸲 P.87　　舉父 P.89

蠻蠻 P.89　　鼓 P.93　　文鰩魚 P.93　　鵁鳥 P.93

英招 P.95　　天神 P.95　　土螻 P.97　　欽原 P.97

陸吾 P.97　　長乘 P.99　　鰭魚 P.99　　西王母 P.99

畢方 P.101　　　狰 P.101　　　白帝少昊 P.101　　　天狗 P.103

獓㐹 P.103　　　鴟 P.103　　　三青鳥 P.103　　　蓐收 P.105

讙 P.105　　　帝江 P.105　　　鵸鵌 P.105　　　白鹿 P.109

當扈 P.109　　　白狼 P.111　　　白虎 P.111　　　神䰠 P.111

蠻蠻 P.113　　　冉遺魚 P.113　　　駁 P.113　　　窮奇 P.115

臝魚 P.115　　　鰠鮨魚 P.115　　　鰩魚 P.115　　　孰湖 P.117

人面鴞 P.117　　滑魚 P.121　　水馬 P.121　　驒疏 P.123

鶺鴒 P.123　　懷魚 P.123　　何羅魚 P.123　　孟槐 P.123

鰼鰼魚 P.125　　寓 P.125　　羬駝 P.125　　耳鼠 P.127

孟極 P.127　　幽鴳 P.127　　足訾 P.129　　䴔 P.129

諸犍 P.129　　白鵺 P.129　　那父 P.131　　㻬斯 P.131

長蛇 P.133　　䑏疏 P.133　　赤鱬 P.133　　鰈魚 P.135

山獯 P.135

諸懷 P.135

鮨魚 P.135

肥遺 P.137

㹢 P.137

龍龜 P.137

閭 P.139

騂馬 P.141

狍鴞 P.143

怤鵺 P.143

蠱 P.143

人面蛇身神 P.145

羆 P.147

鴸 P.147

天馬 P.149

鸓鵑 P.149

飛鼠 P.149

領胡 P.151

象蛇 P.151

鮯父魚 P.151

麢羬 P.153

鵲鶹 P.155

黃鳥 P.155

精衛 P.157

白蛇 P.157　　鱲 P.159　　黽 P.159　　辣辣 P.163

䑏 P.167　　廿神 P.169　　十四神 P.169　　十神 P.169

大蛇 P.169　　鱅鱅魚 P.173　　從從 P.173　　螫鼠 P.173

箴魚 P.173　　鱤魚 P.175　　鰵蟯 P.177　　狪狪 P.177

人身龍首神 P.177　　軨軨 P.179　　珠鱉魚 P.179　　犰狳 P.181

朱獳 P.181　　獙獙 P.183　　蠪侄 P.185　　狘狘 P.185

絜鉤 P.185　　人面獸身神 P.185　　娙胡 P.187　　鱲 P.187

鮨 P.187　　鮯鮯魚 P.189　　精精 P.189　　蠵龜 P.189

人身羊角神 P.189　　獦狙 P.191　　䳜雀 P.191　　鱤魚 P.191

茈魚 P.191　　薄魚 P.193　　當康 P.193　　鱊魚 P.193

合窳 P.195　　蜚 P.195　　羆 P.199　　豪魚 P.199

飛魚 P.203　　肺肺 P.203　　鸎 P.207　　鳴蛇 P.207

化蛇 P.209　　蠪蚳 P.209　　馬腹 P.211　　人面鳥身神 P.211

夫諸 P.213　　鴢 P.213　　武羅 P.213　　熏池 P.213

飛魚 P.215　　泰逢 P.215　　麎 P.217　　獵 P.217

人面獸身神 P.221　　鴢鳥 P.223　　鴒鸚 P.229　　驕蟲 P.229

旋龜 P.233　　脩辟魚 P.233　　山膏 P.239　　文文 P.239

天愚 P.239　　三足龜 P.241　　鯩魚 P.241　　騰魚 P.241

豕身人面神 P.247

人面三首神 P.247

犂牛 P.249

䍶圍 P.249

豹 P.249

鰕魚 P.249

麑 P.299

鴢 P.251

訐象 P.251

涉𧈫 P.253

鳥身人面神 P.257

鼊 P.259

犪牛 P.259

怪蛇 P.261

竊脂 P.261

㹶狼 P.261

蚺 P.263

熊山神 P.265

馬身龍首神 P.267

跂踵 P.269

鸜鵒 P.271

龍身人面神 P.271

雍和 P.275

鴆 P.275

耕父 P.275

嬰勺 P.277

青耕 P.277

獳 P.277

三足鱉 P.279

猴 P.281

頡 P.281

狙如 P.283

鸐鴒 P.285

狋即 P.287

梁渠 P.289

駅鵌 P.289

聞獜 P.291

龍身人首神 P.291

于兒 P.295

帝之二女 P.295

怪神 P.295

蜼 P.297

飛蛇 P.299

鳥身龍首神 P.299

海經神怪圖鑑

結匈國 P.305

羽民國 P.307

讙頭國 P.307

厭火國 P.307

載國 P.309

貫匈國 P.309

交脛國 P.309

不死民 P.311

岐舌國 P.311

三首國 P.311

周饒國 P.313

長臂國 P.313

祝融 P.313

三身國 P.317

一臂國 P.317

夏后啟 P.317

奇肱國 P.319

女丑尸 P.319

鷔鳥 P.319

丈夫國 P.319

形天 P.319

巫咸國 P.321

並封 P.321

女子國 P.321

軒轅國 P.321　　龍魚 P.323　　乘黃 P.323　　長股國 P.323

蓐收 P.323　　無啟國 P.327　　燭陰 P.327　　一目國 P.327

柔利國 P.327　　相柳氏 P.329　　無腸國 P.329　　深目國 P.329

聶耳國 P.329　　夸父追日 P.331　　拘纓國 P.331　　夸父國 P.331

跂踵國 P.333　　歐絲之野 P.333　　羅羅 P.335　　駒騟 P.335

禺彊 P.335　　君子國 P.339　　大人國 P.339　　奢比尸 P.339

天吳 P.341

黑齒國 P.341

雨師妾 P.343

玄股國 P.343

勞民國 P.343

毛民國 P.343

句芒 P.343

梟陽國 P.347

氐人國 P.351

旄馬 P.351

窫窳 P.351

巴蛇 P.351

危 P.355

窫窳 P.355

戎 P.357

犬戎 P.357

開明獸 P.359

鳳皇 P.361

三頭人 P.361

樹鳥 P.361

六首蛟 P.361

犬戎國 P.365

西王母 P.365

吉量 P.365

鬼國 P.367

大蜂 P.367

貳負 P.367

蜪犬 P.367

窮奇 P.367

閶非 P.369

據比之尸 P.369

騶吾 P.369

環狗 P.369

袜 P.369

戎 P.369

冰夷 P.371

列姑射 P.373

蓬萊山 P.373

陵魚 P.373

大蟹 P.373

雷神 P.379

四蛇 P.383

大人國 P.393

小人國 P.393

犁䰠尸 P.395

折丹 P.399

禺䝞 P.399

王亥 P.401

困民國 P.401

應龍 P.405

鵁 P.405

夔 P.405

黃鳥 P.409

跳踢 P.409

雙雙 P.409

卵民國 P.411

盈民國 P.411

囩囩乎 P.413

不廷胡余 P.413

季釐國 P.413

蠛民國 P.415

育蛇 P.415

祖狀尸 P.417

焦僥國 P.417

菌人 P.421

羲和 P.421

石夷 P.425

狂鳥 P.425

女媧 P.425

北狄國 P.427

太子長琴 P.429

十巫 P.429

鳴鳥 P.433　　弇茲 P.433　　噓 P.435　　天虞 P.435

常羲浴月 P.435　　五色鳥 P.435　　白鳥 P.437　　屏蓬 P.437

天犬 P.437　　昆侖神 P.439　　壽麻 P.439　　夏耕尸 P.439

三面人 P.441　　魚婦 P.443　　互人 P.443　　鸀鳥 P.443

蜚蛭 P.447　　琴蟲 P.447　　猾猾 P.449　　九鳳 P.451

儋耳國 P.451　　彊良 P.451　　女魃 P.455　　蚩尤 P.455

戎宣王尸 P.457

少昊之子 P.457

苗民 P.459

韓流 P.465

柏子高

蝡蛇 P.467

鳥氏 P.467

封豕 P.469

黑人 P.469

贏民 P.469

闟狗 P.471

孔雀 P.471

赤脛民 P.473

玄丘民 P.473

氐羌 P.473

相顧尸 P.473

鶹鳥 P.473

釘靈國 P.475

上卷

山經

山海經第一
南　山　經

⛰️招瑤山 - - - - - - - ⛰️南禺山

行經一萬六千三百八十里

　　〈南山經〉共有三篇：包括〈南山首經〉、〈南次二經〉和〈南次三經〉。這三篇經文主要敘述了位於赤縣神州南方的四十座山脈。其山川河流大致在現今浙江舟山群島以西、湖南西部以東、廣東南海以北的範圍。

　　此外，〈南山經〉中還介紹了各個山上出產的植物、動物和礦物，尤其詳細列出動植物的特徵和特點，有長著豬尾巴的鱄魚，人面鳥身的顒和百鳥之王鳳皇。〈南山經〉共敘述了四十座山，古人認為每座山都是由山神掌管的，這些山神形態各異，有的是鳥身龍首，有的是龍身鳥首，還有的是龍身人面。不同的山神有不同的祭祀方式，或用太牢，或用少牢，或用雄雞，或用玉璧。

招瑤之山 ── 堂庭之山

～注釋～

❶ 經：經典或某些專門性的著作。
一說指經歷；一說是衍文。

❷ 桂：桂花樹。

❸ 金玉：這裡指未經過提煉和磨
製的天然金屬礦物和玉石。

❹ 穀：即構樹。落葉亞喬木。略
似楮，葉深裂而粗。雄花如穗，
雌花如球。果實呈紅色。皮粗，
可供製紙。

❺ 理：紋理。

❻ 華：通「花」。

❼ 迷穀：傳說中的植物。一說指
構樹，一說指雌性構樹。

❽ 禺：傳說中的野獸，像大一點
的獼猴，紅眼睛，長尾巴。

❾ 狌狌：猩猩的別名。

❿ 育沛：一說指琥珀或琥珀類的
東西；一說指玳瑁，一種外形
像龜的爬行動物，生活在海洋
裡。

⓫ 瘕：中醫上指一種腹中結有硬
塊的病症。例如，「血瘕」。

⓬ 椒木：古書上說的一種樹，果
實似蘋果，紅色，可以吃。

～原文～

〈南山經〉❶之首曰鵲山。其首曰招搖之山，臨于
西海之上，多桂❷，多金玉❸。有草焉，其狀如韭而青
華，其名曰祝餘，食之不饑。有木焉，其狀如穀❹而黑
理❺，其華❻四照，其名曰迷穀❼，佩之不迷。有獸焉，
其狀如禺❽而白耳，伏行人走，其名曰狌狌❾，食之善
走。麗麂之水出焉，而西流注于海，其中多育沛❿，佩
之無瘕⓫疾。

又東三百里，曰堂庭之山，多椒木⓬，多白猿，多
水玉，多黃金。

～譯文～

〈南山經〉第一個山系叫做鵲山山系。鵲山山系的第一座
山是招瑤山，招瑤山濱臨西海，山上遍生桂樹，盛產黃金和美
玉。山上長著一種形似韭菜的祝餘草，吃了這種草就不會感到
飢餓。山中有一種樹木，形態像構樹，有黑色的紋理，它的花
光華照耀四方，這種樹名叫迷穀，佩帶著它就不會迷失方向。
山中有一種野獸像猿猴，長著一雙白色的耳朵，既能爬行，又
能像人一樣直立行走，名叫狌狌，吃了牠的肉就可以跑得飛
快。麗麂水發源於此山，向西注入大海，水中有許多叫做育沛
的東西，佩帶著它就不會罹患導致腹部鼓脹的疾病。

向東三百里是堂庭山。山上長著茂盛的椒樹，有很多白色
猿猴，還有許多水玉。山中還蘊藏著很多黃金。

～山海經地理～

鵲山

觀點1　此山是地處廣東、廣西、湖南、江西四省交界處之山脈，因此，橫跨粵、黔、湘、贛的南嶺山脈最為可能。

觀點2　此山可能在廣西西北，即今廣西灕江上游的貓兒山。是五嶺之一的越城嶺主峰，因山頂峰形似蹲伏的貓兒而得名。

招瑤山

觀點1　此山地處湘粵交界之處，即今廣東連縣北上的方山。由九十九峰組成，海拔六百四十九公尺。

觀點2　此山是廣西東南部東北—西南走向的山脈，今廣西的十萬大山與此相符。

西海

觀點1　根據此海大致位置，應該是今廣西桂林附近的古時水澤，現已不存。

觀點2　此海即今之北部灣，舊稱東京灣。因其海面在雷州半島之西與海南島之西，故稱西海。是位於南中國海西北部分沿陸封閉式海灣。

麗麀水

觀點1　此水即今廣東的連江，此江發源於廣東連州市星子圩磨麵石。

觀點2　招瑤山若是貓兒山，則麗麀水則是發源於貓兒山的灕江。此江位於今廣西壯族自治區東北部，全長四百二十六公里。

觀點3　「麗麀之水出焉，而西流注于海。」由麗麀水注入北部灣可推知，此水即今廣西的欽江。其發源於廣西靈山縣平山鎮附近。

～奇珍異獸觀察記錄～

	狌狌❶	白猿❷
特徵	長得像猿猴，耳朵是白色的	四肢修長，叫聲悲涼
特性功效	會爬行和直立行走，吃了牠就能跑得飛快	善於攀援
產地	招瑤山	堂庭山

❶ 清・欽定補繪蕭從雲離騷全圖　❷ 明・胡文煥圖本

猨翼之山 ─→ 杻陽之山

38

地圖情報

	礦物	植物	動物
猨翼山	白玉	怪木	怪魚、蝮虫、怪蛇
杻陽山	赤金、白金		鹿蜀、旋龜

注釋

❶ 蝮虫：即蝮虺，一種毒蛇。《爾雅‧釋魚》：「蝮、虺、博三寸，首大如擘。」宋‧邢昺‧疏：「舍人曰：『蝮，一名虺。江、淮以南曰蝮，江、淮以北曰虺。』虫，音「ㄏㄨㄟˇ」。

❷ 赤金：就是前文所說的黃金，指未經提煉過的赤黃色沙金。

❸ 白金：白銀，這裡指未經提煉過的銀礦石。

❹ 文：通「紋」。

❺ 謠：不用樂器伴奏的歌唱。

❻ 佩之：這裡指佩戴鹿蜀的皮毛。

❼ 玄：黑色。

❽ 判木：劈開木頭。

❾ 為：治理。這裡是醫治、治療的意思。

❿ 底：此處通「胝」，即手掌或腳底因長期摩擦而生的厚皮，俗稱「老繭」。

原文

又東三百八十里，曰猨翼之山，其中多怪獸，水多怪魚，多白玉，多蝮虫❶，多怪蛇，多怪木，不可以上。

又東三百七十里，曰杻陽之山，其陽多赤金❷，其陰多白金❸。有獸焉，其狀如馬而白首，其文❹如虎而赤尾，其音如謠❺，其名曰鹿蜀，佩之❻宜子孫。怪水出焉，而東流注于憲翼之水。其中多玄❼龜，其狀如龜而鳥首虺尾，其名曰旋龜，其音如判木❽，佩之不聾，可以為❾底❿。

譯文

再向東三百八十里是猨翼山。山上有許多怪異的野獸，水中有許多怪異的魚，還盛產白玉，有很多蝮虫，很多奇怪的蛇，很多奇怪的樹木。人無法攀登上這座山的。

再向東三百七十里是杻陽山。山南面盛產黃金，山北面盛產白銀。杻陽山上的鹿蜀形狀像馬，白頭、紅尾，渾身是老虎的斑紋，鹿蜀的鳴叫宛如人在唱歌。據說誰佩戴了牠的皮毛，誰就可以子孫滿堂。怪水發源於此山，向東流入憲翼水。水中有很多黑色的龜，這種龜乍看像普通烏龜，卻長著鳥的頭和蛇的尾巴，名叫玄龜，叫聲像劈開木頭時發出的響聲，佩戴上牠的龜甲就能使人的耳朵不聾，還可以治癒腳底的老繭。

～山海經地理～

獂翼山	觀點1	依照里程計算，獂翼山就是位於廣東與廣西交界處的雲開大山。此山呈東北—西南走向，北起兩廣交界的西江南岸，南至廣東的廉江市。
	觀點2	堂庭山若在今湖南境內。由此推知，東三百八十里的獂翼山亦在今湖南境內。
杻陽山	觀點1	由「又東三百七十里，曰杻陽之山」可推知，杻陽山是今廣東的方山。
	觀點2	此山為廣東的鼎湖山，位於肇慶市區東北十八公里，為嶺南四大名山之首。傳說黃帝打敗蚩尤，在此鑄鼎，故稱鼎湖。

怪水 ▶ 推測是廣東的北江及其支流連江，因其勢「三方水匯聚而東注，又旋即分為三支」，此情況非常少見，可以稱之為「怪水」。

憲翼水 ▶ 廣東西江與北江匯於三水區，往東南分為多支流，其形如伸張的鳥翼，與憲翼水的命名方式吻合。

～奇珍異獸觀察記錄～

❶ 明・蔣應鎬繪圖本

❷ 明・蔣應鎬繪圖本

❸ 清・畢沅圖本

	蝮虫❶	鹿蜀❷	玄龜❸
特徵	鼻上有針刺	如馬，白首虎紋，聲音如人在歌唱	如龜，鳥首蛇尾，聲音如劈開木頭的聲響
特性功效		佩戴牠的皮毛就能夠多子多孫	佩戴牠的龜甲就可以不聾且治癒腳底的繭
產地	獂翼山	杻陽山	杻陽山

怪蛇　明・蔣應鎬繪圖本

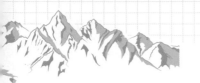

柢山──基山

●──────○──────●

地圖情報

	🪨 礦物	🌿 植物	🐾 動物
⛰️ 柢山			鯥
⛰️ 亶爰山			類
⛰️ 基山	玉	怪木	猼訑、鵂鵂

〜注釋〜

❶ 羽：鳥蟲的翅膀。

❷ 鮥：「肷」的同聲假借字。指腋下脅上的部分。

❸ 留牛：可能是本書另一處所講的犁牛。據說犁牛身上的紋理像老虎的斑紋。

❹ 冬死：指冬眠。

❺ 腫：毒瘡。

❻ 貍：似狐而較小，四肢甚短。

❼ 髦：下垂至眉的長髮。

❽ 牝：雌性，這裡指雌性器官。
牡：雄性，這裡指雄性器官。

❾ 無臥：不知疲勞。

〜原文〜

又東三百里，曰柢山，多水，無草木。有魚焉，其狀如牛，陵居，蛇尾有翼，其羽❶在鮥❷下，其音如留牛❸，其名曰鯥，冬死❹而夏生，食之無腫❺疾。

又東四百里，曰亶爰之山，多水，無草木，不可以上。有獸焉，其狀如貍❻而有髦❼，其名曰類，自為牝牡❽，食者不妒。

又東三百里，曰基山，其陽多玉，其陰多怪木。有獸焉，其狀如羊，九尾四耳，其目在背，其名曰猼訑，佩之不畏。有鳥焉，其狀如雞而三首六目、六足三翼，其名曰鵂鵂，食之無臥❾。

〜譯文〜

再向東三百里是柢山，山間多流水，沒有花草樹木。有一種形似牛的魚，棲息在山坡上，牠有蛇的尾巴和翅膀，而翅膀長在肋骨上，鳴叫聲像犁牛，這種魚叫鯥。牠冬天進入睡眠狀態，到了夏天就甦醒，吃了牠的肉就不會生毒瘡。

再向東四百里是亶爰山，山間多流水，但不生長草木，不可攀登。山上有一種奇特的獸，形似野貓，頭生長髮，名叫類。這種野獸是雌雄同體，吃了牠的肉就不會產生嫉妒心。

再向東三百里是基山，山南面遍布玉石，山北面多產奇花異草。

山中有一種野獸形似羊，生有四耳九尾，兩隻眼睛長在背上，這種獸名叫猼訑。佩戴牠的皮毛可使人勇氣倍增，無所畏懼。山上還有一種鳥形似雞，卻有三顆頭、六隻眼睛、六隻腳、三隻翅膀，名叫鵂鵂。人們吃了牠的肉就不會疲勞。

～山海經地理～

觀點 1 根據里程推算,此山是今廣東境內的大羅山。多水則是北江之西支發源。

觀點 1 「又東三百里,曰基山。」根據里程推算,此山當在今廣東境內。

觀點 1 根據里程推測,此山當在今廣東南雄市境內。

觀點 2 此山應在廣東北部,東江西北岸,呈東北─西南走向的山脈,也就是新豐縣的九連山。

觀點 3 此山是呈東北─西南走向的大庾嶺,位於江西與廣東兩省邊境,為南嶺的「五嶺」之一。此嶺亦稱庾嶺、台嶺、梅嶺與東嶠山。

～奇珍異獸觀察記錄～

❶ 明‧蔣應鎬繪圖本

❷ 明‧蔣應鎬繪圖本

	猼訑❶	鳥鵁鶋❷	鮭	類
特徵	如羊,九條尾巴,四隻耳朵,兩隻眼睛則長在背上	如雞,三顆頭,六隻眼睛和腳,三隻翅膀	如牛,陵居,蛇尾有翼,羽在魼下,音如留牛	如狸,頭生長髮
特性功效	只要佩戴了此獸的皮毛,就會勇氣倍增,無所畏懼	一旦吃了此獸的肉,人就不會產生疲勞感	有冬眠的習性,此獸的肉具有治癒毒瘡的療效	雌雄同體,吃了牠的肉就不會產生嫉妒心
產地	基山	基山	柢山	亶爰山

青丘之山 ⟶ 箕尾之山

地圖情報

	🪨 礦物	🐾 動物
⛰ 青丘山	青䨼、玉	九尾狐、灌灌、赤鱬
⛰ 箕尾山	沙石、白玉	

∼ 注釋 ∼

❶ 青䨼：一種天然的礦物顏料。

❷ 鳩：斑鳩。

❸ 呵：大聲呵斥。

❹ 鴛鴦：一種雌雄同居同飛而不分離的鳥，羽毛色彩絢麗。

❺ 疥：疥瘡。

❻ 祠：祭祀。

❼ 毛：指祭祀所用的家養畜禽。

❽ 璋：形如半圭的玉器。

❾ 瘞：音「一、」，埋葬。

❿ 糈：祭祀神的精米。

⓫ 稌：稻米，一說是專指糯稻。

⓬ 菅：茅草的一種，葉細長而尖，根堅韌，可做刷帚。

∼ 原文 ∼

又東三百里，曰青丘之山，其陽多玉，其陰多青䨼❶。有獸焉，其狀如狐而九尾，其音如嬰兒，能食人；食者不蠱。有鳥焉，其狀如鳩❷，其音若呵❸，名曰灌灌，佩之不惑。英水出焉，南流注于即翼之澤。其中多赤鱬，其狀如魚而人面，其音如鴛鴦❹，食之不疥❺。

又東三百五十里，曰箕尾之山，其尾踆于東海，多沙石。汸水出焉，而南流注于淯，其中多白玉。

凡鵲山之首，自招搖之山，以至箕尾之山，凡十山，二千九百五十里。其神狀皆鳥身而龍首，其祠❻之禮毛❼：用一璋❽玉瘞❾，糈❿用稌⓫米，一璧，稻米，白菅⓬為席。

∼ 譯文 ∼

再向東三百里是青丘山，山南面盛產玉石，山北面盛產青䨼。山中有一種野獸形似狐狸，但有九條尾巴，叫聲與嬰兒啼哭相似，愛吃人；只要吃了牠的肉就不會被妖邪毒氣侵害。還有一種禽鳥形似斑鳩，鳴叫的聲音如同人在互相斥罵，名叫灌灌，把牠的羽毛插在身上能使人不迷惑。英水發源於此山，向南流入即翼澤。澤中有很多赤鱬，形似魚卻有人的臉，聲音如同鴛鴦，吃了牠的肉就能使人不生疥瘡。

再向東三百五十里是箕尾山，這座山的尾部位於東海之中，山中多沙石。汸水發源於此山，向南流去，注入清水，其

中盛產白玉。

　　鵲山山系從首座招瑤山到箕尾山，共計十座山，總長二千九百五十里。每座山的山神都是鳥的身體、龍的頭。祭祀山神的儀式：把畜禽和璋一起埋入地下，祀神時用一塊璧和稻米，並用白茅草作為神的座席。

～山海經地理～

青丘山	根據青丘山與箕尾山的水流方向可知，此山是今福建西北部的武夷山。北接仙霞嶺，南接九連山，是贛江、撫河、信江與閩江的分水嶺。	箕尾山	「又東三百五十里，曰箕尾之山，其尾踆於東海，多沙石。」由此推測，此山是今三面臨海的太姥山。其位於福建福鼎市境內，背山面海，素以「山海大觀」著稱。
汸水	「汸水南流注于淯。」與位於福建福安縣南注於三都澳的交溪相吻合。	淯	「澳」與「淯」古音相同，汸水若為交溪，則淯為三都澳。

～奇珍異獸觀察記錄～

❶ 明・胡文煥圖本

❷ 清・四川成或因圖本

❸ 明・蔣應鎬繪圖本

	九尾狐❶	灌灌❷	赤鱬❸
特徵	如狐，九尾，音如嬰兒	如鳩，音若呵	如魚，人面，其音如鴛鴦
特性	能食人，食者不蠱	佩之不惑	食之不疥
產地	青丘山	青丘山	青丘山

鳥身龍首神
明・蔣應鎬繪圖本

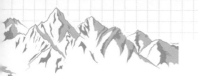

柜山──堯光之山

地圖情報

	🪨 礦物	🐾 動物
🏔 柜山	白玉、丹粟	狸力、鴸
🏔 長右山		長右
🏔 堯光山	玉、金	猾褢

注釋

❶ 流黃：古國名，流黃酆氏。

❷ 丹粟：如粟一般細小的丹砂。

❸ 豚：小豬，也泛指豬。

❹ 距：雄雞、野雞等腳掌後面突出像腳趾的部分。這裡指雞的足爪。

❺ 縣：這裡泛指有人聚居的地方。

❻ 土功：土木工程。

❼ 鴟：即鷂鷹，一種兇猛的飛禽，常捕食其他小型鳥禽。

❽ 放士：一說指放達不羈之人；一說指放逐之人。

❾ 彘鬣：豬身上剛硬的毛。

❿ 斲木：砍削木材。

⓫ 繇：通「徭」，即徭役。

原文

〈南次二經〉之首，曰柜山，西臨流黃❶，北望諸毗，東望長右。英水出焉，西南流注于赤水，其中多白玉，多丹粟❷。有獸焉，其狀如豚❸，有距❹，其音如狗吠，其名曰狸力，見則其縣❺多土功❻。有鳥焉，其狀如鴟❼而人手。其音如痺，其名曰鴸，其鳴自號也，見則其縣多放士❽。

東南四百五十里，曰長右之山，無草木，多水。有獸焉，其狀如禺而四耳，其名長右，其音如吟，見則郡縣大水。

又東三百四十里，曰堯光之山，其陽多玉，其陰多金。有獸焉，其狀如人而彘鬣❾，穴居而冬蟄，其名曰猾褢，其音如斲木❿，見則縣有大繇⓫。

譯文

〈南次二經〉的首座山是柜山，西邊臨近流黃酆氏國，在山上向北可以望見諸毗山，向東可以望見長右山。英水發源於此山，向西南流入赤水，水中有白色玉石，還有粟粒般大小的丹砂。山中有一種野獸形似小豬，有一雙雞爪，叫聲像狗吠，名叫狸力，哪個地方出現狸力，就代表該地區有繁多的建設工程。山中還有一種鳥形似鷂鷹，長著人手一樣的爪子，啼聲如同痺鳴，名叫鴸，牠的鳴叫聲就是自身名稱，哪個地方出現鴸，那裡就一定會有眾多文士被流放。

東南四百五十里是長右山。山上寸草不生，但水源豐富。山上有一種形似猴的野獸，長

著四隻耳朵，叫聲如同人在呻吟。見到牠的蹤跡，當地就會發大水。

　　再向東三百四十里是堯光山，山南面產玉石，山北面產金。山中有一種野獸，長得像人卻有豬的鬃毛，冬季蟄伏在洞穴中，名叫猾褢，叫聲如同砍木頭的響聲，哪個地方出現猾褢，代表那裡被徵收了繁重的徭役。

山海經地理

柜山 觀點**1**	青丘山若是武夷山，則柜山就是與武夷山相連的仙霞嶺，位於浙江省西部。此山東起衢州、金華與麗水三市交界處，西延浙江、江西與福建三省交界處。	
觀點**2**	〈南次二經〉之山是與前文相接，由此向北推算，此山當是湖南張家界，位於湖南西北部，澧水中上游，屬武陵山脈腹地。	

諸毗	「柜山北望諸毗。」柜山若是仙霞嶺，仙霞嶺之北就是今浙江的錢塘江。	**赤水**	此水在閩江上游。由沙溪、金溪、富屯溪、崇溪、南浦溪、東溪，匯聚於南平縣，因此水流渾濁。
長右山	此山是今湖南雪峰山中段，為資江與沅水的分水嶺。主峰蘇寶頂海拔一千九百三十四公尺。	**堯光山**	此山是湘鄂邊界呈東北—西南走向的山脈，特徵與武功山相符。位於江西與湖南邊界中部，屬羅霄山脈北支。

奇珍異獸觀察記錄

❶ 清·禽蟲典

❷ 明·胡文煥圖本

❸ 明·蔣應鎬繪圖本

	貍力❶	鴸❷	長右❸	猾褢
特徵	如豚，有距，音如狗吠	如鴟，人手，音如痺	如禺，四耳，音如吟	如人，彘鬣，音如斲木
特性	見則其縣多土功	見則其縣多放士	見則郡縣大水	穴居而冬蟄，見則縣有大繇
產地	柜山	柜山	長右山	堯光山

羽山──→會稽之山

地圖情報

	🪨 礦物	🐾 動物
⛰ 羽山		蝮虫
⛰ 瞿父山、句餘山	金玉	
⛰ 浮玉山		彘、鮆魚
⛰ 成山	金玉、青䨼、黃金	
⛰ 會稽山	金玉、砆石	

~∾ 注釋 ∾~

❶ 鮆魚：晉代郭璞云：「鮆魚狹薄而長頭，大者尺餘，太湖中今饒之，一名刀魚。」見〈北次二經・縣雍之山〉：「其中多鮆魚，其狀如儵而赤鱗，其音如叱，食之不驕。」

❷ 三壇：指像三個重疊的臺。

❸ 砆石：即碔砆，似玉的美石。

~∾ 原文 ∾~

又東三百五十里，曰羽山，其下多水，其上多雨，無草木，多蝮虫。

又東三百七十里，曰瞿父之山，無草木，多金玉。

又東四百里，曰句餘之山，無草木，多金玉。

又東五百里，曰浮玉之山，北望具區，東望諸毗。有獸焉，其狀如虎而牛尾，其音如吠犬，其名曰彘，是食人。苕水出于其陰，北流注于具區，其中多鮆魚❶。

又東五百里，曰成山，四方而三壇❷，其上多金玉，其下多青䨼。閖水出焉，而南流注于虖勺。其中多黃金。又東五百里，曰會稽之山，四方，其上多金玉，其下多砆石❸。勺水出焉，而南流注于湨。

~∾ 譯文 ∾~

再向東三百五十里是羽山，山下水源豐富，山上雨量充沛，沒有花草樹木，有很多蝮蛇。

再向東三百七十里是瞿父山，山上沒有花草樹木，但有豐富的金屬礦物和玉石。再向東四百里是句餘山，山上沒有花草樹木，但有豐富的礦物和玉石。

再向東五百里是浮玉山。登上浮玉山頂，向北能眺望太湖，向東可以看見諸毗河。山中有一種野獸，虎身牛尾，叫聲像狗吠，名叫彘，會吃人。苕水發源於浮玉山的北坡，朝北流去，注入太湖。水中有很多鮆魚。再向東五百里是成山，地勢像四方形的三層土壇，山上盛產金屬礦物和玉石，山下盛產青䨼。閖水發源於此山，向南流入虖勺水，水中有豐富的黃金。

再向東五百里是會稽山，地勢呈四方形，山上有豐富的金屬礦物和玉石，山下盛產晶瑩剔透的砆石。勺水發源於此山，向南流入湨水。

～山海經地理～

 依照里程推測，此山在今浙江或江西境內。相傳上古帝王祝融曾奉黃帝之命，將大禹的父親鯀殺死在羽山。

 依照里程推測，此山是今浙江衢州的三衢山，位於衢州常山縣城北十公里的宋畈鄉以及輝埠鎮。

 依照里程推測，此山是今浙江境內東北部的四明山，為天臺山向北延伸的支脈。山脈整體呈南西─北東走向。

 「浮玉之山，北望具區，東望諸毗。」因而此山應在太湖之北與錢塘江之東，為今浙江境內西北部的天目山。

 由「苕水出于浮玉山之陰，北流注于具區」推測，此水是太湖。太湖為中國五大淡水湖之一，是今江、浙兩省的界湖。

 由「苕水出于浮玉山之陰，注入太湖」推測，此水是今浙江境內西北部的苕溪。因流域內秋天蘆花飄飛而得名。

 依照里程推測，此山為浙江桐廬縣南部的富春山，又名嚴陵山。此山前臨富春江。

 此水臨于成山，故應是今浙江境內，位於錢塘江上游的富春江。

 依照里程推測，此山是今浙江境內中東部的會稽山，原名茅山，亦稱畝山。呈西南─東北走向，是歷代帝王加封祭祀的五大鎮山之一。

 由「勺水出于會稽之山」推測，此水為浙江境內的金華江。由義烏江、武義江匯合而成，是錢塘江最大的支流。

 由「勺水南流注于湨」推測，湨為豐溪，舊稱永豐溪。此水為信江上游的主要支流。

～奇珍異獸觀察記錄～

	鮆魚❶	彘❷
特徵	形似鯈魚卻長滿紅色鱗甲，叫聲像人的斥罵聲	虎身牛尾，聲音像狗吠
特性	食用了牠的肉就能去除狐臭	會吃人
產地	浮玉山	浮玉山

❶ 清・汪紱圖本

❷ 明・蔣應鎬繪圖本

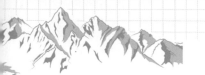

夷山──虖勺之山

地圖情報

	☷ 礦物	☘ 植物	🐾 動物
⛰ 夷山	沙石		
⛰ 僕勾山	金玉		
⛰ 洵山	金玉		羬、芘蠃
⛰ 虖勺山		荊、杞、梓、柟	

～注釋～

❶ **不可殺**：不會死，意思是這種獸即使不吃東西也不會死去。

❷ **闕**：阻塞、壅塞。

❸ **芘蠃**：紫色的螺。

❹ **梓**：梓樹，建築和製器的材料。
柟：楠木，紋理細密，有香味，是建築和製器的高級材料。

❺ **荊**：落葉灌木。枝條可編籃筐，有牡荊、紫荊、黃荊多種。
杞：落葉灌木。漿果為紅色，入藥有明目、滋補之效。根皮、枝葉也可作藥用，能解熱消炎。

～原文～

又東五百里，曰夷山，無草木，多沙石。溴水出焉，而南流注于列塗。

又東五百里，曰僕勾之山，其上多金玉，其下多草木，無鳥獸，無水。

又東五百里，曰咸陰之山，無草木，無水。

又東四百里，曰洵山，其陽多金，其陰多玉。有獸焉，其狀如羊而無口，不可殺❶也，其名曰羬。洵水出焉，而南流注于闕❷之澤，其中多芘蠃❸。

又東四百里，曰虖勺之山，其上多梓柟❹，其下多荊杞❺。滂水出焉，而東流注于海。

～譯文～

再向東五百里是夷山，山上沒有花草樹木，到處是細沙石子。溴水發源於此山，向南流入列塗水。再向東五百里是僕勾山，山上有豐富的金屬礦物和玉石，山下有茂密的花草樹木，但沒有禽鳥野獸，也沒有水。再向東五百里是咸陰山，沒有花草樹木，也沒有水。

再向東四百里是洵山，山南面盛產金屬礦物，山北面盛產玉石。山中有一種長得像羊的野獸，但牠沒有嘴巴，不吃東西也能存活，名叫羬。洵水發源於此山，向南流入闕澤，水中有很多紫色的螺。

再向東四百里是虖勺山，山上到處是梓樹和楠木樹，山下生長許多牡荊樹和枸杞樹。滂水發源於此山，向東流入大海。

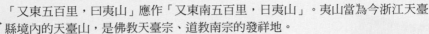

～山海經地理～

夷山

觀點1 「又東五百里，曰夷山」應作「又東南五百里，曰夷山」。夷山當為今浙江天臺縣境內的天臺山，是佛教天臺宗、道教南宗的發祥地。

觀點2 根據「又東五百里，曰夷山」推測，夷山是今浙江境內的括蒼山。此山位於浙江中部，為靈江和甌江的分水嶺。

觀點3 此山在福建境內。

列塗

觀點1 若夷山為括蒼山，則列塗為靈江。其主要支流始豐溪和永安溪匯合後稱靈江，靈江江水混濁、泥沙甚多，因此稱為列塗。

僕勾山

觀點1 若夷山為天臺山，則僕勾山推測是今浙江鄞縣崎頭山一帶的山脈。

觀點2 若夷山在今福建境內，可知僕勾山亦在今福建境內。

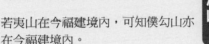

洵山

觀點1 根據「又東四百里，曰洵山」推測，此山應是浙江臨海縣東部的群山，最高峰為大羅山。

虖勺山

觀點1 根據「又東四百里，曰虖勺之山」推測，此山可能是松陰溪以北諸山。

滂水

觀點1 根據「虖勺之山……滂水出焉」推測，滂水即今浙江東南部的甌江。

～奇珍異獸觀察記錄～

❶ 明‧蔣應鎬繪圖本

	𤟤❶
特徵	長的像羊，沒有嘴巴
特性	不吃東西也能存活
產地	洵山

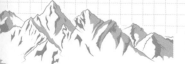

區吳之山 ─→ 漆吳之山

地圖情報

	🐚 礦物	🦊 動物
⛰ 區吳山	沙石	
⛰ 鹿吳山	金玉	蠱雕
⛰ 漆吳山	博石	

～注釋～

❶ 博石：用來製作棋子的石頭。

❷ 東海：一本作「海東」，讀作「處於海，東望丘山」。意即，站在山上向東遠望可見一片丘陵。

❸ 載：又、且。同時做兩個動作，例如，載歌載舞。

❹ 次：居住的地方、處所。

❺ 璧：古代一種玉器，扁平圓形，正中有孔，是朝聘、祭祀、喪葬時使用的禮器之一。

❻ 瘞：掩埋。

❼ 糈：祭祀神的精米。

❽ 稌：稻米，一說是專指糯米。

～原文～

又東五百里，曰區吳之山，無草木，多沙石。鹿水出焉，而南流注于滂水。

又東五百里，曰鹿吳之山，上無草木，多金石。澤更之水出焉，而南流注于滂水。水有獸焉，名曰蠱雕，其狀如雕而有角，其音如嬰兒之音，是食人。

東五百里，曰漆吳之山，無草木，多博石❶，無玉。處于東海❷，望丘山，其光載❸出載入，是惟日次❹。

凡〈南次二經〉之首，自柜山至于漆吳之山，凡十七山，七千二百里。其神狀皆龍身而鳥首。其祠：毛用一璧❺瘞❻，糈❼用稌❽。

～譯文～

再向東五百里是區吳山，山上草木不生，到處是沙子石頭。鹿水發源於此山，向南流入滂水。

再向東五百里是鹿吳山，山上沒有花草樹木，但有豐富的金屬礦物和玉石。澤更水發源於此山，向南流入滂水。水中有一種猛獸，名叫蠱雕，牠長得像雕但頭上有角，發出的聲音如同嬰兒啼哭，會吃人。

再向東五百里是漆吳山，山中沒有花草樹木，盛產可以做成棋子的博石，不產玉石。這座山位於東海之濱，在山上遠望可見大片丘陵，而那光影忽明忽暗之處，是太陽停歇之處。

〈南次二經〉從柜山起到漆吳山止，一共十七座山，距離為七千二百里。諸山山神都是龍的身體、鳥的頭。祭祀山神的儀式：將畜禽和玉璧一起埋入地下，祀神的米，則用糯米。

～山海經地理～

區吳山	根據「又東五百里，曰區吳之山」推測，區吳山是括蒼山和北雁蕩山。雁蕩山坐落於浙江溫州市，分為北雁蕩山、中雁蕩山以及南雁蕩山。北雁蕩山以奇峰、瀑布著稱。	**鹿水** ▶	古代替山川命名的慣例是以山名水，因此鹿水之名當來源於鹿吳山，則鹿水即麗水。

鹿吳山	根據「又東五百里，曰鹿吳之山」推測，鹿吳山即今長山，北起於雙溪山。	**澤更水**	根據「澤更之水出于鹿吳之山」推測，此水應縱橫多支，合流後向南注於甌江。	**漆吳山**	此山是今浙江東部海外的舟山群島。舟山群島島嶼羅列，明滅於東海波光之間，故曰「是惟日次」。

～神怪觀察記錄～

❶ 明·蔣應鎬繪圖本

鳥首龍身神　明·蔣應鎬繪圖本

蠱雕❶	
特徵	長得像雕但頭上有角，發出的聲音如同嬰兒啼哭
特性	會吃人
產地	鹿吳山

天虞之山 —— 丹穴之山

地圖情報

	🪨 礦物	🐕 動物
⛰ 禱過山	金玉	犀、兕、象、瞿如、虎蛟
⛰ 丹穴山	金玉	鳳皇

～注釋～

❶ 犀：據說犀的身體像水牛，頭像豬，蹄子像象，黑色皮毛，有三隻角，一隻長在頭頂上，一隻長在前額上，一隻長在鼻子上。牠生吃荊棘，往往刺破嘴而口吐血沫。

❷ 兕：一種似牛的青色野獸，長有一角，重千斤。

❸ 鴗：傳說中的鳥，長得像小的野鴨，腳長在接近尾巴之處。

❹ 蛟：似蛇，四足，屬於龍一類的生物。

❺ 腫：毒瘡、癰疽。

❻ 已：治癒。

❼ 痔：痔瘡。

❽ 膺文：胸口的花紋。膺，胸。

～原文～

〈南次三經〉之首，曰天虞之山，其下多水，不可以上。

東五百里，曰禱過之山，其上多金玉，其下多犀❶、兕❷，多象。有鳥焉，其狀如鴗❸而白首，三足、人面，其名曰瞿如，其鳴自號也。泿水出焉，而南流注于海。其中有虎蛟❹，其狀魚身而蛇尾，其音如鴛鴦，食者不腫❺，可以已❻痔❼。

又東五百里，曰丹穴之山，其上多金玉。丹水出焉，而南流注于渤海。有鳥焉，其狀如雞，五采而文，名曰鳳皇，首文曰德，翼文曰義，背文曰禮，膺文❽曰仁，腹文曰信。是鳥也，飲食自然，自歌自舞，見則天下安寧。

～譯文～

〈南次三經〉的首座山是天虞山，山下到處是水，人無法上去。

向東五百里是禱過山，山上盛產金屬礦物和玉石，山下到處是犀、兕和大象。山中有一種禽鳥長得像鴗，腦袋是白色的，有三隻腳和人臉，名叫瞿如，牠的鳴叫聲就是牠的名字。泿水發源於此山，向南流入大海。水中有一種虎蛟，長得像魚，但拖著一條蛇尾，叫聲像鴛鴦，吃了牠的肉就不會生毒瘡，還可以治癒痔瘡。再向東五百里是丹穴山，山上盛產金屬礦物和玉石。丹水發源於此山，向南流入渤海。山中有一種鳥長得像雞，羽毛五彩繽紛，名叫鳳凰，頭上的花紋像德字，翅膀上的花紋像義字，背部的花紋是像禮字，胸部的花紋是像仁字，腹部的花紋像信字。這種鳥吃喝時自然從容，經常邊唱邊舞，牠的出現代表天下太平。

∽ 山海經地理 ∽

天虞山

觀點1 ▶ 天虞山即今緬甸西北的青山山脈，亦稱明夷山脈。

觀點2 ▶ 根據〈南次二經〉山水位置向南推算，天虞山在今廣東境內，具體所指待考。

禱過山

觀點1 ▶ 若天虞山是青山山脈，則向東五百里的禱過山是緬甸西部西北─東南走向的若開山脈。

觀點2 ▶ 假如天虞山在今廣東境內，依照里程推測，禱過山也在廣東。

丹穴山

觀點1 ▶ 根據「又東五百里，曰丹穴之山」推測，丹穴山是緬甸中南部的勃固山。此山位於伊洛瓦底江與錫當河之間，止於仰光附近。

丹水

觀點1 ▶ 若丹穴山是勃固山，發源於其上的丹水應是錫當河。

觀點2 ▶ 根據「丹水南流注于渤海」推測，丹水是今廣東的流溪河。

∽ 奇珍異獸觀察記錄 ∽

❶ 明·蔣應鎬繪圖本

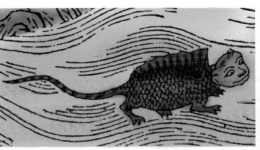
❷ 明·蔣應鎬繪圖本

❸ 清·禽蟲典

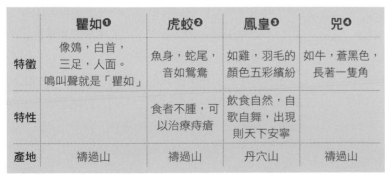
❹ 清·汪紱圖本

	瞿如❶	虎蛟❷	鳳皇❸	兕❹
特徵	像鵁，白首，三足，人面。鳴叫聲就是「瞿如」	魚身，蛇尾，音如鴛鴦	如雞，羽毛的顏色五彩繽紛	如牛，蒼黑色，長著一隻角
特性		食者不腫，可以治療痔瘡	飲食自然，自歌自舞，出現則天下安寧	
產地	禱過山	禱過山	丹穴山	禱過山

發爽之山 ——→ 雞山

	🪨 礦物	🦊 動物
⛰ 發爽山		白猿
⛰ 㫃山尾		怪鳥
⛰ 非山首	金玉	蝮虫
⛰ 灌湘山		怪鳥
⛰ 雞山	金、丹雘	鱄魚

～注釋～

❶ **渤海**：海洋名。以山東、遼東兩半島環抱而成，其外為黃海。遼寧、河北兩省及山東北部都瀕臨此海。也稱為北海。

❷ **凱風**：指從南向北吹的風。

❸ **是**：助詞，用於句中，使賓語提前。例如，惟命是從。

❹ **蝮虫**：即蝮虺，一種毒蛇。《爾雅‧釋魚》：「蝮、虺、博三寸，首大如擘。」宋‧邢昺‧疏：「舍人曰：『蝮，一名虺。江、淮以南曰蝮，江、淮以北曰虺。』」。

❺ **丹雘**：油漆所用的顏料。《尚書‧梓材》：「若作梓材，既勤樸斲，惟其塗丹雘。」

❻ **鮒**：即鯽魚。形似鯉魚，背鰭基底較短，口側無鬚。骨多，味美。

❼ **彘**：豬。

❽ **豚**：小豬，亦泛指豬。

～原文～

又東五百里，曰發爽之山，無草木，多水，多白猿。汎水出焉，而南流注于渤海❶。又東四百里，至于㫃山之尾。其南有谷，曰育遺，多怪鳥，凱風❷自是❸出。又東四百里，至于非山之首。其上多金玉，無水，其下多蝮虫❹。

又東五百里，曰陽夾之山，無草木，多水。又東五百里，曰灌湘之山，上多木，無草；多怪鳥，無獸。又東五百里，曰雞山，其上多金，其下多丹雘❺。黑水出焉，而南流注于海。其中有鱄魚，其狀如鮒❻而彘❼毛，其音如豚❽，見則天下大旱。

～譯文～

再向東五百里是發爽山，沒有花草樹木，到處是流水，有很多白色猿猴。汎水發源於此山，向南流入渤海。再向東四百里是㫃山的尾端。南面有一個峽谷叫育遺，這裡有許多奇怪的鳥，南風從這裡吹出來。再向東四百里是非山的首端。山上盛產金屬礦物和玉石，沒有水，山下到處是蝮虫。

再向東五百里是陽夾山，沒有花草樹木，到處是流水。再向東五百里是灌湘山，山上到處是樹木，但沒有花草；山中有許多奇怪的飛鳥，卻沒有野獸。再向東五百里是雞山，山上有豐富的金屬礦物，山下盛產丹雘。黑水發源於此山，向南流入大海。水中有一種鱄魚，形似鯽魚卻長著豬毛，聲音如同小豬在叫，牠一出現就會天下大旱。

山海經地理

發爽山

觀點1. 若丹穴山是勃固山，向東五百里的發爽山應是緬甸東部的山脈。

觀點2. 根據「又東五百里，曰發爽之山」推測，此山應為東北—西南走向，故可能是今廣西境內的大瑤山中段，又稱金秀瑤山。

旄山

觀點1. 發爽山若是緬甸東部的山脈，向東四百里就是位於泰國清邁西南的山脈。

觀點2. 根據「又東四百里，至於旄山之尾」推測，其為今廣東博羅西北部的主峰羅浮山。《南越志》云：「浮水出焉，是謂浮山，與羅山並體，故曰羅浮。」

育遺

觀點1. 坤壇山脈東有次高嶺，中央狹長平地為湄南河河谷，這條山谷當是育遺。南風由此向北吹，與「凱風自是出」相吻合。

灌湘山

觀點1. 根據雞山和黑水的位置推測，此山是在雲南景洪與寮國龍坡邦之間的山脈。

觀點2. 若陽夾山在今廣西境內，依照里程推測，灌湘山亦在今廣西境內。

雞山

觀點1. 假設黑水是瀾滄江上游，黑水出於雞山，則此山是雲南景洪的山脈。

觀點2. 根據「又東五百里，曰雞山」推測，此山為廣東韶關的桂山。

奇珍異獸觀察記錄

	鱄魚❶
特徵	形似鯽魚，但長有豬毛，叫聲如同小豬
特性	一出現就代表天下即將大旱
產地	雞山

❶ 明・蔣應鎬繪圖本

令丘之山 ——→ 禺槀之山

地圖情報

	🪨 礦物	🌿 植物	🦊 動物
⛰ 令丘山			顒
⛰ 侖者山	金玉、青雘	白䓘	
⛰ 禺槀山			大蛇

～注釋～

❶ 條風：本為立春時所吹的東北風，後多指春風。

❷ 梟：鳥綱鴟鴞科鳥類的總稱。《説文解字・木部》云：「梟，不孝鳥也。」明代張自烈《正字通・木部》：「梟，鳥生炎州，母嫗子百日，羽翼長，從母索食，食母而飛。關西名流離。又土梟，鷹身貓面，穴土而居。」

❸ 汗：一作「汁」。

❹ 飴：用米或麥製成的糖漿或軟糖食品。例如，甘之若飴。

❺ 釋：解除、消散
勞：疲倦

❻ 白䓘：植物名，具體所指待考。

❼ 血：本意為用鮮血沾染，此處的意思是塗染器物飾品使之發出光彩。

～原文～

又東四百里，曰令丘之山，無草木，多火。其南有谷焉，曰中谷，條風❶自是出。有鳥焉，其狀如梟❷，人面四目而有耳，其名曰顒，其鳴自號也，見則天下大旱。

又東三百七十里，曰侖者之山，其上多金玉，其下多青雘。有木焉，其狀如榖而赤理，其汗❸如漆，其味如飴❹，食者不飢，可以釋勞❺，其名曰白䓘❻，可以血❼玉。

又東五百八十里，曰禺槀之山，多怪獸，多大蛇。

～譯文～

再向東四百里是令丘山，沒有花草樹木，到處是野火。山南面有一峽谷，名叫中谷，東北風就是從這裡吹出來的。山中有一種禽鳥形似貓頭鷹，但有人臉、四隻眼睛和耳朵，名叫顒，牠的叫聲聽起來就像牠的名字，牠的出現代表天下將大旱。

再向東三百七十里是侖者山，山上有豐富的金屬礦物和玉石，山下盛產青雘。山中有一種樹木長得像構樹，但有紅色紋理，枝幹的汁液似漆，味道是甜的，人吃了它就不會感到飢餓，還可以消除疲勞，它名叫白䓘，可以用來把玉石染得鮮紅。

再向東五百八十里是禺槀山，山中有很多奇怪的野獸，還有很多大蛇。

～山海經地理～

令丘山

 依照里程與方向推測，令丘山是寮國的長嶺，此山最高處五千餘尺，平均海拔三千餘尺。「多火」指此山附近有火山口。

 根據「又東四百里，曰令丘之山」推測，此山大約在今廣東或廣西境內。

侖者山

 根據「又東三百七十里，曰侖者之山」推測，此山為寮國川壙高原的普比亞山。

禺稾山

 依照里程與方向推測，禺稾山為雲南無量山，向南延伸到寮國的群山，至越南則稱為安南山脈。

根據「又東五百八十里，曰禺稾之山」推測，此山為今廣州的白雲山，與珠江並稱「雲山珠水」。由三十多座山峰組成，為東北─西南走向。

 根據地貌特徵推測，此山是東北─西南走向的山脈，北起兩廣交界的雲開大山與之相符。

～奇珍異獸觀察記錄～

	顒❶
特徵	長得像鴞，但有人臉、四隻眼睛和耳朵
特性	出現就代表天下將大旱
產地	令丘山

❶ 明‧蔣應鎬繪圖本

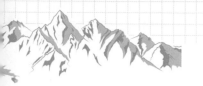

南禺之山

～注釋～

❶ 穴：洞窟，泛指地上或建築物的坑、洞。例如，洞穴、幽穴、巖穴。

❷ 出：一本作「春」。
輒：即，就。《史記・商君列傳》云：「復曰：『能徙者，予五十金』。有一人徙之，輒予五十金，以明不欺。」

❸ 閉：阻塞不通。《易經・坤卦・文言曰》：「天地變化，草木蕃。天地閉，賢人隱。」

❹ 鳳皇：即鳳凰。傳說中的百鳥之王，雄的稱為鳳，雌的稱為凰，為象徵祥瑞的鳥。牠的出現代表天下太平。

❺ 鵷雛：鸞鳳之類的鳥。《上林賦》云：「捷鵷雛，掩焦明。」

❻ 祠：春天的祭祀。《說文解字・示部》：「祠，春祭曰祠，品物少，多文詞也。」

❼ 祈：清代畢沅云：「祈當為衈；《說文》云，以血有所刉涂祭也。」衈是一種祭禮，也就是用血塗祭。

❽ 糈：祭祀神的精米。
稌：稻米，一說是專指糯米。

❾ 右：以上，上述。
❿ 志：記載的文字。

～原文～

又東五百八十里，曰南禺之山，其上多金玉，其下多水。有穴❶焉，水出輒入❷，夏乃出，冬則閉❸。佐水出焉，而東南流注于海，有鳳皇❹、鵷雛❺。

凡〈南次三經〉之首，自天虞之山以至南禺之山，凡一十四山，六千五百三十里。其神皆龍身而人面。其祠❻皆一白狗祈❼，糈用稌❽。

右❾南經之山志❿，大小凡四十山，萬六千三百八十里。

～譯文～

再向東五百八十里是南禺山，山上盛產金屬礦物和玉石，山下到處流水。山中有一個洞穴，水在春天就流入洞穴，在夏天便流出洞穴，在冬天則壅塞不通。佐水發源於此山，向東南流入大海，佐水流經的地方有鳳凰和鵷雛棲息。

〈南次三經〉從首座天虞山起到南禺山止，一共十四座山，途經六千五百三十里。諸山山神都是龍的身體和人的臉。祭祀山神的儀式：選用一隻白色的狗取血塗祭，祀神的米，則用稻米。

以上是南方群山的文字紀錄，大大小小的山共四十座，總距離為一萬六千三百八十里。

～山海經地理～

南禺山

觀點 1 「又東五百八十里,曰南禺之山」,依照里程與方向推測,南禺山即雲南哀牢山。此山是元江與阿墨江的分水嶺,亦為雲貴高原氣候的天然屏障,最高處六月冰雪不化,山下則奇熱,林深瘴重,溪水多毒。

觀點 2 根據以上山川河流的位置推測,加之「南禺」讀音與「番禺」接近,推測南禺山是今廣東的番禺二山。

佐水

觀點 1 根據「佐水出焉,而東南流注於海」推測,佐水即越南的紅河。紅河在雲南境內稱元江,是越南北部最大的河流,由於流域多紅色的沙頁岩地層,水呈紅色,故稱「紅河」。紅河呈西北—東南流向,經北部灣入南海。

～神怪觀察記錄～

龍身人面神 明・蔣應鎬繪圖本

❶ 清・禽蟲典

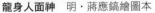

	鳳凰❶
特徵	外形像雞,羽毛五彩繽紛
特性	吃喝時自然從容,自歌自舞,牠的出現代表天下太平
產地	佐水流經之處

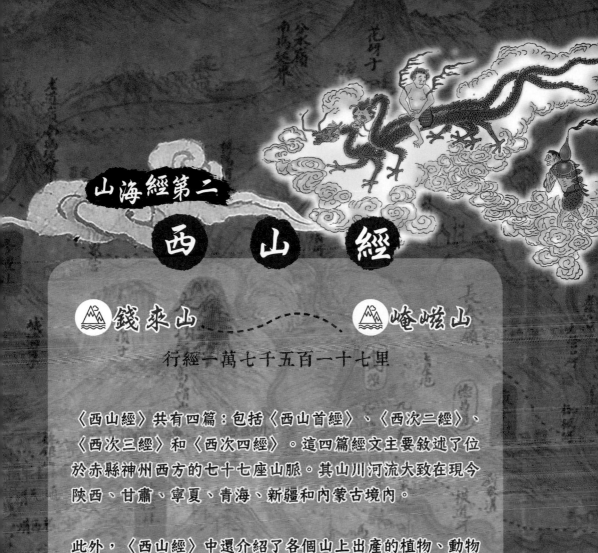

山海經第二
西 山 經

⛰️錢來山 ┈┈┈┈┈ ⛰️崦嵫山

行經一萬七千五百一十七里

〈西山經〉共有四篇：包括〈西山首經〉、〈西次二經〉、〈西次三經〉和〈西次四經〉。這四篇經文主要敘述了位於赤縣神州西方的七十七座山脈。其山川河流大致在現今陝西、甘肅、寧夏、青海、新疆和內蒙古境內。

此外，〈西山經〉中還介紹了各個山上出產的植物、動物和礦物，尤其詳細列出動植物的特徵和特點。諸如，羬羊的油脂可以治療皮膚乾裂，食用蕚荔草能治癒心痛的症狀，文莖可以用來治療耳聾。雖然與現實世界的功效不一定相吻合，但也可以得知彼時的人們已經擁有掌握豐富醫藥知識的能力。

錢來之山 ── 太華之山

地圖情報

	🪨 礦物	🌿 植物	🦊 動物
⛰ 錢來山	洗石	松	羬羊
⛰ 松果山	銅		螐渠
⛰ 太華山			肥蟥

〜 注釋 〜

❶ 洗石：一種在洗澡時用來擦去身上污垢的瓦石。

❷ 羬羊：六尺大的羊稱為羬。晉代郭璞云：「今大月氏國有大羊如驢而馬尾；《爾雅》云，羊六尺為羬，謂此羊也。」

❸ 脂：動植物體內的油質。
已：病癒。《史記‧扁鵲倉公列傳》：「一飲汗盡，再飲熱去，三飲病已。」
腊：乾裂的皮膚。

❹ 濩水：一本作「灌水」。

❺ 銅：指可以提煉為精銅的天然銅礦石。全書同此。

❻ 朡：皮膚發皺腫起。

❼ 仞：古代計算長度的單位。八尺為一仞。

〜 原文 〜

〈西山經〉華山之首，曰錢來之山，其上多松，其下多洗石❶。有獸焉，其狀如羊而馬尾，名曰羬羊❷，其脂可以已腊❸。

西四十五里，曰松果之山。濩水❹出焉，北流注于渭，其中多銅❺。有鳥焉，其名曰螐渠，其狀如山雞，黑身赤足，可以已朡❻。

又西六十里，曰太華之山，削成而四方，其高五千仞❼，其廣十里，鳥獸莫居。有蛇焉，名曰肥蟥，六足四翼，見則天下大旱。

〜 譯文 〜

〈西山經〉華山山脈的第一座山叫做錢來山，山上有許多松樹，山下有很多洗石。山中有一種野獸長得像羊，卻有馬的尾巴，名叫羬羊，羬羊的油脂可以治療乾裂的皮膚。

向西四十五里是松果山。濩水發源於此山，向北流入渭水，其中盛產銅。山中有一種禽鳥名叫螐渠，長得像野雞，黑色的身體和紅色的爪子，食用牠的肉就可以治療發皺的皮膚。

再向西六十里是太華山，山崖陡峭像刀削而成的四方形，山高五千仞，寬十里，禽鳥野獸無法棲身。山中有一種蛇名叫肥蟥，長著六隻腳和四隻翅膀，牠的出現代表天下將大旱。

～山海經地理～

華山 ▶ 由名稱考證，此山即五嶽中的西嶽，亦稱太華山。位於秦、晉、豫黃河三角洲交匯處，南接秦嶺，北瞰黃河，扼西北進出中原之門戶，有「奇險天下第一山」之稱。

錢來山 ▶ 根據「華山之首為錢來山，西四十五里為松果之山，又西六十里為太華之山」推測，錢來山在太華山東一百五十里處。此山為河南洛南縣與盧氏縣之間的界山。

渭水 ▶ 即渭河，黃河最大的支流，流域範圍主要在陝西中部。發源於甘肅渭源縣鳥鼠山，東至陝西渭潼關縣匯入黃河。

灌水 ▶ 《水經注·河水》云：「又南至華陰潼關，渭水從西來注之。」華山有河在西，先入渭河，再合流入黃河，即灌水。今名潼河，在陝西境內。

松果山 ▶ 李善注《長楊賦》曰：「松梁之山西六十里曰太華之山。」由此推知，此山應該也在今陝西境內。

太華山 ▶ 華山的別名。位於陝西華陰縣渭河盆地南，為五嶽中的西嶽，也是最高的一座山。山勢峻秀，因突起突落形如蓮花，故稱為華山。

～奇珍異獸觀察記錄～

❶ 明·蔣應鎬繪圖本

❷ 清·四川成或因繪圖本

❸ 明·蔣應鎬繪圖本

	羬羊❶	鴖渠❷	肥蟥❸
特徵	長得像羊，但有馬尾巴	長得像山雞，黑身紅爪	有六隻腳和四隻翅膀
特性	油脂可以治療乾裂的皮膚	食用牠的肉就可以治療發皺的皮膚	牠的出現代表天下將大旱
產地	錢來山	松果山	太華山

小華之山 —— 符禺之山

注釋

❶ 荊：落葉灌木。枝條可編籃筐，有牡荊、紫荊、黃荊多種。
杞：落葉灌木。漿果為紅色，入藥有明目、滋補之效。

❷ 㸲牛：牛名，肉重千斤。

❸ 磐石：可用來製成樂器的玉石。磬，古代用玉石或金屬製成的打擊樂器，形狀像曲尺，可懸掛在架上。

❹ 璢琈之玉：傳說中的玉，具體的形狀和質料不清楚。

❺ 赤鷩：山雞之類的鳥。

❻ 禦火：不怕火燒及身體。禦，抵抗、抵擋。

❼ 萆荔：即薜荔。常綠蔓莖灌木。果實浸出的黏液可製造涼粉及清涼飲料。可入藥。

❽ 烏韭：一種生長在潮濕地方的苔蘚類植物。晉代郭璞注曰：「烏韭，在屋者曰昔邪，在牆者者曰垣衣。」《神農本草經·烏韭》：「味甘寒。主治皮膚往來寒熱，利小腸、膀胱氣。生山谷。」

❾ 鐵：這裡指能夠提煉成鐵的天然鐵礦石。全書意同此。

❿ 葵：即冬葵，也叫冬寒菜，是古代重要蔬菜之一。

⓫ 蔥聾：清代郝懿行：「即野羊之一種，今夏羊亦有赤鬣者。」

⓬ 鬣：獸頸上的長毛。

原文

又西八十里，曰小華之山，其木多荊杞❶，其獸多㸲牛❷，其陰多磐石❸，其陽多璢琈之玉❹。鳥多赤鷩❺，可以禦火❻。其草有萆荔❼，狀如烏韭❽，而生于石上，亦緣木而生，食之已心痛。

又西八十里，曰符禺之山，其陽多銅，其陰多鐵❾。其上有木焉，名曰文莖，其實如棗，可以已聾。其草多條，其狀如葵❿，而赤華黃實，如嬰兒舌，食之使人不惑。符禺之水出焉，而北流注于渭。其獸多蔥聾⓫，其狀如羊而赤鬣⓬。其鳥多鴖，其狀如翠而赤喙，可以禦火。

譯文

再向西八十里是小華山，山上的樹木大多是荊樹和枸杞樹，野獸大多是㸲牛，山北面盛產磐石，南面盛產璢琈玉。鳥大多是赤鷩，飼養了牠就不會怕火。還有一種名叫萆荔的草，外形像烏韭，但生於石頭上，也攀援樹木而生長，只要吃了它就能治癒心痛的毛病。

再向西八十里是符禺山，山南面盛產銅，山北面盛產鐵。山上有名為文莖的樹木，果實長得像棗子，可以用來治療耳聾。山中的草以條草為主，形似葵菜，卻是開紅花，結黃果，果實長得像嬰兒的舌頭，人只要吃了它就不會受外物迷惑。符

禺水發源於此山，向北流入渭水。山中野獸以蔥聾為主，牠長得像羊卻有紅色頸毛，山中禽鳥多是鴖鳥，長得像翠鳥，嘴巴卻是紅色的。飼養了牠就不會怕火。

～山海經地理～

| 小華山 ▶ | 晉代郭璞云：「即少華山。」此山位於陝西華縣少華鄉，與西嶽太華山峰勢相連，遙遙相對，但低於太華山，故名小華山。 |

| 符禺山 ▶ | 《太平寰宇記・鄭縣》：「記載，符禺山，在縣西南一百里，高一百丈。」在今陝西渭南市境。 | 符禺水 ▶ | 《水經注》：「渭水，又東合沙溝水，即『符禺之水』也。南出符石，又逕符禺之山，北流入于渭。」因此，符禺水可能是陝西的沙溝水。 |

～奇珍異獸觀察記錄～

❶ 清・汪紱圖本

❷ 明・蔣應鎬繪圖本

❸ 明・蔣應鎬繪圖本

	赤鷩❶	鴖❷	蔥聾❸
特徵		長得像翠鳥，鳥嘴是紅色的	長得像羊，但脖頸長有紅色長毛
特性	飼養了牠，就不再怕火	飼養了牠，就不再怕火	
產地	小華山	符禺山	符禺山

㟰牛　清・四川成或因繪圖本

石脆之山─→英山

地圖情報

	🪨 礦物	🌿 植物	🐱 動物
⛰️ 石脆山	瑾浮玉、銅、流赭	棕、枏、條	
⛰️ 英山	箭䉋、鐵、赤金	杻、橿	䱍魚、牸牛、羬羊、肥遺

～注釋～

❶ 棕枏：棕樹和楠木。

❷ 條：雖與前文所說的條草名稱相同，但外形不同，是兩種草。

❸ 流：硫磺。中醫入藥，有殺蟲作用。
赭：赭黃。褐鐵礦，可做黃色顏料。

❹ 杻：杻樹，木質堅硬，可作車與弓幹。
橿：橿樹，木材可製車、船、弓箭。

❺ 箭䉋：一種節長、皮厚、根深的竹子，冬天時可食其筍。

❻ 鶉：鵪鶉的簡稱，體形似小雞，頭小尾短，羽毛赤褐色，有黃白色條紋。

❼ 癘：惡瘡；瘟疫。

～原文～

　　又西六十里，曰石脆之山，其木多棕枏❶，其草多條❷，其狀如韭，而白華黑實，食之已疥。其陽多瑾琈之玉，其陰多銅。灌水出焉，而北流注于禺水。其中有流赭❸，以塗牛馬無病。

　　又西七十里，曰英山，其上多杻橿❹，其陰多鐵，其陽多赤金。禺水出焉，北流注于招水，其中多䱍魚，其狀如鱉，其音如羊。其陽多箭䉋❺，其獸多牸牛、羬羊。有鳥焉，其狀如鶉❻，黃身而赤喙，其名曰肥遺，食之已癘❼，可以殺蟲。

～譯文～

　　再向西六十里是石脆山，山上的樹大多是棕樹和楠木，草大多是條草，形狀與韭菜相似，但開的是白色花朵，結的是黑色果實，人吃了這種果實就可以治癒疥瘡。山南面盛產瑾琈玉，而山北面盛產銅。灌水發源於這座山，然後向北流入禺水。水裡有硫磺和赭黃，將這種水塗灑在牛馬的身上，牛馬就能夠長得健壯且不生病。

　　再向西七十里是英山，山上到處是杻樹和橿樹，山北面盛產鐵，而山南面盛產黃金。禺水發源於這座山，向北流入招水，水中有很多䱍魚，長得像鱉，發出的聲音就像羊叫。山南面還生長有很多箭竹和䉋竹，野獸大多是牸牛和羬羊。山中有一種禽鳥長得像鵪鶉，但身體是黃色的，鳥喙是紅色的，名叫肥遺，吃了牠的肉就能治癒麻風病，還能殺死體內的寄生蟲。

～山海經地理～

石脆山	此山在今陝西渭南市華州區西南。《水經注‧渭水》：「小赤水即《山海經》之灌水也，水出石脆之山，北逕蕭加谷于孤柏原西，東北流與禺水合。」

英山 ▶ 《水經注‧渭水》：「禺水出英山，北流，與招水相得，亂流西北注于灌。灌水又北注于渭。」則英山在今陝西渭南市華州區西南三十里。

招水

觀點1. 根據「禺水出焉，北流注于招水」的山川走勢推測，此水即今陝西渭南的皂水。「招水」讀音也近似「皂水」。

觀點2. 根據「招水出于英山」推測，招水可能是灞河。此河位於陝西境內，屬渭河南岸一級支流，發源於秦嶺。

～奇珍異獸觀察記錄～

❶ 明‧蔣應鎬繪圖本

❷ 明‧胡文煥圖本

	肥遺❶	鮭魚❷
特徵	長得像鵪鶉，但身體是黃色的，鳥喙是紅色的	長得像鱉，發出的聲音就像羊叫
特性	食用牠的肉，就能治癒惡瘡並殺死體內的寄生蟲	
產地	英山	英山

竹山──浮山

地圖情報	🪨 礦物	🌿 植物	🐾 動物
⛰ 竹山	鐵、蒼玉、水玉	喬木、黃雚、竹箭	人魚、豪彘
⛰ 浮山		盼木、薰草	

注釋

❶ 黃雚：即黃花蒿。

❷ 樗：即臭椿。

❸ 麻：桑科草本植物的統稱。

❹ 赭：紫紅色

❺ 胕：浮腫。

❻ 竹箭：小竹，另有一說指箭竹。

❼ 笄：古人盤髮髻所用的簪子。

❽ 枳：即枸橘。枝多刺，葉柄有翅。
無傷：沒有能刺傷人的尖刺。

❾ 臭：氣味

原文

又西五十二里，曰竹山，其上多喬木，其陰多鐵。有草焉，其名曰黃雚❶，其狀如樗❷，其葉如麻❸，白華而赤實，其狀如赭❹，浴之已疥，又可以已胕❺。竹水出焉，北流注于渭，其陽多竹箭❻，多蒼玉。丹水出焉，東南流注于洛水，其中多水玉，多人魚。有獸焉，其狀如豚而白毛，大如笄❼而黑端，名曰豪彘。

又西百二十里，曰浮山，多盼木，枳葉而無傷❽，木蟲居之。有草焉，名曰薰草，麻葉而方莖，赤華而黑實，臭❾如蘼蕪，佩之可以已癘。

譯文

再向西五十二里是竹山，山上遍布高大的樹木，山北面盛產鐵。山中有一種名叫黃雚的草，形似樗樹，葉子卻像麻葉，開白色的花朵，結紅色的果實。果實形似赭石，只要用它浸浴，就能夠治癒疥瘡和浮腫的症狀。竹水發源於此山，向北流入渭水，竹水北岸有茂密的小竹叢及許多青色玉石。丹水也發源於此山，向東南流入洛水，水中有許多水晶石和人魚。山中有一種長得像小豬的野獸，但牠有白色的鬃毛，毛粗如簪子且尖端呈黑色，名叫豪彘。

再向西一百二十里是浮山。浮山到處是盼木，盼木的葉子形似枳樹卻沒有尖刺，樹上的蟲子寄生於此。山中有一種名叫薰草的草，葉子形似麻葉，莖幹卻是方方的，它開的花朵是紅色的，結的果實則是黑色，氣味像蘼蕪。只要將之插在身上，就可以治療惡瘡。

～山海經地理～

竹山		根據「英山……又西五十二里，曰竹山」推測，竹山可能位於今陝西渭南市華州區西南五十里。
竹水		根據「竹水出焉，北流注于渭」推測，竹水在今陝西境內，源出渭南縣箭谷山下，下流入渭。《水經注‧渭水》：「又東與竹水合，水南出竹山北……俗謂之大赤水，北流注于渭。」
丹水		根據「丹水出焉，東南流注于洛水」推測，丹水在今陝西華陰市南。
洛水		根據由丹水位置可知洛水即今陝西洛河。發源於陝西洛南縣冢嶺山，向東流入河南境內，在鞏義市洛口以北入黃河。
浮山		根據「又西百二十里，曰浮山」和《水經注》記載推測，浮山在今陝西境內。

～奇珍異獸觀察記錄～

人魚　明‧蔣應鎬繪圖本

❶　明‧蔣應鎬繪圖本

豪彘❶	
特徵	長得像小豬，但有白色的鬃毛，毛粗如簪子且尖端呈黑色
產地	竹山

羭次之山 —→ 南山

地圖情報

	🪨 礦物	🌿 植物	🐱 動物
⛰ 羭次山	赤銅、嬰垣玉	棫、橿、竹箭	橐𩇯
⛰ 時山	水玉		
⛰ 南山		丹粟	猛豹、尸鳩

～注釋～

❶ **棫:**白桜。叢生灌木，莖葉多刺，果實黑紫色，可釀酒。
橿:橿樹。材質堅硬，可製車、船和弓箭。

❷ **赤銅:**未經提煉過的天然銅礦石。全書同此。

❸ **嬰垣之玉:**可用來製成頸飾品的玉。

❹ **見:**顯露、顯出。同「現」。

❺ **蟄:**動物冬眠時潛伏在土中或洞穴中不食不動的狀態。

❻ **尸鳩:**布穀鳥。

～原文～

　　又西七十里，曰羭次之山，漆水出焉，北流注于渭。其上多棫橿❶，其下多竹箭，其陰多赤銅❷，其陽多嬰垣之玉❸。有獸焉，其狀如禺而長臂，善投，其名曰囂。有鳥焉，其狀如梟，人面而一足，曰橐𩇯，冬見❹夏蟄❺，服之不畏雷。

　　又西百五十里，曰時山，無草木。逐水出焉，北流注于渭，其中多水玉。

　　又西百七十里，曰南山，上多丹粟。丹水出焉，北流注于渭。獸多猛豹，鳥多尸鳩❻。

～譯文～

　　再向西七十里是羭次山。漆水發源於此，向北流入渭水。山上有茂密的棫樹和橿樹，山下則是小竹叢遍布，山北面有豐富的天然銅礦，而山南面有豐富的嬰垣玉。山中有一種長得像猿猴的野獸，牠的雙臂很長，擅長投擲，名叫囂。山中還有一種形似貓頭鷹的禽鳥，牠有一張人臉而且只有一隻腳，稱為橐𩇯。橐𩇯具有冬天活躍夏天蟄伏的習性，若是將牠的羽毛穿戴在身上，就無須害怕打雷。

　　再向西一百五十里是時山，山上寸草不生。逐水發源於此山，向北流入渭水，水中有很多的水晶石。

　　再向西一百七十里是南山，山上到處是粟粒般大的丹砂。丹水發源於這座山，向北流入渭水。山中的野獸以猛豹為主，鳥類則大多是布穀鳥。

～山海經地理～

 羭次山 ▶ 即終南山。起自甘肅天水市，綿亙於陝西南部，終於河南陝州區。也稱為秦嶺、秦山。

 漆水 ▶ 《水經注》：「漆水出扶風杜陽俞山東北，入於渭。」漆水即今漆水河，是渭河的支流，古稱杜水、武亭水與中亭水。

 時山 時山位於羭次山向西百五十里。假設羭次山是終南山，向西一百五十里處還是終南山山脈。為長江、黃河兩大流域的分水嶺。

 南山 觀點 1. 《漢書・東方朔傳》：「南山，天下之阻也，南有江淮，北有河渭，其地從河隴以東，商洛以西，厥壤肥饒。」南山為終南山的簡稱。

觀點 2. 根據「又西百七十里，曰南山」推測，此山是今位於河南偃師市西北十五里，北接孟津縣界的首陽山。因其列群山之首和陽光先照而得名。

～奇珍異獸觀察記錄～

❶ 明・蔣應鎬繪圖本

❷ 明・蔣應鎬繪圖本

尸鳩　清・禽蟲典

	橐𩇯❶	囂❷
特徵	形似梟，人臉，一隻腳	像猿猴，雙臂很長
特性	冬天活躍，夏天蟄伏，將牠的羽毛穿戴在身上，就無須害怕打雷	擅長投擲
產地	羭次山	羭次山

猛豹　明・蔣應鎬繪圖本

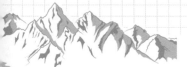

大時之山 ── 嶓塚之山

	🪨 礦物	🌿 植物	🐱 動物
⛰ 大時山	銀、白玉	穀、柞、杻、檀	
⛰ 嶓塚山		桃枝、鈎端、菁蓉	犀、兕、熊、羆、白翰、赤鷩

～注釋～

❶ 穀：落葉亞喬木。略似楮，葉深裂而粗。雄花如穗，雌花如球。果實呈紅色。可供製紙。
柞：殼斗科麻櫟屬，落葉喬木。枝椏粗壯，材質堅硬，可供製作器具及枕木等。

❷ 杻：杻檍，木質堅硬，可作車與弓幹。
檀：檀樹，材質堅硬，可製車、船、弓箭。

❸ 桃枝：一種竹子，每隔四寸為一節。《爾雅·釋草》：「桃枝四寸有節。」

❹ 鈎端：屬於桃枝一類的竹子。

❺ 蕙：蕙草，是一種香草，屬於蘭草之類。

❻ 本：植物的根。

～原文～

又西百八十里，曰大時之山，上多穀柞❶，下多杻檀❷，陰多銀，陽多白玉。涔水出焉，北流注于渭。清水出焉，南流注于漢水。

又西三百二十里，曰嶓塚之山，漢水出焉，而東南流注于沔；囂水出焉，北流注于湯水。其上多桃枝❸、鈎端❹，獸多犀、兕、熊、羆，鳥多白翰、赤鷩。有草焉，其葉如蕙❺，其本❻如桔梗，黑華而不實，名曰菁蓉，食之使人無子。

～譯文～

再向西一百八十里是大時山，山上有很多構樹和柞樹，山下有很多杻樹和檀樹，山北面盛產銀，山南面則有豐富的白色玉石。涔水發源於這座山，向北流入渭水。清水也發源於此，卻向南流入漢水。

再向西三百二十里是嶓塚山，漢水發源於這座山，向東南流入沔水；囂水也發源於此，向北流入湯水。山上的桃枝竹和鈎端竹茂盛，野獸以犀牛、兕、熊和羆為主，禽鳥則以白翰和赤鷩最多。山中有一種草，葉子長得像蕙草，莖卻像桔梗，開黑色的花朵但不結果實，名叫菁蓉，一旦食用了它，就會失去生育的能力。

~山海經地理~

大時山

觀點1 《漢志》右扶風武功縣下云：「斜水出衙嶺山，北至郿入渭。褒水亦出衙嶺，至南鄭入沔。」大時山即武功縣衙嶺山，今通稱秦嶺。

觀點2 根據「又西百八十里，曰大時之山」推測，此山是今陝西的太白山。

渃水

觀點1 根據「渃水出焉，北流注于渭」推測，此河是渭河南岸支流之一，因此可能是今陝西境內的斜水。

清水

觀點1 《括地志》云：「斜水源出褒城縣西北衙嶺山，與褒水同源而流派。」《漢書·溝洫志》：「褒水通沔，斜水通渭。」清水即今褒水。

觀點2 根據「清水出焉，南流注于漢水」的里程推算，清水是褒水上源的紫金河。

漢水

觀點1 漢水是漢江的古稱，也稱沔水，長一千五百三十二公里是長江最大的支流。發源於陝西漢中市。

嶓塚山

觀點1 根據「嶓塚之山，漢水出焉」推測，漢水為北漢水，源出陝西的嶓塚山。

觀點2 根據原文描述，此山位於華山以西一千三百五十二里之處，而今甘肅境內的嶓塚山距華山約一千兩百多里，地理位置大致相符。西漢水古代又稱犀牛江，正與《山海經》內「獸多犀、兕、熊、羆」的記載不謀而合。

沔

觀點1 古代把漢水通稱為沔水。根據《山海經》原文記載，此處應指漢江的支流。

~奇珍異獸觀察記錄~

熊 清·汪紱圖本

羆 清·汪紱圖本

白翰 清·汪紱圖本

地圖情報

	🪨 礦物	🌿 植物	🐾 動物
⛰ 天帝山		棕枏、菅蕙、杜衡	谿邊、櫟
⛰ 皋塗山	銀、黃金、礜	丹粟、桂木、無條	獂如、數斯

～ 注釋 ～

❶ **谿邊**：巨松鼠。

❷ **席**：動詞，鋪墊。

❸ **翁**：鳥頸部的毛。

❹ **櫟**：紅腹鷹。

❺ **杜衡**：一種香草。

❻ **癭**：長在脖子上的肉瘤。

❼ **礜**：礜石，一種有毒的礦物。

❽ **槀茇**：一種根莖可以入藥的香草。

❾ **獂如**：四角羚。

～ 原文 ～

又西三百五十里，曰天帝之山，上多棕枏，下多菅蕙。有獸焉，其狀如狗，名曰谿邊❶，席❷其皮者不蠱。有鳥焉，其狀如鶉，黑文而赤翁❸，名曰櫟❹，食之已痔。有草焉，其狀如葵，其臭如蘼蕪，名曰杜衡❺，可以走馬，食之已癭❻。

西南三百八十里，曰皋塗之山，薔水出焉，西流注于諸資之水；塗水出焉，南流注于集獲之水。其陽多丹粟，其陰多銀、黃金，其上多桂木。有白石焉，其名曰礜❼，可以毒鼠。有草焉，其狀如槀茇❽，其葉如葵而赤背，名曰無條，可以毒鼠。有獸焉，其狀如鹿而白尾，馬腳人手而四角，名曰獂如❾。有鳥焉，其狀如鴟而人足，名曰數斯，食之已癭。

～ 譯文 ～

再向西三百五十里是天帝山，山上有許多棕樹和楠木，山下茅草和蕙草遍布。山中有一種外形似狗的野獸，名叫谿邊，只要在坐臥時鋪墊上牠的毛皮，即可防止妖邪毒氣侵體；又有形似鵪鶉的鳥，名叫櫟，牠身上的花紋是黑色、脖頸上的毛是紅色，食用牠的肉就可以治癒痔瘡；還有一種長得像葵菜的草，名叫杜衡，散發出來的氣味如同蘼蕪，它可以促使馬跑得飛快，人服用則可以治癒長在脖子上的贅疣。

向西南三百八十里是皋塗山。薔水、塗水發源於此，薔水向西流入諸資水，塗水向南流入集獲水。山南面遍布粟粒般的丹砂，北面盛產銀和黃金，山上處處是桂樹。山中有一種能夠毒死老鼠的白石，名叫礜；有一種形似槀茇的草，名叫無條，它的葉子像葵菜，但背面呈

紅色，可以毒死老鼠；還有一種名叫玃如的野獸，牠形似鹿卻長著白尾巴、馬蹄、人手和四隻角；還有一種名叫數斯的鳥，形似鷂鷹卻長著人腳，食用牠的肉可以治癒脖子上的贅疣。

～山海經地理～

天帝山

觀點1 《禹貢》云：「嶓塚導漾，東流為漢。」假定其山中心在今陝西鳳翔縣，由此向西行三百五十里即是天水市的高山。

觀點2 根據「又西百八十里，曰大時之山」推測，此山是今陝西境內的太白山，秦嶺山脈的主峰，海拔三千七百六十七公尺。

皋塗山

觀點1 以高山為起始，向西南行三百八十里，有河西流和南流的，只有甘肅岷縣的峪兒嶺符合。

薔水
觀點1 根據「薔水出焉，西流注于諸資之水」推測，薔水是今甘肅洮河的支流。

諸資水
觀點1 根據「諸資之水出於皋塗之山，有薔水注入」推測，此河是今洮河或由洮河等匯聚而成的沼澤。

塗水
觀點1 根據「塗水出焉，南流注于集獲之水」推測，此水是岷江源頭與漢江源頭多條水流的總稱。

集獲水
觀點1 集獲水應發源於岷山北面的山腳，可能是今甘肅的白龍江，跨甘肅和四川兩省，為嘉陵江支流。

～奇珍異獸觀察記錄～

❶ 清·四川成或因圖本　❷ 明·胡文煥圖本　❸ 明·蔣應鎬繪圖本

	谿邊❶	玃如❷	數斯❸
特徵	如狗	如鹿，白尾，馬腳，人手，四角	如鷗，人足
特性	席其皮者可防止邪氣侵體		食之可治頸瘤
產地	天帝山	皋塗山	皋塗山

黃山→翠山

地圖情報

	礦物	植物	動物
黃山	玉	竹箭	鸚鵡
翠山	黃金、玉	棕枏、竹箭	旄牛、羚、麝、鸓

注釋

❶ 犛：音「ㄇㄧㄌ丶」。

❷ 鴟：通「鵃」，一種食肉的猛禽。

❸ 喙：鳥獸動物的嘴。

❹ 鸚鵡：鸚鵡。鵡，音「ㄨˇ」。

❺ 旄牛：即犛牛，全身有長毛，腿短。旄，音「ㄇㄠˊ」。

❻ 羚：羚羊。哺乳動物，外形像山羊，四肢細長，動作敏捷。

❼ 麝：音「ㄕㄜ丶」，哺乳動物名。形似鹿而小，前腿長後腿短，善於跳躍，俗稱香獐。

❽ 鸓：音「ㄌㄟˇ」。

原文

又西百八十里，曰黃山，無草木，多竹箭。盼水出焉，西流注于赤水，其中多玉。有獸焉，其狀如牛，而蒼黑大目，其名曰犛❶。有鳥焉，其狀如鴟❷，青羽赤喙❸，人舌能言，名曰鸚鵡❹。

又西二百里，曰翠山，其上多棕枏，其下多竹箭，其陽多黃金、玉，其陰多旄牛❺、羚❻、麝❼。其鳥多鸓❽，其狀如鵲，赤黑而兩首四足，可以禦火。

譯文

再向西一百八十里是黃山，山上沒有花草樹木，而是遍布鬱鬱蔥蔥的竹叢。盼水發源於這座山，向西流入赤水，水中有豐富的玉石。山中有一種野獸，形似一般的牛，皮毛卻是蒼黑色的，還有一雙比牛更大的眼睛，名叫犛；山中又有一種禽鳥，外形像貓頭鷹，羽毛卻是青色的，嘴的部分則是紅色的，因為其舌頭有如人舌，能學人類說話名叫鸚鵡。

再向西二百里是翠山，山上有茂密的棕樹和楠木，山下則是竹叢遍布。山南面盛產黃金和美玉，山北面則有很多的犛牛、羚羊和麝。山中禽鳥以鸓鳥為主，牠形似喜鵲，羽毛卻是紅黑色的，還長著兩顆腦袋和四隻腳，飼養牠的人能夠辟火。

∽山海經地理∽

 黃山 觀點1 ▶ 根據「盼水和赤水出於黃山」的位置推測，黃山是甘肅臨洮縣的東山。

 盼水 觀點1 ▶ 根據「盼水出焉，西流注于赤水」推測，赤水為洮河，則盼水為甘肅會川縣北山之河。

 赤水 觀點1 ▶ 《水經注》云：「赤水城亦曰臨洮東城。」赤水即洮河，因洮河多泥沙，前秦時代有赤水之稱。

 觀點2 ▶ 赤水出於黃山，根據山川里程推算，赤水可能指黃河。且黃河水多泥沙，水色赤紅。

集獲水 觀點1 ▶ 根據原文記載的里程和山中物產推測，此山是今青海西寧的小積石山。

 觀點2 ▶ 「又西二百里，曰翠山。」根據以上考證的黃山位置推測，此山在今甘肅境內。

∽奇珍異獸觀察記錄∽

❶ 清‧禽蟲典

❸ 清‧汪紱圖本

❷ 明‧蔣應鎬繪圖本

	鸚鵡❶	鸓❷	㸲❸
特徵	如鴞，青羽赤喙，人舌能言	如鵲，赤黑，兩首，四足	如牛，蒼黑大目
特性		飼養了牠就不會怕火	
產地	黃山	翠山	黃山

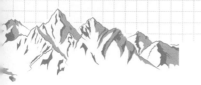

騩山

地圖情報

🪨 礦物

⛰ 騩山	玉、采石、黃金、丹粟

∽ 注釋 ∽

❶ 錞：依附。這裡是坐落、高踞的意思。

❷ 采石：一種彩色石頭，就像雌黃之類的礦物。

❸ 冢：此處指大的山神。

❹ 太牢：古代祭祀天地時，祭品以牛、羊、豬三牲全備為太牢。

❺ 燭：照明用的火炬。

❻ 齋：祭祀前或舉行典禮前沐浴素食，以示虔誠。

❼ 犧：古代供宗廟祭祀用的純色牲畜。

❽ 瘞：埋葬。

❾ 瑜：音「ㄩˊ」，美玉。

❿ 湯：通「燙」。

⓫ 樽：酒杯。

⓬ 嬰：用玉器祭祀神的專稱。

⓭ 珪：同「圭」，一種玉器。是古時朝聘、祭祀、喪葬所用的禮器之一。

⓮ 牷：古代祭祀所用的完整牲體。

∽ 原文 ∽

又西二百五十里，曰騩山，是錞❶于西海，無草木，多玉。淒水出焉，西流注于海，其中多采石❷、黃金，多丹粟。

凡〈西經〉之首，自錢來之山至于騩山，凡十九山，二千九百五十七里。華山冢❸也，其祠之禮：太牢❹。羭山神也，祠之用燭❺，齋❻百日以百犧❼，瘞❽用百瑜❾，湯❿其酒百樽⓫，嬰⓬以百珪⓭百璧。其餘十七山之屬，皆毛牷⓮用一羊祠之。燭者百草之未灰，白席采等純之。

∽ 譯文 ∽

再向西二百五十里是騩山。騩山坐落在西海邊上，此處沒有花草樹木，但有很多的采石。淒水發源於這座山，向西流入大海，水中有豐富的采石、黃金和粟粒般大的丹砂。

總計〈西山首經〉的首尾，自錢來山起到騩山止，一共十九座山，途經二千九百九十七里。華山神是諸山神的宗主，祭祀華山山神的典禮：祭品為豬、牛、羊三牲齊全。羭次山山神要單獨祭祀，祭祀羭次山山神須以火燭，並齋戒一百天、用一百隻毛色純正的牲畜為祭品、將一百塊美玉埋入地底，再燙上一百樽美酒，祀神的玉器則用一百塊玉珪和一百塊玉璧。祭祀其餘十七座山的山神，都是用一隻完整的羊為祭品。所謂的燭，就是百草製成尚未燒成灰的火把，而祀神的席，就是以各種顏色的花紋裝飾邊緣的白茅草席。

~山海經地理~

騩山 觀點 1 「又西二百五十里，曰騩山，是錞於西海，有水西流入海。」與今青海西寧的日月山吻合。日月山位於青海湖東側，海拔最高點為四千八百七十七公尺。歷來是內地赴西藏大道的咽喉。因山體呈現紅色，古代稱為「赤嶺」。

淒水 觀點 1 「淒水出焉，西流注于海」與發源於日月山注入青海湖的倒淌河符合；「其中多采石、黃金，多丹粟」也與青海人的傳說相符。此河是青海湖水系中最小的一支，發源於日月山西麓的察汗草原，海拔約三千三百公尺，全長約四十多公里，自東向西，流入青海湖，故名倒淌河。

~奇珍異獸觀察記錄~

羭山神 清・汪紱圖本

79

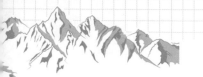

鈐山 ⟶ 高山

地圖情報

	🪨 礦物	🌿 植物	🐾 動物
⛰ 鈐山	銅、玉	杻、檀	
⛰ 泰冒山	金、鐵、藻玉		白蛇
⛰ 數曆山	黃金、銀、白珠	杻、檀	鸚鵡
⛰ 高山	銀、青碧、雄黃、磬石	竹、棕	

注釋

❶ 鈐山：又作冷山。

❷ 藻玉：帶有色彩紋理的美玉。

❸ 青碧：青綠色的美玉。

❹ 雄黃：也叫雞冠石，是一種礦物，古人常用作解毒、殺蟲的藥物。

❺ 竹：這裡指低矮而叢生的小竹子，所以被當作草。

❻ 磬石：適宜制磬的美玉。

原文

〈西次二經〉之首，曰鈐山❶，其上多銅，其下多玉，其木多杻檀。西二百里，曰泰冒之山，其陽多金，其陰多鐵。洛水出焉，東流注于河，其中多藻玉❷，多白蛇。

又西一百七十里，曰數曆之山，其上多黃金，其下多銀，其木多杻檀，其鳥多鸚鵡。楚水出焉，而南流注于渭，其中多白珠。

又西北五十里，曰高山，其上多銀，其下多青碧❸、雄黃❹，其木多棕，其草多竹❺。涇水出焉，而東流注于渭，其中多磬石❻、青碧。

譯文

〈西次二經〉的首座山叫鈐山，山上盛產銅，山下盛產玉，山中的樹大多是杻樹和檀樹。

向西二百里是泰冒山，山南面盛產金，山北面盛產鐵。洛水發源於這座山，向東流入黃河，水中有豐富的藻玉，還有很多白色的水蛇。

再向西一百七十里是數曆山，山上盛產黃金，山下盛產銀，山中的樹木大多是杻樹和檀樹，而禽鳥以鸚鵡為主。楚水發源於這座山，然後向南流入渭水，水中有豐富的白色珍珠。

再向西北五十里是高山，山上有豐富的白銀，山下到處是青碧和雄黃，山中的樹木大多是棕樹，而草大多是小竹叢。涇水發源於這座山，然後向東流入渭水，水中有很多磬石和青碧。

〜山海經地理〜

鈐山

「西次二經之首，曰鈐山。」鈐山當為今稷山，此山位於山西西南部，距太原市四百一十公里。與〈西山首經〉的錢來山隔黃河、汾河遙遙相望。

泰冒山

根據「西二百里，曰泰冒之山」考證，此山為今陝西韓城附近的西山，又名壺梯山、中峙山和西峙山。

洛水

「洛水出焉，東流注于河。」由此可見此河為黃河支流之一，即今洛河。洛河是黃河下游南岸大支流，發源於陝西洛南縣洛源鄉的木岔溝，向東流入河南境內，在鞏義市洛口以北入黃河。

河

古人單稱「河」或「河水」而不貫以名者，則大多是專指黃河，這裡即指黃河。但本書記述山川水流的方位走向都不甚確實，所述黃河也不例外，再加上黃河在古時屢次改道，所以，和今天所看到的黃河不盡一致。

數曆山

「又西一百七十里，曰數曆之山。」根據里程推測，此山應在今陝西銅川境內。

楚水

「楚水出焉，而南流注于渭。」由此推測楚水應為渭河支流，可能是今陝西耀縣的石川河。

高山

「又西北五十里，曰高山」、「其木多棕，其草多竹」與今寧夏六盤山山脈中的米缸山吻合。米缸山古稱高山，又名美高山，海拔二千九百四十二公尺，是六盤山的主峰。

涇水

「涇水出焉，而東流注于渭。」由此可知涇水為渭河支流涇河。此河南源出於寧夏涇源縣，北源出於寧夏固原縣。兩河在甘肅平涼附近匯合後折向東南，在陝西高陵縣附近注入渭河。

〜奇珍異獸觀察記錄〜

❶ 清・禽蟲典

鸚鵑❶	
特徵	如鶩，音如羊
產地	黃山
今名	鸚鵡

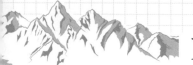

地圖情報

	🐚 礦物	🌿 植物	🐈 動物
⛰ 女床山	赤銅、石涅		虎、豹、犀、兕、鸞鳥
⛰ 龍首山	黃金、鐵、美玉		
⛰ 鹿臺山	白玉、銀		牸牛、羬羊、白豪、鳧徯
⛰ 鳥危山	磐石、丹粟	檀、楮、女床	

～ 注釋 ～

❶ 石涅：古代的黑色染料，可用於畫眉和寫字。

❷ 翟：一種有長尾巴的雉雞，體型較一般的野雞大。

❸ 白豪：長著白毛的豪豬。

❹ 兵：軍事，戰鬥。

❺ 檀：檀樹。木材極香，可作器具。
楮：落葉灌木。葉為卵形或闊卵形，單性花，樹皮可為造紙的原料。

❻ 女床：據說是女腸草。

～ 原文 ～

西南三百里，曰女床之山，其陽多赤銅，其陰多石涅❶，其獸多虎、豹、犀、兕。有鳥焉，其狀如翟❷而五采文，名曰鸞鳥，見則天下安寧。又西二百里，曰龍首之山，其陽多黃金，其陰多鐵。苕水出焉，東南流注于涇水，其中多美玉。

又西二百里，曰鹿臺之山，其上多白玉，其下多銀，其獸多牸牛、羬羊、白豪❸。有鳥焉，其狀如雄雞而人面，名曰鳧徯，其鳴自叫也，見則有兵❹。西南二百里，曰鳥危之山，其陽多磐石，其陰多檀楮❺，其中多女床❻。鳥危之水出焉，西流注于赤水，其中多丹粟。

～ 譯文 ～

向西南三百里是女床山，山南面盛產黃銅，山北面盛產石涅，山中的野獸以老虎、豹、犀牛和兕居多。還有一種形似野雞的禽鳥，名叫鸞鳥，牠的羽毛色彩斑斕，鸞鳥現世就表示天下安寧。再向西二百里是龍首山，山南面盛產黃金，山北面盛產鐵。苕水發源於這座山，向東南流入涇水，水中有很多美玉。

再向西二百里是鹿臺山，山上盛產白玉，山下盛產銀，山中野獸多為牸牛、羬羊和白豪豬。山中有一種形似雄雞的禽鳥，名叫鳧徯，牠有一張人臉，叫聲就像在呼喊自身的名稱，哪裡出現鳧徯的蹤跡，哪裡就將有戰爭。向西南二百里是鳥危山，山南面盛產磐石，山北面處處

是檀樹和楮樹，山中女腸草遍布。鳥危水發源於此山，向西流入赤水，水中有許多粟粒般大的丹砂。

～山海經地理考～

女床山

 觀點1 根據原文所記載的山中物產及地理位置推測，此山為位於寧夏回族自治區西南部、甘肅省東部的六盤山。

 觀點2 根據「西南三百里，曰女床之山」推測，此山可能是今陝西境內的岐山。因境內的箭括嶺雙峰對峙，山有兩歧而得名。

龍首山

 觀點1 根據「又西二百里，曰龍首之山」的里程計算，此山當是今陝西和甘肅交界處的隴山。

苕水

 觀點1 根據「苕水出焉，東南流注于涇水」考證，苕水即為散渡河，是渭河的主要支流之一，發源於華家嶺牛營大山。

鹿臺山

 觀點1 根據「又西二百里，曰鹿臺之山」的里程計算，此山可能是今甘肅岷縣的東山。

鳥危山

 觀點1 根據「西南二百里，曰鳥危之山」的里程計算，此山為今甘肅隴西縣西南的山脈。

鳥危水

 觀點1 根據鳥危水與鳥危山同名來推測，此河是黃河水系上游的支流，可能是洮河。

 觀點2 根據「危之水出焉，西流注于赤水」推測，此河是甘肅會寧縣的祖厲河或其上游支流。

～奇珍異獸觀察記錄～

❶ 明・蔣應鎬繪圖本

❷ 明・蔣應鎬繪圖本

	鸞鳥❶	䳜𫛭❷
特徵	如翟，羽毛色彩斑斕	如雄雞，人面，叫聲是自呼其名
特性	出現則天下安寧	出現則有戰爭
產地	女床山	鹿臺山

小次之山 —→ 眾獸之山

	🗿 礦物	🌿 植物	🐾 動物
⛰ 小次山	白玉、赤銅		朱厭
⛰ 大次山	堊、碧		㸲牛、羚羊
⛰ 熏吳山	金、玉		
⛰ 底陽山		㯰、柚、豫章	犀、兕、虎、犳、㸲牛

注釋

❶ 堊：泛指有色而能用來塗飾的泥土。

❷ 碧：青綠色的美石。

❸ 㯰：水松。有刺，木頭紋理很細。

❹ 豫章：古代有一說是指樟樹，也稱為香樟，有樟腦的香氣。另一種說法是，豫與章二樹在幼期時無法辨識，常被看成一種樹，但其實豫是枕木、章是樟木，生長到七年以後，枕和章就能分別。

❺ 犳：一種身有豹紋的野獸。

原文

又西四百里，曰小次之山，其上多白玉，其下多赤銅。有獸焉，其狀如猿，而白首赤足，名曰朱厭，見則大兵。又西三百里，曰大次之山，其陽多堊❶，其陰多碧❷，其獸多㸲牛、羚羊。

又西四百里，曰熏吳之山，無草木，多金玉。

又西四百里，曰底陽之山，其木多㯰❸、柚、豫章❹，其獸多犀、兕、虎、犳❺、㸲牛。

又西二百五十里，曰眾獸之山，其上多璙琈之玉，其下多檀楮，多黃金，其獸多犀、兕。

譯文

再向西四百里是小次山，山上盛產白玉，山下盛產銅。山中有一種形似猿猴的野獸，但牠的頭部是白色的、腳是紅色的，名叫朱厭。朱厭現世就表示兵革並起，天下將大亂。再向西三百里是大次山，山南面盛產堊土，山北面盛產碧玉，山中的野獸以㸲牛、羚羊為主。

再向西四百里是熏吳山，山上沒有花草樹木，但有豐富的金屬礦物和玉石。再向西四百里是底陽山，山中的樹木主要是水松、楠木和樟樹，野獸則以犀牛、兕、老虎、犳和㸲牛居多。

再向西二百五十里是眾獸山，山上遍布璙琈玉，山下處處是檀樹和楮樹，盛產黃金，山中的野獸多為犀牛和兕。

山海經地理考

 小次山 根據「又西四百里，曰小次之山」的里程和大次山的位置推測，小次山可能是甘肅境內的旗堡寺山。

 大次山 根據「又西三百里，曰大次之山」推測，此山為岷山，位於甘肅西南、四川北部。西北一東南走向。

 熏吳山 根據「又西四百里，曰熏吳之山」推測，岷山之西四百里，相當於今青海郭羅山。

 底陽山 根據「又西四百里，曰底陽之山」推測，此山為巴顏喀拉山，昆侖山脈東延部分。為黃河與長江河源段的分水嶺。

 眾獸山 根據「又西二百五十里，曰眾獸之山」和巴顏喀拉山全長七百八十公里推測，西二百五十里的眾獸山仍然在巴顏喀拉山的範圍內。

奇珍異獸觀察記錄

❶ 明·蔣應鎬繪圖本

朱厭❶	
特徵	如猿，白首，赤足
產地	牠的出現代表兵革並起，天下將大亂
產地	小次山

皇人之山 ── 萊山

地圖情報

	🪨 礦物	🌿 植物	🦊 動物
⛰ 皇人山	金玉、青雄黃、丹粟		
⛰ 中皇山	黃金	蕙、棠	
⛰ 西皇山	金、鐵		麋、鹿、牝牛
⛰ 萊山		檀、楮	羅羅

注釋

❶ **青雄黃**：雄黃的一種，青黑色，又稱熏黃。清代吳任臣云：「蘇頌云：『階州山中，雄黃有青黑色而堅者，名曰熏黃。』青雄黃意即此也。」

❷ **棠**：棠梨樹。結的果實似梨而小，可食，味道甜酸。

❸ **麋**：與鹿同類而稍大。

❹ **羅羅**：鳥名，兀鷲、禿鷲之類。

❺ **毛**：毛物，就是祭神所用的豬、雞、狗、羊和牛等畜禽。

❻ **少牢**：古代祭祀用的豬和羊。少，音「ㄕㄠˋ」。

❼ **鈐而不糈**：祭祀不用精米。糈，祭祀神的精米。

❽ **毛采**：指雜色的雄雞。

原文

又西五百里，曰皇人之山，其上多金玉，其下多青雄黃❶。皇水出焉，西流注于赤水，其中多丹粟。

又西三百里，曰中皇之山，其上多黃金，其下多蕙、棠❷。又西三百五十里，曰西皇之山，其陽多金，其陰多鐵，其獸多麋❸、鹿、牝牛。

又西三百五十里，曰萊山，其木多檀楮，其鳥多羅羅❹，是食人。

凡〈西次二經〉之首，自鈐山至于萊山，凡十七山，四千一百四十里。其十神者，皆人面而馬身。其七神皆人面牛身，四足而一臂，操杖以行，是為飛獸之神。其祠之，毛❺用少牢❻，白菅為席，其十輩神者，其祠之，毛一雄雞，鈐而不糈❼；毛采❽。

譯文

再向西五百里是皇人山，山上有豐富的金玉礦石，山下盛產熏黃。皇水發源於此，向西注入赤水，水中盛產粟粒般大的丹砂。

又向西三百里是中皇山，山上盛產黃金礦石，山下生長著很多蕙草和棠梨樹。再向西三百五十里是西皇山，山南面盛產金，山北面盛產鐵，山中的野獸以麋、鹿和牝牛居多。再向西三百五十里是萊山，山中處處是檀樹和楮樹，禽鳥以羅羅鳥居多，這種鳥會吃人。

總計〈西次二經〉的首尾，自鈐山起到萊山止，共十七座山，途經四千一百四十里。其

中十座山的山神都是人面馬身。還有七座山的山神是人面牛身、四隻腳和一條臂，拄著拐杖行走，就是所謂的飛獸神。祭祀這七位山神，以帶毛的豬和羊為祭品，將之放在白茅草席上。而另外那十位山神的祭祀典禮，則以一隻帶毛的公雞為祭品，祭祀神時無須用精米；毛物要是色彩相雜的雄雞。

～山海經地理考～

皇人山 ▶	根據「又西五百里，曰皇人之山」推測，眾獸山再西五百里仍為巴顏喀拉山的西段。

皇水 ▶	根據「皇水出焉，西流注于赤水」考證，此河是今青海的湟水，黃河上游支流。長三百四十九公里。

赤水 ▶	此處赤水與洮河赤水相距一千兩百五十里。據考證，此處赤水應為烏拉山與西藏交界處大小河流的總稱。

中皇山 ▶	根據「又西三百五十里，曰西皇之山」推測，巴顏喀拉山西三百五十里為青海的烏蘭烏拉山。此山為揚子江源頭。

西皇山 ▶	烏蘭烏拉山再向西三百五十里，為揚子江源頭的西界山。因此西皇山即烏蘭烏拉山的長嶺。

萊山 ▶	根據「再向西三百五十里是萊山」的里程和地理方位計算，萊山可能是今青海境內的托萊山。

～神怪觀察記錄～

飛獸神
明·蔣應鎬繪圖本

人面馬身神
明·蔣應鎬繪圖本

鹿
清·禽蟲典

麋
清·汪紱圖本

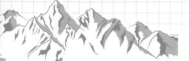

崇吾之山 ── 不周之山

	礦物	植物	動物
崇吾山			舉父、蠻蠻
長沙山	青雄黃	蕙、棠	
不周山		嘉果	

注釋

❶ 帝：一說指黃帝；一說指天帝；一說指炎帝。

❷ 員：通「圓」。

❸ 柎：花房，花萼。

❹ 鳧：水鳥，俗稱野鴨。

❺ 原：「源」的本字。水源。

❻ 渾渾泡泡：大水奔流時的奔湧之聲。

❼ 爰：這裡；那裡。

原文

〈西次三經〉之首，曰崇吾之山，在河之南，北望冢遂，南望猺之澤，西望帝❶之搏獸之丘，東望螞淵。有木焉，員❷葉而白柎❸，赤華而黑理，其實如枳，食之宜子孫。有獸焉，其狀如禺而文臂，豹尾而善投，名曰舉父。有鳥焉，其狀如鳧❹，而一翼一目，相得乃飛，名曰蠻蠻，見則天下大水。

西北三百里，曰長沙之山。泚水出焉，北流注于泑水，無草木，多青雄黃。又西北三百七十里，曰不周之山。北望諸毗之山，臨彼嶽崇之山，東望泑澤，河水所潛也，其原❺渾渾泡泡❻。爰❼有嘉果，其實如桃，其葉如棗，黃華而赤柎，食之不勞。

譯文

崇吾山是〈西次三經〉之首，位於黃河南岸，向北可以望見冢遂山，向南可以望見猺澤，向西可以望見天帝的搏獸山，向東可以望見螞淵。山裡有一種樹，圓圓的葉子、白色的花萼，紅色花朵上有黑色的紋理，果實與枳相似，吃了它就能夠多子多孫。又有一種名叫舉父的野獸，長得像猿猴，臂上有斑紋，有豹尾，擅長投擲。還有一種叫蠻蠻的禽鳥，形似野鴨，但只有一隻翅膀和一隻眼睛，兩隻鳥合體才能飛翔，一旦出現牠的蹤跡，就會發生水災。

向西北三百里是長沙山。泚水發源於此，向北流入泑水，山上沒有花草樹木，盛產熏黃。

再西北三百七十里是不周山。向北可以望見諸毗山，高高地居於嶽崇山之上，向東可以望見泑澤，那是黃河源頭潛在之處，水源噴湧發出渾渾泡泡的聲響。這裡有一種珍貴的果樹，

果實像桃子、葉子像棗樹葉，花朵是黃色的但花萼卻是紅的，吃了它就能一解煩憂。

～山海經地理～

崇吾山

 觀點**1** 根據「崇吾之山，在河之南，北望冢遂，南望䍃之澤，西望帝之搏獸之丘，東望螞淵」推測，崇吾山即新疆維吾爾自治區昆侖山系中的祁曼山。

觀點**2** 青海的藏族自治區附近，茶卡鹽湖南面有鄂拉山，北面有青海南山，與青海湖相隔。鹽湖的邊緣的茶卡河、莫河、小察汗烏蘇河等河水直接入湖。此情景與崇吾山周遭類似，因此崇吾山可能在茶卡鹽湖附近。

冢遂

 觀點**1** 「北望冢遂」之「遂」字，據《穆天子傳中》記載，為山間峽谷的意思。因此，冢遂為阿爾金山中的峽谷。

搏獸丘

 觀點**1** 「西望帝之搏獸之丘。」崇吾山向西可以看到的山，即白山長嶺，此山向西直達西藏邊界。

螞淵

 觀點**1** 「東望淵」之「淵」為柴達木盆地西北角的格孜湖。此湖從海拔五千公尺，直降到一千公尺，因此稱「淵」。螞為蟲名。格孜湖在阿爾金山與祁曼山之間、柴達木盆地盡頭，湖岸曲折如蟲形，有深淵在其下，故名「淵」。

 觀點**2** 崇吾山可能在茶卡鹽湖附近。淵即「鹽湖」，指茶卡鹽湖。

長沙山

 觀點**1** 「西北三百里，曰長沙之山。」長沙山為白大山西北長三百里的長嶺，此山東起哈拉木蘭河主流，西到玉龍哈什河主流。

不周山

 觀點**1** 不周山是一座雪山，應在昆侖山系中，西起葉城縣，東到和田縣。山脈走向成瓜字形。

～奇珍異獸觀察記錄～

① 明・蔣應鎬繪圖本

② 明・胡文煥圖本

	舉父❶	蠻蠻❷
特徵	其狀如禺，紋臂，豹尾	其狀如鳧，一翼一目，相得乃飛
特性	善投	見則天下大水
產地	崇吾山	崇吾山

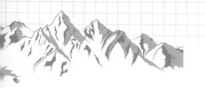

崉山

地圖情報

	☷ 礦物	🌿 植物
⛰ 崉山	白玉、玉膏、玄玉	丹木

〜 注釋 〜

❶ **丹木**：木名，一本說即櫬樹，種類很多，木材堅硬，入秋後葉子變紅。

❷ **玉膏**：成膏狀的玉，傳說是一種仙藥。

❸ **沸沸湯湯**：水奔騰洶湧的樣子。湯：音「ㄕㄤ」。

❹ **黃帝**：（西元前二六九七－前二五九九年）少典之子，本姓公孫，長居姬水，因改姓姬，居軒轅之丘（在今河南新鄭西北），故號軒轅氏，出生、創業和建都於有熊（今河南新鄭），故亦稱有熊氏，因有土德之瑞，故號黃帝。

❺ **饗**：音「ㄒㄧㄤˇ」，通「享」。享受。

❻ **玄玉**：黑色的玉。

❼ **馨**：芳香。

❽ **玉榮**：玉華。

❾ **瑾**：美玉。

❿ **濁澤**：渾厚而潤澤。

〜 原文 〜

又西北四百二十里，曰崉山，其上多丹木❶，員葉而赤莖，黃華而赤實，其味如飴，食之不飢。丹水出焉，西流注于稷澤，其中多白玉。

是有玉膏❷，其原沸沸湯湯❸，黃帝❹是食是饗❺。是生玄玉❻。玉膏所出，以灌丹木，丹木五歲，五色乃清，五味乃馨❼。黃帝乃取崉山之玉榮❽，而投之鍾山之陽。瑾❾瑜之玉為良，堅栗精密，濁澤❿而有光。五色發作，以和柔剛。天地鬼神，是食是饗；君子服之，以禦不祥。

自崉山至于鍾山，四百六十里，其間盡澤也。是多奇鳥、怪獸、奇魚，皆異物焉。

〜 譯文 〜

再向西北四百二十里是崉山，山上盛產丹木，它的莖是紅色的、葉是圓的、花朵是黃色的。果實是紅色的，味道像糖，吃了它就不會感到飢餓。丹水源於此，向西流入稷澤，水中有很多白色玉石。

這裡有玉膏，玉膏之源水奔騰洶湧，黃帝常常服食這種玉膏。這裡還出產一種黑色玉石。用這湧出的玉膏去澆灌丹木，丹木再生長五年，便會開出美麗的五色花朵，結下五種味道的果實，更加香美。於是黃帝就採擷崉山中玉石的精華，而投種在鍾山向陽的南面。後來便生出瑾和瑜這類的美玉，質地堅硬而精密、潤厚而有光澤。五種色彩同時散發，相互輝映，顯得

剛柔並濟而和諧。無論是天神還是地鬼，都前來享用。君子佩戴它，就能抵禦妖邪不祥之氣的侵襲。

　　從崒山到鍾山，長四百六十里，其間全部是水澤。在這裡生長著許多神奇的禽鳥、奇怪的野獸和奇異的魚類，都是些罕見的怪物。

～山海經地理～

  根「又西北四百二十里，曰崒山。」根據前文山川地貌推測，此山應為新疆葉城縣米爾岱山。此山盛產「西域玉」，與「其中多白玉」吻合。

  根「其中多白玉。……是有玉膏，其原沸沸湯湯。」據此推測，此河為玉河，上游有溫泉，所以會有「沸沸湯湯」的水奔騰洶湧的景象。

  根「西流注于稷澤。」綜合各經文條目推測，此河在葉爾羌西北，英吉沙爾東南，昔稱大澤，今已乾涸為沙漠。

～奇珍異草觀察記錄～

黃耆

沙參

甘草

人參

鍾山──泰器之山

地圖情報

	🦊 動物
⛰ 鍾山	大鶚、駿鳥
⛰ 泰器山	文鰩魚

～注釋～

❶ 鶚：魚鷹。頭頂和頸後羽毛為白色，有暗褐色縱紋，頭後羽毛延長成矛狀。

❷ 晨鵠：鶚鷹之類的鳥。

❸ 鵠：鴻鵠，即天鵝。

❹ 邑：這裡泛指有人聚居的地方。

❺ 文鰩魚：味道鮮美的一種魚。《呂氏春秋‧本味》：「魚之美者……藋水之魚，名曰鰩，其狀若鯉而有翼，常從西海夜飛，游於東海。」

❻ 鸞雞：傳說中的一種鳥。

❼ 穰：莊稼豐熟。

～原文～

又西北四百二十里，曰鍾山。其子曰鼓，其狀如人面而龍身，是與欽䲹殺葆江于昆侖之陽，帝乃戮之鍾山之東曰崿崖。欽䲹化為大鶚❶，其狀如雕而黑文白首，赤喙而虎爪，其音如晨鵠❷，見則有大兵；鼓亦化為駿鳥，其狀如鴟，赤足而直喙，黃文而白首，其音如鵠❸，見則其邑❹大旱。

又西百八十里，曰泰器之山。觀水出焉，西流注于流沙。是多文鰩魚❺，狀如鯉魚，魚身而鳥翼，蒼文而白首，赤喙，常行西海，游于東海，以夜飛。其音如鸞雞❻，其味酸甘，食之已狂，見則天下大穰❼。

～譯文～

再向西北四百二十里是鍾山。鍾山山神的兒子名叫鼓，鼓是人面龍身，曾和欽䲹神聯手在昆侖山南面殺死天神葆江，天帝因此將鼓與欽䲹處死在鍾山東面的瑤崖。欽䲹能化為一隻大鶚，外形似雕鷹，卻有黑色斑紋和白色腦袋、紅色的嘴巴和老虎般的爪子，叫聲恰似晨鵠鳴叫，牠一出現就預示將有大的戰爭；鼓也能化為鳥，長得像鴟鷹，腳是紅的、嘴是直的，身上有黃色的斑紋，頭卻是白色的，叫聲像鴻鵠，牠出現的地方就會有旱災。

再向西一百八十里是泰器山，觀水發源於此，向西流入流沙。觀水中有很多文鰩魚，外形似鯉魚，魚身長有一對鳥般的翅膀，渾身有蒼色的斑紋，牠的腦袋是白色的、嘴巴是紅色的，常常在西海行走，在東海暢遊，在夜間飛行。牠的叫聲像鸞雞，肉味酸中帶甜，人食用後就可以治好癲狂病，牠一旦現世，就代表天下五穀豐登。

～山海經地理～

鍾山
觀點1 由「黃帝乃取峚山之玉榮，而投之鍾山之陽」可見，鍾山是一座產玉的山，因此，鍾山為新疆英吉沙縣的山脈，與密爾岱山相對。

觀點2 根據「又西北四百二十里，曰鍾山」推測，此山應在今青海境內。

泰器山
觀點1 鍾山向西百八十里為瑪爾瑚魯克山，此山即為泰器山，在新疆莎車縣，與密爾岱山相連，亦產玉。

觀點2 根據「又西百八十里，曰泰器之山」推測，鍾山在今青海境內，則此山在今甘肅境內。

流沙
觀點1 古代指中國西北的沙漠地區，也指今新疆境內的白龍堆沙漠一帶。

奇珍異獸觀察記錄

鼓　明·蔣應鎬繪圖本

❶ 明·蔣應鎬繪圖本

❷ 清·汪紱圖本

	文鰩魚❶	駿鳥❷
特徵	如鯉魚，魚身，鳥翼，蒼紋，白首赤喙，音如鸞雞	如鴞，赤足直喙，黃紋白首，如鵠音
特性	常行西海，游於東海，在夜間飛行；其味酸甘，食之可以治癒癲狂病，現世則表示天下五穀豐登	牠的出現代表該地發生旱災
產地	泰器山	鍾山

槐江之山

地圖情報	⛊ 礦物	🐾 動物
⛰ 槐江山	青雄黃、琅玕、黃金、玉、銀、丹粟	嬴母、鷹鸇

～ 注釋 ～

❶ 嬴母：蝸牛。

❷ 琅玕：圓潤如珠的美玉

❸ 榴：同「抽」。引出，提取。

❹ 大澤：后稷所葬之處。傳說稷
甫出生就很靈慧而且先知，他
死時就化形而遁於大澤成為神。

❺ 后稷：周人的先祖。相傳他在
虞舜時任農官，善於莊稼。

❻ 榣木：傳說中特別高大的樹，
具有奇異而神靈的特性。

❼ 鸇：一種猛禽，形似鷂

❽ 摶：集聚，結合。

❾ 洛洛：水流下之貌。

～ 原文 ～

　　又西三百二十里，曰槐江之山。丘時之水出焉，而北流注于泑水。其中多嬴母❶，其上多青雄黃，多藏琅玕❷、黃金、玉，其陽多丹粟，其陰多采黃金銀。實惟帝之平圃，神英招司之，其狀馬身而人面，虎文而鳥翼，徇于四海，其音如榴❸。

　　南望昆侖，其光熊熊，其氣魂魂。西望大澤❹，后稷❺所潛也。其中多玉，其陰多榣木❻之有若。北望諸毗，槐鬼離侖居之，鷹鸇❼之所宅也。東望恒山四成，有窮鬼居之，各在一摶❽。爰有淫水，其清洛洛❾。有天神焉，其狀如牛，而八足二首馬尾，其音如勃皇，見則其邑有兵。

～ 譯文 ～

　　再向西三百二十里是槐江山。丘時水發源於此，向北流入泑水。水中盛產嬴母，山上盛產熏黃、琅玕、黃金和玉石，山南面遍布粟粒般大的丹砂，山北面盛產帶紋彩的黃金白銀。槐江山是天帝懸在半空的園圃，由天神英招主管。英招是馬身人面，有老虎的斑紋和禽鳥的翅膀，祂巡行四海傳布天帝的旨命，聲音如同轆轤抽水。

　　向南可以望見昆侖山，山勢雄渾。向西可以望見大澤，那是后稷所埋葬之地。其中有很多玉石，南面有許多榣木，上面又有若木。向北可以望見諸毗山是神仙槐鬼離侖所居住的地方，也是鷹鸇等飛禽的居所。向東可以望見四重高的恒山，裡面住著窮鬼，各自聚集於一處。這裡有大水傾瀉，清冷流淌。山裡有天神，祂的外形似牛，卻有八隻腳、兩個頭以及一條馬尾巴，叫聲如同吹奏樂器時薄膜振動之聲，祂在哪個地方出現，哪裡就有戰爭。

～山海經地理～

槐江山

 根據「西三百二十里，曰槐江之山」推測，此山為密爾岱山附近的英峨奇盤山。

 泰器山在今甘肅境內，再向西三百二十里的槐江山則應該在今新疆與甘肅的交界處。

丘時水

 丘時水出於槐江山，則丘時水為喇斯庫木河。《清史稿》：「奇盤河自葉城西北流入，合喇斯庫木河，折東北入府，為澤勒普善河。」

恒山

  此處「恒山」不可能為北嶽恒山。有學者認為「恒」當為「垣」，「恒山四成」指東望不周山，由東西南北四方環繞成「垣」。

淫水

 「爰有淫水，其清洛洛。」由此推測淫水為發源於玉山的一條河流，因為河底布滿玉石，所以稱「其清洛洛」。

淫水並非一條河流，而是指洪水。這裡指水從山上流下時廣闊而四溢的樣子。

～神怪觀察記錄～

❶ 明·蔣應鎬繪圖本

❷ 明·蔣應鎬繪圖本

	英招❶	天神❷
特徵	馬身，人面，虎紋，鳥翼，音如轆轤抽水	如牛，八足二首，馬尾，音如勃皇
特性	巡行四海	牠的出現代表該地將有戰爭
產地	槐江山	槐江山

昆侖之丘

地圖情報	🐾 動物	🌿 植物
⛰ 昆侖丘	土螻、欽原、鶉鳥	沙棠、薲草

∽ 注釋 ∾

❶ **昆侖之丘**：昆侖山。

❷ **九部**：晉代郭璞云：「九域之部界。」

❸ **囿**：有圍牆的園林，通常用作畜養禽獸的場所。
　　時：時節。

❹ **蠚**：螫。含有毒腺的蛇、蟲用牙或針鉤刺人畜。

❺ **鶉鳥**：傳說中鳳凰之類的鳥，和前文所說的鶉鳥（即鵪鶉）不同。

❻ **禦**：抵抗、抵擋

❼ **已勞**：消除煩憂。已，病癒；勞，疲倦。

∽ 原文 ∾

　　西南四百里，曰昆侖之丘❶，是實惟帝之下都，神陸吾司之。其神狀虎身而九尾，人面而虎爪；是神也，司天之九部❷及帝之囿時❸。有獸焉，其狀如羊而四角，名曰土螻，是食人。有鳥焉，其狀如蜂，大如鴛鴦，名曰欽原，蠚❹鳥獸則死，蠚木則枯。有鳥焉，其名曰鶉鳥❺，是司帝之百服。有木焉，其狀如棠，黃華赤實，其味如李而無核，名曰沙棠，可以禦❻水，食之使人不溺。有草焉，名曰薲草，其狀如葵，其味如蔥，食之已勞❼。河水出焉，而南流東注于無達。赤水出焉，而東南流注于氾天之水。洋水出焉，而西南流注于醜塗之水。黑水出焉，而西流于大杅。是多怪鳥獸。

∽ 譯文 ∾

　　向西南四百里是昆侖山，它是天帝在下界的都邑，由天神陸吾主管。這位天神有老虎的身體，有九條尾巴，有一張人臉，長著老虎的爪子；祂掌管天上的九部和天帝苑圃的時節。

　　山中有一種叫土螻的野獸，形似羊，但有四隻角，會吃人。有種叫做欽原的鳥，形似蜜蜂，大小卻和鴛鴦差不多。這種鳥能將動物蜇死，將植物蜇枯。還有另一種叫鶉的鳥，主管天帝的各種器用服飾。山中有一種樹木像棠梨，但花是黃的、果實是紅的，味道像李子卻沒有核，名叫做沙棠，可以用來辟水，人吃了它就能在水中漂浮不沉。還有一種草叫做薲草，長得像葵菜，味道像蔥，吃了它就能解除人的煩惱憂愁。

　　黃河發源於此，向南注入無達山。赤水發源於此，向東南流入氾天水。洋水發源於此，向西南流入醜塗水。黑水也發源於此，向西流到大杅山。這座山中有許多奇怪的鳥獸。

山海經地理

昆侖丘	原文裡的「西南四百里」是從不周山之首計算的，則昆侖丘就是昆侖山的最高峰黃穆峰，山名是為了紀念最早在上面修建宮殿的黃帝和千年後來此居住的周穆王。
河	指塔里木河。此河是的內流河，有三源：南為和田河，發源於喀喇昆侖山；西南源葉爾羌河，源出喀喇昆侖山和帕米爾高原；北源阿克蘇河源於天山山脈西段。

無達

 觀點 **1**　「東注于無達。」塔里木河是內流河，因為它在洪水期無固定河槽，水流分散，河流容易改道，枯水期常常斷流，所以稱為「無達」。

 觀點 **2**　「河水出于無達。」河是黃河的古稱。因此根據位置推測，無達是巴顏喀喇山下的星宿海。星宿海，位於黃河源頭地區。

氾天水 ▶	根據「赤水出焉，而東南流注于氾天之水」推測，氾天水即是疏勒河，疏勒是蒙古語，水豐草美之意。
洋水 ▶	據推測，洋水是今阿姆河，此河是中亞流程最長、水量最大的內陸河，是鹹海的兩大水源之一。

醜塗水 ▶ 「而西南流注于醜塗之水。」阿姆河在阿富汗與塔吉克斯坦邊界形成大澤，當為醜塗水。

奇珍異獸觀察記錄

❶ 明·蔣應鎬繪圖本　　❷ 清·禽蟲典　　**陸吾** 明·蔣應鎬繪圖本

	土螻❶	欽原❷
特徵	如羊，四角	如蜂，大如鴛鴦
特性	會吃人	蠚鳥獸則死，蠚木則枯
產地	昆侖丘	昆侖丘

樂游之山 ⟶ 玉山

地圖情報

	🪨 礦物	🦊 動物
🏔 樂游山	白玉	鰩魚
🏔 嬴母山	玉、青石	
🏔 玉山		狡、胜遇

～注釋～

❶ **稷澤**：已見於〈西次三經・崒山〉。

❷ **天之九德**：天所具備的九種優良品格。

❸ **犳**：一種類似於豹但沒有花紋的野獸。

❹ **嘯**：獸類長聲吼叫。

❺ **勝**：指玉勝，古代用玉製作的一種首飾。

❻ **厲**：災疫。

❼ **五殘**：五刑殘殺。五，五種輕重不等的刑法。殘，殘殺之氣。

❽ **錄**：清代吳任臣云：「疑為鹿之借字。」

～原文～

又西三百七十里，曰樂游之山。桃水出焉，西流注于稷澤❶，是多白玉，其中多鰩魚，其狀如蛇而四足，是食魚。西水行四百里，曰流沙，二百里至于嬴母之山，神長乘司之，是天之九德❷也。其神狀如人而犳❸尾。其上多玉，其下多青石而無水。

又西三百五十里，曰玉山是西王母所居也。西王母其狀如人，豹尾虎齒而善嘯❹，蓬髮戴勝❺，是司天之厲❻及五殘❼。有獸焉，其狀如犬而豹文，其角如牛，其名曰狡，其音如吠犬，見則其國大穰。有鳥焉，其狀如翟而赤，名曰胜遇，是食魚，其音如錄❽，見則其國大水。

～譯文～

再向西三百七十里是樂游山。桃水發源於此，向西流入稷澤。這裡遍布白色玉石，水中還有很多長得像蛇卻有四隻腳的魚，牠們以魚類為食。向西行四百里水路就是流沙，再行二百里就到嬴母山，由天神長乘主掌，他是天的九德之氣所生。這個天神長得像人卻有犳的尾巴。山上遍布玉石，山下到處是青石而沒有水。

再向西北三百五十里是玉山，這裡是西王母的居所。西王母的外形似人，卻有豹的尾巴和老虎般的牙齒，而且喜好嘯叫，蓬鬆的頭髮上戴著玉勝，主掌上天災疫和五刑殘殺。山中有一種野獸長得像狗，但有豹的斑紋，頭上的角與牛角相似，名叫狡，叫聲像狗，牠在哪裡

出現該國就會五穀豐登。山中還有一種禽鳥長得像野雞，渾身紅色，名叫胜遇，以魚類為食，叫聲像鹿，有牠出現的地方就會發生水災。

山海經地理

樂游山

觀點 **1** 根據「又西三百七十里，曰樂游之山」的山川道里推測，樂游山可能在今青海境內。

嬴母山

觀點 **1** 「西水行四百里，曰流沙。」相當於自英吉爾縣延赤水向西行四百里，為今疏勒西北的烏魯瓦特山。

玉山

觀點 **1** 這裡的「西三百五十里」是針對不周山而言。玉山距槐江山約三十里。關於西王母的民間記載，《竹書紀年》中載：「周穆王十七年西王母來朝，居於昭宮。」「或於來時會與群玉之山。」玉山即為其中之山。

觀點 **2** 古人認為，這座山遍布玉石，所以叫做玉山。其位置當在今新疆和田市產玉的山區。

奇珍異獸觀察記錄

長乘 明·蔣應鎬繪圖本

❶ 明·蔣應鎬繪圖本

西王母 明·蔣應鎬繪圖本

鰭魚❶	
特徵	長得像魚，卻有四隻腳
特性	以魚類為食
產地	樂游山

軒轅之丘 ─→ 章莪之山

地圖情報

	🪨 礦物	🌿 植物	🦊 動物
⛰ 軒轅丘	丹粟、青雄黃		
⛰ 長留山	文玉石		
⛰ 章莪山	瑤、碧		猙、畢方

～注釋～

❶ 冒：由下往上或往外透出、發散。

❷ 白帝少昊：黃帝之子，嫘祖所生，名摯，修太昊之法，故稱為少昊。

❸ 神：清代郝懿行云：「是神，員神，蓋即少昊也。」

❹ 反景：夕陽反照。也作「返景」。

❺ 質：形軀，形體。

❻ 譌火：即訛火。怪火，像野火那樣莫名其妙地燒起來。

～原文～

又西四百八十里，曰軒轅之丘，無草木。洵水出焉，南流注于黑水，其中多丹粟，多青雄黃。

又西三百里，曰積石之山，其下有石門，河水冒❶以西南流。是山也，萬物無不有焉。

又西二百里，曰長留之山，其神白帝少昊❷居之。其獸皆文尾，其鳥皆文首。是多文玉石。實惟員神磈氏之宮。是神❸也，主司反景❹。

又西二百八十里，曰章莪之山，無草木，多瑤碧。所為甚怪。有獸焉，其狀如赤豹，五尾一角，其音如擊石，其名曰猙。有鳥焉，其狀如鶴，一足，赤文青質❺而白喙，名曰畢方，其鳴自叫也，見則其邑有譌火❻。

～譯文～

再向西四百八十里是軒轅丘，這裡沒有花草樹木。洵水發源於此，向南流入黑水，水中遍布粟粒般大的丹砂，還有很多熏黃。

再向西三百里是積石山，山下有個石門，黃河水漫過石門向西南流去。這座山萬物俱全。

再向西二百里是長留山，天神白帝少昊居住在這裡。山中的野獸都有帶著花紋的尾巴，禽鳥都有帶著花紋的腦袋。山上盛產彩色花紋的玉石。這座山是員神磈氏的宮殿。磈氏主要掌管太陽落山時光線射向東方的景象。

再向西二百八十里是章莪山，山上沒有花草樹木，到處是瑤、碧一類的美玉。山裡常常發生怪事。山中一有種叫做猙的野獸，長得像赤豹，有五條尾巴和一隻角，叫聲像敲擊石頭

的聲響。還有一種叫做畢方的鳥，長得像鶴但只有一隻腳，紅色的斑紋，青色的身體，白色的嘴巴，牠的叫聲聽起來就像牠的名字一樣，只要有牠出現的地方就會發生怪火。

山海經地理

 軒轅丘 觀點1 傳說上古帝王黃帝居住在這裡，娶西陵氏女為妻，因此也號稱軒轅氏。

 積石山 觀點1 積石山即為阿尼瑪卿山，為藏族「四大神山」之一。該山為昆侖山東脈，總長二十八公里，寬約十公里。

 石門 觀點1 這裡的石門是指大積石山之東與西傾山之西南的峽谷。黃河從星宿海發源後，流過石門。

 長留山 觀點1 長留山即今布爾汗布達山東北的山脈。此山在柴達木盆地東南，因其西部有諸多河流注入盆地而稱長留山。

 章莪山 觀點1 「又西二百八十里，曰章莪之山。」根據里程推測，章莪山應為青海都蘭縣汗布達山區中的山脈。

神怪觀察記錄

❶ 明·蔣應鎬繪圖本　　❷ 明·蔣應鎬繪圖本

	畢方❶	狰❷
特徵	如鶴，一足，紅色斑紋，青色身體，白喙，鳴聲是自呼其名	如赤豹，五尾，一角，鳴聲如敲擊石頭的聲響
特性	有牠的地方就有怪火	
產地	章莪山	章莪山

白帝少昊　清·汪紱圖本

陰山──→騩山

● ─── ○ ─── ○ ─── ●

地圖情報

	🪨 礦物	🌿 植物	🐾 動物
⛰ 陰山			文貝、天狗
⛰ 符愓山	金玉	棕、柟	
⛰ 三危山			三青鳥、獤𤝔、鴟

～注釋～

❶ 榴榴：或作貓貓，指貓叫聲。

❷ 神江疑：古人認為從山中、樹木中、河谷中、丘陵中，都能升雲，刮風，落雨。而凡是能興風作雨的怪獸，都是神。這座山上的神江疑，就能興風作雨，就是這類的風雨神。

❸ 豪：這裡指長而剛硬的毛。

❹ 蓑：用草或棕櫚葉做成的雨具。

❺ 鶢：長得像鵰，黑紋，赤頸。

❻ 耆童：即老童，相傳為上古帝王顓頊之子。

～原文～

又西三百里，曰陰山。濁浴之水出焉，而南流注于蕃澤，其中多文貝。有獸焉。其狀如狸而白首，名曰天狗，其音如榴榴❶，可以禦凶。

又西二百里，曰符愓之山，其上多棕柟，下多金玉。神江疑❷居之。是山也，多怪雨，風雲之所出也。

又西二百二十里，曰三危之山，三青鳥居之。是山也，廣員百里。其上有獸焉，其狀如牛，白身四角，其豪❸如披蓑❹，其名曰獤𤝔，是食人。有鳥焉，一首而三身，其狀如鶢❺，其名曰鴟。

又西一百九十里，曰騩山，其上多玉而無石。神耆童❻居之，其音常如鍾磬。其下多積蛇。

～譯文～

再向西三百里是陰山。濁浴水發源於此山，向南流入蕃澤，水中有很多五彩斑斕的貝殼。山中有一種形似野貓的野獸，腦袋是白色的，名叫天狗，牠會發出「榴榴」的叫聲，飼養了牠就可以辟凶邪之氣。

再向西二百里是符愓山，山上到處是棕樹和楠木，山下有豐富的金屬礦物和玉石。神仙江疑居住於此。這座符愓山，常常落下怪異的雨，風和雲也從這裡興起。

再向西二百二十里是三危山，三青鳥棲息於此。這座三危山方圓百里。山上有一種形似牛的野獸，身體卻是白色的，長著四隻角，身上的硬毛又長又密，彷彿披著蓑衣，牠名叫獤𤝔，以人為主食。山中還有一種禽鳥，長著一個腦袋、三個身子，外形與鶢鳥相似，叫做鴟。

再向西一百九十里是騩山，山上遍布美玉但沒有石頭。天神耆童居住於此，祂發出的聲音像是敲鐘擊磬的響聲。山下到處是一窩一窩的蛇。

山海經地理

濁浴水　觀點1　根據「濁浴之水出焉」推測，濁浴水即為青海的塔塔棱河。

蕃澤　觀點1　根據「而南流注于蕃澤」推測，蕃澤可能是今青海的巴嘎柴達木湖。

符惕山　觀點1　根據「又西二百里，曰符惕之山」推測，此山為陰山西北部的高山，可能是祁連山中的山嶺。此山西北與東南為火盆地，多水澤，東北山脈阻隔雲雨，因此多怪雲雨。

三危山　觀點1　此山即今甘肅敦煌的三危山。主峰在莫高窟對面，三峰危峙，故名三危。

騩山　觀點1　即當金山。位於甘肅、青海和新疆交界處的阿克塞哈薩克族自治區，昔日為人跡罕至、飛鳥不駐之地。

奇珍異獸觀察記錄

❶ 明·蔣應鎬繪圖本

❷ 明·蔣應鎬繪圖本

❸ 明·蔣應鎬繪圖本

	天狗❶	猙狟❷	鴟❸
特徵	如狸，白首，鳴聲如榴榴	如牛，白身四角，豪如披蓑	一首，三身，長得像鶒
特性	可以禦凶	會吃人	
產地	陰山	三危山	三危山

三青鳥
明·蔣應鎬繪圖本

天山──翼望之山

地圖情報

	🪨 礦物	🦊 動物
⛰ 天山	金玉、青雄黃	
⛰ 泑山	嬰短玉、瑾、瑜、青雄黃	
⛰ 翼望山	金玉	讙

注釋

❶ 渾敦：混沌，沒有具體的形狀。

❷ 帝江：帝鴻，亦即黃帝

❸ 蓐收：金神。見〈海外西經〉。

❹ 嬰短之玉：就是前文瑜次山一節中所記述的嬰垣之玉。據今人考證，「垣」、「短」可能都是「脰」之誤。

❺ 紅光：指蓐收。

❻ 棄：競取，爭取。這裡是超出、壓倒的意思。

❼ 癉：通「疸」，即黃疸病。

❽ 厭：通「魘」，夢中遇可怕的事而呻吟、驚叫。

原文

又西三百五十里，曰天山，多金玉，有青雄黃。英水出焉，而西南流注于湯谷。有神焉，其狀如黃囊，赤如丹火，六足四翼，渾敦❶無面目，是識歌舞，實為帝江❷也。又西二百九十里，曰泑山，神蓐收❸居之。其上多嬰短之玉❹，其陽多瑾瑜之玉，其陰多青雄黃。是山也，西望日之所入，其氣員，神紅光❺之所司也。西水行百里，至于翼望之山，無草木，多金玉。有獸焉，其狀如狸，一目而三尾，名曰讙，其音如棄❻百聲，是可以禦凶，服之已癉❼。有鳥焉，其狀如烏，三首六尾而善笑，名曰鵸鵌，服之使人不厭❽，又可以禦凶。凡〈西次三經〉之首，崇吾之山至于翼望之山，凡二十三山，六千七百四十四里。其神狀皆羊身人面。其祠之禮，用一吉玉瘞，糈用稷米。

譯文

再向西三百五十里是天山，山上有黃銅、熏黃。英水發源於此，向西南流入湯谷。山裡有神帝江，祂長得像黃色袋子，發出的精光紅得像火，有六隻腳、四隻翅膀，混混沌沌沒有面目，能唱歌跳舞。再向西二百九十里是泑山，天神蓐收居住在此。山上盛產可製成頸飾的玉石，山南面有瑾玉和瑜玉，北面有熏黃。從此山向西可以望見落日之景，氣象雄渾，那就是由天神紅光掌管的啊。向西行一百里水路便到了翼望山，山上沒有草木，遍地是金玉。有一種形似野貓的野獸，但牠只有一隻眼睛、三條尾巴，叫聲能賽過一百種動物，名叫讙，可

以用來辟凶邪之氣，吃了牠就能醫好黃疸。還有一種像烏鴉的禽鳥，長著三顆腦袋、六條尾巴，喜歡笑，名叫鶺鴒，吃了牠就不會做噩夢，還能辟凶邪。

　　總計〈西次三經〉從崇吾山起到翼望山止，共二十三座山，六千七百四十四里。山神都是羊的身體人的臉。祭祀山神時要把一塊吉玉埋入地下，祀神的精米要用高粱米。

～山海經地理～

天山

 觀點1 並非今日所指的天山，而是阿爾金山北段，自當金山口西南三百五十里的山脈。

 觀點2 根據「又西三百五十里，曰天山」的里程推測，天山即位於今甘肅張掖的祁連山；祁連山脈西端在當金山口與阿爾金山脈相接處。

 觀點3 不是指今天山山脈的全部，而是新疆天山東端的博格達峰。有「神居之所」之意。

 觀點4 根據對「天山」物產及神話傳說的描述，從大致位置推測此山，可能是昆侖山山脈北面的帖爾斯克山。

汋山

 觀點1 「又西二百九十里，曰汋山」，則汋山是阿爾金山南段，新疆羅布泊東南，從前文天山分界處起，向西至庫爾汗山口，都是汋山。

觀點2 前文天山若是昆侖山，汋山就是今新疆吐魯番盆地的火焰山。

翼望山

  觀點1 「西水行百里，至於翼望之山。」庫爾汗山西南有水道直通台特瑪湖，其水東南有山，即木蘭東南之山，即翼望山。這座山像蝙蝠張開雙翼，故稱「翼望之山」。

～神怪觀察記錄～

蓐收　明·蔣應鎬繪圖本

❶ 明·蔣應鎬繪圖本

帝江　明·蔣應鎬繪圖

❷ 明·蔣應鎬繪圖本

	讙❶	鶺鴒❷
特徵	如狸，一目，三尾，叫聲超過百種	如鳥，三首六尾，善笑
特性	可以禦凶，服之可治黃疸	服之使人不做惡夢，又可以禦凶
產地	翼望山	翼望山

陰山 ─→ 鳥山

	🪨 礦物	🌿 植物
🏔 陰山		穀、茆、蕃
🏔 勞山		茈草
🏔 罷父山	碧	茈
🏔 申山	金、玉	穀、柞、杻、橿
🏔 鳥山	鐵、玉	桑、楮

～注釋～

❶ 穀：落葉亞喬木。略似楮，葉深裂而粗。雄花如穗，雌花如球。果實呈紅色。可供製紙。

❷ 茆：多生於湖泊沼澤中。葉橢圓形，浮生水面。莖葉背面有黏液。夏日開暗紅色花。嫩葉可食。江南人稱為蓴菜。

❸ 蕃：即蘋草，像大一點的莎草，長於湖水邊，大雁以它為食。

❹ 茈草：即紫草，可作紫色染料。

❺ 茈：紫色。這裡指紫色的美石。

❻ 碧：青綠色。這裡指青綠色的玉石。

～原文～

〈西次四經〉之首，曰陰山，上多穀❶，無石，其草多茆❷、蕃❸。陰水出焉，西流注于洛。

北五十里，曰勞山，多茈草❹。弱水出焉，而西流注于洛。

西五十里，曰罷父之山，洱水出焉，而西流注于洛，其中多茈❺、碧❻。

北百七十里，曰申山，其上多穀柞，其下多杻橿，其陽多金玉。區水出焉，而東流注于河。

北二百里，曰鳥山，其上多桑，其下多楮，其陰多鐵，其陽多玉。辱水出焉，而東流注于河。

～譯文～

〈西次四經〉的首座山是陰山，山上生長著茂密的構木，但沒有石頭，這裡的草以蓴菜和蘋草居多。陰水發源於這座山，向西流入洛水。

向北五十里是勞山，這裡有茂盛的紫草。弱水發源於這座山，然後向西流入洛水。

向西五十里是罷父山，洱水發源於此，向西流入洛水，水中有很多紫色和碧色的玉石。

向北一百七十里是申山，山上是茂密的構木和柞樹，山下是茂密的杻樹和橿樹，山南面還有豐富的金屬礦物和玉石。區水發源於這座山，然後向東流入黃河。

向北二百里是鳥山，山上到處是桑樹，山下到處是楮樹，山北面盛產鐵，而山南面盛產玉石。辱水發源於這座山，向東流入黃河。

～ 山海經地理 ～

陰山	▶ 陰水水源的東方應為將軍山，即陰山。	陰水	▶ 陰水向西注入洛水，符合這一條件的是石門河。	勞山	▶ 根據山川里程推算，勞山在今陝西甘泉縣。

弱水	觀點1 ▶ 根據前文「陰水」推測，其北五十里西注于洛水的河流應該是今黃連河。
	觀點2 如果勞山在今陝西甘泉縣，源出勞山的弱水可能是流經甘泉縣的甘泉河、介子河。

罷父山	觀點1 「西五十里，曰罷父之山。」勞山西五十里的山即今原耎險山，山北有幕府溝，「罷父」即「幕府」的諧音。
	觀點2 勞山在今陝西甘泉縣，西五十里的罷父山應在今陝西境內。

洱水	觀點1 出於罷父之山，向西注入洛水的河流即仙官河，此河即為洱水。
	觀點2 「洱水出焉，而西流注于洛。」根據地理位置推測，洱水可能是今周河。

申山	觀點1 根據區水位置可以推測出申山位置，白水川出自黃龍山，因此申山為今黃龍山。
	觀點2 「北百七十里，曰申山。」根據里程推測，申山可能是今陝西安塞縣北的蘆關山。

區水	觀點1 「區水出焉，而東流注于河。」區水在仕望川南，東流注入黃河，此河是今白水川。
	觀點2 區水應發源於陝西榆林地區靖邊縣，經志丹、安塞鐮刀灣鄉南下入延安，流貫延安城，轉向東流入延長縣。因此區水是今延安的延河。在延長縣南河溝鄉涼水岸附近注入黃河。

鳥山	觀點1 「北二百里，曰鳥山……辱水出焉。」仕望川為辱水，則鳥山即為仕望川源頭大盤山。

辱水	觀點1 雲岩河之南，注入黃河的大河為「仕望川」，仕望川即為辱水。
	觀點2 「辱水出焉，而東流注于河。」區水是今延安的延河，辱水可能是今陝西的清澗河。

上申之山 ── 號山

	🪨 礦物	🌿 植物	🦊 動物
🏔 上申山	硌石	榛、楛	白鹿、當扈
🏔 諸次山			眾蛇
🏔 號山	泠石	漆、棕、藥、虈、芎藭	

注釋

❶ 硌石：山上的大石。

❷ 榛：落葉灌木。其果實稱榛子，近球形，果皮堅硬。
楛：樹木名。其形似荊而色紅，莖可以做成箭桿。

❸ 雉：俗稱野雞。雄性雉鳥的羽毛華麗，頸下有一顯著白色環紋。雌性雉鳥全身砂褐色，體形較小，尾也較短。善於行走，但不能長時間飛行。肉可以食用，而尾羽可做裝飾品。

❹ 髯：兩頰上的鬍鬚。

❺ 眴目：即瞬目，眨眼睛。

❻ 漆：漆樹，落葉喬木，從樹幹中流出的汁液可作塗料。

❼ 藥：白芷的別名，是一種香草，根稱白芷，葉子稱藥，統稱為白芷。
虈：香草名。
芎藭：植物名。根可入藥，有調經、活血、潤燥、止痛等療效。亦稱為「川芎」。

❽ 泠石：柔軟如泥的石頭。

原文

又北百二十里，曰上申之山，上無草木，而多硌石❶，下多榛楛❷，獸多白鹿。其鳥多當扈，其狀如雉❸，以其髯❹飛，食之不眴目❺。湯水出焉，東流注于河。

又北百八十里，曰諸次之山，諸次之水出焉，而東流注于河。是山也，多木無草，鳥獸莫居，是多眾蛇。

又北百八十里，曰號山，其木多漆❻、棕，其草多藥、虈、芎藭❼。多泠石❽。端水出焉，而東流注于河。

譯文

再向北一百二十里是上申山，山上沒有花草樹木，到處是大石頭，山下是茂密的榛樹和楛樹，野獸以白鹿居多。山裡最多的禽鳥是當扈鳥，牠長得像野雞，卻用兩頰上的鬍鬚當翅膀來飛，吃了牠的肉就能使人不眨眼睛。湯水發源於這座山，向東流入黃河。

再向北八十里是諸次山，諸次水發源於這座山，然後向東流入黃河。這座諸次山到處生長著樹木，卻不生長花草，也沒有禽鳥野獸棲居，但有許多蛇盤聚在山中。

再向北一百八十里是號山，山裡的樹木大多是漆樹、棕樹，而草以白芷草、虈草和川芎居多。山中還盛產泠石。端水發源於這此山，然後向東流入黃河。

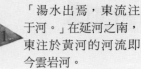

～山海經地理～

上申山 觀點1 根據「又北百二十里，曰上申之山」推測，上申山即今崆峒山，屬六盤山支脈。東瞰西安，西接蘭州，南鄰寶雞，北抵銀川，是古絲綢之路西出關中之要塞。

湯水 觀點1 「湯水出焉，東流注于河。」在延河之南，東注於黃河的河流即今雲岩河。

諸次山 觀點1 延河為諸次水，該河源出於梁山，因此梁山即為諸次山。

觀點2 根據「又北百八十里，曰諸次之山」推測，諸次山在今陝西榆林北的毛烏素沙漠中。

諸次水 觀點1 根據後文「端水」的位置推測，在清澗河之南，東注入黃河的河流為延河，則延河為諸次水。

觀點2 「諸次之水出焉，而東流注于河。」諸次山在今陝西榆林北的毛烏素沙漠中，諸次水則可能是流經陝西佳縣的佳蘆河。

號山 觀點1 「又北百八十里，曰號山……端水出焉。」清澗河為端水，端水出於號山，則號山為今高柏山。

端水 觀點1 根據後文「生水」的位置推測，在無定河之南，向東注入黃河的河流為清澗河。此河即為端水。

觀點2 「端水出焉，而東流注于河。」由此推測，端水可能是今陝西境內的禿尾河。禿尾河是黃河中游河龍區間一條多泥沙河流。

～奇珍異獸觀察記錄～

❶ 明·蔣應鎬繪圖本

當扈❶	
特徵	如雉，用兩頰上的鬍鬚當翅膀來飛翔
特性	吃了牠的肉就不會再眨眼睛
產地	上申山

白鹿　清·汪紱圖本

盂山 ─→ 剛山

注釋

❶ 鴟：貓頭鷹一類的鳥。

❷ 柒：漆樹。「柒」即「漆」字。

❸ 神魑：神鬼魑魅之類。

❹ 欽：「吟」字的假借音，呻吟之意。

原文

　　又北二百二十里，曰盂山，其陰多鐵，其陽多銅，其獸多白狼、白虎，其鳥多白雉、白翟。生水出焉，而東流注于河。 西二百五十里，曰白於之山，上多松柏，下多櫟檀，其獸多㸲牛、羬羊，其鳥多鴟❶。洛水出于其陽，而東流注于渭；夾水出于其陰，東流注于生水。

　　西北三百里，曰申首之山，無草木，冬夏有雪。申水出于其上，潛于其下，是多白玉。 又西五十五里，曰涇谷之山。涇水出焉，東南流注于渭，是多白金白玉。

　　又西百二十里，曰剛山，多柒木❷，多㻦琈之玉。剛水出焉，北流注于渭。是多神魑❸，其狀人面獸身，一足一手，其音如欽❹。

譯文

　　再向北二百二十里是盂山，山北產鐵，山南產銅，野獸大多是白狼和白虎，禽鳥以白雉和白翟為主。生水發源於此山，向東流入黃河。向西二百五十里是白於山，山上是茂密的松樹和柏樹，山下是茂密的櫟樹和檀樹，野獸大多是㸲牛和羬羊，禽鳥以鴟居多。洛水發源於山南面，向東流入渭水；夾水發源於山北面，向東流入生水。

　　向西北三百里是申首山，山上無草木，冬季夏季都有積雪。申水發源於此山，潛流到山下，水中有很多白色玉石。再向西五十五里是涇谷山。涇水發源於此山，向東南流入渭水，這裡盛產白銀和白玉。

　　再向西一百二十里是剛山，到處是漆樹，盛產㻦琈玉。剛水發源於此山，向北流入渭水。這裡有很多神魑，皆是人臉獸身，只有一隻腳一隻手，叫聲聽起來像人類的呻吟。

～山海經地理～

 盂山 觀點　根據里程推測，盂山即今橫山，此山處陝北黃土高原、風沙高原過渡區。

 生水 觀點　「生水出焉，而東流注于河。」生水出於盂山，因此生水即為黃河支流無定河。此河位於陝西北部。

 白於山 觀點　「西二百五十里，曰白於之山。」白於山之名至今沒有變，即今白於山。此山在陝西北部。

 夾水 觀點　「洛水出于其陽，東流注于渭；夾水出于其陰，東流注于生水。」根據洛河、渭河位置推測，夾水為無定河上游的紅柳河。

 申首山 觀點　根據里程推測，涇谷是六盤山的水溝梁，其東五十五里為虎頭山，此山即為申首山。

 申水 觀點　「申水出其上，潛于其下。」虎頭山下有蒲河，據此推測蒲河即為申水。

 涇谷山 觀點　「又西五十五里，曰涇谷之山。涇水出焉。」涇河出自今六盤山的水溝梁。則涇谷山即水溝梁。

 涇水 觀點　今涇河是渭河最大的支流。本源有二，南源出於寧夏涇源老龍潭，北源出於寧夏固原大灣鎮。

 剛山 觀點　「又西百二十里，曰剛山。」根據里程推測，剛山為今屈吳山。此山為祁連山東延餘脈，主峰南溝大頂，海拔兩千八百五十八公尺，為平川區最高峰。

～神怪觀察記錄～

白虎　清・汪紱圖本

白狼　清・汪紱圖本

神魂　明・蔣應鎬繪圖本

剛山之尾 ⟶ 中曲之山

	🪨 礦物	🌿 植物	🐾 動物
⛰ 剛山尾			蠻蠻
⛰ 英鞮山	金玉	漆木	冉遺魚
⛰ 中曲山	玉、雄黃、白玉、金	櫰木	駮

～原文～

又西二百里，至剛山之尾。洛水出焉，而北流注于河。其中多蠻蠻❶，其狀鼠身而鱉首，其音如吠犬。又西三百五十里，曰英鞮之山，上多漆木，下多金玉，鳥獸盡白。涴水出焉，而北流注于陵羊之澤。是多冉遺之魚，魚身蛇首六足，其目如馬耳，食之使人不眯❷，可以禦凶。

又西三百里，曰中曲之山，其陽多玉，其陰多雄黃、白玉及金。有獸焉，其狀如馬而白身黑尾，一角，虎牙爪，音如鼓音，其名曰駮，是食虎豹，可以禦兵。有木焉，其狀如棠，而員葉赤實，實大如木瓜❸，名曰櫰木❹，食之多力。

～注釋～

❶ 蠻蠻：今名水獺。

❷ 眯：夢魘。

❸ 木瓜：木瓜樹所結的果子。這種果樹也叫楸樹，落葉灌木或喬木，果實在秋季成熟，橢圓形，有香氣，可以食用，也可入藥。

❹ 櫰木：櫰槐，一種落葉喬木。

～譯文～

再向西二百里是剛山的尾端。洛水發源於此，向北流入黃河。這裡有很多蠻蠻，牠的外形為老鼠的身體、甲魚的腦袋，鳴聲如同狗吠。再向西三百五十里是英鞮山，山上有很多漆樹，山下盛產銅礦，鳥獸皆為白色。涴水發源於此山，向北流入陵羊澤。水裡有很多冉遺魚，牠有魚身、蛇頭和六隻腳，眼睛像馬耳朵。吃了牠就不會做噩夢，也能辟凶邪之氣。

再向西三百里是座中曲山，山南面產玉石，山北面產雄黃、白玉和金屬礦物。山中有一種野獸長得像馬，但身體是白色的、尾巴是黑色的，有一隻角、老虎的牙齒和爪子，鳴叫如同擊鼓的響聲，名叫駮。牠以老虎和豹為食，飼養牠就能避免兵器之禍。山中還有一種樹木，外形如棠梨，但是圓葉、紅果實，果實如木瓜般大，名叫櫰木。食用了它就能增大力氣。

～山海經地理～

洛水	觀點1	「又西二百里，至剛山之尾。洛水出焉。」剛山為今屈吳山，洛水是今甘肅境內的祖厲河。此河是黃河上游支流。
	觀點2	洛水不是今天的洛河，而是寧夏境內的清水河之古稱「西洛水」。清水河為黃河上游支流。發源於六盤山東麓開城鄉境內的黑刺溝腦。

 英鞮山 觀點1　根據里程推測，英鞮山是今烏鞘嶺。此山位於甘肅，屬祁連山脈北支冷龍嶺的東南端。

 浼水 觀點1　浼水出焉，而北流注于陵羊之澤。」英鞮山是今烏鞘嶺，則浼水為位於甘肅河西走廊東端的石羊河（唐時稱白亭河）。

 陵羊澤 觀點1　浼水為石羊河，則陵羊澤為位於甘肅的白亭海。

 中曲山 觀點1　白亭海西行約百里，到達今天的天梯山，沿山嶺西行一二百里到達平羌口雪山，雪山與天梯山組成一個「卜」字。即中曲山。

～奇珍異獸觀察記錄～

❶ 明·蔣應鎬繪圖本

❷ 明·蔣應鎬繪圖本

	蠻蠻❶	冉遺魚❷	駮❸
特徵	鼠身，鱉首，鳴聲如同狗吠	魚身，蛇首，六足	如馬，白身黑尾，一角，虎牙爪，如鼓音
特性		吃了它就不會作噩夢，可以辟凶	以虎豹為食，飼養牠就可以避免兵器之禍
產地	剛山尾	英鞮山	中曲山

❸ 明·蔣應鎬繪圖本

邽山 → 鳥鼠同穴之山

地圖情報	🗿 礦物	🐾 動物
⛰️ 邽山		窮奇、贏魚
⛰️ 鳥鼠同穴山	白玉	白虎、鰠魚、絮鮯魚

注釋

❶ 獋：古同「嗥」。野獸吼叫。

❷ 黃貝：據說是一種甲蟲，肉如蝌蚪，但有頭也有尾巴。

❸ 鰠魚：見圖。鰠，音「ㄙㄠ」。

❹ 鱣魚：一種無鱗的大魚，大的有二三丈長，嘴長在頷下，身上有甲，肉是黃色的。

❺ 銚：音「ㄉㄧㄠˋ」，一種小型炊具。有把柄和出水口，用來燒開水或熬煮東西。

原文

又西二百六十里，曰邽山。其上有獸焉，其狀如牛，蝟毛，名曰窮奇，音如獋❶狗，是食人。濛水出焉，南流注于洋水，其中多黃貝❷，贏魚，魚身而鳥翼，音如鴛鴦，見則其邑大水。

又西二百二十里，曰鳥鼠同穴之山，其上多白虎、白玉。渭水出焉，而東流注于河，其中多鰠魚❸，其狀如鱣魚❹，動則其邑有大兵。濫水出于其西，西流注于漢水，多絮鮯之魚，其狀如覆銚❺，鳥首而魚翼魚尾，音如磬石之聲，是生珠玉。

譯文

再向西二百六十里是邽山。山上有一種野獸的外形像牛，但全身長著刺蝟毛，名叫窮奇，鳴叫聲如同狗吠，會吃人。濛水發源於此山，向南流入洋水，水中有很多黃貝；還有一種贏魚，長著魚的身子卻有鳥的翅膀，發出的聲音像鴛鴦鳴叫，牠在哪裡出現，哪裡就會有水災。

再向西二百二十里是鳥鼠同穴山，山上有很多白色的虎和潔白的玉。渭水發源於這座山，然後向東流入黃河，水中生長著許多鰠魚，長得像鱣魚，牠在哪個地方出沒，哪裡就會有大戰發生。濫水發源於鳥鼠同穴山的西面，向西流入漢水，水中有很多絮鮯魚，牠長得像反轉過來的銚，但有鳥的腦袋和魚的鰭及尾巴，叫聲就像敲擊磬石發出的響聲，能吐出珠玉。

～山海經地理～

邽山 ▶ 「又西二百六十里，曰邽山。」根據里程推測，邽山為今燕麥山。

濛水 ▶ 「濛水出焉，南流注于洋水。」邽山為今燕麥山，山南有水即濛水。因此濛水為青海西寧市二十里鋪鎮的北川河。

洋水 ▶ 北川河注入湟水河，因此洋水即為湟水河，又名西寧河，指流經西寧城北的黃河重要支流。位於青海東部，發源於海晏縣包呼圖山，到甘肅蘭州市西面的達家川入黃河。

鳥鼠同穴山 ▶ 根據山名和地理位置推測，此山是今甘肅渭源縣西南的鳥鼠山。屬西秦嶺北支。海拔三千四百九十五公尺，東西長三公里，南北寬二公里是渭河上游北源和洮河支流東峪溝的分水嶺。

～奇珍異獸觀察記錄～

❶ 明・蔣應鎬繪圖本

鰠魚 明・蔣應鎬繪圖本

❷ 清・禽蟲典

❸ 明・蔣應鎬繪圖本

	窮奇❶	蠃魚❷	絮䰱魚❸
特徵	如牛，蝟毛，如狗嚎叫	魚身，鳥翼，音如鴛鴦	如覆銚，鳥首，魚翼魚尾，音如磬石
特性	以人為主食	牠的出現代表將有水災	能吐出珠玉
產地	邽山	邽山	鳥鼠同穴山

崦嵫之山

注釋

❶ 丹木：木名，一本説即櫬樹，種類很多，木材堅硬，入秋後葉子變紅。

❷ 符：為「柎」的假借字，意指花萼。

❸ 砥礪：泛指磨刀用的石頭。細磨刀石叫砥，粗磨刀石叫礪。

❹ 孰湖：見圖。

❺ 鴞而人面：即人面鴞，見圖。鴞，鴞形目鳥類的統稱。

❻ 蜼：清代汪紱云：「猿屬，仰鼻岐尾，天雨則自懸樹，而以尾塞鼻。」

原文

西南三百六十里，曰崦嵫之山，其上多丹木❶，其葉如穀，其實大如瓜，赤符❷而黑理，食之已癉，可以禦火。其陽多龜，其陰多玉。苕水出焉，而西流注于海，其中多砥礪❸。有獸焉，其狀馬身而鳥翼，人面蛇尾，是好舉人，名曰孰湖❹。有鳥焉，其狀如鴞而人面❺，蜼❻身犬尾，其名自號也，見則其邑大旱。

凡〈西次四經〉自陰山以下，至于崦嵫之山，凡十九山，三千六百八十里。其神祠禮，皆用一白雞祈，糈以稻米，白菅為席。

右西經之山，凡七十七山，一萬七千五百一十七里。

譯文

向西南三百六十里是崦嵫山，山上生長著丹樹，它的葉子像構木葉，結出的果實像瓜，紅色的花萼帶著黑色的斑紋，人吃了它就可以治癒黃疸病，還可以辟火。山南面有很多烏龜，山北面到處是玉石。苕水發源於這座山，向西流入大海，水中有很多磨刀石。山中有一種野獸長得像馬，但有鳥的翅膀、人的臉、蛇的尾巴，喜歡把人抱著舉起來，叫做孰湖。山中還有一種禽鳥長得像貓頭鷹，但有人的臉、蜼的身體，拖著一條狗尾巴，牠發出的叫聲就是自己的名字，在哪個地方發現牠的蹤跡，哪裡就會有大旱災。

總計〈西次四經〉，從陰山開始，直到崦嵫山為止，一共十九座山，途經三千六百八十里。祭祀諸山山神的典禮，都是用一隻白色雞獻祭，祀神的精米用稻米，拿白茅草當做神的坐席。

以上是〈西山經〉中記載的山脈，總共七十七座山，一萬七千五百一十七里。

～山海經地理～

崦嵫山

「西南三百六十里,曰崦嵫之山。」崦嵫山是神話傳說中太陽落入的地方,山下有濛水,水中有虞淵。據考證,這座山為大通雪山。

苕水

「苕水出焉,而西流注于海。」這裡的海是指青海湖,則苕水為向西注入青海湖的一條河流。有兩條河符合條件,一為倒淌河,此河已考證是騩山淒水;其次為哈倫烏蘇河。故此河即為苕水。

～奇珍異獸觀察記錄～

❶ 明‧蔣應鎬繪圖本

❷ 明‧蔣應鎬繪圖本

	孰湖❶	人面鴞❷
特徵	馬身,鳥翼,人面,蛇尾	如鴞,人面,蜼身,犬尾,叫聲是自呼其名
特性	喜歡把人抱著舉起來	牠的出現代表將有旱災
產地	崦嵫山	崦嵫山

上卷

山經

山海經第三
北 山 經

🏔️🌊 單狐山 - - - - - - - 🏔️🌊 毋逢山

行經二萬三千二百三十里

　　〈北山經〉共有三篇：包括〈北山首經〉、〈北次二經〉和〈北次三經〉。這三篇經文主要敘述了位於赤縣神州北方的八十七座山脈。其山川河流大致在現今寧夏、新疆、山西和河南境內。

　　此外，〈北山經〉中還介紹了各個山上出產的植物、動物、礦物，尤其詳細列出動植物的特徵和特點，像是〈北山首經〉中的許多怪獸和怪魚。有長得像黃鱔但背脊是赤色的滑魚，有文臂牛尾的水馬，有長得像雞但有三尾六足四首的儵魚。〈北次二經〉的山脈從汾河的源頭往西折兩百五十里作為起點，然後幾乎一路直線向北。從〈北次三經〉的太行山、王屋山和燕山則可以判斷其記載的範圍大致在現今山西、河南、河北和內蒙古境內。

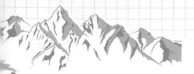

單狐之山 ── 求如之山

地圖情報

	🪨 礦物	🌿 植物	🐱 動物
🏔 單狐山	茈石、文石	机木、華草	
🏔 求如山	銅、玉		滑魚、水馬

～注釋～

❶ **机木**：橿木，一種似榆樹的樹木。焚燒後可做稻田的肥料。

❷ **茈石**：「茈」古字假借為「紫」，此處指紫色的漂亮石頭。

❸ **文石**：有紋理的漂亮石頭。

❹ **鱓**：為鱔的異體字，即鱔魚。其形似鰻而細長，體呈赤褐色，腹呈黃色，具暗色斑點，光滑無鱗。可食用。俗稱黃鱔。

❺ **梧**：此處指如人枝梧時的聲音。「枝梧」亦作「支吾」，即抵抗、抗拒之意。

❻ **疣**：皮膚上突起的小肉瘤。

❼ **呼**：指人呼喊叫喚的聲音。

～原文～

〈北山經〉之首，曰單狐之山，多机木❶，其上多華草。逢水出焉，而西流注于泑水，其中多茈石❷、文石❸。

又北二百五十里，曰求如之山，其上多銅，其下多玉，無草木。滑水出焉，而西流注于諸毗之水。其中多滑魚，其狀如鱓❹，赤背，其音如梧❺，食之已疣❻。其中多水馬，其狀如馬，文臂牛尾，其音如呼❼。

～譯文～

〈北山經〉的第一座山叫做單狐山，山上有茂密的橿木林，花草茂盛。逢水發源於這座山，然後向西流入泑水，水中有很多紫石和文石。

再向北二百五十里是求如山，山上蘊藏豐富的銅礦，山下也有豐富的玉石，但沒有花草樹木。滑水發源於這座山，然後向西流入諸毗水。水中有很多滑魚，牠長得像鱔魚，脊背是紅色的，發出的聲音就如同人支支吾吾地說話。吃了牠的肉就能治好皮膚上突起的小肉瘤。水中還有很多水馬，牠長的像馬，但前腿上長有花紋，並拖著一條牛尾巴，發出的聲音像人在呼喊叫喚。

～山海經地理～

單狐山	觀點 1	「北山經之首，曰單狐之山。」據推測，單狐山是庫斯渾山，此山上為東西嶺，下分為南北嶺。共計有五大山嶺，數十個小嶺。
	觀點 2	根據上文〈西山經〉的山川河流方位推測，單狐山是今寧夏和內蒙古交界處的賀蘭山一部分。
濩水	觀點 1	「濩水出焉，而西流注于泑水。」單狐山是庫斯渾山，則濩水為烏蘭烏蘇河。
泑水	觀點 1	烏蘭烏蘇河向下注入蔥嶺北河，因此泑水可能為蔥嶺北河。
	觀點 2	烏蘭烏蘇河向下注入蔥嶺北河後，蔥嶺北河再向下注入塔里木河。因此，泑水可能為新疆塔里木河或其支流。
求如山	觀點 1	「又北二百五十里，曰求如之山。」庫斯渾山向北二百五十里是天山主脈的天可汗嶺。又或是天可汗嶺及其西之青砂嶺的總稱「蘇渾山」。
	觀點 2	根據里程推測，求如山可能是寧夏和內蒙古交界處的賀蘭山一部分。
滑水	觀點 1	「滑水出焉，而西流注于諸毗之水。」求如山是今蘇渾山，則滑水即今喀什噶爾河，是塔里木盆地西部的一條內流河。
	觀點 2	假設求如山是賀蘭山的一部分，則滑水可能是今漢中的滑水河。

～奇珍異獸觀察記錄～

❶ 清・汪紱圖本

	滑魚❶	水馬❷
特徵	如鱓，赤背，音如人在支吾	如馬，紋臂牛尾，音如呼
功效	吃了牠就能治好皮膚上的肉瘤	
產地	求如山	求如山
今名	鱔魚、黃鱔	河馬

❷ 清・汪紱圖本

帶山→譙明之山

地圖情報

	礦物	動物
帶山	玉、青碧	䑏疏、鵸鵌、儵魚
譙明山	青雄黃	何羅魚、孟槐

注釋

❶ **錯**：「厝」的假借字，此處指磨刀石。

❷ **疽**：一種毒瘡，多生於肩、背和臀等處。明代的張自烈於《正字通．疒部》中指出，癰之深者曰疽，疽深而惡，癰淺而大。

❸ **儵魚**：「儵」通「儵」，即白鰷。

❹ **癰**：一種皮膚和皮下組織的化膿及壞死的炎症。呈局部腫脹，中央有許多小孔，非常疼痛。有發燒、寒顫等現象，嚴重時，甚至併發敗血症。

❺ **貆**：此處指豪豬。

❻ **毫**：細毛。

原文

又北二百里，曰帶山，其上多玉，其下多青碧。有獸焉，其狀如馬，一角有錯❶，其名曰䑏疏，可以辟火。有鳥焉，其狀如烏，五采而赤文，名曰鵸鵌，是自為牝牡，食之不疽❷。彭水出焉，而西流注于芘湖之水，其中多儵魚❸，其狀如雞而赤毛，三尾六足四首，其音如鵲，食之可以已憂。

又北四百里，曰譙明之山。譙水出焉，西流注于河。其中多何羅之魚，一首而十身，其音如吠犬，食之已癰❹。有獸焉，其狀如貆❺而赤毫❻，其音如榴榴，名曰孟槐，可以禦凶。是山也，無草木，多青雄黃。

譯文

再向北二百里是帶山，山上盛產玉石，山下盛產青石碧玉。山中有一種野獸長得像馬但有一隻如同磨刀石的角，名叫䑏疏，飼養牠就可以辟火。還有一種鳥長得像烏鴉，但渾身是帶著紅斑紋的五彩羽毛，名叫鵸鵌。這種鳥是雌雄同體，吃了牠的肉就不會生毒瘡。彭水發源於這座山，向西流入芘湖水，水中有很多儵魚，外形似雞，但羽毛是紅色的，並長著三條尾巴、六隻腳、四隻眼睛，叫聲像喜鵲。吃了牠的肉就能使人拋卻煩憂。

再向北四百里是譙明山。譙水發源於這座山，向西流入黃河。水中有很多何羅魚，牠雖只有一顆腦袋，卻有十個身體，發出的聲音就像狗吠。吃了牠的肉可以治癒毒瘡。山中有一種野獸長得像豪豬，卻有柔軟的紅毛，叫聲如同用轆轤抽水的響聲，名叫孟槐。飼養牠就可以辟凶邪之氣。這座譙明山沒有花草樹木，到處是熏黃。

山海經地理

帶山

觀點1 假設求如山是今蘇渾山，北二百里的帶山應位於青砂嶺與蘇渾山之間。此山的東西向很長，宛如帶子，故名帶山。

觀點2 「又北二百里，曰帶山。」此範圍還在賀蘭山之中，為今寧夏和內蒙古交界處的賀蘭山一部分。

譙明山

觀點1 根據里程推測，譙明山為烏什縣的青砂嶺。

觀點2 賀蘭山向北四百里是今內蒙古境內的卓資山，此山即為譙明山。卓資山地處內蒙古高原陰山山脈南麓，山丘屬陰山山脈的東延部分。

奇珍異獸觀察記錄

❶ 明．蔣應鎬繪圖本

❷ 明．蔣應鎬繪圖本

❸ 明．蔣應鎬繪圖本

❹ 明．蔣應鎬繪圖本

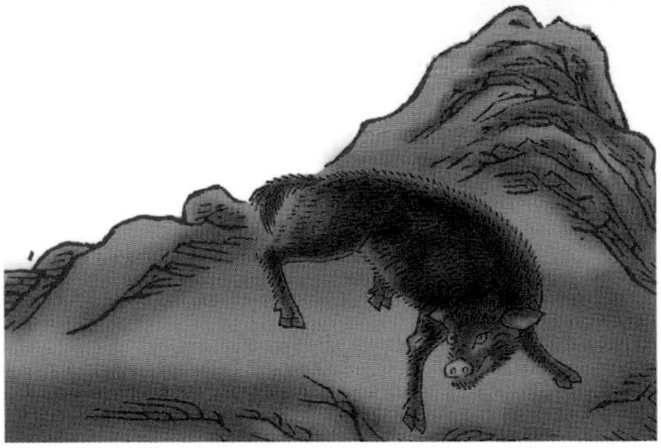

❺ 明．蔣應鎬繪圖本

	臛疏❶	鵸鵌❷	儵魚❸	何羅魚❹	孟槐❺
特徵	像馬，但有一隻如同磨刀石的角	像烏鴉，五彩的羽毛帶紅斑紋，雌雄同體	如雞，赤毛，三尾六足四首，音如鵲	一首，十身，聲音如吠犬	像豪豬，赤毫，聲音如轆轤的抽水聲
功效	可以辟火	食之不生毒瘡	食之可拋卻煩憂	食之不生毒瘡	可以辟凶
產地	帶山	帶山	帶山	譙明山	譙明山

涿光之山 —— 虢山之尾

地圖情報

	🪨 礦物	🌿 植物	🐱 動物
⛰ 涿光山	松柏、棕、櫃	羚羊、蕃	鰠鰠魚
⛰ 虢山	玉、鐵	漆、桐、椐	橐駝、寓、文貝

注釋

❶ 瘅：假借「疸」字，此處指黃疸病。

❷ 蕃：不詳何鳥。晉代郭璞認為可能是貓頭鷹之類的鳥。

❸ 椐：也稱為靈壽木，是一種古書上記載的樹。多枝節，可作枴杖。

❹ 寓：寓有寄居的意思，故此處指蝙蝠類的飛禽。

❺ 禦兵：即辟兵。兵在這裡是指各種兵器的鋒刃。禦兵就是兵器的尖鋒利刃不會傷及身體。

原文

又北三百五十里，曰涿光之山。囂水出焉，而西流注于河。其中多鰠鰠之魚，其狀如鵲而十翼，鱗皆在羽端，其音如鵲，可以禦火，食之不瘅❶。其上多松柏，其下多棕櫃，其獸多羚羊，其鳥多蕃❷。

又北三百八十里，曰虢山，其上多漆，其下多桐椐❸。其陽多玉，其陰多鐵。伊水出焉，西流注于河。其獸多橐駝，其鳥多寓❹，狀如鼠而鳥翼，其音如羊，可以禦兵❺。

又北四百里，至于虢山之尾，其上多玉而無石。魚水出焉，西流注于河，其中多文貝。

譯文

再向北三百五十里是涿光山。囂水發源於此山，向西流入黃河。水中有很多鰠鰠魚，牠長得像喜鵲，卻有十隻翅膀，鱗甲全長在羽翅上，發出的聲音與喜鵲的鳴叫相似，飼養牠就可以辟火，吃了牠的肉就能治好黃疸病。山上到處是松樹和柏樹，而山下到處是棕樹和櫃樹，山中的野獸以羚羊居多，禽鳥以蕃鳥居多。

再向北三百八十里是虢山，山上是茂密的漆樹，山下是茂密的梧桐樹和椐樹。山南面盛產玉石，山北面盛產鐵，伊水發源於此山，向西流入黃河。山中的野獸以橐駝最多，而禽鳥大多是蝙蝠之類的飛禽，牠的外形與老鼠相似，卻長著鳥一般的翅膀，發出的聲音像羊叫，只要飼養牠就可以防禦兵刃之禍。

再向北四百里，便到了虢山的尾端，山上到處是美玉而沒有石頭。魚水發源於此山，向西流入黃河，水中有很多花紋斑斕的貝。

山海經地理

涿光山	觀點1「又北三百五十里,曰涿光之山。」根據里程推測,涿光山為天可汗嶺西南及其以下南行各分支山嶺的總稱。 觀點2 譙明山是內蒙古境內的卓資山,北三百五十里應該還在卓資山範圍內,因此涿光山仍是卓資山的一部分。
囂水	觀點1「囂水出焉,而西流注于河。」囂水是阿克蘇河。河水從山上流下,聲音有如雷聲,因此稱囂水。
虢山	觀點1「又北三百八十里,曰虢山。」虢山即為新疆拜城縣的北山。
虢山尾	觀點1「又北四百里,至于虢山之尾。」虢山尾是由魚水向東北、東南海拔急劇下降的山嶺,則虢山尾為新疆輪臺縣的秀德爾山與帖爾斯克山。
魚水	觀點1「魚水出焉,西流注于河。」位於虢山東北且向西流入黃河的河只有伯什克勒克河,此河當為魚水。

奇珍異獸觀察記錄

❶ 明・蔣應鎬繪圖本

❷ 明・蔣應鎬繪圖本

橐駝　清・汪紱圖本

	鰼鰼魚❶	寓❷
特徵	如鵲,十翼,鱗皆在羽端,音如鵲	如鼠,鳥翼,音如羊
功效	可以防禦火,食之可治黃疸病	可以防禦兵器
產地	涿光山	虢山

丹熏之山 → 邊春之山

地圖情報

	🪨礦物	🌿植物	🐾動物
⛰️ 丹熏山	丹雘	樗、柏、韭薤	耳鼠
⛰️ 石者山	瑤、碧		孟極
⛰️ 邊春山		蔥、葵、韭、桃、李	幽鴳

注釋

❶ 薤：也稱為藠頭，是一種野菜。莖可食用，並能入藥。

❷ 菟：通「兔」。

❸ 麋身：此處當作麋耳。

❹ 睬：腹部鼓脹。

❺ 百：表示多的意思，非實指。

❻ 文：線條交錯的圖案、花紋。

❼ 題：額頭。

❽ 蔥：山蔥，一種野菜，又叫茖蔥。

❾ 桃：山桃。果子很小，核與果肉粘結一起，桃仁多脂，可入藥。又叫榹桃。

原文

又北二百里，曰丹熏之山，其上多樗柏，其草多韭薤❶，多丹雘。熏水出焉，而西流注于棠水。有獸焉，其狀如鼠，而菟❷首麋身❸，其音如獆犬，以其尾飛，名曰耳鼠，食之不睬❹，又可以禦百❺毒。

又北二百八十里，曰石者之山，其上無草木，多瑤碧。泚水出焉，西流注于河。有獸焉，其狀如豹，而文❻題❼白身，名曰孟極，是善伏，其鳴自呼。

又北百一十里，曰邊春之山，多蔥❽、葵、韭、桃❾、李。杠水出焉，而西流注于泑澤。有獸焉，其狀如禺而文身，善笑，見人則臥，名曰幽鴳，其鳴自呼。

譯文

再向北二百里是丹熏山，山上遍布臭椿和柏樹，野草以韭菜和薤菜最多，還盛產丹雘。熏水發源於此山，向西流入棠水。山中有一種野獸長得像老鼠，卻有兔子的腦袋和麋鹿的耳朵，叫聲像狗嗥，用尾巴飛行，名叫耳鼠。只要吃了牠，肚子就不會鼓脹，還可以辟百毒之害。

再向北二百八十里是石者山，山上沒有花草樹木，但到處是瑤和碧之類的美玉。泚水發源於此山，向西流入黃河。山中有一種野獸長得像豹，額頭有花紋，身體是白色的，名叫孟極，牠善於伏身隱藏，叫聲聽起來就是牠的名字。

再向北一百一十里是邊春山，山上到處是野蔥、葵菜、韭菜、野桃樹和李樹。杠水發源於此山，向西流入泑澤。山中有一種野獸長得像猿猴，身上滿是花紋，喜歡笑，一看見人就假裝睡著，名叫幽鴳，牠的叫聲聽起來就是牠的名字。

～山海經地理～

<table>
<tr>
<td rowspan="2">丹熏山</td>
<td></td>
<td>在庫爾勒與焉耆之間的紫泥泉旁，有多羅嶺與白拉起嶺，這兩座山上有紅石磊山。這座山即是丹熏山。</td>
</tr>
<tr>
<td></td>
<td>「又北二百里，曰丹熏之山。」根據里程推測，此山在今內蒙古境內。</td>
</tr>
</table>

<table>
<tr>
<td rowspan="2">棠水 熏水</td>
<td></td>
<td>「熏水出焉，而西流注于棠水。」根據丹熏山的位置推測，棠水即為庫爾楚草湖或哈拉里克草湖，熏水為注入草湖的河流。</td>
<td rowspan="2">石者山</td>
<td></td>
<td>根據「石者之山多瑤、碧」推測，瑤和碧可能為孔雀石，石者山即為多銅礦的庫爾泰山。</td>
</tr>
</table>

<table>
<tr>
<td rowspan="2">泚水</td>
<td></td>
<td>在丹熏山東北且「西流注于河」的河流只有孔雀河。傳說東漢班超曾飲馬於此，故孔雀河亦稱飲馬河。</td>
<td rowspan="2">邊春山</td>
<td></td>
<td>「又北百一十里，曰邊春之山。」根據里程推測，邊春山可能是蔥嶺的一部分。</td>
</tr>
</table>

～奇珍異獸觀察記錄～

❶ 清·禽蟲典

❷ 明·蔣應鎬繪圖本

❸ 明·蔣應鎬繪圖本

	耳鼠❶	孟極❷	幽鴳❸
特徵	像老鼠，但有兔子頭和麋鹿耳，音如狗嗥，用尾巴飛行	像豹，額頭有花紋，白色身體，叫聲就是牠的名字	像猴子，渾身有花紋，喜歡笑，叫聲就是牠的名字
功效	吃了牠的肉，肚子就不會鼓脹，還可以辟百毒之害	善於伏身隱藏	一看見人就臥倒裝睡
產地	丹熏山	石者山	邊春山

蔓聯之山 ── 單張之山

～注釋～

❶ **禺**：傳說中的一種野獸，像獼猴而大一些，紅眼睛，長尾巴。

❷ **風**：中風。

❸ **吒**：大聲怒吼的意思，如「叱吒」。

❹ **蟠**：盤曲、盤伏。

❺ **嗌**：咽喉、喉嚨。

❻ **癘**：癡呆病、瘋癲病。

～原文～

　　又北二百里，曰蔓聯之山，其上無草木。有獸焉，其狀如禺❶而有鬣，牛尾、文臂、馬蹄，見人則呼，名曰足訾，其鳴自呼。有鳥焉，群居而朋飛，其毛如雌雉，名曰䴅，其鳴自呼，食之已風❷。

　　又北百八十里，曰單張之山，其上無草木。有獸焉，其狀如豹而長尾，人首而牛耳，一目，名曰諸犍，善吒❸，行則銜其尾，居則蟠❹其尾。有鳥焉，其狀如雉，而文首、白翼、黃足，名曰白鵺，食之已嗌❺痛，可以已癘❻。櫟水出焉，而南流注于杠水。

～譯文～

　　再向北二百里是蔓聯山，山上沒有花草樹木。山中有一種野獸長得像猿猴，卻有鬣毛，還有牛一般的尾巴、長滿花紋的雙臂和馬蹄，牠一看見人就呼叫，名叫足訾，牠的叫聲聽起來就是牠的名字。山中又有一種禽鳥喜歡成群棲息、結隊飛行，牠的尾巴形似雌野雞，名叫䴅，牠的叫聲聽起來就是牠的名字，吃了牠的肉之後，中風就能不治而癒。

　　再向北一百八十里是單張山，山上沒有花草樹木。山中有一種野獸長得像豹，卻拖著一條長長的尾巴，還長著人的腦袋、牛的耳朵和一隻眼睛，名叫諸犍，牠喜歡吼叫，行走時就用嘴銜著尾巴，臥睡時就將尾巴盤蜷起來。山中又有一種禽鳥長得像野雞，腦袋卻有花紋，有白色的翅膀、黃色的腳，名叫白鵺，只要吃了牠的肉，就能治好咽喉疼痛的毛病，還可以治癒瘋癲症。櫟水發源於這座山，然後向南流入杠水。

山海經地理

蔓聯山

觀點1 已知丹熏山是白拉起嶺，石者山為庫爾泰山。則蔓聯山最有可能是珠勒都斯山。

觀點2 「又北二百里，曰蔓聯之山。」根據里程推測，蔓聯山可能在今內蒙古境內。

單張山

觀點1 櫟水出於單張山，則單張山為哈布嶺向西到博羅蘊山之間的一系列山脈。

觀點2 「又北百八十里，曰單張之山。」如果蔓聯山在內蒙古境內，北一百八十里的單張山也應該在今內蒙古境內。

櫟水

觀點1 「櫟水出焉，而南流注于杠水。」已知杠水是海都河，則櫟水為塔拉斯河。此河的一部分在吉爾吉斯共和國境內，由卡拉科爾和烏奇柯紹依兩河匯流而成。

奇珍異獸觀察記錄

❶ 明·蔣應鎬繪圖本　　❷ 明·蔣應鎬繪圖本　　❸ 明·蔣應鎬繪圖本

	足訾❶	鵁❷	諸犍❸	白鵺❹
特徵	像猿猴，有鬣毛，牛尾，雙臂有花紋，馬蹄，鳴叫聲聽起來是牠的名字	尾巴像雌雉，鳴叫聲聽起來是牠的名字	像豹，但拖著一條長尾巴，人的腦袋，牛的耳，一隻眼	像雉，頭有花紋，白色的翅膀，黃色的腳
特性功效	見到人就呼叫	成群結隊的棲息和飛行，食之可治療中風	善吼叫，行走時尾巴銜在嘴裡，臥時盤起	食之可治癒咽喉疼痛的毛病和瘋癲症
產地	蔓聯山	蔓聯山	單張山	單張山

❹ 明·蔣應鎬繪圖本

灌題之山 —— 小咸之山

地圖情報

	🪨 礦物	🌿 植物	🐾 動物
⛰ 灌題山	流沙、砥、磁石	樗、柘	那父、竦斯
⛰ 潘侯山	玉、鐵	松、柏、榛、楛	㺄牛

～注釋～

❶ 樗：臭椿。

❷ 柘：柘樹，亦稱黃桑、奴柘。落葉灌木，葉子可以餵蠶，果實可以食用，樹皮可以造紙。

❸ 訆：同「叫」。大呼。

❹ 磁石：也作「慈石」，一種天然礦石，具有吸引鐵、鎳、鈷等金屬物質的屬性。俗稱吸鐵石，今稱磁鐵石。中國古代四大發明之一的指南針，就是利用磁石製作成的。

❺ 四節：四肢的關節。

～原文～

又北三百二十里，曰灌題之山，其上多樗❶柘❷，其下多流沙，多砥。有獸焉，其狀如牛而白尾，其音如訆❸，名曰那父。有鳥焉，其狀如雌雉而人面，見人則躍，名曰竦斯，其鳴自呼也。匠韓之水出焉，而西流注于泑澤，其中多磁石❹。

又北二百里，曰潘侯之山，其上多松柏，其下多榛楛，其陽多玉，其陰多鐵。有獸焉，其狀如牛，而四節❺生毛，名曰㺄牛。邊水出焉，而南流注于櫟澤。

又北二百三十里，曰小咸之山，無草木，冬夏有雪。

～譯文～

再向北三百二十里是灌題山，山上遍布臭椿和柘樹，山下到處是流沙，盛產磨刀石。山中有一種野獸長得像牛，但拖著一條白色的尾巴，叫聲如同人在高聲呼喚，名叫那父。山中還有一種禽鳥長得像雌野雞，但有一張人臉，一看見人就會跳躍，名叫竦斯，牠的叫聲聽起來就是牠的名字。匠韓水發源於此山，向西流入泑澤，水中有很多磁鐵石。

再向北二百里是潘侯山，山上有茂密的松樹和柏樹，山下有茂密的榛樹和楛樹，山南面蘊藏著豐富的玉石，山北面蘊藏著豐富的鐵。山中有一種野獸長得像牛，但四肢關節上都有長長的毛，名叫㺄牛。邊水發源於這座山，然後向南流入櫟澤。

再向北二百三十里是小咸山，山上沒有花草樹木，無論是冬天和夏天都有積雪。

～山海經地理～

丹薰山	觀點1	「灌題之山，其下多流沙，多砥，其中多磁石。」這一特徵與天格爾山相符，因此，灌題山為天格爾山。
	觀點2	「又北三百二十里，曰灌題之山。」單張山在今內蒙古境內，向北三百二十里的灌題山也在今內蒙古境內。

匠韓水 觀點1	「匠韓之水出焉，而西流注于泑澤。」則匠韓水為巴倫哈布齊垓河，此河經海都山下，後進入孔雀河。	**潘侯山** 觀點1 「又北二百里，曰潘侯之山……其陽多玉，其陰多鐵。」羅格多山南面產銅，北面產鐵，與原文的敘述類似。

邊水 觀點1	「邊水出焉，而南流注于櫟澤。」則邊水為新疆哈密的白楊河。	**櫟澤** 觀點1 白楊河向北到達吐魯番，南流經托克遜注入覺羅浣。故覺羅浣即櫟澤。

小咸山 觀點1	「又北二百三十里，曰小咸之山。」根據里程推測，小咸山即友誼峰，原名輝騰山，蒙古語的意思為冷山。海拔四千三百七十四公尺。此山峰同時是蒙古、俄羅斯與新疆維吾爾自治區的天然邊界，屬於自然保護區域，未經核准不得擅自前往。

～奇珍異獸觀察記錄～

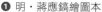

❶ 明·蔣應鎬繪圖本

❷ 明·蔣應鎬繪圖本

	那父❶	竦斯❷	旄牛
特徵	像牛，白尾，音如人高聲呼喚	像雌雉，人面，叫聲是牠的名字	像牛，四肢關節長長毛
特性		一看見人就會跳躍	
產地	灌題山	灌題山	潘侯山

大咸之山 ── 少咸之山

🌐 地圖情報

	🪨 礦物	🌿 植物	🐱 動物
⛰️ 大咸山	玉		長蛇
⛰️ 敦薨山		棕、枏、茈草	赤鮭、兕、旄牛、鶌鳩
⛰️ 少咸山	青碧		窫窳、鮨鮨魚

注釋

❶ 彘豪： 豬身上的細毛。晉代郭璞云：「説者云長百尋。今蝮蛇色似艾綬文，文間有毛如豬鬐，此其類也。」

❷ 鼓： 舊時巡夜人擊鼓以報時，一鼓即一更。
柝： 舊時巡夜人打更所敲擊的木梆。

❸ 鶌鳩： 即尸鳩，也就是布穀鳥。

❹ 鮨鮨之魚： 清朝的學者畢沅認為是江豚。江豚的身長約二公尺，體重可達一百六十公斤。全身為黑色，背側灰藍色，腹側白色。其多產於洞庭湖、長江下游以及印度之恆河等區域。

原文

北二百八十里，曰大咸之山，無草木，其下多玉。是山也，四方，不可以上。有蛇名曰長蛇，其毛如彘豪❶，其音如鼓柝❷。

又北三百二十里，曰敦薨之山，其上多棕枏，其下多茈草。敦薨之水出焉，而西流注于泑澤。出于昆侖之東北隅，實惟河原。其中多赤鮭。其獸多兕、旄牛，其鳥多鶌鳩❸。

又北二百里，曰少咸之山，無草木，多青碧。有獸焉，其狀如牛，而赤身、人面、馬足，名曰窫窳，其音如嬰兒，是食人。敦水出焉，東流注于雁門之水，其中多鮨鮨之魚❹，食之殺人。

譯文

向北二百八十里是大咸山，山上沒有花草樹木，山下盛產玉石。這座大咸山呈四方形，無法攀登。山中有一種名叫長蛇的蛇，牠身上的毛與豬脖子上的硬毛相似，叫聲像是在敲擊木梆子。再向北三百二十里是敦薨山，山上是茂密的棕樹和楠木，山下是大片的紫草。敦薨水發源於此山，向西流入泑澤。泑澤位於昆侖山的東北角，其實就是黃河的源頭。水中有很多赤鮭。那裡的野獸以兕和犛牛最多，而禽鳥大多是布穀鳥。

再向北二百里是少鹹山，山上沒有花草樹木，到處是青石碧玉。山中有一種野獸長得像牛，卻有紅色的身體、人臉和馬的蹄，名叫窫窳，牠的叫聲如同嬰兒啼哭，且會吃人。敦水發源於這座山，向東流入雁門水，水中生長著很多鮨鮨魚，吃了牠的肉就會中毒而死。

〜 山海經地理 〜

大咸山 ▶ 大咸山為哈密東北的喀爾雷克山，四方險峻，故說「不可以上」。傳說周穆王曾到此遊覽。

敦薨山 ▶ 「又北三百二十里，曰敦薨之山。」敦薨即今甘肅敦煌市，則敦薨山為甘肅河西走廊北端的馬鬃山。

敦薨水 ▶ 敦薨水即為弱水。《尚書‧禹貢》：「導弱水至于合黎。」弱水位於甘肅西北部和內蒙古自治區西部，又稱額濟納河。

少咸山

觀點1 ▶ 少咸山、小咸山與大咸山同屬一個山系，又在敦薨山以北，則少咸山為庫庫推穆爾山。

觀點2 ▶ 「又北二百里，曰少咸之山」少咸山即今山西大同、陽高二縣界上的采涼山。采涼山為陰山餘脈，古稱紇真山和采藥山。

雁門水 敦水

觀點1 ▶ 「敦水出焉，東流注于雁門之水。」雁門水即居延海，居延海位於內蒙古自治區阿拉善盟額濟納旗北部，形狀狹長彎曲，有如新月。額濟納河匯入湖中，是居延海最主要的補給水源。敦水為注入居延海的河流。

觀點2 ▶ 根據名稱推測，雁門水指流經雁門山的河。即位於今山西代縣的南洋河。

〜 奇珍異獸觀察記錄 〜

❶ 明‧蔣應鎬繪圖本

❷ 明‧蔣應鎬繪圖本

赤鮭 清‧禽蟲典

	長蛇❶	窫窳❷	鮨鮨魚
特徵	毛如彘豪，音如鼓柝	像牛，赤身，人面，馬足，音如嬰兒	
特性		會吃人	食之中毒而死
產地	大咸山	少咸山	敦水

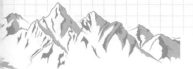

獄法之山 —— 北嶽之山

	🌿 植物	🐾 動物
⛰ 獄法山		鱲魚、山𤟤
⛰ 北嶽山	枳、棘、剛木	諸懷、鮨魚

注釋

❶ 山𤟤：神話學大師袁珂認為，山𤟤是舉父和梟陽一類的生物。舉父已見於〈西次三經·崇吾山〉。

❷ 枳棘：枳木和棘木，兩種矮小的樹。枳木像橘樹而小一些，葉子上長滿刺。春天開白花，秋天結果實，果子小而味道酸，不能吃，可入藥。棘木就是叢生的小棗樹，即酸棗樹，枝葉上長滿了刺。

❸ 剛木：指木質堅硬的樹，即檀木、柘樹之類。

❹ 狂：本義是説狗發瘋。後來也指人的神經錯亂，精神失常。

原文

又北二百里，曰獄法之山。瀤澤之水出焉，而東北流注于泰澤。其中多鱲魚，其狀如鯉而雞足，食之已疣。有獸焉，其狀如犬而人面，善投，見人則笑，其名山𤟤❶，其行如風，見則天下大風。

又北二百里，曰北嶽之山，多枳棘❷、剛木❸。有獸焉，其狀如牛，而四角、人目、彘耳，其名曰諸懷，其音如鳴雁，是食人。諸懷之水出焉，而西流注于囂水，其中多鮨魚，魚身而犬首，其音如嬰兒，食之已狂❹。

譯文

再向北二百里是獄法山。瀤澤水發源於此山，向東北流入泰澤。水中有很多鱲魚，牠長得像鯉魚，但長著雞爪，吃了牠的肉，就能治好皮膚上突起的小肉瘤。山中還有一種野獸長得像狗，但有一張人臉，牠擅長投擲，一看見人就笑，名叫山𤟤。牠的行動迅速如風，一但牠現身，天下就會颳大風。

再向北二百里是北嶽山，山上到處是枳木、棘木和檀、柘一類的樹木。山中有一種野獸長得像牛，但長著四隻角、人的眼睛和豬的耳朵，名叫諸懷，牠發出的聲音如同大雁鳴叫，是會吃人的。諸懷水發源於此山，向西流入囂水，水中有很多鮨魚，牠有魚的身體和狗的腦袋，叫聲像嬰兒啼哭，吃了牠的肉，就能治癒精神失常之類的疾病。

山海經地理

獄法山	觀點1	若北嶽山為位於新疆維吾爾自治區北部和蒙古西部的阿爾泰山，則獄法山即杭愛山，因為獄法山的意思就是與阿爾泰山形狀相似的山。杭愛山位於蒙古中部，在古代亦被稱為燕然山。
瀤澤水	觀點1	「瀤澤之水出焉，而東北流注于泰澤。」假如泰澤是今貝加爾湖，則瀤澤水為注入貝加爾湖的色楞格河。該河流經蒙古和俄羅斯中東部，古名娑陵水。
	觀點2	若泰澤指今內蒙古的岱海，瀤澤水就是今注入內蒙古岱海的其中一條河。
泰澤	觀點1	根據其地理位置推測，泰澤是今貝加爾湖。其位於俄羅斯西伯利亞的伊爾庫茨克州及布里亞特共和國境內，有逾一千七百種動植物棲息湖中。
	觀點2	根據前文的里程推測，泰澤是今內蒙古的岱海。其水源由二十多條河流和中層地下水匯聚而成，湖水無法外流，蒸發旺盛，含鹽量高。
北嶽山	觀點1	根據「又北二百里，曰北嶽之山」推測，北嶽山是阿爾泰山中的山峰。
	觀點2	北嶽山是內蒙古的陰山山脈主體，即今大青山。此山西至包頭的昆都倫河，東至呼和浩特市（內蒙古自治區首府）的大黑河上游谷地。

奇珍異獸觀察記錄

❶ 明・蔣應鎬繪圖本

❷ 明・蔣應鎬繪圖本

❸ 明・蔣應鎬繪圖本

	鰼魚❶	山𤟤❷	諸懷❸	鮨魚❹
特徵	像鯉，雞足	像犬，人面，善投，見人則笑，其行如風	像牛，四角，人目豬耳，音如鳴雁	魚身犬首，音如嬰兒
特性	食之治疣	現世則天下颳大風	會吃人	食之治狂
產地	瀤澤水	獄法山	北嶽山	諸懷水

❹ 明・蔣應鎬繪圖本

渾夕之山 ⟶ 隄山

地圖情報

	🪨 礦物	🌿 植物	🐱 動物
⛰️ 渾夕山	銅、玉		肥遺
⛰️ 北單山		蔥、韭	
⛰️ 羆差山			野馬
⛰️ 隄山			野馬、狕、龍龜

～注釋～

❶ 馬：一種野馬，比一般的馬個頭小一些。

❷ 龍龜：即龍種龜身的吉弔。吉弔為傳說中龍所生的卵。

❸ 吉玉：彩色的玉。

❹ 瘞而不糈：祭祀時不用米，皆是掩埋其所用的牲和玉。

～原文～

又北百八十里，曰渾夕之山，無草木，多銅玉。囂水出焉，而西北流注于海。有蛇一首兩身，名曰肥遺，見則其國大旱。又北五十里，曰北單之山，無草木，多蔥韭。又北百里，曰羆差之山，無草木，多馬❶。又北百八十里，曰北鮮之山，是多馬。鮮水出焉，而西北流注于涂吾之水。又北百七十里，曰隄山，多馬。有獸焉，其狀如豹而文首，名曰狕。隄水出焉，而東流注于泰澤，其中多龍龜❷。

凡〈北山經〉之首，自單狐之山至于隄山，凡二十五山，五千四百九十里，其神皆人面蛇身。其祠之：毛用一雄雞彘瘞，吉玉❸用一珪，瘞而不糈❹。其山北人，皆生食不火之物。

～譯文～

再向北一百八十里是渾夕山，山上沒有花草樹木，盛產銅和玉石。囂水發源於此山，向西北流入大海。這裡有一種蛇只有一顆頭，但有兩副身體，名叫肥遺，牠出現的地方就會發生旱災。再向北五十里是北單山，山上沒有花草樹木，但遍布野蔥和野韭菜。

再向北一百里是羆差山，山上沒有花草樹木，但有很多野馬。

再向北一百八十里是北鮮山，山裡有很多野馬。鮮水發源於此山，向西北流入涂吾水。

再向北一百七十里是隄山，山上有很多野馬，還有一種野獸長得像豹，牠的腦袋上有花紋，名叫狕。隄水發源於此山，向東流入泰澤，水中有很多龍龜。

總計〈北山經〉山系的首尾，自單狐山起到隄山止，共二十五座山，途經五千四百九十里，山神都是人面蛇身。祭祀山神的儀式：將一隻公雞和一頭豬埋入地下，吉玉則選用一塊玉珪，同樣埋入地下，無須用米。住在諸山北面的人，都生吃未經火烤的食物。

〜山海經地理〜

渾夕山 ▶ 「又北百八十里，曰渾夕之山。」渾夕山為阿爾泰山中的別盧哈山，此山位於俄羅斯和哈薩克接壤邊境。

海 ▶ 「囂水出焉，而西北流注于海。」鄂畢河穿越西伯利亞，經鄂畢灣注入北冰洋的卡拉海。此處的「海」即為卡拉海。

北單山 ▶ 「又北五十里，曰北單之山。」假如渾夕山為別盧哈山，再向北五十里的北單山則為賽留格木山。

羆差山 ▶ 「又北百里，曰羆差之山。」假如北單山為賽留格木山，向北一百里的羆差山則為俄羅斯的唐努烏拉山。

北鮮山 ▶ 「又北百八十里，曰北鮮之山。」北鮮山為薩彥嶺，此山為唐努烏梁海與西伯利亞的界山，位於蒙古高原的北沿。

涂吾水 ▶ 北鮮山為薩彥嶺，則涂吾水是今葉尼塞河。葉尼塞河起源於蒙古國，朝北流向卡拉海，全長五千五百三十九公里。

鮮水 ▶ 「鮮水出焉，而西北流注于涂吾之水。」涂吾水是今葉尼塞河，則鮮水為烏魯克穆河或克孜爾河。

隄山 ▶ 「又北百七十里，曰隄山。」薩彥嶺向北一百七十里是今西伯利亞的屯金山。隄山即為屯金山。

〜奇珍異獸觀察記錄〜

❶ 明・蔣應鎬繪圖本

❷ 明・蔣應鎬繪圖本

	肥遺❶	狕❷	龍龜❸
特徵	一顆頭，兩副身體	如豹，腦袋上有花紋	龍種龜身的吉弔
特性	有牠的地方就有旱災		
產地	渾夕山	隄山	

❸ 清・四川成或因繪圖本

管涔之山 ── 狐岐之山

地圖情報

	🪨礦物	🌿植物	🐾動物
🏔管涔山	玉	草	
🏔少陽山	玉、赤銀、美赭	蔥、韭	
🏔縣雍山	玉、銅		閭、麋、白翟、白鵯、鮆魚

注釋

❶ 赤銀：這裡指含銀量很高的天然優質銀礦石。

❷ 赭：即赭石，一種紅土中含著鐵質的礦物。

❸ 閭：晉代郭璞認為閭是母羊，外形似驢，但蹄子有分岔，角如羚羊，又稱為山驢。

❹ 白鵯：即白鵯。神話學大師袁珂認為白鵯就是白翰。已見於〈西山經·皤冢山〉。

❺ 鮆魚：已見於〈南次二經·浮玉之山〉。

❻ 儵：通「儵」，這裡指小魚。

❼ 叱：大聲呵斥。

❽ 驕：或作騷，狐臭。

原文

〈北次二經〉之首，在河之東，其首枕汾，其名曰管涔之山。其上無木而多草，其下多玉。汾水出焉，而西流注于河。又北二百五十里，曰少陽之山，其上多玉，其下多赤銀❶。酸水出焉，而東流注于汾水，其中多美赭❷。

又北五十里，曰縣雍之山，其上多玉，其下多銅，其獸多閭❸、麋，其鳥多白翟、白鵯❹。晉水出焉，而東南流注于汾水。其中多鮆魚❺，其狀如儵❻而赤麟，其音如叱❼，食之不驕❽。

又北二百里，曰狐岐之山，無草木，多青碧。勝水出焉，而東北流注于汾水，其中多蒼玉。

譯文

〈北次二經〉的首座山坐落在黃河東岸，瀕臨汾水，這座山是管涔山。山上沒有樹木，但花草茂密，山下盛產玉石。汾水發源於此山，向西流入黃河。再向北二百五十里是少陽山，山上盛產玉石，山下盛產赤銀。酸水發源於此山，向東流入汾水，沿水盛產優良赭石。

再向北五十里是縣雍山，山上蘊藏豐富的玉石，山下蘊藏豐富的銅，山中的野獸以山驢和麋鹿居多，禽鳥以白色野雞和白翰居多。晉水發源於此山，向東南流入汾水。沿水盛產鮆魚，牠形似儵魚卻長滿紅色鱗甲，鳴叫聲如同人在大聲責罵，吃了牠就能除去狐臭。

再向北二百里是狐岐山，此山沒有花草樹木，到處是青石碧玉。勝水發源於此山，向東北流入汾水，沿水盛產蒼玉。

再向北二百里，是狐岐山，山上沒有花草樹木，到處是青石碧玉。勝水發源於此山，然後向東北流入汾水，水中有很多蒼玉。

～山海經地理～

汾 觀點**1**	「在河之東，其首枕汾。」汾即今山西中部的汾河，黃河第二大支流，長七百一十六公里。

管涔山 觀點**1**	管涔山是汾河的發源地，其名今未變，在山西寧武縣境內，隸屬於呂梁山脈。

少陽山 觀點**1**	「又北二百五十里，曰少陽之山。」管涔山向北二百五十里為呂梁山脈中段的關帝山。

酸水 觀點**1**	「酸水出焉，而東流注于汾水。」酸水即今山西的文峪河，是汾河的支流，又名渾谷水。發源於關帝山。

縣雍山 觀點**1**	「又北五十里，曰縣雍之山。」縣雍為懸甕的諧音，縣雍山即懸甕山。此山位於今山西太原市晉祠西方。

晉水 觀點**1**	「晉水出焉，而東南流注于汾水。」《水經注》云：「晉水出晉陽西懸甕山。」晉水即今韓村河。

勝水 觀點**1**	「勝水出焉，而東北流注于汾水。」太原南注入汾河的河流只有山西嵐縣的嵐河，此河即為勝水。有嵐城河、有普明河、上明河、順會河等較大支流，全長五十一公里。

狐岐山 觀點**1**	狐岐山即山西的白龍山，東距歷史悠久的嵐縣縣城二十二公里。
觀點**2**	「又北二百里，曰狐岐之山。」假如縣雍山為懸甕山，向北二百里的狐岐山則在今山西孝義市的西南方。

～奇珍異獸觀察記錄～

❶ 清・汪紱圖本

閭 清・汪紱圖本

	鮆魚❶
特徵	如鯈，赤麟，音如叱
特性	吃了牠就能除去狐臭
產地	晉水

白沙山 ──→ 敦頭之山

地圖情報

	🪨 礦物	🌿 植物	🐾 動物
⛰ 白沙山	白玉		
⛰ 諸餘山	銅、玉	松、柏	
⛰ 狂山	美玉		
⛰ 敦頭山	金、玉		騂馬

～原文～

又北三百五十里，曰白沙山，廣員❶三百里，盡沙也，無草木鳥獸。鮪水出于其上，潛于其下❷，是多白玉。又北四百里，曰爾是之山，無草木，無水。

又北三百八十里，曰狂山，無草木。是山也，冬夏有雪。狂水出焉，而西流注于浮水，其中多美玉。又北三百八十里，曰諸餘之山，其上多銅玉，其下多松柏。諸餘之水出焉，而東流注于旄水。又北三百五十里，曰敦頭之山，其上多金玉，無草木。旄水出焉，而東流注于邛澤。其中多騂馬，牛尾而白身，一角，其音如呼。

～注釋～

❶ 員：同「圓」，周圍。

❷ 出于其上，潛于其下：晉代郭璞認為是「出山之頂，停其底也」之意。

～譯文～

再向北三百五十里是白沙山，此山方圓三百里，到處是沙，沒有花草樹木和鳥獸。鮪水發源於此山山頂，然後潛流於山腳下，沿水盛產白玉。再向北四百里是爾是山，沒有花草樹木，也沒有水。

再向北三百八十里是狂山，草木不生。這座山啊，冬天和夏天都有雪。狂水發源於這座山，向西流入浮水，水中有很多美麗的玉石。再向北三百八十里是諸餘山，山上蘊藏豐富的銅和玉石，山下到處是茂密的松樹和柏樹。諸餘水發源於這座山，向東流入旄水。再向北三百五十里是敦頭山，山上有豐富的金屬礦物和玉石，但草木不生。旄水發源於這座山，向東流入邛澤。山中有很多騂馬，此獸有牛尾巴、白色的身體和一隻角，叫聲如同人在呼喚。

～山海經地理～

「又北三百五十里，曰白沙山。」根據里程推測，白沙山應在今河北、內蒙古和山西的交界處。

「又北四百里，曰爾是之山。」根據里程推測，爾是山可能是今山西的老爺嶺。

狂山為大興安嶺南端，山頂終年積雪，正如經文所說的「冬夏有雪」。

「狂水出焉，而西流注于浮水。」狂山為大興安嶺南端，則狂水為貢格爾河。

貢格爾河注入達里湖，此湖即為浮水。達里胡位於內蒙古的克什克騰旗，是熔岩堰塞湖。

「又北三百八十里，曰諸餘之山。」狂水為大興安嶺南端，向北三百八十里的都圖倫群山即為諸餘山。

「諸餘之水出焉，而東流注于㫰水。」諸餘山為都圖倫群山，則㫰水即為蒙古草原上的克魯倫河。

「又北三百五十里，曰敦頭之山。」根據里程推測，敦頭山為巴顏山。

「㫰水出焉，而東流注于邛澤。」邛澤即為內蒙古第一大湖呼倫湖。此湖位於呼倫貝爾草原的西南部邊緣，烏爾遜河和發源於蒙古國的克魯倫河為其主要的注入河流。

～奇珍異獸觀察記錄～

❶ 清・禽蟲典

	騂馬❶
特徵	牛尾，白色的身體，一角，聲音聽起來像人在呼喚
產地	敦頭山

鉤吾之山 ⟶ 梁渠之山

	🪨 礦物	🦊 動物
⛰ 鉤吾山	玉、銅	狍鴞
⛰ 北囂山	碧、玉	獨㹢、鸑鵃
⛰ 梁渠山	金、玉	居暨、囂

～注釋～

❶ 狍鴞：即饕餮，傳說中龍的第五子。十分貪吃，見到什麼就吃什麼，由於吃得太多，最後被撐死。

❷ 獨㹢：是一種集虎、狗、馬和豬四獸於一身的生物。

❸ 喝：中暑。

❹ 彙：晉代郭璞認為，這種動物長得像老鼠，紅色的毛硬得像刺蝟身上的刺。

❺ 夸父：此處指前文所說的舉父，一種長得像獼猴的野獸。

❻ 衕：腹瀉。

～原文～

又北三百五十里，曰鉤吾之山，其上多玉，其下多銅。有獸焉，其狀如羊身人面，其目在腋下，虎齒人爪，其音如嬰兒，名曰狍鴞❶，是食人。

又北三百里，曰北囂之山，無石，其陽多碧，其陰多玉。有獸焉，其狀如虎，而白身犬首，馬尾彘鬛，名曰獨㹢❷。有鳥焉，其狀如烏，人面，名曰鸑鵃，宵飛而晝伏，食之已喝❸。涔水出焉，而東流注于邛澤。

又北三百五十里，曰梁渠之山，無草木，多金玉。脩水出焉，而東流注于雁門。其獸多居暨，其狀如彙❹而赤毛，其音如豚。有鳥焉，其狀如夸父❺，四翼、一目、犬尾，名曰囂，其音如鵲，食之已腹痛，可以止衕❻。

～譯文～

再向北三百五十里是鉤吾山，山上盛產玉石，山下盛產銅。山中有一種野獸是羊身人臉，牠的眼睛長在腋窩下，有老虎的牙齒和人的腳，鳴叫聲宛如嬰兒哭啼，名叫狍貓頭鷹，會吃人。

再向北三百里是北囂山，沒有石頭，山南面盛產碧玉，北面盛產玉石。山中有種野獸形似老虎，但身體是白色的，且有狗頭、馬尾和豬鬃毛，名叫做獨㹢。山中還有一種鳥形似烏鴉，卻有一張人臉，名叫鸑鵃。牠夜裡飛行，白天休息，吃了牠的肉就可以預防中暑。涔水發源於此山，向東流入邛澤。

再向北三百五十里是梁渠山，草木不生，卻遍布金屬礦物和玉石，脩水發源於此山，向東流入雁門。山中的野獸大多是居暨，牠長得像彙，毛是紅的，叫聲像小豬。還有一種鳥長

得像夸父，牠有四隻翅膀、一隻眼睛和狗尾巴，名叫做囂，叫聲像喜鵲，吃了牠的肉就可以止住腹痛，還可以治好腹瀉。

山海經地理

鉤吾山

 觀點1　假如諸餘山為都圖倫群山，則向北三百五十里的鉤吾山為今大興安嶺中段。

 觀點2　「又北三百五十里，曰鉤吾之山。」根據里程推測，鉤吾山可能在今山西境內。

北囂山

 觀點1　假如鉤吾山為今大興安嶺中段，向北三百里為小興安嶺，小興安嶺即為北囂山。小興安嶺，西北接伊勒呼里山，東南到松花江畔，縱貫黑龍江省中北部。

 觀點2　「又北三百里，曰北囂之山。」鉤吾山若在今山西境內，則北囂山可能也在山西。

涔水

 觀點1　小興安嶺為北囂山，涔水則是發源於小興安嶺山脈之哲溫山的梧桐河。

邛澤

 觀點1　已知涔水是梧桐河，邛澤則是梧桐河出山後流入的太平源沼澤地帶。

梁渠山

 觀點1　根據以上山川位置推測，梁渠山即為雁門山。其為「天下九塞」之首。

 觀點2　「又北三百五十里，曰梁渠之山。」根據里程推測，梁渠山位於今內蒙古興和縣。

奇珍異獸觀察記錄

❶ 清・禽蟲典

❷ 明・蔣應鎬繪圖本

❷ 明・蔣應鎬繪圖本

	狍鴞❶	居暨❷	囂❸
特徵	羊身人面，目在腋下，虎齒人爪，音如嬰兒	像彙，赤毛，音如小豬在叫	像夸父，四隻翅膀，一隻眼睛和狗尾，叫聲像喜鵲
特性	會吃人		食之治腹痛，止腹瀉
產地	鉤吾山	梁渠山	梁渠山

姑灤之山 ── 敦題之山

~注釋~

❶ 馬：此處指比一般的馬個頭小一點的野馬。

❷ 鮖：同「鱓」。即黃鱔。

❸ 三桑：又見於〈海外北經〉與〈大荒北經〉。

❹ 仞：古代計算長度的單位，八尺為一仞。

❺ 錞：這裡有坐落、高踞的意思。

❻ 毛：用於祭祀的帶毛動物，如豬、牛、羊等。

❼ 璧：古代一種玉器。扁平，圓形，中央有圓孔。

❽ 珪：同「圭」，古代諸侯在大典時所持的一種玉器。

~原文~

又北四百里，曰姑灤之山，無草木。是山也，冬夏有雪。又北三百八十里，曰湖灌之山，其陽多玉，其陰多碧、多馬❶。湖灌之水出焉，而東流注于海，其中多鮖❷。有木焉，其葉如柳而赤理。

又北水行五百里，流沙三百里，至于洹山，其上多金玉。三桑❸生之，其樹皆無枝，其高百仞❹，百果樹生之。其下多怪蛇。又北三百里，曰敦題之山，無草木，多金玉。是錞❺于北海。

凡〈北次二經〉之首，自管涔之山至于敦題之山，凡十七山，五千六百九十里。其神皆蛇身人面。其祠：毛❻用一雄雞彘瘞；用一璧❼一珪❽，投而不糈。

~譯文~

再向北四百里是姑灤山，草木不生，這座山啊，冬天夏天都有雪。再向北三百八十里是湖灌山，山南面盛產玉石，北面盛產碧玉，有很多野馬。湖灌水發源於此山，向東流入大海，沿水盛產鱔魚。山裡有一種樹木，它的葉子像柳樹，但有紅色紋理。

再向北行五百里水路，然後穿過三百里沙漠，便到了洹山，山上遍布金屬礦物和玉石。三桑生長在這裡，這種樹不長枝條，樹幹高達百仞。各種果樹生長在這裡。山下有很多怪蛇。

再向北三百里是敦題山，草木不生，遍布金屬礦物和玉石。這座山坐落在北海的岸邊。

總計〈北次二經〉的首尾，自管涔山起到敦題山止，共十七座山，途經五千六百九十里。山神都是人面蛇身。祭祀山神的儀式：將一隻公雞和一頭豬埋入地下，再將一塊玉璧和一塊玉珪投入山中，不用精米。

～山海經地理～

「又北四百里，曰姑灊之山。」根據里程推測，姑灊山可能在今河北境內。

即今河北與內蒙古邊境的大馬群山。其屬陰山山脈東段，呈東北—西南走向。

小發源於冀北山地中的獨石口以北、大馬群山的東麓。上游即今白河，下游稱北運河。位於河北與北京的北部。

「湖灊之水出焉，而東流注于海。」海指渤海。基本上為陸地所環抱，僅東部以渤海海峽與黃海相通。

～神怪觀察記錄～

人面蛇身神　明·蔣應鎬繪圖本

怪蛇　明·蔣應鎬繪圖本

歸山─→龍侯之山

地圖情報	🪨 礦物	🐾 動物
⛰ 歸山	金、玉、碧	驒、鶹
⛰ 龍侯山	金、玉	人魚

～注釋～

❶ 距：公雞、雄雉等腳上蹠骨後上方突出像腳趾的部分。此處代指爪。

❷ 還：通「旋」。盤旋而舞。

❸ 訓：「訓」字之訛，同「叫」，大聲呼喚。

❹ 詨：大叫，呼喚。

❺ 人魚：晉代郭璞認為此處是指鯢魚。能登樹食山椒皮，體臭略帶山椒味，因其聲音像嬰兒哭聲，亦稱為「山椒魚」和「娃娃魚」。見〈西山經‧竹山〉。

❻ 鯑魚：形似獼猴，白足趾長，吃了牠的肉就不會受到任何蠱惑，還可以避免兵刃之禍。見〈中次七經‧少室之山〉。

～原文～

〈北次三經〉之首，曰太行之山。其首曰歸山，其上有金玉，其下有碧。有獸焉，其狀如羚羊而四角，馬尾而有距❶，其名曰驒，善還❷，其鳴自訓❸。有鳥焉，其狀如鵲，白身、赤尾、六足，其名曰鶹，是善驚，其鳴自詨❹。

又東北二百里，曰龍侯之山，無草木，多金玉。決決之水出焉，而東流注于河。其中多人魚❺，其狀如鯑魚❻，四足，其音如嬰兒，食之無癡疾。

～譯文～

〈北次三經〉的首列山系名為太行山山系。太行山山系的首座山是歸山，山上出產金屬礦物和玉石，山下出產碧玉。山中有一種野獸形似羚羊，有四隻角、馬尾巴和爪，名叫驒。牠善於旋轉起舞，鳴叫聲聽起來就是牠的名字。山中還有一種禽鳥形似喜鵲，身體是白色的、尾巴是紅色的，且有六隻腳，名叫鶹。這種鳥警覺性非常高，鳴叫聲聽起來就是牠的名字。

再向東北二百里是龍侯山，草木不生，有豐富的金屬礦物和玉石。決決水發源於此山，向東流入黃河。沿水有很多人魚，這種生物形似鯑魚，有四隻腳，發出的聲音像嬰兒啼哭，吃了牠的肉就能夠醫治癡呆症。

～山海經地理～

太行山	即今太行山，位於河北平原和山西高原之間，呈東北─西南走向。山勢北高南低，東陡西緩。	**歸山**	「太行之山，其首曰歸山。」則歸山為大樂嶺，位於山西的陽城縣之中，距河南濟源市約七十公里。
龍侯山	即今河北的五指山。乾隆《順德府志》：「五指山在城西一百四十里，遠望山嶺，儼如五指排列。」	**決決水**	「決決之水出焉，而東流注于河。」決決水可能是發源於今山西的白澗河，在河南濟源市注入沁河，沁河為黃河一級支流。

～奇珍異獸觀察記錄～

❶ 明・蔣應鎬繪圖本

❷ 明・蔣應鎬繪圖本

	䮉❶	鷺❷	人魚❸
特徵	如羚羊，四角，馬尾，有爪，叫聲就是牠的名字	如鵲，白身，赤尾，六足，叫聲就是牠的名字	如魚，四足，叫聲宛如嬰兒
特性	善於盤旋起舞	非常警覺	食之無癡疾
產地	歸山	歸山	決決水

❸ 明・蔣應鎬繪圖本

馬成之山 ━━ 天池之山

地圖情報

	🪨 礦物	🌿 植物	🐱 動物
🏔 馬成山	文石、金、玉		天馬、鶌鶋
🏔 咸山	玉、銅、器酸	松、柏、茈草	
🏔 天池山	文石、黃堊		飛鼠

注釋

❶ 寓：清代郝懿行認為，「寓」就是「誤」字，大概以音近為義，指昏忘之病，也就是現在所謂的老年癡呆症。清代王引之則認為是指疣病，就是中醫上所謂的千日瘡，因病毒感染而在皮膚上生出小疙瘩。

❷ 器酸：明代王崇慶認為，大概是一種可以吃而有酸味的東西，就像山西解州鹽池所生產的鹽之類。因為澤水靜止而不流動，累積的時間長了，就形成一種酸味的物質，所以才說三年採收一次。

❸ 黃堊：黃沙土。

原文

又東北二百里，曰馬成之山，其上多文石，其陰多金玉。有獸焉，其狀如白犬而黑頭，見人則飛，其名曰天馬，其鳴自訆。有鳥焉，其狀如烏，首白而身青、足黃，是名曰鶌鶋，其鳴自詨，食之不飢，可以已寓❶。

又東北七十里，曰咸山，其上有玉，其下多銅，是多松柏，草多茈草。條菅之水出焉，而西南流注于長澤。其中多器酸❷，三歲一成，食之已癘。

又東北二百里，曰天池之山，其上無草木，多文石。有獸焉，其狀如兔而鼠首，以其背飛，其名曰飛鼠。澠水出焉，潛于其下，其中多黃堊❸。

譯文

再向東北二百里是馬成山，山上盛產有紋理的美石，北面有豐富的金屬礦物和玉石。山裡有一種野獸形似白狗，腦袋卻是黑色，看見人就騰空飛起，名叫天馬，牠的叫聲聽起來就是牠的名字。還有一種鳥形似烏鴉，但腦袋是白色的，身體是青色的，爪子是黃色的，名叫鶌鶋，牠的叫聲聽起來就是牠的名字，吃了牠的肉能使人感覺不到飢餓，還可以醫治老年癡呆症。

再向東北七十里是咸山，山上盛產玉石，山下盛產銅。這裡到處是松樹和柏樹，草以紫草居多。條菅水發源於此山，向西南流入長澤。水中盛產器酸，三年才能採收一次，吃了它就能治癒麻風病。

再向東北二百里是天池山，山上草木不生，到處是帶有花紋的美石。山中有一種野獸形似兔子，卻有老鼠的頭，而且是借助背上的毛飛行，名叫飛鼠。澠水發源於此山，然後潛流到山腳下，水中有很多黃沙土。

～ 山海經地理 ～

馬成山	觀點	考察山上的水流方向，可知馬成山為山西晉城市附近的赤土坡山。	咸山	觀點1	原文的山川河流位置與實際不符，咸山應在馬成山西南七十里，為河南張嶺山。
				觀點2	「又東北七十里，曰咸山。」根據里程推測，咸山在今山西南部。
條菅水	觀點	條菅水可能是今山西南部解州附近的水流。	天池山	觀點	「又東北二百里，曰天池之山。」則天池之山為山西陽城的析城山。《山西通志》：「山峯四面如城。高大而峻。迴出諸山。」

～ 奇珍異獸觀察記錄 ～

❶ 明・蔣應鎬繪圖本

❷ 清・禽蟲典

❸ 明・蔣應鎬繪圖本

	天馬❶	鴟鴞❷	飛鼠❸
特徵	像白狗，腦袋卻是黑色的，叫聲聽起來就是牠的名字	像烏鴉，白色的頭，青色的身，黃色的爪，叫聲聽起來就是牠的名字	像兔，有老鼠的頭
特性功效	見人則飛	食之即不再飢餓，兼治老年癡呆症	借助背上的毛飛行
產地	馬成山	馬成山	天池山

陽山 ──▶ 教山

地圖情報

	🪨 礦物	🦊 動物
⛰ 陽山	玉、金、銅	領胡、象蛇、鮯父魚
⛰ 賁聞山	蒼玉、黃堊、涅石	

注釋

❶ 臂：肉瘤。

❷ 句瞿：斗。

❸ 鮒魚：鯽魚的別名。

❹ 涅石：可用作黑色染料的礦物，即礬石。礬石是一種結晶礦物，產於黏土、砂岩、白堊中。

❺ 王屋之山：〈北次三經〉首的太行山，起自河南濟源縣，北入山西境內，與王屋山遙相對，《列子》稱之為「太形」。《列子》文中說太形、王屋二山，方七百里，高萬仞，本在冀州之南，河陽之北。天帝被愚公移山的誠意感動，命令夸蛾氏的兩個兒子將兩座山背走，一座放在朔東，一座放在雍南，自此之後地理位置就不一樣了。這兩座山在神話中本在一地。

原文

又東三百里，曰陽山，其上多玉，其下多金銅。有獸焉，其狀如牛而赤尾，其頸臂❶，其狀如句瞿❷，其名曰領胡，其鳴自詨，食之已狂。有鳥焉，其狀如雌雉，而五采以文，是自為牝牡，名曰象蛇，其鳴自詨。留水出焉，而南流注于河。其中有鮯父之魚，其狀如鮒魚❸，魚首而彘身，食之已嘔。

又東三百五十里，曰賁聞之山，其上多蒼玉，其下多黃堊，多涅石❹。又北百里，曰王屋之山❺，是多石。㶌水出焉，而西北流于泰澤。又東北三百里，曰教山，其上多玉而無石。教水出焉，西流注于河，是水冬乾而夏流，實惟乾河。其中有兩山，是山也，廣員三百步，其名曰發丸之山，其上有金玉。

譯文

再向東三百里是陽山，山上盛產玉石，山下盛產金屬。山中有一種野獸形似牛，尾巴卻是紅色的，而且脖子上有像斗的肉瘤，名叫領胡，牠的叫聲聽起來就是牠的名字，吃了牠就能治癒癲狂症。還有一種鳥形似雌野雞，羽毛上有五彩斑斕的花紋，這種鳥雌雄同體，名叫象蛇，牠的叫聲聽起來就是牠的名字。留水發源於此山，向南流入黃河。水中有鮯父魚，牠形似鯽魚，卻是魚的頭、豬的身體，吃了牠就可以止吐。

再向東三百五十里是賁聞山，山上盛產蒼玉，山下盛產黃沙土，也有許多礬石。

再向北一百里是王屋山，這裡到處是石頭。㶌水發源於此山，向西北流入泰澤。

再向東北三百里是教山，山上有豐富的玉，沒有石頭。教水發源於此山，向西流入黃河，

這條河冬季乾涸，夏季流水，確實可以說是乾河。河道中有兩座小山，方圓三百步，稱之為發丸山，山上遍布金屬礦物和玉石。

山海經地理

 陽山 觀點1. 陽山即今江蘇的虞山，橫臥於常熟城西北，北瀕長江，南臨尚湖。

 留水 觀點1. 「留水出焉，而南流注于河。」若陽山為虞山，則留水可能是沙澗河。

 賁聞山 觀點1. 「又東三百五十里，曰賁聞之山。」則賁聞山是今河北境內的岱嵋山。此山位於新安縣和澠池縣交界處。

 王屋山 觀點1. 即今山西和河南之間的王屋山。有謂「山中有洞，深不可入，洞中如王者之宮，故名曰王屋也。」

 教山 觀點1. 「又東北三百里，曰教山。」教山即今山西的歷山。歷山是中條山的主峰，與翼城、垣曲、陽城毗連銜接。

 教水 觀點1. 「教水出焉，西流注于河。」若教山是歷山，則教水就是一條在今山西垣縣，經古城入黃河的河。

奇珍異獸觀察記錄

❶ 明·蔣應鎬繪圖本

❷ 明·蔣應鎬繪圖本

	領胡❶	象蛇❷	鮯父魚❸
特徵	像牛，紅尾，頸有如斗的肉瘤，叫聲如牠的名字	像雌雉，羽毛有五彩花紋，雌雄同體，叫聲如牠的名字	像鯽魚，魚頭，豬身
功效	吃了牠就能治癒癲狂症		食之可止吐
產地	陽山	陽山	留水

❸ 明·蔣應鎬繪圖本

景山 ——→ 虫尾之山

	🪨 礦物	🌿 植物	🐱 動物
⛰ 景山	赭、玉	諸藇、秦椒	酸與
⛰ 孟門山	蒼玉、金、黃堊、涅石		
⛰ 平山	美玉		
⛰ 京山	美玉、赤銅、玄礵	漆木、竹	
⛰ 虫尾山	金、玉、青碧	竹	

注釋

❶ **鹽販之澤**：晉代郭璞所謂「鹽池」也。《水經注·涑水》及《太平禦覽》引此注，鹽池二字之前還有解縣二字。北宋沈括《夢溪筆談》所謂「解州鹽澤，滷色正赤，俚俗謂之『蚩尤血』」。

❷ **諸藇**：一種植物，根像羊蹄，可以食用，即今所謂的山藥。

❸ **秦椒**：一種草，所結的果實像花椒，葉子細長。

❹ **蒼玉**：灰白色的玉。

❺ **黃堊**：黃沙土。

❻ **玄**：黑色。
礵：砥石，就是磨刀石。

原文

又南三百里，曰景山，南望鹽販之澤❶，北望少澤。其上多草、諸藇❷，其草多秦椒❸，其陰多赭，其陽多玉。有鳥焉，其狀如蛇，而四翼、六目、三足，名曰酸與，其鳴自詨，見則其邑有恐。

又東南三百二十里，曰孟門之山，其上多蒼玉❹，多金，其下多黃堊❺，多涅石。又東南三百二十里，曰平山。平水出于其上，潛于其下，是多美玉。

又東二百里，曰京山，有美玉，多漆木，多竹，其陽有赤銅，其陰有玄礵❻。高水出焉，南流注于河。

又東二百里，曰虫尾之山，其上多金玉，其下多竹，多青碧。丹水出焉，南流注于河。薄水出焉，而東南流注于黃澤。

譯文

再向南三百里是景山，向南可以望見鹽販澤，向北可以望見少澤。山上有茂密的草和山藥，草以秦椒居多，北面盛產赭石，南面盛產玉石。山裡有一種鳥形似蛇，卻有四隻翅膀、六隻眼睛和三隻腳，名叫酸與，牠的叫聲聽起來就是牠的名字，有牠出現的地方就會發生使人恐慌的事情。

再向東南三百二十里是孟門山，山上蘊藏豐富的蒼玉，還盛產金屬礦物，山下到處是黃沙土，還有許多礬石。再向東南三百二十里是平山。平水發源於此山山頂，潛流到山腳下，水中有很多美玉。

再向東二百里是京山，盛產美玉，到處有漆樹，遍山是竹林，南面出產黃銅，北面出產黑色的砥石。高水發源於此山，向南流入黃河。

再向東二百里是虫尾山，山上遍布金屬礦物和玉石，山下到處是竹子，還有很多青石碧玉。丹水發源於此山，向南流入黃河。薄水也發源於此山，向東南流入黃澤。

～ 山海經地理 ～

 景山

 觀點 1 「又南三百里，曰景山。」景山是位於河北石家莊市西南部贊皇縣的贊皇山。

 觀點 2 「景山，南望鹽販之澤，北望少澤。」景山就在今山西聞喜縣。

鹽販澤	根據名稱及大致地理位置推測，鹽販澤即今山西西南部的解池。解池位於中條山的北麓，面對黃河由北向東的轉彎處。	**孟門山**	「又東南三百二十里，曰孟門之山。」即今山西長治市東南部的壺口山。以兩峰夾峙而中虛，壯如壺口，故名壺口山。其跨壺關縣界處，又名壺山。
平山	「又東南三百二十里，曰平山。」平山即今山西的姑射山，屬於呂梁山脈。	**平水**	「平水出于其上，潛于其下。」平水應是發源於姑射山，向東流入汾河的河。
京山	「又東二百里，曰京山。」京山是今山西翼城縣的霍山。綿延於洪洞、古縣、沁源和靈石等縣。	**虫尾山**	「又東二百里，曰虫尾之山。丹水出焉。」丹水即今丹河，發源於山西高平市的丹朱嶺。故可推知，虫尾山是丹朱嶺。

～ 奇珍異獸觀察記錄 ～

酸與❶	
特徵	像蛇，有四隻翅膀，六隻眼睛和三隻腳，叫聲就如牠的名字
特性	有牠出現的地方就會發生使人恐慌的事情
產地	景山

❶ 明・蔣應鎬繪圖本

153

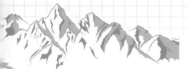

彭毗之山 ── 謁戾之山

🏔	🪨 礦物	🌿 植物	🐾 動物
🏔 彭毗山	金、玉		肥遺
🏔 小侯山			鴣鶋
🏔 泰頭山	金、玉	竹箭	
🏔 軒轅山	銅	竹	黃鳥
🏔 謁戾山	金、玉	松、柏	

~ 注釋 ~

❶ 文：線條交錯的圖案、花紋。

❷ 潤：眼睛昏花迷離。

❸ 竹箭：一種較小的竹子，可做箭矢。

❹ 梟：指貓頭鷹一類的鳥。

❺ 詨：大叫，呼喚。

~ 原文 ~

又東三百里，曰彭毗之山，其上無草木，多金玉，其下多水。蚤林之水出焉，東南流注于河。肥水出焉，而南流注于床水，其中多肥遺之蛇。又東百八十里，曰小侯之山。明漳之水出焉，南流注于黃澤。有鳥焉，其狀如烏而白文❶，名曰鴣鶋，食之不潤❷。 又東三百七十里，曰泰頭之山。共水出焉，南注于虖沱。其上多金玉，其下多竹箭❸。又東北二百里，曰軒轅之山，其上多銅，其下多竹。有鳥焉，其狀如梟❹而白首，其名曰黃鳥，其鳴自詨❺，食之不妒。 又北二百里，曰謁戾之山，其上多松柏，有金玉。沁水出焉，南流注于河。其東有林焉，名曰丹林。丹林之水出焉，南流注于河。嬰侯之水出焉，北流注于氾水。

~ 譯文 ~

向東三百里是彭毗山，山上草木不生，遍布金屬礦物和玉石，山下到處是流水。蚤林水發源於此山，向東南流入黃河。肥水也發源於此山，向南流入床水，水中有很多名叫肥遺的蛇。再向東一百八十里是小侯山。明漳水發源於此，向南流入黃澤。山中有一種鳥形似烏鴉，卻有白色斑紋，名叫鴣鶋，吃了牠就能使眼睛明亮而不昏花。再向東三百七十里是泰頭山。共水發源於此，向南流入虖沱。山上遍布金屬礦物和玉石，山下到處是小竹叢。

向東北二百里是軒轅山。山上盛產銅，山下到處是竹子。山中有一種鳥形似貓頭鷹一類，頭是白色的，名叫黃鳥，叫聲聽起來就是牠的名字，吃了牠就不會生出嫉妒心。再向北二百里是謁戾山，山上遍布松樹和柏樹，蘊藏金屬礦物和玉石。沁水發源於此，向南流入黃河。

山東面有一片樹林，稱為丹林。丹林水發源於此，向南流入黃河。嬰侯水發源於此，向北流入汜水。

⌇ 山海經地理 ⌇

 彭毗山 ▶ 「又東三百里，曰彭毗之山」，根據里程推測，彭毗山在今河南境內。

 床水 ▶ 「肥水出焉，而南流注于床水。」床水應是今發源於山西陵川縣的淇水。

小侯山 ▶ 根據里程推測，小侯山是河南湯陰縣的西山。《水經注》載：「蕩水出河內蕩陰縣西山東……東北至內黃縣。入於黃澤。」

明漳水 ▶ 「明漳之水出焉，南流注于黃澤。」明漳水是今河南北部的湯河，古名蕩水。向東流入衛河，最終注入黃澤。

 泰頭山 ▶ 「又東三百七十里，曰泰頭之山。」因此，泰頭山是五臺山的北臺山，又名葉斗峰。以驚險取勝，是華北地區最高峰。

 虖沱 ▶ 「共水出焉，南注于虖沱。」虖沱即今位於河北北部的滹沱河，古作滹池。發源於山西繁峙縣泰戲山下。

 謁戾山 ▶ **觀點 1** 根據源出此山的沁河推測，謁戾山為山西長治縣、長子縣和高平市交界處的羊頭山。此山海拔一千兩百九十七公尺，因山之巔有羊頭狀巨石而得名。

觀點 2 「又北二百里，曰謁戾之山。」可能是鄰近今山西沁源縣的太嶽山。

⌇ 奇珍異獸觀察記錄 ⌇

❶ 清・禽蟲典

❷ 清・汪紱圖本

	鴣鶥❶	黃鳥❷
特徵	像烏鴉，但有白色斑紋	像梟，白色的頭，叫聲就如牠的名字
特性	吃了牠能使眼睛明亮而不昏花	吃了牠就不會生出嫉妒心
產地	小侯山	軒轅山

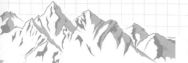

沮洳之山 ── 發鳩之山

注釋

❶ 飛蟲：指蟻蠓、蚊子之類的小飛蟲，成群成堆地亂飛，滿天蔽日。

❷ 發鳩之山：亦名發苞山、鹿谷山和廉山，是太行山分支。

❸ 柘木：柘樹，是桑樹的一種，葉子可以餵養蠶，果實可以吃，樹根、樹皮可作藥用。

❹ 精衛：因不甘被海水淹死，常銜木石填海，也稱為「冤禽」。

❺ 炎帝：上古帝王神農氏的帝號。因以火德王，故稱為炎帝。

❻ 堙：填塞。

原文

東三百里，曰沮洳之山，無草木，有金玉。濝水出焉，南流注于河。

又北三百里，曰神囷之山，其上有文石，其下有白蛇，有飛蟲❶。黃水出焉，而東流注于洹。滏水出焉，而東流注于歐水。

又北二百里，曰發鳩之山❷，其上多柘木❸。有鳥焉，其狀如烏，文首、白喙、赤足，名曰精衛❹，其鳴自詨。是炎帝❺之少女，名曰女娃。女娃游于東海，溺而不返，故為精衛，常銜西山之木石，以堙❻于東海。漳水出焉，東流注于河。

譯文

向東三百里是沮洳山，草木不生，有金屬礦物和玉石。濝水發源於此山，向南流入黃河。

再向北三百里是神囷山，山上有帶花紋的漂亮石頭，山下有白蛇和飛蟲。黃水發源於這座山，向東流入洹水。滏水也發源於這座山，向東流入歐水。

再向北二百里是發鳩山，山上生長著茂密的柘樹。山中有一種禽鳥長得像烏鴉，腦袋卻有花色、鳥喙是白色的、爪子是紅色的，名叫精衛，牠的叫聲聽起來就是牠的名字。精衛鳥原是炎帝的小女兒，名為女娃。女娃到東海遊玩，淹死在東海裡，再也沒有回來。她化為精衛鳥後，常常銜著西山的樹枝和石子，藉以填塞東海。漳水發源於這座山，向東流入黃河。

～山海經地理～

沮洳山

觀點1.「東三百里，曰沮洳之山。」沮洳之山即今河南北部的大號山。

觀點2. 濾水即淇水，今名為淇河。淇河位於河南北部，發源於山西陵川縣棋子山，則沮洳山即棋子山。其主峰海拔一千四百八十八公尺。

神囷山▶「又北三百里，曰神囷之山。」根據山川河流推測，神囷山即今石鼓山。其西距山西原平市十五公里，南距忻州市六十餘公里。海拔在九百公尺到一千兩百公尺之間。

黃水 洹 滏水「黃水出焉，而東流注于洹。滏水出焉，而東流注于歐水。」黃水、洹和滏水三條河流皆屬於今河南安陽河的一部份。安陽河又名洹河。《長子縣誌》：「洹水出林慮山，東流入淇。」

歐水▶「東流注于歐水。」歐水即今河北西部的滏陽河。滏陽河發源於邯鄲峰礦區滏山南麓，故名滏陽河。沿途流經邯鄲、邢台、衡水，在滄州地區與滹沱河匯流後稱為子牙河。

發鳩山▶晉代郭璞云：「今在上黨郡長子縣西。」發鳩山亦名發苞山，在距離山西長子縣城西二十五公里處。其東山腳下有清泉，是濁漳河主要源頭。

漳水▶「漳水出焉，東流注于河。」漳水即漳河，在今河北和河南的交界處。

～奇珍異獸觀察記錄～

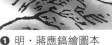

❶ 明・蔣應鎬繪圖本

精衛❶	
特徵	像烏鴉，腦袋有花色，白喙，紅爪，叫聲就如牠的名字
產地	發鳩山

白蛇　清・汪紱圖本

地圖情報

	🪨 礦物	🌿 植物	🐱 動物
⛰ 少山	金、玉、銅		
⛰ 錫山	玉、砥		
⛰ 景山	美玉		
⛰ 題首山	玉		
⛰ 繡山	玉、青碧	枸、芍藥、芎藭	鱯、黽

注釋

❶ 東流：東流後疑脫「注」字。

❷ 砥：質地細緻的磨刀石。

❸ 枸：枸樹，古人常用樹幹部分的木材製作拐杖。

❹ 芍藥：多年生草本花卉，初夏開花，與牡丹相似，花朵大而美麗，有白、紅等顏色。

❺ 芎藭：植物名，亦稱為「川芎」。根可入藥，有調經、活血、潤燥和止痛等療效。已見於〈西次四經‧號山〉。

❻ 鱯：似鯰而大，白色。

❼ 黽：外形似蛤蟆，但較小一些。

原文

又東北百二十里，曰少山，其上有金玉，其下有銅。清漳之水出焉，東流❶于濁漳之水。 又東北二百里，曰錫山，其上多玉，其下有砥❷。牛首之水出焉，而東流注于滏水。 又北二百里，曰景山，有美玉。景水出焉，東南流注于海澤。

又北百里，曰題首之山，有玉焉，多石，無水。 又北百里，曰繡山，其上有玉、青碧，其木多枸❸，其草多芍藥❹、芎藭❺。洧水出焉，而東流注于河，其中有鱯❻、黽❼。又北百二十里，曰松山。陽水出焉，東北流注于河。

譯文

再向東北一百二十里是少山，山上出產金屬礦物和玉石，山下出產銅礦。清漳水發源於此山，向東流入濁漳水。再向東北二百里是錫山，山上有豐富的玉石，山下出產磨刀石。牛首水發源於此山，然後向東流入滏水。再向北二百里是景山，山上出產優良玉石。景水發源於此山，向東南流入海澤。

再向北一百里是題首山，這裡出產玉和許多石頭，但沒有水。再向北一百里是繡山，山上有玉石和青色碧玉，山中的樹木大多是枸樹，而草以芍藥和芎藭最多。洧水發源於此山，

然後向東流入黃河，水中有鱯魚和黽蛙。再向北一百二十里是松山。陽水發源於此山，向東北流入黃河。

〜 山海經地理 〜

 少山 「又東北百二十里，曰少山。」根據里程推測，少山在今山西昔陽縣境內。

 清漳水 清漳河發源於太行山，流經河北的涉縣，在縣南緣與自西而來的濁漳河匯合，形成漳河。太行山區泥沙較少，故清漳河水較清；濁漳河流經山西黃土地區，水色混濁。

 錫山 「又東北二百里，曰錫山。」錫山承接發鳩山，應在今河北邯鄲附近。

 牛首水 「牛首之水出焉，而東流注于潆水。」牛首水源出今河北邯鄲縣西北，上游名為牛照河，流經西北則稱為西河，後注入潆陽河。

 繡山 「又北百里，曰繡山。」根據里程推測，繡山在今河北境內。

 繡山地處房山區與門頭溝區的接壤地帶，應是太行山的分支大安山。

〜 奇珍異獸觀察記錄 〜

 鱯　清·汪紱圖本

黽　清·汪紱圖本

敦與之山 —— 白馬之山

地圖情報

	礦物
敦與山	金、玉
柘山	金、玉、鐵
維龍山	碧玉、金、鐵
白馬山	石玉、鐵、赤銅

原文

又北百二十里，曰敦與之山，其上無草木，有金玉。溹水出于其陽，而東流注于泰陸之水；泜水出于其陰，而東流注于彭水。槐水出焉，而東流注于泜澤。

又北百七十里，曰柘山，其陽有金玉，其陰有鐵。曆聚之水出焉，而北流注于洧水。

又北三百里，曰維龍之山，其上有碧玉，其陽有金，其陰有鐵。肥水出焉，而東流注于皋澤，其中多礨石❶。敞鐵之水出焉，而北流注于大澤。

又北百八十里，曰白馬之山，其陽多石玉，其陰多鐵，多赤銅。木馬之水出焉，而東北流注于虖沱❷。

注釋

❶ 礨石：礨的本義是地勢突然高出的樣子。礨石在這裡指河道中的大石頭高出水面許多，顯得突兀。

❷ 虖沱：即前文〈北次三經・泰頭之山〉的滹沱河，古作虖池。

譯文

再向北一百二十里是敦與山，山上草木不生，但蘊藏金屬礦物和玉石。溹水發源於山南面，向東流入泰陸水；泜水發源於山北面，向東流入彭水；槐水發源於此山，向東流入泜澤。

再向北一百七十里是柘山，山南面出產金屬礦物和玉石，山北面出產鐵。曆聚水發源於此山，向北流入洧水。

再往北三百里是維龍山，山上出產碧玉，山南面有金屬礦物，山北面有鐵。肥水發源於此山，向東流入皋澤，水中有很多高聳的大石頭。敞鐵水也發源於此山，向北流入大澤。

再往北一百八十里是白馬山，山南面有很多石頭和玉石，山北面盛產鐵和赤銅。木馬水發源於此山，向東北流入虖沱。

山海經地理

敦與山	「又北百二十里，曰敦與之山。」根據里程推測，敦與山在今河北西部。	**溹水**	溹水出于其陽。」溹水可能是今河北內丘縣的柳林河。
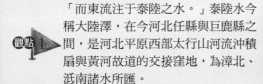**泰陸水**	「而東流注于泰陸之水。」泰陸水今稱大陸澤，在今河北任縣與巨鹿縣之間，是河北平原西部太行山河流沖積扇與黃河故道的交接窪地，為漳北、泜南諸水所匯。	**泜水**	「泜水出于其陰。」泜水即今河北的泜河。發源於太行山東麓，流經邢臺臨城縣、隆堯縣，經寧晉泊後注入釜陽河。
彭水	「而東流注于彭水。」彭水可能是今河北西南部的沙溝河。	**槐水**	「槐水出焉，而東流注泜澤。」槐水即今河北贊皇縣西北的槐沙河。
柘山	「又北百七十里，曰柘山。」根據里程推測，柘山是齊堂西長城外的一座高山。具體名稱不清楚。	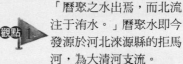**曆聚水**	「曆聚之水出焉，而北流注于洧水。」曆聚水即今發源於河北淶源縣的拒馬河，為大清河支流。
維龍山	「又北三百里，曰維龍之山。」維龍山可能在今河北井陘縣，或是巨鹿縣一帶的五峰山。	**肥水**	假如維龍山為五峰山，則肥水即今河北的洨河。洨河源出於五峰山，與沙河會合後入滏陽河。
皋澤	「肥水出焉，而東流注于皋澤。」皋澤在明清時期可能是位於寧晉泊的西北部。具體名稱不清楚。	**白馬山**	「又北百八十里，曰白馬之山。」白馬山是孟縣境內最高的一座山，在滹沱河以南。
木馬水	「木馬之水出焉，而東北流注于虖沱。」木馬水是今山西的牧馬河。牧馬河是滹沱河的分支，發源於佛教聖地五臺山山腳下，流經忻州城南，到了忻州後就趨於平緩。		

空桑之山 —→ 童戎之山

地圖情報

	🪨 礦物	🐾 動物
⛰️ 泰戲山	金、玉	辣辣
⛰️ 石山	金、玉	

～原文～

又北二百里，曰空桑之山❶，無草木，冬夏有雪。空桑之水出焉，東流注于虖沱。

又北三百里，曰泰戲之山，無草木，多金玉。有獸焉，其狀如羊，一角一目，目在耳後，其名曰辣辣❷，其鳴自訆❸。虖沱之水出焉，而東流注于漊水。液女之水出于其陽，南流注于沁水。

又北三百里，曰石山，多藏金玉。濩濩之水出焉，而東流注于虖沱；鮮于之水出焉，而南流注于虖沱。

又北二百里，曰童戎之山。皋涂之水出焉，而東流注于漊液水。

～注釋～

❶ **空桑之山**：〈北次二經〉疑似有「空桑之山」，今闕文。清代郝懿行根據郭璞此處的注「上已有此山，疑同名也」推測：「〈東經〉有此山，此經以上無之，檢此篇〈北次二經〉之首，自管涔之山至于敦題之山，凡十七山，今才得十六山，疑經正脫此一山也。」

❷ **辣辣**：音「ㄅㄨㄥˋ ㄅㄨㄥˋ」。

❸ **訆**：「訆」字之訛，同「叫」，大聲呼喚。

～譯文～

再往北二百里是空桑山，草木不生，冬天和夏天都有雪。空桑水發源於這座山，向東流入虖沱水。

再往北三百里是泰戲山，草木不生，到處有金屬礦物和玉石。山中有一種野獸形似羊，卻只長了一隻角和一隻眼睛，而且眼睛在耳朵的背後，名叫辣辣，牠的叫聲就是牠名字的讀音。虖沱水發源於這座山，向東流入漊水。液女水發源於這座山的南面，向南流入沁水。

再往北三百里是石山，山中有豐富的金屬礦物和玉石。濩濩水發源於這座山，向東流入虖沱水；鮮于水也發源於這座山，向南流入虖沱水。

再往北二百里是童戎山。皋涂水發源於這座山，向東流入漊液水。

～山海經地理～

空桑山	「又北二百里，曰空桑之山。」即今山西靜樂縣和忻州之間的雲中山，是呂梁山脈北段分支。	空桑水 「空桑之水出焉，東流注于虖沱。」若空桑山為雲中山，則空桑水即今雲中河。
泰戲山	「又北三百里，曰泰戲之山。」根據里程推測，泰戲山在今山西繁峙縣。具體名稱不清楚。	漊水 「虖沱之水出焉，而東流注于漊水。」漊水可能是今河北北部的鹿泉河。
石山	「又北三百里，曰石山。」石山位於山西忻州五臺縣境內的五臺山，屬太行山系的北端。	濾濾水 「濾濾之水出焉，而東流注于虖沱。」濾濾水可能是今河北西部的大沙河。
鮮于水	「鮮于之水出焉，而南流注于虖沱。」鮮于水可能指源出於五臺山西南的清水河。	

～奇珍異獸觀察記錄～

	辣辣❶
特徵	狀如羊，一角，一目，目在耳後，鳴叫聲聽起來就是牠名字的讀音
產地	泰戲山

❶ 明・蔣應鎬繪圖本

高是之山 —→ 乾山

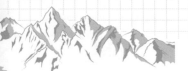

	🪨 礦物	🌿 植物	🐾 動物
⛰ 高是山		棕、條	
⛰ 陸山	美玉		
⛰ 燕山	嬰石		
⛰ 饒山	瑤、碧		橐駝、鵰、師魚
⛰ 乾山	金、玉、鐵		獂

注釋

❶ 嬰石：一種像玉且帶有彩色條紋的漂亮石頭。

❷ 橐駝：就是駱駝。

❸ 鵰：即鴟鵂，貓頭鷹的別名。眼睛大而圓，肉食性，晝伏夜出，有強有力的嘴和爪，吃鼠、麻雀等小動物。

❹ 師魚：即鯢魚，就是前文所説的人魚。

❺ 詨：大叫，呼喚。

原文

又北三百里，曰高是之山。滋水出焉，而南流注于虖沱。其木多棕，其草多條。滱水出焉，東流注于河。又北三百里，曰陸山，多美玉。郣水出焉，而東流注于河。又北二百里，曰沂山。般水出焉，而東流注于河。北百二十里，曰燕山，多嬰石❶。燕水出焉，東流注于河。

又北山行五百里，水行五百里，至于饒山。是無草木，多瑤、碧，其獸多橐駝❷，其鳥多鵰❸。曆虢之水出焉，而東流注于河，其中有師魚❹，食之殺人。又北四百里，曰乾山，無草木，其陽有金玉，其陰有鐵，而無水。有獸焉，其狀如牛而三足，其名曰獂，其鳴自詨❺。

譯文

再往北三百里是高是山。滋水發源於此山，向南流入虖沱水。山中的樹木大多是棕樹，草大多是條草。滱水也發源於此山，向東流入黃河。再往北三百里是陸山，有很多優良的玉石。郣水發源於此山，向東流入黃河。再往北二百里是沂山。般水發源於此山，向東流入黃河。往北一百二十里是燕山，盛產嬰石。燕水發源於此山，向東流入黃河。

　　再往北走五百里山路，又走五百里水路，便到了饒山。這座山草木不生，到處是瑤和碧一類的美玉，山中的野獸大多是駱駝，而禽鳥大多是貓頭鷹。曆虢水發源於此山，向東流入黃河，水中有師魚，吃了牠的肉就會中毒而死。再往北四百里是乾山，草木不生，山南面蘊藏金屬礦物和玉石，山北面蘊藏鐵，但沒有水流。山中有一種野獸形似牛，卻長著三隻腳，名叫獂，牠的叫聲便是牠名字的讀音。

～ 山海經地理 ～

 高是山 此處指北三百里承接白馬山，因此，高是山可能在今山西靈丘縣西北。

 滋水 「滋水出焉，而南流注于虖沱。」滋水即今源出河北阜平縣的磁河前身。

 滱水 「滱水出焉，東流注于河。」滱水上游即今河北的唐河，後注入白洋澱。

 陸山 原文中的北三百里指承接題首山而言，則陸山即今河北懷安縣西南境內的虎窩山，為陰山支脈。

 鄴水 「鄴水出焉，而東流注于河。」鄴水為河北境內的南洋河，向下注入黃河下游。

 沂山 若陸山是今河北的虎窩山，則沂山是河北張北縣的馬尾圖山。

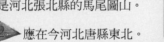 應在今河北唐縣東北。

 般水 「般水出焉，而東流注于河。」般水可能是位於河北唐縣東北的望都河。

 燕山 根據名稱跟地理位置推測，燕山即燕然山，今稱杭愛山，此山位於蒙古高原的西北，是北冰洋流域與內流區域的主要分水嶺。

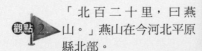 「北百二十里，曰燕山。」燕山在今河北平原縣北部。

 燕水 「燕水出焉，東流注于河。」燕水即位於在北京和河北東部的潮白河。

若燕山位於今河北平原縣北部，則燕水即源出河北易縣的瀑河。

 饒山 「又北山行五百里，水行五百里，至於饒山。」據此推測，饒山在今河北唐縣。

 曆虢水 「曆虢之水出焉，而東流注于河。」曆虢水為濡水，即今源出河北唐縣的祁水。

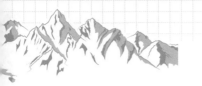

倫山 ──→ 泰澤

	🪨 礦物	🦊 動物
⛰ 倫山		羆
⛰ 碣石山	玉、青碧	蒲夷魚
⛰ 泰澤	金、玉	

～注釋～

❶ 川：晉代郭璞注「川」為「竅」。上竅謂耳目鼻口，下竅謂前陰後陰。這裡的竅是指後陰而言，就是肛門的意思。

❷ 羆：即羆九。

❸ 蒲夷之魚：神話學大師袁珂認為就是冉遺魚，已見於〈西次四經‧英鞮之山〉。牠的形體似蛇，有六隻腳，眼睛像馬，人吃了牠的肉就不會做噩夢。

～原文～

又北五百里，曰倫山。倫水出焉，而東流注于河。有獸焉，其狀如麋，其川❶在尾上，其名曰羆❷。

又北五百里，曰碣石之山。繩水出焉，而東流注于河，其中多蒲夷之魚❸。其上有玉，其下多青碧。

又北水行五百里，至于雁門之山，無草木。

又北水行四百里，至于泰澤。其中有山焉，曰帝都之山，廣員百里，無草木，有金玉。

～譯文～

再往北五百里是倫山。倫水發源於這座山，向東流入黃河。山中有一種野獸長得像麋鹿，但是牠的肛門長在尾巴上面，名叫羆九。

再往北五百里是碣石山。繩水發源於這座山，然後向東流入黃河，水中有很多蒲夷魚。這座山上出產玉石，山下還有很多青色碧玉。

再往北行五百里水路便到了雁門山，這裡草木不生。

再往北行四百里水路，便到了泰澤。在泰澤中屹立著一座孤山，名為帝都山，方圓一百里。帝都山上草木不生，但有金屬礦物和玉石。

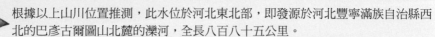

～山海經地理～

  倫山
「又北五百里，曰倫山。」倫山可能是今河北淶源縣西部的淶山。《水經注·卷十二》記載：「巨馬河出代郡廣昌縣（現屬河北淶原縣）淶山，即淶水也。」

 倫水
根據以上山川位置推測，此水位於河北東北部，即發源於河北豐寧滿族自治縣西北的巴彥古爾圖山北麓的灤河，全長八百八十五公里。

觀點2「倫水出焉，而東流注于河。」可能是今河北的拒馬河，古名巨馬河。

 碣石山
「又北五百里，曰碣石之山。」碣石山古今同名，此山即今河北昌黎縣北的碣石山。此山跨越昌黎、盧龍和撫寧三縣境內，主峰為仙臺頂，海拔六百九十五公尺頂尖呈圓柱形，遠望如碣似柱，故名為「碣石」。

  繩水
「又北五百里，曰碣石之山。繩水出焉，而東流注于河。」根據碣石山推測，繩水可能是今河北昌黎縣的蒲河。

  雁門山
「又北水行五百里，至于雁門之山。」北京自永定河向北五百里，即到達雁門山。袁珂云：「〈海內西經〉：『雁門山，雁出其閒。在高柳北。』即此山也。」

  泰澤
「又北水行四百里，至于泰澤。」「泰」為「岱」的諧音，泰澤即為內蒙古高原的支脈蠻漢山與馬頭山之間的岱海。

～奇珍異獸觀察記錄～

罷❶	
特徵	外形似麋，肛門長在在尾巴上
產地	倫山

❶ 清·禽蟲典

錞于毋逢之山

🏔 錞于毋逢山	🐾 動物
	大蛇

〜 注釋 〜

❶ 飈：急風的樣子。

❷ 幽都之山：在北海之內。見〈海內經〉：「北海之內，有山，名曰幽都之山，黑水出焉。其上有玄鳥、玄蛇、玄豹、玄虎、玄狐蓬尾。」

❸ 無逢之山：即前文所說的錞于毋逢山。

❹ 廿神：即馬身人面廿神，見圖。廿，二十。

❺ 藻：聚藻，一種香草。
莒：香草，屬於蘭草之類。

❻ 載：通「戴」。

〜 原文 〜

又北五百里，曰錞于毋逢之山，北望雞號之山，其風如飈❶。西望幽都之山❷，浴水出焉。是有大蛇，赤首白身，其音如牛，見則其邑大旱。

凡〈北次三經〉之首，自太行之山以至于無逢之山❸，凡四十六山，萬二千三百五十里。其神狀皆馬身而人面者廿神❹。其祠之：皆用一藻莒❺瘞之。其十四神狀皆彘身而載❻玉。其祠之：皆玉，不瘞。其十神狀皆彘身而八足蛇尾。其祠之：皆用一璧瘞之。大凡四十四神，皆用稌糈米祠之。此皆不火食。

右北經之山志，凡八十七山，二萬三千二百三十里。

〜 譯文 〜

再往北五百里是錞于毋逢山，向北可以望見雞號山，那裡吹出的風相當強勁。向西可以望見幽都山，浴水發源於那裡。山中有一種大蛇，牠有紅色的腦袋和白色的身體，叫聲像牛，只要牠在哪裡出現，該地就會發生旱災。

總計〈北次三經〉山系的首尾，自太行山起到無逢山止，共四十六座山，途經一萬二千三百五十里。其中有二十座山山神的外貌是馬身人面，祭祀這些山神的儀式：將藻和莒之類的香草作為祭品埋入地下。另外十四座山的山神是豬的身體，並且佩戴了玉製飾品，祭祀這些山神的儀式：用玉器祀神，但不埋入地下。還有十座山山神的外貌是豬的身體，並有八隻腳和蛇的尾巴，祭祀這些山神的儀式：將一塊玉壁埋入地下。總共四十四個山神，都要選用精米祭祀。參加這項祭祀活動的人都必須生吃未經火烤的食物。

以上是〈北山經〉諸山的記錄，總共八十七座山，二萬三千二百三十里。

山海經地理

無逢山

 「鐏于」指臨海、臨大湖的山或半島。則鐏于毋逢山（或稱無逢山）為今內蒙古四王子旗的銀礦山。

 「又北五百里，曰鐏于毋逢之山。」此山在今山西境內。

雞號山

▶ 「北望雞號之山。」若無逢山為今內蒙古四王子旗的銀礦山，則雞號山為銀礦山百里之內的波斯山。

幽都山

 「西望幽都之山。」此山可能是今內蒙古的陰山。陰山山脈橫亙於內蒙古自治區中部，東段進入河北西北部。

浴水

▶ 「浴水出焉。」無逢山為銀礦山，則浴水可能是今內蒙古四王子旗的塔布河。此河是蒙古中部的內流河，發源於包頭市固陽縣東北部。

神怪觀察記錄

廿神　明・蔣應鎬繪圖本

十四神　明・蔣應鎬繪圖本

十神　明・蔣應鎬繪圖本

大蛇❶	
特徵	頭赤色，身體白色，叫聲如牛
特性	有牠的地方就會大旱
產地	鐏于毋逢山

❶ 明・蔣應鎬繪圖本

上卷

山經

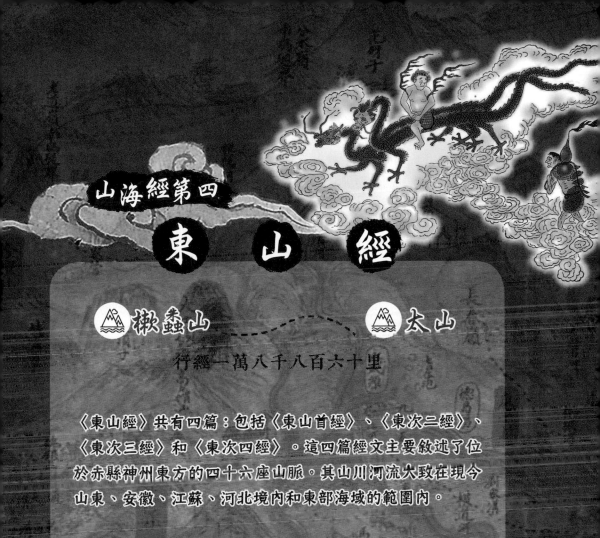

山海經第四

東 山 經

🏔 楸蟲山 - - - - - - - - 🏔 太山

行經一萬八千八百六十里

《東山經》共有四篇：包括〈東山首經〉、〈東次二經〉、〈東次三經〉和〈東次四經〉。這四篇經文主要敘述了位於赤縣神州東方的四十六座山脈。其山川河流大致在現今山東、安徽、江蘇、河北境內和東部海域的範圍內。

《東山經》對奇珍異獸的描述較少。〈東次二經〉則記載了長得像牛但有虎紋的軨軨，肉味酸中帶甜的珠蟞魚等等，這裡的河流都是向東或東南流。〈東次三經〉所記載的山脈多數是民間古老傳說中的海島，像是人們苦苦尋找的三座海中仙山——蓬萊、方丈和瀛洲。〈東次四經〉的山嶺上處處是具有藥用價值的植物，有一旦食用它就不會得瘧疾的果實，還有將其汁液塗抹於馬的身上就可使馬馴服的杞樹。

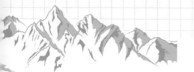

檄蟲之山 ── 勃齊之山

地圖情報

	🪨 礦物	🐾 動物
⛰️ 檄蟲山		鱅鱅魚
⛰️ 藟山	玉、金	活師
⛰️ 枸狀山	金、玉、青碧石	從從、蚩鼠、箴魚

～注釋～

❶ **犁牛**：牛名，其毛色黃黑相雜，宛如虎紋。

❷ **活師**：又叫活東，蝌蚪的別名，是青蛙、蛤蟆和鯢魚等兩棲動物的幼體，頭又圓又大而尾巴細小。

❸ **鯈**：即「鯈」字。鯈魚，也叫白鰷，一種小白魚。體長只有數寸，側扁，銀白色，腹面有肉棱，背鰭有硬刺。生活在江湖中。

❹ **箴**：同「針」。

～原文～

〈東山經〉之首，曰檄蟲之山，北臨乾昧。食水出焉，而東北流注于海。其中多鱅鱅之魚，其狀如犁牛❶，其音如彘鳴。又南三百里，曰藟山，其上有玉，其下有金。湖水出焉，東流注于食水，其中多活師❷。

又南三百里，曰枸狀之山，其上多金玉，其下多青碧石。有獸焉，其狀如犬，六足，其名曰從從，其鳴自詨。有鳥焉，其狀如雞而鼠毛，其名曰蚩鼠，見則其邑大旱。泜水出焉，而北流注于湖水。其中多箴魚，其狀如鯈❸，其喙如箴❹，食之無疫疾。

又南三百里，曰勃齊之山，無草木，無水。

～譯文～

〈東山經〉的首座山名叫檄蟲山，北面與乾昧山相鄰。食水發源於此山，向東北流入大海。水中有很多鱅鱅魚，牠的外形似犁牛，叫聲如同豬。再向南三百里是藟山，山上有玉，山下有金。湖水發源於此山，向東流入食水，水中有很多蝌蚪。

再向南三百里是枸狀山，山上有豐富的金屬礦物和玉石，山下有豐富的青石碧玉。山中有一種野獸形似狗，卻長著六隻腳，名叫從從，牠的叫聲便是牠名字的讀音。山中有一種禽鳥形似雞，卻有老鼠的毛，名叫蚩鼠，牠在哪個地方出現哪裡就會有旱災。泜水發源於此山，向北流入湖水。水中有很多箴魚，形似鯈魚，嘴巴像長針，吃了牠就不會染上瘟疫。

再向南三百里是勃齊山，草木不生，也沒有水。

〜 山海經地理 〜

<table>
<tr><td>

楸盉山

 觀點1

</td><td>

「〈東山經〉之首，曰楸盉之山。」楸盉山即今山東淄博市的石門山，因兩山對峙如石門得名。

</td><td>

乾昧

觀點1

</td><td>

「北臨乾昧。」石門山北臨小清河，小清河支流旱則乾涸，故稱乾昧。

觀點2 若楸盉山即今山東的石門山，則乾昧在今山東桓台縣和博興縣境內。

</td></tr>
<tr><td>

食水

 觀點1

</td><td>

指今淄博市的淄河。發源於泰沂山脈及魯山山脈。

</td><td>

蠡山

觀點1

</td><td>

「又南三百里，曰蠡山。」若楸盉山為石門山，向南三百里的蠡山就是石門山的南山。

</td></tr>
<tr><td>

湖水

 觀點1

</td><td>

應是今山東青州市和壽光市境內已淹沒的清水泊。

</td><td>

枸狀山

觀點1

</td><td>

「又南三百里，曰枸狀之山。」由此推測枸狀山為山東淄博市境內的魯山。地處春秋戰國時齊魯交境，屬魯國之地。

</td></tr>
<tr><td>

勃齊山

 觀點1

</td><td colspan="3">

「又南三百里，曰勃齊之山。」勃齊山為今山東萊蕪西北的新甫山，又名蓮花山。此山東西綿延十五公里，南北兼跨新泰和萊蕪兩市。

</td></tr>
</table>

〜 奇珍異獸觀察記錄 〜

❶ 清·禽蟲典

❷ 明·蔣應鎬繪圖本

❸ 明·蔣應鎬繪圖本

	鱅鱅魚❶	從從❷	蚩鼠❸	箴魚❹
特徵	叫聲如豬，外形如犁牛	像狗，六隻腳	像雞，鼠毛	叫聲即地名字的讀音
特性		叫聲即名字讀音	出現則該地大旱	食之無疫疾
產地	楸盉山	枸狀山	枸狀山	枸狀山

❹ 清·禽蟲典

番條之山 ── 犳山

地圖情報

	⛏ 礦物	🌿 植物	🐱 動物
⛰ 番條山			鱤魚
⛰ 姑兒山		漆、桑、柘	鱤魚
⛰ 高氏山	箴石、金、玉		
⛰ 嶽山	金、玉	桑、樗	
⛰ 犳山			堪孖之魚

注釋

❶ **鱤魚**：又名竿魚。性兇猛，行動敏捷。

❷ **箴石**：石針是古代的一種醫療器具，用石頭磨製而成，可以治療癰腫、疽皰，排除膿血。箴石就是一種專門製作石針的石頭。

❸ **樗**：植物名，也稱為臭椿。

原文

又南三百里，曰番條之山，無草木，多沙。減水出焉，北流注于海，其中多鱤魚❶。又南四百里，曰姑兒之山，其上多漆，其下多桑柘。姑兒之水出焉，北流注于海，其中多鱤魚。又南四百里，曰高氏之山，其上多玉，其下多箴石❷。諸繩之水出焉，東流注于澤，其中多金玉。

又南三百里，曰嶽山，其上多桑，其下多樗❸。濼水出焉，東流注于澤，其中多金玉。又南三百里，曰犳山，其上無草木，其下多水，其中多堪孖之魚。有獸焉，其狀如夸父而彘毛，其音如呼，見則天下大水。

譯文

再向南三百里是番條山，草木不生，到處是沙子。減水發源於此山，向北流入大海，水中有很多鱤魚。

再向南四百里是姑兒山，山上有茂密的漆樹，山下有茂密的桑樹和柘樹。姑兒水發源於此山，向北流入大海，水中有很多鱤魚。再向南四百里是高氏山，山上盛產玉石，山下盛產箴石。諸滬水發源於此山，向東流入湖澤，水中有許多金屬礦物和玉石。

再向南三百里是嶽山，山上有茂密的桑樹，山下有茂密的臭椿。濼水發源於此山，向東流入湖澤，水中有許多金屬礦物和玉石。

再向南三百里是犳山，山上草木不生，山下到處流水，水中有很多堪孖魚。山中有一種野獸形似獼猴，卻長了一身的豬毛，叫聲如同人在呼喊，牠一出現天下就會發生水災。

山海經地理

番條山	觀點1 「又南三百里,曰番條之山。」番條山是位於河南中部的嵩山,地處河南登封市西北面,是五嶽的中嶽。又分為少室山和太室山兩部分,共七十二峰。 觀點2 根據地理位置推測,番條山是今山東淄博市的鳳凰山,古稱玉泉山。
減水	觀點1 根據山川位置推測,減水即彌河,發源於沂山天齊灣,至央子港入渤海。 觀點2 「減水出焉,北流注于海。」減水可能是今山東淄博市的孝婦河。
姑兒山	觀點1 「又南四百里,曰姑兒之山」姑兒山即位於山東臨朐縣城南的沂山,古稱「海岳」。居五大鎮山之首,主峰海拔一千零三十二公尺。 觀點2 根據以上山川位置推測,此山應在今山東章丘市、鄒平縣界上,即鄒平南部的長白山。
姑兒水	觀點1 「姑兒之水出焉,北流注于海。」在此地向北注入海洋的河流是今丹河與白狼河,姑兒水當為白狼河。 觀點2 「姑兒之水出焉,北流注于海。」據此推測,姑兒水可能是今獺河。

高氏山	「又南四百里,曰高氏之山。」姑兒山為沂山,其向南四百里的箕屋山為高氏山。	**諸繩水**	「諸繩之水出焉,東流注于澤。」諸繩水為發源於箕屋山的濰河,此河在山東,古稱濰水,最後注入渤海萊州灣。
嶽山	嶽山是今山東泰山南面的文峰山。	**濼水**	濼水古今同名,源出山東濟南市西南,向北流入黃河。
		犲山	魯豫一帶方言稱「犲」為「貓」,因此,犲山可能是貓山或貓寨。

奇珍異獸觀察記錄

鱤魚 清・汪紱圖本

獨山 ——→ 竹山

	🗿 礦物	🐱 動物
🏔 獨山	金、玉、美石	螫蟯
🏔 泰山	玉、金、水玉	狪狪
🏔 竹山	瑤、碧	茈蠃

注釋

❶ 錞：這裡相當於「蹲」，指蹲踞。

❷ 江：清代王念孫、畢阮和郝懿行俱校「江」作「汶」，此處應是指汶水。

❸ 茈蠃：即紫螺。

❹ 衈：祭祀時取牲物耳朵旁邊的血塗在禮器上。

原文

又南三百里，曰獨山，其上多金玉，其下多美石。末塗之水出焉，而東南流注于沔，其中多螫蟯，其狀如黃蛇，魚翼，出入有光，見則其邑大旱。

又南三百里，曰泰山，其上多玉，其下多金。有獸焉，其狀如豚而有珠，名曰狪狪，其鳴自詨。環水出焉，東流注于江，其中多水玉。

又南三百里，曰竹山，錞❶于江❷，無草木，多瑤碧。激水出焉，而東南流注于娶檀之水，其中多茈蠃❸。凡〈東山經〉之首，自樕𧎾之山以至于竹山，凡十二山，三千六百里。其神狀皆人身龍首。祠：毛用一犬祈，衈❹用魚。

譯文

再向南三百里是獨山，山上盛產金屬礦物和玉石，山下多是漂亮的石頭。末塗水發源於此山，向東南流入沔水，水中有很多螫蟯，牠的外形似黃蛇，但有魚鰭，出入水中時會閃閃發光，有牠出現的地方就會發生旱災。

再向南三百里是泰山，山上盛產玉，山下盛產金。山中有一種野獸形似豬，但體內孕育了珠子，名叫狪狪，牠的叫聲便是牠名字的讀音。環水發源於此山，向東流入汶水，水中有很多水晶石。

再向南三百里是竹山，它坐落於汶水旁，草木不生，盛產瑤和碧一類的玉石。激水發源於此山，向東南流入娶檀水，水中有很多紫螺。總計〈東山經〉首列山系，自樕𧎾山起到竹山止，一共十二座山，途經三千六百里。諸山山神的形貌都是人的身體和龍的頭。祭祀山神的儀式：在帶毛的禽畜中選用一隻狗作為祭品，並將魚的血塗抹在禮器上。

～ 山海經地理 ～

 獨山

 觀點 1 根據里程推測，獨山可能在今山東濟南市長清區境內。

 觀點 2 獨山當為山東泰山的東南山嶺，即位於萊蕪縣邢家峪南的一座大山。

 末塗水

觀點 1 「末塗之水出焉，而東南流注于沔。」末塗水是源於今山東濟南市的長清河。

觀點 2 由沔水為大汶河推知，末塗水應是發源於山東新泰市，東至大汶口入主流大汶河的柴汶河。

 沔 ▶ 發源於泰山的河流都注入大汶河，「沔」應為「汶」的誤寫，沔水即大汶河。

 泰山 ▶ 「又南三百里，曰泰山。」此處泰山古今同名，即五嶽之首，今山東中部的泰山。

 江 ▶ 經文「江」字應作「汶」，是指黃河在山東的唯一支流大汶河，又稱汶河。

 環水 ▶ 根據「環水出焉，東流注于江」推測，環水為發源於泰山，流經泰城，並注入大汶河的泮河。

 竹山 ▶ 根據里程推測，竹山可能在今山東大汶河南岸，即鳳凰山一帶山嶺。

 激水 ▶ 據「激水出焉，而東南流注于娶檀之水」推測，激水為大汶河的下游，大清河。

 娶檀水 ▶ 娶檀水是水泊梁山的遺存水域東平湖，古稱大野澤、梁山泊和安山湖，為《水滸傳》故事的發源地。此湖為山東的第二大淡水湖泊。

～ 神怪觀察記錄 ～

❶ 明・蔣應鎬繪圖本

❷ 清・禽蟲典

人身龍首神
明・蔣應鎬繪圖本

	鳐鱅❶	狪狪❷
特徵	狀如黃蛇，魚翼，出入有光	狀如豚，體內孕育了珠子
特性	有牠的地方就有旱災	叫聲即牠名字的讀音
產地	獨山	泰山

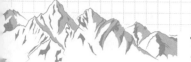

空桑之山 ⟶ 葛山之首

地圖情報

	礦物	植物	動物
空桑山			軨軨
曹夕山		穀	
嶧皋山	金、玉、白堊		蜃、珧
葛山尾	砥礪		
葛山首			珠蟞魚

注釋

❶ **沙陵**：沙丘。

❷ **欽**：同「吟」，指歎息、呻吟。

❸ **蜃**：大的蛤蜊。蛤為軟體動物，貝殼卵圓形或略帶三角形，顏色和斑紋美麗。
珧：小蚌。蚌是一種軟體動物，貝殼長卵形，表面黑褐色或黃褐色，有環形。

❹ **珠蟞魚**：《呂氏春秋 · 本味篇》作朱鱉，古字通用。

原文

〈東次二經〉之首，曰空桑之山，北臨食水，東望沮吳，南望沙陵❶，西望湣澤。有獸焉，其狀如牛而虎文，其音如欽❷，其名曰軨軨，其鳴自叫，見則天下大水。又南六百里，曰曹夕之山，其下多穀而無水，多鳥獸。

又西南四百里，曰嶧皋之山，其上多金玉，其下多白堊。嶧皋之水出焉，東流注于激女之水，其中多蜃珧❸。又南水行五百里，流沙三百里，至于葛山之尾，無草木，多砥礪。又南三百八十里，曰葛山之首，無草木。澧水出焉，東流注于餘澤，其中多珠蟞魚❹，其狀如肺而有四目，六足，有珠，其味酸甘，食之無癘。

譯文

〈東次二經〉的首座山是空桑山，北面臨近食水，向東可以望見沮吳，向南可以望見沙陵，向西可以望見湣澤。山中有一種野獸形似牛，卻有老虎的斑紋，叫聲如同人在呻吟，名叫軨軨，牠的叫聲便是牠名字的讀音，牠一出現天下就會發生水災。再向南六百里是曹夕山，山下到處是構木，沒有水流，但有許多飛禽走獸。

再向西南四百里是嶧皋山，山上遍布金屬礦物和玉石，山下盛產白堊土。嶧皋水發源於此山，向東流入激女水，水中有很多大大小小的蛤和蚌。再向南行五百里水路，經過三百里流沙，便到了葛山的尾端，這裡草木不生，盛產可用來磨刀的砥石與礪石。再向南三百八十里就是葛山的首端，這裡草木不生。澧水發源於此山，向東流入餘澤，水中有很多珠蟞魚，外形似肺，有四隻眼睛和六隻腳，能吐出珍珠，肉味酸中帶甜，吃了牠就不會染上瘟疫。

〜 山海經地理 〜

空桑山	觀點①	《淮南子》高誘注云:「空桑,地名,在魯也。」又《文選・思玄賦》舊注云:「少皞金天氏居窮桑,在魯北。」曲阜古稱魯縣,故空桑山在今山東曲阜北部。
	觀點②	根據里程推測,空桑山當是山東半島一帶萊州和登州附近的群山。

沮吳	觀點	山東蓬萊附近有蛆島和虎島等島,「沮吳」為「蛆虎」的諧音,因此沮吳當為蛆島和虎島。	**潪澤**	觀點	「西望潪澤。」根據里程推測,可能是大小汶河匯合處的水澤。
曹夕山	觀點	根據「又南六百里,曰曹夕之山」,沿海岸線向東南即為嶗山,此山即曹夕山。	**嶧皋山**	觀點	「又西南四百里,曰嶧皋之山。」嶧皋山可能是今山東鄒城市東南的嶧山。

葛山尾	觀點	「又南水行五百里,流沙三百里,至於葛山之尾。」葛山是今江蘇的葛嶧山。
	觀點②	「水行五百里」指自蓬萊向東南的距離;「流沙三百里」指鴨綠江口外的流沙三百里,則葛山尾應為朝鮮半島的狼林山。

葛山首	觀點	「又南三百八十里,曰葛山之首。」葛山首應是狼林山的東白山。	**澧水**	觀點	「澧水出焉,東流注于餘澤。」東流的澧水應是朝鮮半島的城川江;餘澤則是城川江口的三角洲。

〜 奇珍異獸觀察記錄 〜

❶ 明・蔣應鎬繪圖本

❷ 明・蔣應鎬繪圖本

	軨軨❶	**珠蟞魚❷**
特徵	狀如牛,虎紋,聲音如人在呻吟	狀如肺,四目,六足,能吐出珍珠
特性	叫聲是名字的讀音,現身則天下發大水	肉味酸甘,吃了牠就不會感染瘟疫
產地	空桑山	澧水

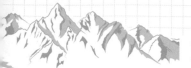

餘峨之山 ⟶ 盧其之山

地圖情報

	🪨 礦物	🌿 植物	🐾 動物
⛰ 餘峨山		梓、枏、荊、芑	犰狳
⛰ 耿山	水碧		大蛇、朱獳
⛰ 盧其山			鴛鶘

注釋

❶ 芑：通「杞」。即枸杞樹。

❷ 眠：此處指裝死。

❸ 螽：即螽斯，蝗蟲之類的昆蟲，身體綠色或褐色，樣子像蚱蜢，以翅摩擦發音。但對農作物的損害不如蝗蟲厲害。

❹ 敗：即害。指傷害田苗。

❺ 水碧：就是前文所說的水玉之類，即水晶石。

❻ 鴛鶘：即鵜鶘。

原文

又南三百八十里，曰餘峨之山，其上多梓枏，其下多荊芑❶。雜余之水出焉，東流注于黃水。有獸焉，其狀如菟而鳥喙，鴟目蛇尾，見人則眠❷，名曰犰狳，其鳴自訓，見則螽❸蝗為敗❹。

又南三百里，曰杜父之山，無草木，多水。

又南三百里，曰耿山，無草木，多水碧❺，多大蛇。有獸焉，其狀如狐而魚翼，其名曰朱獳，其鳴自訓，見則其國有恐。又南三百里，曰盧其之山，無草木，多沙石。沙水出焉，南流注于涔水，其中多鴛鶘❻，其狀如鴛鴦而人足，其鳴自訓，見則其國多土功。

譯文

再向南三百八十里是餘峨山，山上遍布梓樹和楠木，山下有許多牡荊和枸杞。雜余水發源於此山，向東流入黃水。山中有一種野獸形似兔子，有鳥嘴、鷹眼和蛇尾巴，牠見到了人就躺下裝死，名叫犰狳，叫聲便是牠名字的讀音，牠一出現就會有各種螽斯蝗蟲為害莊稼。

再向南三百里是杜父山，草木不生，到處流水。

再向南三百里是耿山，草木不生，盛產水晶石，還有很多大蛇。山中有一種野獸形似狐狸，卻長著魚鰭，名叫朱獳，牠的叫聲便是牠名字的讀音，牠一出現國內就會發生令人恐慌之事。再向南三百里是盧其山，草木不生，到處是沙子和石頭。沙水發源於此山，向南流入涔水，水中有很多鵜鶘，形似鴛鴦卻長著人的腳，叫聲便是牠名字的讀音，牠一出現代表國家將會大興水土工程。

山海經地理

餘峨山

觀點1 「又南三百八十里，曰餘峨之山。」餘峨山可能在江蘇徐州附近。

觀點2 葛山之首是狼林山的東白山，向南三百八十里則是朝鮮半島的白山。

雜余水 源出於白山的雜余水即朝鮮咸鏡道的龍興江。

黃水 龍興江注入松田灣及其外的永興灣，故黃水為松田灣。

杜父山 根據方言推測，「杜父」為「杜霧」之近似音，杜父山即為杜霧山。

盧其山

觀點1 「又南三百里，曰盧其之山。」杜霧山向南三百里的秀龍山即為盧其山。

觀點2 若餘峨山在江蘇徐州附近，則盧其山可能仍在今江蘇境內。

沙水

觀點1 「沙水出焉，南流注于灣水。」沙水發源於秀龍山，則沙水為龍津江。

觀點2 根據名稱推測，沙水可能是今江蘇灌雲縣大沙河。其發源於江蘇豐縣大沙河鎮，西南連接安徽碭山境內的黃河故道，東北流入昭陽湖。

奇珍異獸觀察記錄

❶ 明・蔣應鎬繪圖本

❷ 明・蔣應鎬繪圖本

	犰狳❶	朱獳❷	鵹鶘
特徵	長得像兔子，鳥嘴、鷹眼和蛇尾，鳴叫聲就是牠名字的讀音	長得像狐狸，有魚鰭，鳴叫聲就是牠名字的讀音	長得像鴛鴦，有人腳，鳴叫聲就是牠名字的讀音
特性	牠見到人就躺下裝死，一出現就會有蚤斯蝗蟲為害莊稼	牠一出現國內就會發生令人恐慌之事	牠一出現代表國家將會大興水土工程
產地	餘峨山	耿山	盧其山

姑射之山 ⟶ 姑逢之山

	🪨 礦物	🐱 動物
⛰ 碧山	碧、水玉	大蛇
⛰ 緱氏山	金、玉	
⛰ 姑逢山	金、玉	獙獙

～原文～

又南三百八十里，曰姑射之山❶，無草木，多水。

又南水行三百里，流沙百里，曰北姑射之山，無草木，多石。

又南三百里，曰南姑射之山，無草木，多水。

又南三百里，曰碧山，無草木，多大蛇，多碧、水玉。

又南五百里，曰緱氏之山，無草木，多金玉。原水出焉，東流注于沙澤。

又南三百里，曰姑逢之山，無草木，多金玉。有獸焉，其狀如狐而有翼，其音如鴻雁，其名曰獙獙❷，見則天下大旱。

～注釋～

❶ **姑射之山**：神話學大師袁珂指出〈海內北經〉有列姑射，有姑射國，即此姑射之山之國。

❷ **獙獙**：音「ㄅㄧˋ、ㄅㄧˋ」。

～譯文～

再向南三百八十里是姑射山，沒有花草樹木，到處流水。

再向南行三百里水路，經過一百里流沙，是北姑射山，沒有花草樹木，到處是石頭。

再向南三百里是南姑射山，沒有花草樹木，到處是河流。

再向南五百里是碧山，沒有花草樹木，有很多大蛇，還盛產碧玉、水晶。

再向南三百里是緱氏山，沒有花草樹木，盛產金銀美玉。河流多源於此，向東注入沙澤。

再向南三百里是姑逢山，沒有花草樹木，有豐富的金屬礦物和玉石。山中有一種野獸形似狐狸，但是有翅膀，發出的聲音如同大雁鳴叫，名叫獙獙，牠一出現天下就會發生旱災。

〜 山海經地理 〜

姑射山	觀點1	姑射山古今同名，今山西臨汾西的姑射山又稱為石孔山，屬於呂梁山脈。
	觀點2	「又南三百八十里，曰姑射之山。」姑射山為南韓京畿道黃海中的島嶼江華島。

北姑射山	觀點1	「又南水行三百里，流沙百里，曰北姑射之山。」北姑射山當即禮成江口與漢江口以南群島的總稱。	**南姑射山**	「又南三百里，曰南姑射之山。」南姑射山應在今朝鮮半島上。具體名稱不清楚。

碧山	觀點1	「南三百里，曰碧山。」碧山符合今韓國全羅道西部的大山。	**緱氏山**	緱氏山為橫跨韓國全羅北道和慶尚南道兩道四郡的德裕山。

原水	觀點1	「原水出焉，東流注于沙澤。」與南江東流注入東江三角洲相符，故南江為原水，東江三角洲為沙澤。	**姑逢山**	「又南三百里，曰姑逢之山。」姑逢山即智異山，此山也叫頭流山，是韓國五嶽中的南嶽。

〜 奇珍異獸觀察記錄 〜

❶ 明・蔣應鎬繪圖本

獬獬❶	
特徵	外形似狐狸，有翅膀，聲音如大雁鳴叫
功效	牠一出現天下就會發生旱災
產地	姑逢山

帠麗之山 → 磹山

～注釋～

❶ 蠪：音「ㄌㄨㄥˊ」。

❷ 狡客：狡猾的人。

❸ 鳧：狀如鴨而略大。體長二尺許，翼長能飛翔，常群居於湖沼中。也稱為「野鴨」。

❹ 載：通「戴」。一般指將東西戴在頭上。

❺ 觡：有分枝的鹿角。《玉篇·角部》：「觡，麋角有枝曰觡，無枝曰角。」

❻ 嬰：古人用玉器祭祀神的專稱。

❼ 瘞：掩埋。

～原文～

又南五百里，曰帠麗之山，其上多金玉，其下多箴石。有獸焉，其狀如狐而九尾、九首、虎爪，名曰蠪❶姪，其音如嬰兒，是食人。

又南五百里，曰磹山，南臨水，東望湖澤。有獸焉，其狀如馬，而羊目、四角、牛尾，其音如嗥狗，其名曰㑶㑶，見則其國多狡客❷。有鳥焉，其狀如鳧❸而鼠尾，善登木，其名曰絜鉤，見則其國多疫。

凡〈東次二經〉之首，自空桑之山至于磹山，凡十七山，六千六百四十里。其神狀皆獸身人面載❹觡❺。其祠：毛用一雞祈，嬰❻用一璧瘞❼。

～譯文～

再向南五百里是帠麗山，山上遍布金屬礦物和玉石，山下盛產箴石。山中有一種野獸形似狐狸，有九條尾巴、九個腦袋和虎爪，名叫蠪姪，叫聲如同嬰兒啼哭，會吃人。

再向南五百里是磹山，南面臨近磹水，從山上向東可以望見湖澤。山中有一種野獸形似馬，但有羊的眼睛、四隻角和牛的尾巴，叫聲像狗嗥，名叫㑶㑶，牠一出現就代表國家現在有很多狡猾的政客。山中還有一種禽鳥形似野鴨子，但牠有老鼠的尾巴，擅長攀登樹木，名叫絜鉤，牠一出現就代表國家將會不斷發生瘟疫。

總計〈東次二經〉的首尾，自空桑山起到磹山止，共十七座山，途經六千六百四十里。諸山山神的形貌都是獸身人面，而且頭上戴著觡角。祭祀山神的儀式：在帶毛的禽畜中選用一隻雞獻祭，玉器則選用一塊玉璧並將之埋入地下。

～ 山海經地理 ～

鳧麗山	觀點 1	「又南五百里，曰鳧麗之山。」根據里程推測，鳧麗山可能在今安徽境內。
	觀點 2	若姑逢山是韓國的智異山，向南五百里的斗峰山即為鳧麗山。
硬山	觀點 1	「又南五百里，曰硬山。」硬山可能是今安徽宿州市西北的睢陽山。
	觀點 2	斗峰山向南五百里，與尸胡山相接，則硬山為濟州島上的高山。
硬水	觀點 1	若硬山是今安徽的睢陽山，硬水可能是睢陽山南面的灘河。灘河古稱睢水，故道久已湮廢。灘河源出碭山縣卞樓村，於臨淮頭注入洪澤湖。
	觀點 2	「南臨硬水，東望湖澤。」硬水為韓國全羅南道的耽津江，湖澤則為寶成灣。

～ 神怪觀察記錄 ～

❶ 明‧蔣應鎬繪圖本

❷ 明‧蔣應鎬繪圖本

❸ 明‧蔣應鎬繪圖本

人面獸身神 明‧蔣應鎬繪圖本

	蠪侄❶	峳峳❷	絜鉤❸
特徵	外形似狐，九尾九頭，有虎爪，聲音如嬰兒啼哭	外形似馬，有羊眼睛、四角和牛尾，叫聲像狗嗥	狀如野鴨，鼠尾
特性功效	會吃人	牠的出現代表國家很多狡猾政客	擅長登木，牠的出現代表該國多瘟疫
產地	鳧麗山	硬山	硬山

尸胡之山 ── 孟子之山

▼───○───○───○───○───▼

地圖情報

	🗿 礦物	🌿 植物	🐱 動物
⛰ 尸胡山	金、玉	棘	媠胡
⛰ 岐山		桃、李	虎
⛰ 諸鉤山			寐魚
⛰ 孟子山		梓、桐、桃、李、菌蒲	麋、鹿、鱣、鮪

注釋

❶ 寐魚：又叫嘉魚、卷口魚，古人稱為鮇魚。這種魚體延長，前部亞圓筒形，後部側扁。體暗褐色。須二對，粗長。吻褶發達，裂如纓狀。《正字通》：「嘉魚也。長身細鱗，肉白如玉，出漢沔丙穴中。」

❷ 菌蒲：即紫菜、石花菜、海帶和海苔之類。

❸ 鱣：一種無鱗的大魚。《爾雅·釋魚》郭璞注云：「似鱘而短鼻，口在頷下，肉黃，大者長二、三丈。」

❹ 鮪：即鱘魚，似鱣而長鼻，無鱗。

原文

又〈東次三經〉之首，曰尸胡之山，北望䍆山，其上多金玉，其下多棘。有獸焉，其狀如麋而魚目，名曰媠胡，其鳴自訆。 又南水行八百里，曰岐山，其木多桃李，其獸多虎。又南水行五百里，曰諸鉤之山，無草木，多沙石。是山也，廣員百里，多寐魚❶。又南水行七百里，曰中父之山，無草木，多沙。

又東水行千里，曰胡射之山，無草木，多沙石。又南水行七百里，曰孟子之山，其木多梓桐，多桃李，其草多菌蒲❷，其獸多麋鹿。是山也，廣員百里。其上有水出焉，名曰碧陽，其中多鱣❸鮪❹。

譯文

〈東次三經〉的首座山是尸胡山，從山上向北可以望見䍆山，山上盛產金屬礦物和玉石，山下有茂密的酸棗樹。山中有一種野獸形似麋鹿，但是長著魚眼睛，名叫媠胡，牠的叫聲便是牠名字的讀音。再向南行八百里水路是岐山，山中的樹木以桃和李居多，野獸則大多是老虎。再向南行七百里水路是諸鉤山，草木不生，到處是沙子和石頭。這座山啊，方圓一百里，盛產寐魚。再向南行七百里水路是中父山，草木不生，到處是沙子。

再向東行一千里水路是胡射山，草木不生，到處是沙子和石頭。再向南行七百里水路是孟子山，山中的樹木以梓、桐、桃和李居多，山中的草大多是菌蒲，山中的野獸大多是麋和鹿。這座山啊，方圓一百里。有條河水從山上流出，名叫碧陽，水中生有很多鱣和鮪。

～山海經地理～

尸胡山

觀點1 「〈東次三經〉之首，曰尸胡之山。」尸胡山是今山東煙臺市西北部的芝罘山。

觀點2 承接磹山的山川地理位置，尸胡山為韓國最大的島嶼濟州島。濟州島是位於朝鮮半島西南部的火山島，島中央的漢拿山是因為火山爆發而形成。

岐山

觀點1 從芝罘山「南水行八百里」，是今山東蓬萊市北面的長山列島，故長山列島即岐山。其位於渤海、黃海交匯處和膠東半島和遼東半島之間，是由古老山脈陷落而成。

諸鉤山

觀點1 「又南水行五百里，曰諸鉤之山。」根據里程推測，諸鉤山當是日本九州西北部港灣附近的高山總稱。

中父山

觀點1 「又南水行七百里，曰中父之山。」根據里程推測，中父山當是日本九州南部的霧島火山群。

胡射山

觀點1 「又東水行千里，曰胡射之山。」根據里程推測，胡射山當是橫跨日本靜岡縣和山梨縣的富士山。

～奇珍異獸觀察記錄～

❶ 明・蔣應鎬繪圖本

鱤　清・汪紱圖本

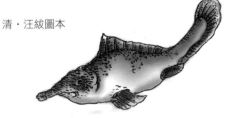

鮯　清・汪紱圖本

獙胡❶	
特徵	狀如麋鹿，卻長了魚眼睛
特性	叫聲是牠名字的讀音
產地	尸胡山

跂踵之山 ⟶ 無皋之山

	🐚 礦物	🦊 動物
⛰️ 跂踵山	玉	大蛇、蟠龜、鮯鮯魚
⛰️ 蹢隅山	金、玉、赭	精精

～ 注釋 ～

❶ 湧：水從下向上冒出。

❷ 蟠龜：又名觜蠵，是一種大龜，其背甲有紋彩。

❸ 訓：同「叫」，大聲呼喚。

❹ 榑木：即扶桑。傳說中的神木，葉似桑樹葉，長數千丈，大二十圍，兩兩同根生，更相依倚，而太陽就是從這裡升起的。見〈海外東經・湯谷〉。

❺ 牡：雄性的鳥獸。

❻ 黍：一種穀物。果實呈淡黃白色，帶黏性，可食用以及釀酒。宜於大暑時植於旱田。

❼ 敗：即害。指傷害田苗。

～ 原文 ～

又南水行五百里曰流沙，行五百里，有山焉，曰跂踵之山，廣員二百里，無草木，有大蛇，其上多玉。有水焉，廣員四十里皆湧❶，其名曰深澤，其中多蟠龜❷。有魚焉，其狀如鯉，而六足鳥尾，名曰鮯鮯之魚，其鳴自訓❸。又南水行九百里，曰蹢隅之山，其上多草木，多金玉，多赭。有獸焉，其狀如牛而馬尾，名曰精精，其鳴自訓。　又南水行五百里，流沙三百里，至于無皋之山，南望幼海，東望榑木❹，無草木，多風。是山也，廣員百里。

凡〈東次三經〉之首，自尸胡之山至于無皋之山，凡九山，六千九百里。其神狀皆人身而羊角。其祠：用一牡❺羊，米用黍❻。是神也，見則風雨水為敗❼。

～ 譯文 ～

再向南行五百里水路，經過流沙五百里，有一座山名為跂踵山，方圓二百里，草木不生，有大蛇，山上有豐富的玉石。這裡有一水潭，方圓四十里都在噴湧泉水，名叫深澤，水中有很多蟠龜。還有一種魚，像鯉魚，但有六隻腳和鳥尾巴，名叫鮯鮯魚，牠的叫聲是自呼其名。

再向南行九百里水路是蹢隅山，山上遍布花草樹木，盛產金屬礦物、玉石和赭石。山中有種野獸形似牛，但有馬的尾巴，名叫精精，牠的叫聲是自呼其名。再向南行五百里水路，經過三百里流沙，便到了無皋山，從山上向南可以望見幼海，向東可以望見扶桑，這裡草木不生，風勢強勁。這座山啊，方圓一百里。

總計〈東次三經〉的首尾，自尸胡山起到無皋山止，共九座山，途經六千九百里。諸山

山神的形貌都是人的身體、長著羊角。祭祀山神的儀式：在帶毛的禽畜中選用一隻公羊為祭品，米則用黃米。這些山神啊，只要一出現，莊稼就會因為大風、大雨、淹水而損壞。

山海經地理

跂踵山 ▶	「又南水行五百里曰流沙，行五百里」的跂踵山為日本紀伊半島上的山脈。
深澤 ▶	「有水焉，廣員四十里皆湧，其名曰深澤。」紀伊半島上琵琶湖面積與水深都與深澤相近，因此深澤即琵琶湖。

踇隅山 ▶	「又南水行九百里，曰踇隅之山。」九州東北山嶺與岬崎呈腳趾狀，為踇隅之山。
無皋山	按敘述自鶴御崎至屋久島，再到奄美大島，最後到達的大琉球島，即為無皋山。 「又南水行五百里，流沙三百里，至於無皋之山。」無皋山是今山東青島的嶗山。

幼海	「南望幼海。」若無皋山是青島的嶗山，幼海則是嶗山西南部的膠州灣。

奇珍異獸觀察記錄

❶ 清・禽蟲典

❷ 明・蔣應鎬繪圖本

人身羊角神
明・蔣應鎬繪圖本

	鮯鮯魚❶	精精❷
特徵	狀如鯉，六足鳥尾	狀如牛，馬尾
特性	叫聲是自呼其名	叫聲是自呼其名
產地	深澤	踇隅山

蠵龜 清・禽蟲典

北號之山 —— 東始之山

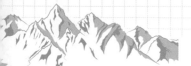
	☷ 礦物	🌿 植物	🐾 動物
🏔 北號山			猲狙、鴩雀
🏔 㫋山			鱃魚
🏔 東始山	蒼玉	芑	美貝、茈魚

注釋

❶ 瘕：瘕疾。

❷ 鱃魚：即鰍，俗名泥鰍。

❸ 疣：皮膚上突起的小肉瘤。

❹ 芑：「杞」的假借字。

❺ 鮒：即鯽魚。體側扁，形似鯉，口部無鬚，背面青褐色，腹面銀灰色，骨多，味美。

❻ 臭：氣味。

❼ 麋蕪：就是蘼蕪，一種香草，葉子像當歸草的葉子，氣味像白芷草的香氣。

❽ 糟：同「屁」。

原文

又〈東次四經〉之首，曰北號之山，臨于北海。有木焉，其狀如楊，赤華，其實如棗而無核，其味酸甘，食之不瘕❶。食水出焉，而東北流注于海。有獸焉，其狀如狼，赤首鼠目，其音如豚，名曰猲狙，是食人。有鳥焉，其狀如雞而白首，鼠足而虎爪，其名曰鴩雀，亦食人。又南三百里，曰㫋山，無草木。蒼體之水出焉，而西流注于展水，其中多鱃魚❷，其狀如鯉而大首，食者不疣❸。又南三百二十里，曰東始之山，上多蒼玉。有木焉，其狀如楊而赤理，其汁如血，不實，其名曰芑❹，可以服馬。泚水出焉，而東北流注于海，其中多美貝，多茈魚，其狀如鮒❺，一首而十身，其臭❻如麋蕪❼，食之不糟❽。

譯文

〈東次四經〉的首座山叫北號山，屹立在北海邊。山中有一種樹木形似楊樹，開紅色的花朵，果實像棗但沒有核，味道酸中帶甜，吃了它就不會得瘕疾。食水發源於此，向東北流入大海。山中有一種野獸像狼，腦袋是紅色的，有老鼠般的眼睛，叫聲像小豬，名叫猲狙，會吃人。還有一種鳥像雞，腦袋卻是白色的，有老鼠的前爪和老虎的後爪，名叫鴩雀，也會吃人。再向南三百里是㫋山，草木不生。蒼體水發源於此，向西流入展水，水中有很多鱃魚，牠像鯉魚，頭很大，吃了牠皮膚就不會長肉瘤。再向南三百二十里是東始山，山上盛產蒼玉。山中有一種樹木形似楊樹卻有紅色紋理，樹幹中的液汁與血相似，不結果實，名叫杞，將其

汁液塗在馬身就可使馬馴服。泚水發源於此，向東北流入大海，水中盛產美麗的貝，還有很多茈魚，牠像鯽魚，卻是一個腦袋搭上十個身體，氣味與蘼蕪相似，吃了牠就不會放屁。

山海經地理

北號山 觀點1	北號山可能是今山東北部萊州灣小清河畔的一小山丘。	
北號山 觀點2	「北號之山臨于北海。」則北號山是位於東西伯利亞的外興安嶺。	

北海 觀點1	根據北號山位置推測，北海應是位於渤海南部山東北部的萊州灣。	
北海 觀點2	北號山是外興安嶺，北海則是鄂霍次克海。	

食水 觀點1	食水源出濟南市，在壽光縣境內注入萊州灣，與今小清河相符。	
食水 觀點2	「食水出焉，而東北流注于海。」食水為注入鄂霍次克海的烏德河。	

旄山 觀點1	「又南三百里，曰旄山。」旄山為外興安嶺南三百里的圖拉納山。	

蒼體水 觀點1	「蒼體之水出焉，而西流注于展水。」蒼體水為俄羅斯的謝列姆賈河，展水則為結雅河。	

東始山 觀點1	「又南三百二十里，曰東始之山。」根據里程推測，東始山為巴賈爾山。	

奇珍異獸觀察記錄

❶ 明・蔣應鎬繪圖本

❷ 明・蔣應鎬繪圖本

❸ 明・蔣應鎬繪圖本

	獨狙❶	觭雀❷	鱃魚❸	茈魚❹
特徵	像狼，赤頭，鼠眼，音如豚	像雞，白頭，鼠足，虎爪	像鯉魚，但頭很大	像鯽魚，一個頭，十個身體
特性	會吃人	會吃人	吃了牠，皮膚就不會長肉瘤	氣味像蘼蕪，食之不再放屁
產地	北號山	北號山	蒼體水	泚水

❹ 清・汪紱圖本

	🪨 礦物	🐾 動物
⛰ 女烝山		薄魚
⛰ 欽山	金、玉	鱃魚、文貝、當康
⛰ 子桐山		鮹魚

～注釋～

❶ 鱓魚：鱓，通「鱔」。即鱔魚，俗稱黃鱔。

❷ 歐：嘔吐。

❸ 鱃魚：即鰍，俗名泥鰍。

❹ 牙：這裡指尖銳鋒利露出嘴唇之外的大牙齒。

❺ 訆：同「叫」，大聲呼喚。

❻ 穰：穀物豐熟。

❼ 鮹魚：與〈西次三經・樂遊之山〉的鮹魚形貌不同。生長於樂遊山姚水的鮹魚形似蛇，有四隻腳，以魚類為食。

～原文～

又東南三百里，曰女烝之山，其上無草木。石膏水出焉，而西注于鬲水，其中多薄魚，其狀如鱓魚❶而一目，其音如歐❷，見則天下大旱。

又東南二百里，曰欽山，多金玉而無石。師水出焉，而北流注于皋澤，其中多鱃魚❸，多文貝。有獸焉，其狀如豚而有牙❹，其名曰當康，其鳴自訆❺，見則天下大穰❻。

又東南二百里，曰子桐之山。子桐之水出焉，而西流注于餘如之澤。其中多鮹魚❼，其狀如魚而鳥翼，出入有光，其音如鴛鴦，見則天下大旱。

～譯文～

再向東南三百里是女烝山，山上沒有花草樹木。石膏水發源於此山，向西流入鬲水，水中有很多薄魚，形似鱓魚卻只有一隻眼睛，叫聲如同人在嘔吐，牠一出現天下就會發生旱災。

再向東南二百里是欽山，山中有豐富的金屬礦物和玉石，但沒有石頭。師水發源於此山，向北流入皋澤，水中有很多鱃魚，還有很多色彩斑斕的貝。山中有一種野獸長得像小豬，但有大獠牙，名叫當康，牠的叫聲就是自呼其名，牠一出現天下便會大豐收。

再向東南二百里是子桐山。子桐水發源於此山，向西流入餘如澤。水中生長著很多鮹魚，形似魚卻長著鳥的翅膀，出入水中時閃閃發光，發出的聲音如同鴛鴦鳴叫，牠一出現天下就會發生旱災。

～山海經地理～

女烝山 觀點1	「又東南三百里，曰女烝之山。」女烝山可能是今山東臨朐縣的石膏山。
女烝山 觀點2	旄山為圖拉納山，東南三百里的山脈為布列亞山脈，此山即為女烝山。

石膏水 觀點1	石膏水為布列亞河，由源自埃佐普山和杜謝阿林山的左、右布列亞河匯流而成，為黑龍江左岸第二大支流。

鬲水 觀點1	「石膏水出焉，而西注于鬲水。」布列亞河注入黑龍江，則鬲水即為黑龍江。

欽山 觀點1	欽山是位於黑龍江東部，長白山脈最北端的完達山山脈。

師水 觀點1	饒河北經沼澤區向東注入烏蘇里江與混同江匯合入海，饒河即為師水。

皋澤 觀點1	皋澤為黑龍江撫遠至佳木斯之間的大片沼澤。

子桐水 觀點1	「子桐之水出焉，而西流注于餘如之澤。」子桐水為中俄邊界上的興凱湖。

～奇珍異獸觀察記錄～

❶ 明・蔣應鎬繪圖本

❷ 明・蔣應鎬繪圖本

❸ 明・蔣應鎬繪圖本

	薄魚❶	當康❷	鰼魚❸
特徵	狀如鱣魚，一目，音如嘔吐	狀如豚，有牙，叫聲是自呼其名	狀如魚，鳥翼，音如鴛鴦，出入有光
特性	一出現天下就會大旱	一出現天下就能大豐收	牠的出現代表天下將大旱
產地	石膏水	欽山	子桐水

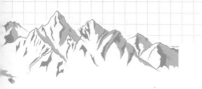

剹山──太山

地圖情報	🪨 礦物	🌿 植物	🐈 動物
⛰ 剹山	金、玉		合窳
⛰ 太山	金、玉	槙木	蜚、鱃魚

∽ 原文 ∽

又東北二百里，曰剹山，多金玉。有獸焉，其狀如彘而人面，黃身而赤尾，其名曰合窳，其音如嬰兒，是獸也，食人，亦食蟲蛇，見則天下大水。

又東二百里，曰太山，上多金玉、槙木❶。有獸焉，其狀如牛而白首，一目而蛇尾，其名曰蜚，行水則竭，行草則死，見則天下大疫❷。鉤水出焉，而北流注于勞水，其中多鱃魚。

凡〈東次四經〉之首，自北號之山至于太山，凡八山，一千七百二十里。

右東經之山志，凡四十六山，一萬八千八百六十里。

∽ 注釋 ∽

❶ 槙木：即女槙，一種灌木，葉子對生，革質，卵狀披針形，在冬季不凋落，四季常青。初夏開花，果實橢圓形。

❷ 疫：流行性或急性傳染病的總稱。如鼠疫、時疫等。

∽ 譯文 ∽

再向東北二百里是剹山，有豐富的金屬礦物和玉石。山中有一種野獸形似豬，卻是人的面孔，黃色的身體上長著紅色尾巴，名叫合窳，發出的聲音如同嬰兒啼哭，這種野獸是會吃人的，也吃蟲和蛇，牠一出現天下就會發生嚴重的水災。

再向東北二百里是太山，山上有豐富的金屬礦物、玉石和茂密的女槙樹。山中有一種野獸形似牛，頭卻是白色的，長著一隻眼睛和蛇的尾巴，名叫蜚，只要是牠行經的地方，水就乾涸、草就枯死，牠一出現天下就會發生嚴重的疫情。鉤水發源於此山，向北流入勞水，水中有很多鱃魚。

總計〈東次四經〉的首尾，自北號山起到太山止，一共八座山，途經一千七百二十里。

以上是〈東山經〉的記錄，總共四十六座山，一萬八千八百六十里。

山海經地理

犲山		根據太山為今山東臨朐縣東南的東泰山推測，犲山可能仍在今山東境內。
太山		根據名稱推測，太山為於沂蒙山區北部的東泰山。此山連接臨朐、沂水和沂源三縣，為汶、彌、沂、沭四水發源地。
		「又東二百里，曰太山。」太山是悉合太另滿語的舊稱，此山南起海參崴沿海，北行到達混同江近海處。
鉤水		「鉤水出焉，而北流注于勞水。」鉤水為伊曼河，此河向東注入烏蘇里江。
勞水		勞水為烏蘇里江，烏蘇里江發源於錫霍特山脈，注入黑龍江，是中國與俄羅斯的界河。

奇珍異獸觀察記錄

❶ 明・蔣應鎬繪圖本

❷ 明・蔣應鎬繪圖本

	合窳❶	蜚❷
特徵	狀如小豬，人面，黃身，赤尾，音如嬰兒	如牛，白色的頭，一目，蛇尾
特性	會吃人、蟲和蛇，一出現天下就會發大水	牠所行經之處的水會乾涸、草會乾枯，牠一出現天下就會發生嚴重的疫情
產地	犲山	太山

上卷

山經

山海經第五

中　山　經

⛰ 甘棗山 ----------- ⛰ 榮余山

行經二萬一千三百七十一里

《中山經》所占全書篇幅最長，從〈中山首經〉到〈中次十二經〉，共計十二篇。記載的山川之多，主要敘述了位於赤縣神州中部的一百九十七座山，其山川河流大致在今河南、山西、四川、重慶、安徽、湖北、湖南和江西。

〈中山首經〉所記載的山多位於黃河流域。〈中次二經〉多位於河南境內。〈中次三經〉涉及許多山神。〈中次四經〉的河水大部分都北流注入「洛」。〈中次五經〉詳細介紹了首山的䭽鳥。〈中次六經〉記載的山都在河南境內，只有陽華山在陝西。〈中次七經〉主要記載嵩山山脈。〈中次八經〉的山多位於現今湖北和安徽境內。〈中次九經〉的山脈跨度較大，有關動物的記述極少，但其山嶺植被茂密，植物種類豐富。〈中次十一經〉篇幅長，記載山嶺數量多，但動植物和礦物種類並不豐富。

特別的是〈中次十二經〉在末尾以夏禹的口吻總結天下名山之數，以及天地從東方到西方、從南方到北方，夏禹所測量的里程數。

甘棗之山 ⟶ 渠豬之山

	🌿 植物	🐾 動物
⛰ 甘棗山	枏木、箨	㻬
⛰ 歷兒山	檀、櫪木	
⛰ 渠豬山	竹	豪魚

～注釋～

❶ 本：草木的根幹。

❷ 荚：一種植物果實的類型。扁而長，成熟時沿兩邊裂開；裂開後，果皮成對稱的兩片。豆類植物的果實，大都如此。

❸ 瞢：眼睛看不清楚的樣子。

❹ 楝：植物名，落葉喬木。羽狀複葉，小葉呈卵形或披針形。花序呈複總狀，花軸、花梗及萼皆有細毛。果實呈核果狀，種子為長橢圓形，稱為「金鈴子」，可供藥用。

❺ 癬：一種皮膚病。患處發癢，生白色的鱗狀皮，會傳染。

～原文～

〈中山經〉薄山之首，曰甘棗之山。共水出焉，而西流注于河。其上多枏木。其下有草焉，葵本❶而杏葉，黃華而荚❷實，名曰箨，可以已瞢❸。有獸焉，其狀如㺿鼠而文題，其名曰㻬，食之已癭。

又東二十里，曰歷兒之山，其上多檀，多櫪木，是木也，方莖而員葉，黃華而毛，其實如楝❹，服之不忘。

又東十五里，曰渠豬之山，其上多竹。渠豬之水出焉，而南流注于河。其中是多豪魚，狀如鮪，赤喙尾赤羽，可以已白癬❺。

～譯文～

〈中山經〉薄山山系的首座山是甘棗山。共水發源於此山，向西流入黃河。山上有茂密的枏樹。山下有一種草，有葵菜般的莖和杏樹般的葉子，開黃色的花朵而結帶荚的果實，名叫箨，吃了它就可以治癒眼睛昏花的症狀。山中還有一種野獸形似㺿鼠，但牠的額上有花紋，名叫㻬，吃了牠的肉就能治好人脖子上的贅瘤。

再向東二十里是歷兒山，山上有茂密的檀樹，還有茂密的櫪樹，它的樹幹是方形而葉子是圓形，花是黃色的而花瓣上有茸毛，果實像楝樹結的果實，服食了它就不再健忘。

再向東十五里是渠豬山，山上竹子茂盛。渠豬水發源於此山，向南流入黃河。水中有很多豪魚，牠形似鮪魚，但嘴巴是紅色的，尾巴帶紅羽毛，吃了牠的肉就能治癒白癬病。

～山海經地理～

薄山 觀點1

《史記‧封禪書》記載：「自華以西，名山七，一曰薄山。薄山者，襄山也，亦中條之異名。」故簿山是中條山山脈的別名。

甘棗山 觀點1

若曆兒山是山西永濟市的干佛山（又稱曆山），則與曆兒山相連的甘棗山在今山西永濟市南部。

曆兒山 觀點1

「又東二十里，曰曆兒之山。」根據里程推測，曆兒山可能是今山西永濟市境內中條山脈中的干佛山，古稱曆山。

渠豬山 觀點1

「又東十五里，曰渠豬之山。」根據曆兒山的位置推測，渠豬山在今山西芮城縣北部。

～奇珍異獸觀察記錄～

❶ 清‧禽蟲典

❷ 明‧蔣應鎬繪圖本

	豲❶	豪魚❷
特徵	狀如蚚鼠，額頭上有花紋	像鮪魚，嘴巴是紅色的，尾巴帶有紅羽毛
功效	吃了牠的肉，就能治癒頸部的囊狀瘤	可以醫治白癬
產地	甘棗山	渠豬水

蔥聾之山 ──→ 泰威之山

	🪨 礦物	🦊 植物
🏔 蔥聾山	白堊、黑、青、黃堊	
⛰ 湊山	赤銅、鐵	
⛰ 脫扈山		植楮
⛰ 金星山		天嬰
⛰ 泰威山	鐵	

～原文～

又東三十五里，曰蔥聾之山，其中多大谷，是多白堊，黑、青、黃堊。

又東十五里，曰湊山，其上多赤銅，其陰多鐵。

又東七十里，曰脫扈之山。有草焉，其狀如葵葉而赤華，莢實，實如棕莢，名曰植楮，可以已癙❶，食之不眯❷。

又東二十里，曰金星之山，多天嬰其狀如龍骨❸，可以已痤❹。

又東七十里，曰泰威之山。其中有谷曰梟谷，其中多鐵。

～注釋～

❶ 癙：憂病。

❷ 眯：夢魘。即人在睡夢中遇見可怕的事而呻吟、驚叫。

❸ 龍骨：在山岩河岸的土穴中常有死龍的脫骨，而生長在這種地方的植物就叫龍骨。

❹ 痤：即痤瘡，一種皮膚病。

～譯文～

再向東三十五里是蔥聾山，山中有許多又深又長的峽谷，到處是白堊土，還有黑、青、黃等雜色堊土。

再向東十五里是湊山，山上有豐富的赤銅，山北面盛產鐵。

又向東七十里是脫扈山。山中有一種草形似葵菜的葉子，但開紅色的花，結的是帶莢的果實，果實的莢像棕樹的果莢，名叫植楮，可以用它治療精神憂鬱症，而服食了它就能使人不再做噩夢。

再向東二十里是金星山，山中有很多天嬰，這種植物形似龍骨，可以用來醫治痤瘡。

再向東七十里是泰威山。山中有一道峽谷名叫梟谷，那裡盛產鐵。

～山海經地理～

蔥聾山 淾山 脫扈山	「又東三十五里，曰蔥聾之山。」 「又東十五里，曰淾山。」 「又東七十里，曰脫扈之山。」 這三座山皆為中條山山脈中的山嶺，且位於山西芮城縣的北邊。

金星山	「又東二十里，曰金星之山。」金星山與以上三山相接，因此，此山可能在今山西芮城縣的西邊。
泰威山	「又東七十里，曰泰威之山。」泰威山與金星山相接，因此，泰威山在今山西平陸縣西邊。

～奇珍異草觀察記錄～

龍葵

櫃谷之山 → 合谷之山

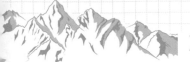

	🪨 礦物	🌿 植物	🦊 動物
🏔 櫃谷山	赤銅		
🏔 吳林山		蕙草	
🏔 牛首山		鬼草	飛魚
🏔 霍山		穀	朏朏
🏔 合谷山		薝棘	

～注釋～

❶ 蕙草：蕙同「蘭」，而「蘭」即「蘭」，則蕙草就是蘭草。

❷ 秀：稻麥等穀類吐穗開花。此處泛指草木開花。

❸ 鮒魚：即鯽魚。體側扁，形似鯉，口部無鬚，背面青褐色，腹面銀灰色，骨多，味美。

❹ 衕：腹瀉。

❺ 貍：形體似狐而較小，色灰褐，體毛雜黃色且有斑點。尖嘴，四肢甚短，尾粗長而蓬鬆。

～原文～

又東十五里，曰櫃谷之山，其中多赤銅。

又東百二十里，曰吳林之山，其中多蕙草❶。

又北三十里，曰牛首之山。有草焉，名曰鬼草，其葉如葵而赤莖，其秀❷如禾，服之不憂。勞水出焉，而西流注于潏水，是多飛魚，其狀如鮒魚❸，食之已痔衕❹。

又北四十里，曰霍山，其木多穀。有獸焉，其狀如貍❹，而白尾有鬣，名曰朏朏，養之可以已憂。

又北五十二里，曰合谷之山，是多薝棘。

～譯文～

再向東十五里是櫃谷山，山中有豐富的銅。

再向東一百二十里是吳林山，山中生長著茂盛的蘭草。

再向北三十里是牛首山。山中有一種草名叫鬼草，它的葉子像葵菜葉，但莖幹是紅色的，開的花像禾苗的穗花，服食它就能使人無憂無慮。勞水發源於此山，向西流入潏水，水中有很多飛魚，形似鯽魚，吃了牠的肉就能治癒痔瘡和腹瀉。

再向北四十里是霍山，這裡到處是茂密的構樹。山中有一種野獸形似貍，卻長了一條白

色的尾巴，脖子上有鬃毛，名叫朏朏，飼養了牠就可以消除憂愁。

　　再向北五十二里是合谷山，這裡到處是薈棘。

山海經地理

櫃谷山　「又東十五里，曰櫃谷之山。」櫃谷山、吳林山與泰威山相連，都在今山西平陸縣境內。

牛首山　「又北三十里，曰牛首之山。」《太平寰宇記》：「黑山在縣東四十四里，一名牛首。」牛首山在今山西臨汾市境內，今名鳥嶺山。

勞水　「勞水出焉，而西流注于潏水。」勞水為今山西浮山縣北的長壽河。

潏水　勞水為今山西浮山縣北的長壽河，則潏水即今陝西襄汾縣境內的響水河。

霍山　霍山古今同名，此山位於山西霍州市及洪洞、古縣、沁源、靈石等縣，北接恒岳，南達中條。

合谷山　「又北五十二里，曰合谷之山。」根據里程推測，合谷山可能在今山西中南部。

奇珍異獸觀察記錄

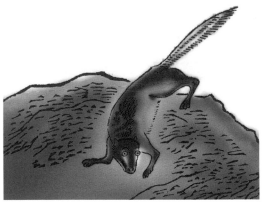

❶ 明・蔣應鎬繪圖本　　❷ 明・蔣應鎬繪圖本

	飛魚❶	朏朏❷
特徵	狀如鮒魚	狀如貍，白尾，頸部有鬃毛
特性	吃了牠的肉就可以治癒痔瘡和腹瀉	只要飼養了牠就可以消除憂愁
產地	勞水	霍山

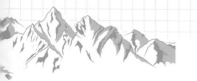

陰山 ── 鼓鐙之山

地圖情報

	🪨 礦物	🌿 植物
🏔 陰山	礪石、文石	雕棠
🏔 鼓鐙山	赤銅	榮草

～注釋～

❶ 菽：本義是指大豆，引申為豆類的總稱。

❷ 榮草：草名，可能是玉竹。

❸ 縣：同「懸」。

❹ 吉玉：古人常在人、事、物等詞語前貫以「吉」字，用來表示對其美稱。這裡的吉玉就是一種美稱，意思是美好的玉。

❺ 桑封：即藻珪，用帶有色彩斑紋的玉石製成的玉器。

❻ 銳：上小下大，這裡指三角形尖角。

❼「桑封者」以下的幾句話，原本是古代學者對原文的解釋性語句，不知何時竄入正文。因底本如此，今故仍存其舊。

～原文～

又北三十五里，曰陰山，多礪石、文石。少水出焉。其中多雕棠，其葉如榆葉而方，其實如赤菽❶，食之已聾。

又東北四百里，曰鼓鐙之山，多赤銅。有草焉，名曰榮草❷，其葉如柳，其本如雞卵，食之已風。

凡薄山之首，自甘棗之山至于鼓鐙之山，凡十五山，六千六百七十里。曆兒，冢也，其祠禮：毛，太牢之具，縣❸以吉玉❹。其餘十三山者，毛用一羊，縣嬰用桑封❺，瘞而不糈。桑封者，桑主也，方其下而銳❻其上，而中穿之加金。❼

～譯文～

再向北三十五里是陰山，盛產礪石和色彩斑斕的石頭。少水發源於此山。山中有茂密的雕棠樹，葉子像榆樹葉，但呈四方形，結的果實像紅豆，服食它就能治癒耳聾。

再向東四百里是鼓鐙山，盛產赤銅。山中有一種草名叫榮草，它的葉子像柳樹葉，根莖像雞蛋，人吃了它就能治癒風痺病。

總計薄山山系的首尾，自甘棗山起到鼓鐙山止，一共十五座山，途經六千六百七十里。曆兒山是諸山的宗主，祭祀宗主山山神的儀式：在帶毛的禽畜中選豬、牛、羊齊全的三牲做祭品，再懸掛上吉玉獻祭。祭祀其餘十三座山的山神，在帶毛的

禽畜中選用一隻羊做祭品，再懸掛上藻珪獻祭，祭禮完畢後把它埋入地下，不用精米祀神。

所謂藻珪，就是藻玉，下端呈長方形而上端有尖角，中間有穿孔並加上金飾物。

～山海經地理～

「又北三十五里，曰陰山。」陰山是霍山向北延伸的一條支脈，即今山西靈石縣、沁源縣交界處的綿山。

「少水出焉。」《水經注》云：「經沁水縣故城北，春秋之少水也。」因此少水即發源於山西沁源縣霍山的沁河。

「又東四百里，曰鼓鐙之山。」綿山向東四百里的山嶺大約為平遙東百里的馬陵關、黃花嶺，此地即為鼓鐙山。

～奇珍異草觀察記錄～

大豆

綠豆

扁豆

碗豆

煇諸之山 ── 鮮山

	🪨 礦物	🌿 植物	🐾 動物
⛰ 煇諸山		桑	閭、麋、鶴
⛰ 發視山	金、玉、砥礪		
⛰ 豪山	金、玉		
⛰ 鮮山	金、玉		鳴蛇

～原文～

〈中次二經〉濟山之首，曰煇諸之山，其上多桑，其獸多閭❶麋，其鳥多鶴❷。

又西南二百里，曰發視之山，其上多金玉，其下多砥礪。即魚之水出焉，而西流注于伊水。

又西三百里，曰豪山，其上多金玉而無草木。

又西三百里，曰鮮山，多金玉，無草木。鮮水出焉，而北流注于伊水。其中多鳴蛇，其狀如蛇而四翼，其音如磬，見則其邑大旱。

～注釋～

❶ 閭：就是前文所説的外形像驢的生物，但牠有羚羊角和分岔的蹄。又名山驢。

❷ 鶴：鳥綱雞形目。似雞而大，體青色，有毛角，性勇健。

～譯文～

〈中次二經〉濟山山系的首座山是煇諸山，山上有茂密的桑樹，山中的野獸大多是山驢和麞鹿，而禽鳥大多是鶴鳥。

再向西南二百里是發視山，山上有豐富的金屬礦物和玉石，山下盛產磨刀石。即魚水發源於此山，向西流入伊水。

再向西三百里是豪山，山上有豐富的金屬礦物和玉石，但沒有花草樹木。

再向西三百里是鮮山，有豐富的金屬礦物和玉石，但不生長花草樹木。鮮水發源於此山，向北流入伊水。水中有很多鳴蛇，這種生物形似蛇卻長著四隻翅膀，叫聲如同敲磬的聲音，牠在哪個地方出現哪裡就會發生旱災。

～山海經地理～

煇諸山

 觀點1 「〈中次二經〉濟山之首，曰煇諸之山。」煇諸山可能是今河南登封的五寨山。

 觀點2 煇諸山可能是指濟水源出的山，濟水發源於河南濟源市王屋山上的太乙池。因此，王屋山即為煇諸山。

發視山
「又西南二百里，曰發視之山。」發視山為隸屬嵩山山脈的八風山。

即魚水
「即魚之水出焉，而西流注于伊水。」即魚水即源出八風山的江左河，古稱「大狂水」。

伊水
伊水古今同名，即是今河南西部的伊河，發源於熊耳山南麓的欒川縣。

豪山
「又西三百里，曰豪山。」根據名稱推測，豪山可能是今河南登封市西的狼噪山。

鮮山
「又西三百里，曰鮮山。」根據里程推測，鮮山在今河南嵩縣境內。

鮮水
「鮮水出焉，而北流注于伊水。」根據鮮山位置推測，鮮水也在今河南嵩縣境內。

～奇珍異獸觀察記錄～

❶ 清‧禽蟲典

❷ 清‧禽蟲典

	鴒❶	鳴蛇❷
特徵	像大一點的雞，體青色，有毛角	像蛇，但有四隻翅膀，聲音像磬
特性	生性勇敢強建	牠的出現代表該地將有大旱。
產地	煇諸山	鮮山

陽山 —→ 蓁山

注釋

❶ 豺：一種兇猛的動物，體型比狼小，體色一般是棕紅，尾巴的末端是黑色，腹部和喉部是白色。

❷ 蛇行：蜿蜒曲折地伏地爬行。

❸ 赤銅：指傳說中昆吾山所特有的一種銅，色彩鮮紅，如同赤火一般。用這裡生產的赤銅所製作的刀劍，是非常鋒利的，切割玉石如同削泥一樣。所謂神奇的昆吾之劍，就是由這種銅打造的。

❹ 青雄黃：雄黃的一種，青黑色，又稱熏黃。清代吳任臣云：「蘇頌云：『階州山中，雄黃有青黑色而堅者，名曰熏黃。』青雄黃意即此也。」

❺ 芒草：又作莽草，也可單稱為芒，一種有毒性的草，與另一種類似於茅草而大一些的芒草是同名異物。可能芒草長得高大如樹，所以這裡稱它為樹木，但其實是草。

原文

又西三百里，曰陽山，多石，無草木。陽水出焉，而北流注于伊水。其中多化蛇，其狀如人面而豺❶身，鳥翼而蛇行❷，其音如叱呼，見則其邑大水。

又西二百里，曰昆吾之山，其上多赤銅❸。有獸焉，其狀如彘而有角，其音如號，名曰蠪蚳，食之不眯。

又西百二十里，曰蓁山。蓁水出焉，而北流注于伊水。其上多金玉，其下多青雄黃❹。有木焉，其狀如棠而赤葉，名曰芒草❺，可以毒魚。

譯文

再向西三百里是陽山，到處是石頭，沒有花草樹木。陽水發源於此山，向北流入伊水。水中有很多化蛇，化蛇有人的臉和豺的身體，有禽鳥的翅膀卻像蛇一樣爬行，叫聲如同人在呵叱，牠在哪個地方出現哪裡就會發生水災。

再向西二百里是昆吾山，山上有豐富的赤銅。山中有一種野獸形似豬，卻長著角，叫聲如同人在號啕大哭，名叫蠪蚳，吃了牠的肉就能夠讓人不做噩夢。

再向西一百二十里是蓁山。蓁水發源於此山，向北流入伊水。山上盛產金屬礦物和玉石，山下盛產熏黃。山中有一種樹木形似棠梨，但葉子是紅色的，名叫芒草，它能夠毒死魚。

山海經地理

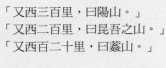

「又西三百里，曰陽山。」
「又西二百里，曰昆吾之山。」
「又西百二十里，曰葌山。」

▶ 陽山、昆吾山、葌山都屬於嵩山山脈。嵩山古稱外方山，包括太室山、少室山、八風山、安坡山、大苦山等十三座山，地跨新密、登封、鞏義、偃師、伊川等市。這三座山就在這個範圍內。

「陽水出焉，而北流注于伊水。」根據陽山的位置推測，陽水在今河南嵩縣境內，注入伊河。

「葌水出焉，而北流注于伊水。」根據葌山的位置推測，葌水可能是今欒川縣的欒川河。

奇珍異獸觀察記錄

❶ 清・禽蟲典

❷ 明・蔣應鎬繪圖本

	化蛇❶	犪蚔❷
特徵	人臉，豺身，鳥翼，蛇行，音如人在喝斥	像豬，有角，音如人在號啕大哭
特性	有牠的地方就會發生水災	吃了牠的肉就能夠不再做噩夢
產地	陽水	昆吾山

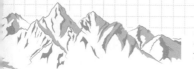

獨蘇之山 ─→ 蔓渠之山

地圖情報

⛰ 蔓渠之山	🪨 礦物	🌿 植物	🐾 動物
	金、玉	竹箭	馬腹

～ 注釋 ～

❶ 馬腹：《水經注・沔水》云：「水中有物如三四歲小兒，鱗甲如鯪鯉，射之不可入。七八月中，好在磧上自曝，膝頭似虎，掌爪常沒水中，出膝頭，小兒不知，欲取弄戲，便殺人。或曰，人有生得者，摘其皐厭，可小小使，名為水虎者也。」此水虎的形貌與馬腹近似。

❷ 祠用毛：以毛物祀神。

❸ 吉玉：彩色的玉。

～ 原文 ～

又西一百五十里，曰獨蘇之山，無草木而多水。

又西二百里，曰蔓渠之山，其上多金玉，其下多竹箭。伊水出焉，而東流注于洛。有獸焉，其名曰馬腹❶，其狀如人面虎身，其音如嬰兒，是食人。

凡濟山之首，自煇諸之山至于蔓渠之山，凡九山，一千六百七十里。其神皆人面而鳥身。祠用毛❷，用一吉玉❸，投而不糈。

～ 譯文 ～

再向西一百五十里是獨蘇山，這裡沒有花草樹木，但到處是水。

再向西二百里是蔓渠山，山上有豐富的金屬礦物和玉石，山下到處是小竹叢。伊水發源於此山，向東流入洛水。山中有一種野獸名叫馬腹，有人的臉、老虎的身體，發出的聲音如同嬰兒啼哭，是會吃人的。

總計濟山山系的首尾，自煇諸山起到蔓渠山止，一共九座山，途經一千六百七十里。諸山山神的形貌都是人的臉、鳥的身體。祭祀山神要用毛物做祭品，再選用一塊吉玉，然後把這些投入山谷之中，不用精米祀神。

∽ 山海經地理 ∽

獨蘇山

「又西一百五十里,曰獨蘇之山。」獨蘇山與葌山相連,為嵩山的一部分,此山在今河南欒川縣西北。

蔓渠山

「又西二百里,曰蔓渠之山。」「伊水出焉,而東流注于洛。」由此可見蔓渠山為伊河的源頭,因此蔓渠山是今河南欒川縣的悶頓嶺。

∽ 神怪觀察記錄 ∽

❶ 明‧蔣應鎬繪圖本

人面鳥身神
清‧汪紱圖本

馬腹❶		
特徵	人臉,虎身,聲音如嬰兒啼哭	
特性	會吃人	
產地	蔓渠山、伊水、玄扈山、玄扈水	

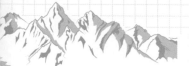

敖岸之山 ━→ 青要之山

	🪨 礦物	🌿 植物	🦊 動物
⛰ 敖岸山	璚琈玉、赭、黃金		夫諸
⛰ 青要山		荀草	駕鳥、僕纍、蒲盧、鴢

～注釋～

❶ 河林：黃河岸邊的樹林。

❷ 茜：多年生蔓草。莖方形中空，有逆刺，葉長卵形。

❸ 舉：櫸柳，落葉喬木，高可達二十公尺。葉長卵形。

❹ 密都：隱密幽深的都邑。

❺ 河曲：黃河拐彎的地方。

❻ 駕鳥：駕鵝，俗稱野鵝。

❼ 禹父：大禹的父親鯀。

❽ 僕纍：蝸牛，一種軟體動物，棲息於潮濕的地方。

❾ 蒲盧：一種具有圓形貝殼的軟體動物，屬蛤、蚌之類。

❿ 魋武羅：魋，一說是神鬼，即鬼中的神靈；一說是山神。

～原文～

〈中次三經〉萯山之首，曰敖岸之山，其陽多璚琈之玉，其陰多赭、黃金。神熏池居之。是常出美玉。北望河林❶，其狀如茜❷如舉❸。有獸焉，其狀如白鹿而四角，名曰夫諸，見則其邑大水。

又東十里，曰青要之山，實惟帝之密都❹。北望河曲❺，是多駕鳥❻。南望墠渚，禹父❼之所化，是多僕纍❽、蒲盧❾。魋武羅❿司之，其狀人面而豹文，小要而白齒，而穿耳以鑲，其鳴如鳴玉。是山也，宜女子。畛水出焉，而北流注于河。其中有鳥焉，名曰鴢，其狀如鳧，青身而朱目赤尾，食之宜子。有草焉，其狀如葌，而方莖黃華赤實，其本如槁本，名曰荀草，服之美人色。

～譯文～

〈中次三經〉萯山山系的首座山是敖岸山，山南面盛產璚琈玉，北面盛產赭石和黃金。天神熏池住在這裡。這裡經常出產美玉。向北可以望見黃河岸邊的叢林，它們形似茜草和櫸柳。山中有一種野獸形似白鹿，有四隻角，名叫夫諸，有牠出現的地方就會發生水災。

再向東十里是青要山，實際上是天帝隱密幽深的都邑。向北可以望見黃河的彎曲處，這裡有許多野鵝。向南可以望見墠渚，是大禹的父親鯀幻化成黃熊的地方，這裡有很多蝸牛和蒲盧。山神武羅掌管此處，祂長著人的面孔，渾身是豹紋，腰身細小，牙齒潔白，耳朵上穿掛著金銀環，發出的聲音像玉石碰擊作響。青要山適宜女子居住。畛水發源於此，向北流入黃河。沿水有一種鳥名叫鴢，牠形似野鴨，身體是青色的，眼睛淺紅，尾巴深紅，人吃了能

多生孩子。山裡有一種草形似蘭草，四方形的莖、開黃花、結紅果，根像藁本，名叫荀草，服用它能使人肌膚光滑。

～ 山海經地理 ～

 「在河南鞏義市北，臨黃河，是邙山支麓。《水經注》：「皇甫謐《帝王世紀》以為即東首陽山也。」

 「又東十里，曰青要之山。」根據敖岸山的位置推測，青要山在今河南新安縣境內。

 「畛水出焉，而北流注于河。」畛水為今河南新安縣境內，向北注入黃河的一條河流。

～ 神怪觀察記錄 ～

❶ 清・禽蟲典

武羅　明・蔣應鎬繪圖本

熏池　清・汪紱圖本

	夫諸❶	鴢❷
特徵	狀如白鹿，四角	像野鴨，青身，朱目，赤尾
特性功效	有牠的地方就有水災	吃了牠就能多生孩子
產地	敖岸山	畛水

❷ 明・蔣應鎬繪圖本

騩山 ──→ 和山

注釋

❶ 飛魚：與前文〈中山首經‧牛首之山〉的飛魚同名，但是不同的生物。

❷ 兵：指兵器的鋒刃。

❸ 蔓居：一種灌木，長在水邊，苗莖蔓延，高一丈多，六月開紅白色花，九月結成的果實上有黑斑，冬天則葉子凋落。

❹ 河之九都：黃河九條支流的發源地。
都：匯聚。

❺ 吉神：對神的美稱，即善神的意思。

❻ 副：音「ㄆㄧˋ」，分裂牲體以用來祭祀。

原文

又東十里，曰騩山，其上有美棗，其陰有璿珼之玉。正回之水出焉，而北流注于河。其中多飛魚❶，其狀如豚而赤文，服之不畏雷，可以禦兵❷。又東四十里，曰宜蘇之山，其上多金玉，其下多蔓居❸之木。潕潕之水出焉，而北流注于河，是多黃貝。

又東二十里，曰和山，其上無草木而多瑤碧，實惟河之九都❹。是山也五曲，九水出焉，合而北流注于河，其中多蒼玉。吉神❺泰逢司之，其狀如人而虎尾，是好居于萯山之陽，出入有光。泰逢神動天地氣也。

凡萯山之首，自敖岸之山至于和山，凡五山，四百四十里。其祠：泰逢、熏池、武羅皆一牡羊副❻，嬰用吉玉。其二神用一雄雞瘞之。糈用稌。

譯文

再向東十里是騩山，山上盛產味道甘甜的棗子，北面盛產璿珼玉。正回水發源於此山，向北流入黃河。水中有許多飛魚，像小豬且渾身是紅色斑紋，吃了牠就不怕打雷，還能避免兵刃之禍。再向東四十里是宜蘇山，山上遍布金屬礦物和玉石，山下有繁茂的蔓居。潕潕水發源於此山，向北流入黃河，水中有很多黃色的貝類。再向東二十里是和山，山上草木不生，但遍布瑤、碧一類的美玉，是黃河九條水源匯聚之處。這座山盤旋迴轉了五重，有九條水發源於此，匯合後向北流入黃河，水中盛產蒼玉。吉神泰逢掌管這座山，祂長得像人，有老虎的尾巴，喜歡住在萯山南面，出入時會出現閃光。吉神泰逢能興起風雲。

總計萯山山系的首尾，自敖岸山起到和山止，一共五座山，途經四百四十里。祭祀泰逢、熏池和武羅三位山神的儀式：用一隻開膛的公羊來祭祀，玉器要用吉玉。其餘兩位山神則是用一隻公雞獻祭後埋入地下。祀神的精米用稻米。

～山海經地理～

騶山	「又東十里，曰騶山。」騶山與青要山相接，因此在今河南新安縣北。	正回水 「正回之水出焉，而北流注于河。」據此推測正回水是河南孟津縣西北的強川水。
宜蘇山	河南新安縣向東四十里到達河南孟津縣附近，此地即為宜蘇山所在地。	潚潚水 「潚潚之水出焉，而北流注于河。」根據宜蘇山位置推測，潚潚水在今河南孟津縣境內。
和山	「又東二十里，曰和山。」和山在今河南西北部，與宜蘇山相連；《水經注》認為和山為東首陽山。	

～神怪觀察記錄～

泰逢　明·蔣應鎬繪圖本

❶ 明·蔣應鎬繪圖本

飛魚❶	
特徵	像小豬，有紅色斑紋
特性	吃了牠就不怕打雷，還能避免兵刃之禍
產地	正回水

鹿蹄之山 ━━ 釐山

注釋

❶ 泠石：一種柔軟如泥的石頭。

❷ 礝石：也寫成「瓀」。礝石是次於玉一等的美石。白色的礝石如冰一樣透明，而水中的礝石是紅色的。

❸ 貊：也叫狗獾，是一種野獸。外形像狐狸而體態較肥胖，尾巴較短，尾毛蓬鬆，耳朵短而圓，兩頰有長毛，體色棕灰。

❹ 蒐：茅蒐，今稱茜草。根是紫紅色，可作染料，並能入藥。

❺ 獷犬：發怒的狗。

原文

〈中次四經〉釐山之首，曰鹿蹄之山，其上多玉，其下多金。甘水出焉，而北流注于洛，其中多泠石❶。

西五十里，曰扶豬之山，其上多礝石❷。有獸焉，其狀如貊❸而人目，其名曰𪊻。虢水出焉，而北流注于洛，其中多瓀石。

又西一百二十里，曰釐山，其陽多玉，其陰多蒐❹。有獸焉，其狀如牛，蒼身，其音如嬰兒，是食人，其名曰犀渠。滽滽之水出焉，而南流注于伊水。有獸焉，名曰獺，其狀如獷犬❺而有鱗，其毛如彘鬣。

譯文

〈中次四經〉釐山山系的首座山是鹿蹄山，山上盛產玉，山下盛產金屬礦物。甘水發源於此山，向北流入洛水，水中有很多泠石。

向西五十里是扶豬山，山上到處是礝石。山中有一種野獸形似貊，卻長著人的眼睛，名叫𪊻。虢水發源於此山，向北流入洛水，水中有很多礝石。

再向西一百二十里是釐山，山南面有很多玉石，山北面有茂密的茜草。山中有一種野獸形似牛，全身青黑色，發出的聲音如同嬰兒啼哭，是會吃人的，名叫犀渠。滽滽水發源於此山，向南流入伊水。這裡還有一種野獸，名叫獺，牠長得像發怒的狗，全身有鱗甲，長在鱗甲間的毛如同豬鬃一樣。

～山海經地理～

鹿蹄山	「〈中次四經〉釐山之首，曰鹿蹄之山。」根據甘水的位置推測，鹿蹄山在今河南宜陽縣。	**甘水**	甘水發源於河南宜陽縣，注入洛河。《水經注・卷十六》：「甘水出弘農宜陽縣鹿蹄山，東北至河南縣南，北入洛。」
扶豬山	「西五十里，曰扶豬之山。」鹿蹄山向西五十里的扶豬山位於今河南宜陽縣半坡山。	**虢水**	《河南府志》云：「虢水，又東北出散關南，又東，枝瀆左出焉，惠水注之，入洛陽。」可知虢水在宜陽縣城附近。
釐山	「又西一百二十里，曰釐山。」釐山在今河南熊耳山中。熊耳山是秦嶺餘脈崤山山頭之一，地處河南澠池和陝縣交界處，北依黃河，南接伏牛山，東臨洛陽，西連西安。		

～奇珍異獸觀察記錄～

❶ 清・禽蟲典

❷ 清・禽蟲典

	麢❶	獺❷
特徵	狀如貉，有雙人的眼睛	像發怒的狗，全身有鱗甲，鱗甲間的毛像豬鬃
產地	扶豬山	釐山

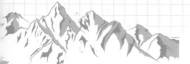

箕尾之山 ─── 熊耳之山

	🐚 礦物	🌿 植物	🐾 動物
⛰ 箕尾山	涂石、璿珸玉	穀	
⛰ 柄山	玉、銅	茇	羬羊
⛰ 白邊山	金、玉、青雄黃		
⛰ 熊耳山	水玉	葶薴、漆、棕	人魚

～注釋～

❶ 涂石：就是前文所說的汵石，石質如泥一樣柔軟。

❷ 茇：「茇」可能是「莣」的誤寫。莣即莣華，也叫莣花，是一種落葉灌木，春季先開花，後生葉，花蕾可入藥，根莖有毒性。

❸ 青雄黃：呈青黑色的雄黃。清代吳任臣云：「蘇頌云：『階州山中，雄黃有青黑色而堅者，名曰熏黃。』」

❹ 蘇：即紫蘇。莖葉色紫，夏秋開紅或淡紅色花。葉與果實可入藥，並供食用。

❺ 葶薴：毒草，疑似今醉魚草。

～原文～

又西二百里，曰箕尾之山，多穀，多涂石❶，其上多璿珸之玉。

又西二百五十里，曰柄山，其上多玉，其下多銅。滔雕之水出焉，而北流注于洛。其中多羬羊。有木焉，其狀如樗，其葉如桐而莢實，其名曰茇❷，可以毒魚。

又西二百里，曰白邊之山，其上多金玉，其下多青雄黃❸。

又西二百里，曰熊耳之山，其上多漆，其下多棕。浮濠之水出焉，而西流注于洛，其中多水玉，多人魚。有草焉，其狀如蘇❹而赤華，名曰葶薴❺，可以毒魚。

～譯文～

再向西二百里是箕尾山，有茂密的構樹，盛產汵石，山上還有許多璿珸玉。

再向西二百五十里是柄山，山上盛產玉，山下盛產銅。滔雕水發源於此山，向北流入洛水。山中有許多羬羊。山中還有一種樹木，形似臭椿，葉子像梧桐葉，結出帶莢的果實，名叫茇，是能毒死魚的。

再向西二百里是白邊山，山上有豐富的金屬礦物和玉石，山下盛產熏黃。

再向西二百里是熊耳山，山上是茂密的漆樹，山下是茂密的棕樹。浮濠水發源於此山，向西流入洛水，沿水有很多水晶石，還有很多人魚。山中有一種草形似紫蘇，但開的是紅花，名叫葶薴，是能毒死魚的。

～山海經地理～

 箕尾山 ▶ 「又西二百里，曰箕尾之山。」根據里程推測，箕尾山即今位於河南洛寧縣城東南的神靈寨山。

 柄山 ▶ 「又西二百五十里，曰柄山。」箕尾山向西二百五十里即今河南西北的巧女寨山，此山即為柄山。

 滔雕水 ▶ 巧女寨山北有五條河流，滔雕水即為這五條河流的總稱。滔雕水流經今河南宜陽縣、洛寧縣和盧氏縣。

 白邊山 ▶ 「又西二百里，曰白邊之山。」根據巧女寨山的位置推測，向西二百里的白邊山在今河南盧氏縣境內。

 熊耳山 ▶ 蔣廷錫《尚書地理今釋》：「熊耳山在今河南盧氏縣西南七十里，接陝西商州界。熊耳雖有東西異名，其實一山。故郭璞云在上洛，班固云在盧氏。蔡傳以班固為非。非也。」今地學家總稱商縣、陝縣、東至宜陽、澠池諸山曰熊耳山脈。

～奇珍異草觀察記錄～

	茇❶	葶薴❷
特徵	狀如臭椿，葉子像梧桐葉，有莢果	狀如紫蘇，開紅色的花
功效	可以毒死魚	可以毒死魚
產地	柄山	熊耳山

牡山 ——→ 讙舉之山

～注釋～

❶ **赤鷩**：形與雉相似，羽毛美麗，產於中原的西南部山野。也稱為錦雞。《爾雅·釋鳥》：「鷩雉。」晉代郭璞注：「似山雞而小冠，背毛黃，腹下赤，項綠色鮮明。」

❷ **其中**：指玄扈山中。根據《水經注·洛水》得知，玄扈水發源於玄扈山。

❸ **馬腸**：即前文《中次二經·蔓渠之山》所說的怪獸馬腹，人面虎身，叫聲如嬰兒哭，吃人。

❹ **祈而不糈**：晉代郭璞云：「言直祈禱。」清代郝懿行則云：「祈當為釁。」神話學大師袁珂進一步指出，根據《說文解字·卷五》的解釋「以血有所刉涂祭也；從血，幾聲」，此處應作「釁而不糈」，是一種祭禮。也就是用血塗祭。

❺ **衣**：動詞，穿。這裡指包裹。

～原文～

又西三百里，曰牡山，其上多文石，其下多竹箭、竹䈽。其獸多㸲牛、羬羊，鳥多赤鷩❶。

又西三百五十里，曰讙舉之山。雒水出焉，而東北流注于玄扈之水。其中❷多馬腸❸之物。此二山者，洛間也。

凡釐山之首，自鹿蹄之山至于玄扈之山，凡九山，千六百七十里。其神狀皆人面獸身。其祠之：毛用一白雞，祈而不糈❹，以采衣❺之。

～譯文～

再向西三百里是牡山，山上到處是色彩斑斕的石頭，山下到處是竹箭、竹䈽之類的竹叢。山中的野獸以㸲牛和羬羊居多，而禽鳥以赤鷩居多。

再向西三百五十里是讙舉山。雒水發源於此山，向東北流入玄扈水。玄扈山中生有很多馬腸這樣的怪物。在讙舉山與玄扈山之間，夾著一條洛水。

總計釐山山系的首尾，自鹿蹄山起到玄扈山止，一共九座山，途經一千六百七十里。諸山山神的形貌都是人的臉、獸的身體。祭祀山神的儀式：在帶毛的禽畜中選用一隻白色的雞，取牠的血塗祭，祀神不用精米，用彩色的錦帛把雞包裹起來。

山海經地理

「又西三百里,曰牡山。」牡山與熊耳山相連,因此牡山是熊耳山中的山嶺,其位置在今河南盧氏縣西邊。

「又西三百五十里,曰讙舉之山。雒水出焉。」雒水即洛河,出陝西洛南縣冢嶺山,東南流合丹水,東經河南盧氏縣、洛寧縣。

「雒水出焉,而東北流注于玄扈之水。」根據雒水位置推測,玄扈水為洛河進入河南的部分。

神怪觀察記錄

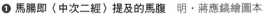

❶ 馬腸即〈中次二經〉提及的馬腹　明・蔣應鎬繪圖本

人面獸身神　明・蔣應鎬繪圖本

馬腸❶	
特徵	人臉,虎身,音如嬰兒啼哭
特性	會吃人
產地	蔓渠山、伊水、玄扈山、玄扈水

苟床之山 ── 條谷之山

地圖情報

	⛰ 礦物	🌿 植物	🐱 動物
⛰ 苟床山	怪石		
⛰ 首山	璿珸玉	穀、柞、茈、芫、槐	𪁓鳥
⛰ 縣斸山	文石		
⛰ 蔥聾山	㻬石		
⛰ 條谷山		槐桐、芍藥、門冬	

～注釋～

❶ 穀：即構樹。落葉亞喬木。略似楮，葉深裂而粗。雄花如穗，雌花如球。果實呈紅色。皮粗，可供製紙。
柞：落葉喬木。枝椏粗壯，被黃褐色短毛。材質堅硬，可供製作器具及枕木等。

❷ 茈：山薊，可入藥。清代汪紱云：「山薊也，有蒼朮、白朮二種。」
芫：即芫花。落葉小灌木。葉對生，橢圓形或卵狀披針形。花簇生於枝頂，萼筒淡紫色，先端四裂，裂片卵狀橢圓形。花蕾可供藥用，葉及根有毒。

❸ 錄：「鹿」的假借字。

❹ 墊：一種因潮濕低溫而引發的疾病。

❺ 芍藥：多年生草本植物，初夏開花，與牡丹花相似，根莖可以入藥。

❻ 門冬：門冬有二種，一麥門冬，一天門冬，均入藥用。

～原文～

〈中次五經〉薄山之首，曰苟床之山，無草木，多怪石。

東三百里，曰首山，其陰多穀柞❶，其草多茈芫❷。其陽多璿珸之玉，木多槐。其陰有谷，曰机谷，多𪁓鳥，其狀如梟而三目，有耳，其音如錄❸，食之已墊❹。

又東三百里，曰縣斸之山，無草木，多文石。

又東三百里，曰蔥聾之山，無草木，多㻬石。

又東北五百里，曰條谷之山，其木多槐桐，其草多芍藥❺、門冬❻。

～譯文～

〈中次五經〉薄山山系的首座山是苟床山，不生長花草樹木，到處是奇形怪狀的石頭。

向東三百里是首山，山北面有茂密的構樹和柞樹，這裡的草以山薊和芫花居多。山南面盛產璿珸玉，這裡的樹木以槐樹居多。這座山的北面有一道峽谷，名叫机谷，峽谷裡有許多𪁓鳥，這種生物形似貓頭鷹一類的鳥，長了三隻眼睛，有耳朵，發出的聲音如同鹿鳴，人吃了牠的肉就能治好下濕病。

再向東三百里是縣斸山，沒有花草樹木，到處是色彩斑斕的石頭。

再向東三百里是蔥聾山，沒有花草樹木，到處是庳石。

再向東北行五百里是條谷山，山上多槐樹和梧桐之類的樹木，另外還有芍藥和門冬這些草藥。

～ 山海經地理 ～

「東三百里，曰首山。」首山應是〈中山首經〉中的甘棗山，因此可能是今山西永濟市的首陽山。

又東三百里，曰縣斸之「山。」根據里程推測，縣斸山應在今山西絳縣境內。

「又東三百里，曰蔥聾之山。」〈中山首經〉已考證蔥聾山為中條山山脈中山嶺，此處為重複前文。

～ 奇珍異獸觀察記錄 ～

❶ 明·蔣應鎬繪圖本

白茞

𪇱鳥❶	
特徵	狀如梟，三目，有耳朵，音如鹿鳴
特性	吃了牠的肉可以治好下濕病
產地	机谷

超山 —→ 良餘之山

	🪨 礦物	🌿 植物	🐾 動物
⛰ 超山	蒼玉		
⛰ 成侯山		椿木、芫	
⛰ 朝歌山	美堊		
⛰ 槐山	金、錫		
⛰ 歷山	玉	槐	
⛰ 尸山	蒼玉、美玉		麖
⛰ 良餘山		穀、柞	

～ 注釋 ～

❶ 井：井是人工開挖的，泉是自然形成的，而本書記述的山之所有皆為自然事物，所以這裡的井當是指泉眼下陷而低於地面的泉水，形似水井。

❷ 椿木：這種樹與高大的臭椿相似，樹幹可以製成車轅。

❸ 芫：即秦芫，多年生草本植物，葉寬而長，根可藥用，主治風濕痛。

❹ 錫：這裡指天然錫礦石，而非提煉的純錫。全書同此。

❺ 麖：鹿的一種，體型較大。

～ 原文 ～

又北十里，曰超山，其陰多蒼玉，其陽有井❶，冬有水而夏竭。又東五百里，曰成侯之山，其上多椿木❷，其草多芫❸。又東五百里，曰朝歌之山，谷多美堊。

又東五百里，曰槐山，谷多金錫❹。

又東十里，曰歷山，其木多槐，其陽多玉。

又東十里，曰尸山，多蒼玉，其獸多麖❺。尸水出焉，南流注于洛水，其中多美玉。又東十里，曰良餘之山，其上多穀柞，無石。餘水出于其陰，而北流注于河；乳水出于其陽，而東南流注于洛。

～ 譯文 ～

再向北十里是超山，山北面到處是青玉，山南面有一眼泉，冬天有水，夏天乾枯。再向東五百里是成侯山，山上是茂密的椿樹，這裡的草以秦芫居多。再向東五百里是朝歌山，山谷裡盛產品質優良的堊土。

再向東五百里是槐山，山谷裡有豐富的銅和錫。

再向東十里是歷山，這裡的樹大多是槐樹，山南面盛產玉石。

再向東十里是尸山，到處是蒼玉，這裡的野獸以麖居多。尸水發源於此山，向南流入洛水，水中有很多優良玉石。再向東十里是良餘山，山上有茂密的構樹和柞樹，沒有石頭。餘水發源於此山北面，向北流入黃河；乳水發源於此山南面，向東南流入洛水。

∽ 山海經地理 ∾

超山 成侯山

「又北十里，曰超山。」
「又東五百里，曰成侯之山。」

超山、成侯山皆為太行山山脈與中條山之間的山川，約在今山西境內。

朝歌山

「又東五百里，曰朝歌之山。」朝歌為古地名，位於河南北部朝歌遺址的淇縣。因此，朝歌之山在今河南淇縣。

槐山

「又東五百里，曰槐山。」根據里程推測，槐山在今山西稷山縣南。

歷山

歷山即為〈中山首經〉中的曆兒山，在今山西陽城縣和垣曲縣交界處。

尸山

尸山與〈中次六經〉中的楊華山相連，因此可能在今山西洛南縣北。

良餘山

觀點 1 符合山北的河流注入黃河、山南的河流注入洛河的山嶺有：河南三門峽靈寶市牛王峪、黑山浸、催家嶺、錢嶺、塔石山一帶山崗，良餘山應為這些山崗的總稱。

觀點 2 根據尸山位置推測，良餘山在今山西華陰市西南。

餘水

良餘山北有十一條溪流匯聚成兩條河流，經靈寶市注入黃河，此二河即為餘水。

乳水

良餘山東南有二十六條水源匯聚成九條河流，乳水即為這九條河流的總稱。

∽ 奇珍異草觀察記錄 ∾

槐

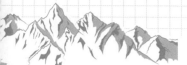

蠱尾之山 ⟶ 陽虛之山

～注釋～

❶ 藷藇：山藥。它的塊莖不僅可以食用，並且可作藥用。

❷ 寇脫：一種生長在南方的草，有一丈多高，葉子與荷葉相似，莖中有瓤，純白色。

❸ 璇玉：古人説是質料成色比玉差一點的玉石。

❹ 魁：神靈。

❺ 蘗醸：蘗，酒麴，醸酒用的發酵劑。蘗醸就是用酒麴醸造的醴酒。這裡泛指美酒。

❻ 干儛：古代在舉行祭祀活動時跳的一種舞蹈。干，即盾牌，是古代一種防禦性兵器。儛，同「舞」。干儛就是手拿盾牌起舞，表示莊嚴隆重。

❼ 刉：劃破，割。

～原文～

又東南十里，曰蠱尾之山，多礪石、赤銅。龍余之水出焉，而東南流注于洛。

又東北二十里，曰升山，其木多穀、柞、棘，其草多藷藇❶、蕙，多寇脫❷。黃酸之水出焉，而北流注于河，其中多璇玉❸。

又東二十里，曰陽虛之山，多金，臨于玄扈之水。

凡薄山之首，自苟林之山至于陽虛之山，凡十六山，二千九百八十二里。升山，冢也，其祠禮：太牢，嬰用吉玉。首山魁❹也，其祠用稌、黑犧、太牢之具、蘗醸❺；干儛❻，置鼓；嬰用一璧。尸水，合天也，肥牲祠之；用一黑犬于上，用一雌雞于下，刉❼一牝羊，獻血。嬰用吉玉，采之，饗之。

～譯文～

再向東南十里是蠱尾山，盛產礪石、黃銅。龍余水發源於此，向東南流入洛水。

再向東北二十里是升山，這裡的樹以構樹、柞樹、酸棗樹居多，草以山藥和蕙草居多，還有茂密的寇脫草。黃酸水發源於此，向北流入黃河，水中有很多璇玉。

再向東十二里是陽虛山，盛產金屬礦物，陽虛山臨近玄扈水。

總計薄山山系的首尾，自苟林山起到陽虛山止，共十六座山，途經二千九百八十二里。升山是諸山的宗主，祭祀山神的儀式：在帶毛的禽畜中選用豬、牛、羊齊全的三牲做祭品，玉器用吉玉。首山是神靈顯應的大山，祭祀山神用稻米、整隻黑色皮毛的豬、牛、羊、美酒，

手持盾牌起舞，擺上鼓並敲擊應和，玉器用一塊玉璧。尸水，是上通到天的，要用肥壯的牲畜作為祭品獻祭；用一隻黑狗供在上面，一隻母雞供在下面，殺一隻母羊獻血，玉器要用吉玉，並用彩色帛包裝祭品，請神享用。

∽山海經地理∽

蠱尾山	觀點 1 蠱尾山接續良餘山向東南。河南三門峽市盧氏縣的高崖、石大山和將軍山即為蠱尾山。 觀點 2 「又東南十里，曰蠱尾之山。」良餘山向東南十里的蠱尾山應該在今山西洛南縣南邊。	龍余水	「龍余之水出焉，而東南流注于洛。」源出高崖、石大山、將軍山一帶的水流向東南注入洛河，龍余水為這些河流的總稱。
升山	「又東北二十里，曰升山。」蠱尾山向東北推進則為河南三門峽市陝縣三角山。	黃酸水	根據蠱尾山為三角山推測，黃酸水為源出三角山、向北注入黃河的河流。
陽虛山	「又東二十里，曰陽虛之山。」升山向東到達今河南洛寧縣，此地有郭魁山、尖山、鞍橋山。陽虛山為這些山嶺的總稱。	玄扈水	「臨于玄扈之水。」根據陽虛山的推測，玄扈水在今河南洛寧縣，即石門川。

∽奇珍異草觀察記錄∽

構樹

柞樹

酸棗樹

平逢之山 ——→ 廆山

～注釋～

❶ 是為螫蟲：指其為螫蟲的領袖。螫蟲，指一切身上長有毒刺能傷人的昆蟲。

❷ 蜂蜜之廬：指其為群蜂所聚集築巢的地方。蜜，即蜜蜂。

❸ 禳：祭祀神靈，祈求消除災惡、螫蟲勿螫人。

～原文～

〈中次六經〉縞羝山之首，曰平逢之山，南望伊洛，東望穀城之山，無草木，無水，多沙石。有神焉，其狀如人而二首，名曰驕蟲，是為螫蟲❶，實惟蜂蜜之廬❷。其祠之：用一雄雞，禳❸而勿殺。

西十里，曰縞羝之山，無草木，多金玉。

又西十里，曰廆山，多琈珸之玉。其西有谷焉，名曰雚谷，其木多柳楮。其中有鳥焉，狀如山雞而長尾，赤如丹火而青喙，名曰鴒𪃹，其鳴自呼，服之不眯。交觴之水出于其陽，而南流注于洛；俞隨之水出于其陰，而北流注于穀水。

～譯文～

〈中次六經〉縞羝山山系的首座山是平逢山，從平逢山上向南可以望見伊水和洛水，向東可以望見穀城山，這座山不生長花草樹木，沒有水，到處是沙子石頭。山中有一位山神，形貌像人卻長著兩個腦袋，名叫驕蟲，他是所有螫蟲的首領，也是各種蜂和蜜蜂聚集築巢棲息之所。祭祀這位山神的儀式：用一隻公雞做祭品，在祈禱後就放生。

向西十里是縞羝山，沒有花草樹木，有豐富的金屬礦物和玉石。

再向西十里是廆山，山的北面盛產琈珸玉。在這座山的西面有一道峽谷，名叫雚谷，這裡的樹木大多是柳樹和構樹。山中有一種禽鳥形似野雞，但拖著一條長長的尾巴，身上通紅如火，嘴巴卻是青色的，名叫鴒𪃹，牠發出的叫聲是自呼其名，吃了牠的肉就能使人不做噩夢。交觴水發源於此山南面，向南流入洛水；俞隨水發源於此山北面，向北流入穀水。

～ 山海經地理 ～

縞羝山 ▶ 「〈中次六經〉縞羝山之首。」縞羝山是指今河南西北部的一系列山脈。

平逢山 ▶ 平逢山應在黃河南岸，是秦嶺山脈的餘脈，崤山支脈。因此平逢山是今河南洛陽市北的北邙山。

縠城山
 觀點1 縠城山為河南洛陽市西北郭山。
 觀點2 晉代郭璞云：「在濟北縠城縣西。」袁珂云：「在今山東省東阿縣東北，一名黃山。」

縞羝山 ▶ 「西十里，曰縞羝之山。」縞羝山在今河南洛陽西，北邙山西北的小山。

廆山 ▶ 「又西十里，曰廆山。」廆山是河南洛陽市西谷口山的古稱，則廆山即谷口山。

俞隨水 縠水 ▶ 「俞隨之水出于其陰，而北流注于縠水。」交觴水是七里河，則俞隨水在今河南洛陽市西邊；縠水即今河南澠池南澠水及其下游澗水。

交觴水 ▶ 「交觴之水出於其陽，而南流注于洛。」交觴水可能是今河南洛陽市西的七里河。

～ 神怪觀察記錄 ～

❶ 清・禽蟲典

驕蟲 明・蔣應鎬繪圖本

鴒鵌❶	
特徵	狀如山雞，長尾，赤如丹火，青喙，叫聲是自呼其名
功效	吃了牠的肉就不會做噩夢
產地	廆山

瞻諸之山 ── 穀山

～ 注釋 ～

❶ **麋石**：麋，通「眉」，眉毛。麋石即畫眉石，一種可以描飾眉毛的礦石。

❷ **櫨丹**：櫨，通「盧」。盧是黑色的意思。盧丹即黑丹沙，一種黑色礦物。

❸ **穀**：即構樹。落葉亞喬木。略似楮，葉深裂而粗。雄花如穗，雌花如球。果實呈紅色。皮粗，可供製紙。

❹ **碧綠**：可能指現在所說的孔雀石，色彩豔麗，可以製成裝飾品和綠色塗料。

～ 原文 ～

又西三十里，曰瞻諸之山，其陽多金，其陰多文石。渮水出焉，而東南流注于洛；少水出其陰，而東流注于穀水。

又西三十里，曰婁涿之山，無草木，多金玉。瞻水出于其陽，而東流注于洛；陂水出于其陰，而北流注于穀水，其中多茈石、文石。

又西四十里，曰白石之山。惠水出于其陽，而南流注于洛，其中多水玉。澗水出于其陰，西北流注于穀水，其中多麋石❶、櫨丹❷。

又西五十里，曰穀山，其上多穀❸，其下多桑。爽水出焉，而西北流注于穀水，其中多碧綠❹。

～ 譯文 ～

再向西三十里是瞻諸山，山南面盛產金屬礦物，山北面盛產帶有花紋的石頭。渮水發源於此山，向東南流入洛水；少水發源於此山北面，向東流入穀水。

再向西三十里是婁涿山，沒有花草樹木，有豐富的金屬礦物和玉石。瞻水發源於此山南面，向東流入洛水；陂水發源於此山北面，向北流入穀水，水中有很多紫色的石頭和帶有花紋的石頭。

再向西四十里是白石山。惠水發源於此山南面，向南流入洛水，水中有很多水晶石。澗

水發源於此山北面，向西北流入穀水，水中有很多畫眉石和黑丹砂。

再向西五十里是穀山，山上是茂密的構樹，山下是茂密的桑樹。爽水發源於此山，向西北流入穀水，水中有很多孔雀石。

～山海經地理～

瞻諸山	「又西三十里，曰瞻諸之山。」根據厖山位置推測，瞻諸山在今河南新安縣境內。	**㴎水**	「㴎水出焉，而東南流注于洛。」根據瞻諸山位置推測㴎水源出今河南新安縣。	
少水	「少水出其陰，而東流注于穀水。」晉代郭璞云：「世謂之慈澗。」少水即今磁澗河。	**婁涿山**	「又西三十里，曰婁涿之山。」今河南洛寧縣和新安縣之間小石坡南的高山為婁涿山。	
陂水	「陂水出於其陰，而北流注于穀水。」陂水也作「波水」。晉代郭璞云：「世謂之百答水。」	**白石山**	「又西四十里，曰白石之山。」白石山古今同名，在今河南新安縣，也稱作廣陽山、澠池山。	
惠水	「惠水出于其陽，而南流注于洛。」在今河南新安縣東北曹家坡南山，有李溝向南注入洛河，李溝即為惠水。	**澗水**	「澗水出于其陰，西北流注于穀水。」源出河南新安縣東北的劉拜溝向北流入穀水，則劉拜溝即為澗水。	
穀山	「又西五十里，曰穀山。」根據里程推測，穀山在今河南澠池縣境內。	**爽水**	「爽水出焉，而西北流注于穀水。」在今河南澠池縣境內有上略河西北流入穀水，上略河即為爽水。	

～奇珍異草觀察記錄～

構樹

密山 ── 橐山

注釋

❶ 鳴石：一種青色玉石，撞擊後會發出巨大鳴響，七八里以外都能聽到，屬於能製作樂器的磬石之類。晉代郭璞云：「晉永康元年，襄陽郡上鳴石，似玉，色青，撞之聲聞七八里，即此類也。」

❷ 珚玉：玉的一種。

❸ 楠木：這種樹在七八月間吐穗，穗成熟後，宛如有鹽粉沾在上面，可以酢羹。

❹ 蕭：蒿草的一種。

❺ 脩辟之魚：即脩辟魚，見圖。

❻ 黽：青蛙的一種。

原文

　　又西七十二里，曰密山，其陽多玉，其陰多鐵。豪水出焉，而南流注于洛，其中多旋龜，其狀鳥首而鱉尾，其音如判木。無草木。又西百里，曰長石之山，無草木，多金玉。其西有谷焉，名曰共谷，多竹。共水出焉，西南流注于洛，其中多鳴石❶。又西一百四十里，曰傅山，無草木，多瑤碧。厭染之水出于其陽，而南流注于洛，其中多人魚。其西有林焉，名曰墦冢。穀水出焉，而東流注于洛，其中多珚玉❷。又西五十里，曰橐山，其木多樗，多楠木❸，其陽多金玉，其陰多鐵，多蕭❹。橐水出焉，而北流注于河。其中多脩辟之魚❺，狀如黽❻而白喙，其音如鷗，食之已白癬。

譯文

　　再向西七十二里是密山，山南面盛產玉，北面盛產鐵。豪水發源於此，向南流入洛水，水中有很多旋龜，牠有鳥的頭、鱉的尾巴，叫聲宛如劈木頭時發出的聲響。這座山不生長花草樹木。再向西一百里是長石山，沒有花草樹木，遍布金屬礦物和玉石。西面有一道峽谷，名叫共谷，生長許多竹子。共水發源於此，向西南流入洛水，水中盛產鳴石。再向西一百四十里是傅山，沒有花草樹木，到處是瑤和碧之類的美玉。厭染水發源於此山南面，向南流入洛水，水中有很多人魚。西面有一片樹林，名叫墦冢。穀水從這裡流出，向東流入洛水，水中有很

多珇玉。再向西五十里是橐山，山中遍布臭椿，還有很多楠樹，山南面有豐富的金屬礦物和玉石，北面有豐富的鐵，還有茂密的蕭草。橐水發源於此，向北流入黃河。水中有很多脩辟魚，形似蛙，有白色的嘴巴，叫聲像鴟鷹，吃了牠就能治癒白癬病。

～山海經地理～

密山	縠山向西七十二里的密山在今河南新安縣監坡頭。

豪水	「豪水出焉，而南流注于洛。」監坡頭有河流向南注入洛河，這條河即為豪水。

長石山	**觀點1**	長石山即今河南澠池縣的天池山。
	觀點2	長石山與密山相連，向西百里則在今河南新安縣。

共水	「共水出焉，西南流注于洛。」有多條溪流源出於天池山向南注入洛河，共水應是這些溪流的總稱。

傅山	「又西一百四十里，曰傅山。」根據長石山為澠池縣天池山推測，傅山應在今河南澠池縣西。

渠豬水	「厭染之水出於其陽，而南流注于洛。」根據名稱和位置推測，厭染水即今河南宜陽縣北的厭梁河。

墦冢	「其西有林焉，名曰墦冢。」墦冢為縠水源頭，因此墦冢為馬頭山。

橐山	「又西五十里，曰橐山。」橐山為今河南陝縣東的積草山，此山距離陝縣九十里。

～奇珍異獸觀察記錄～

❶ 明‧蔣應鎬繪圖本

❷ 清‧汪紱圖本

	旋龜❶	脩辟魚❷
特徵	鳥頭，鱉尾，聲音如劈木頭時發出的聲響	狀如蛙，白色的嘴巴，音如鴟鷹
功效		吃了牠就能治癒白癬病
產地	豪水	橐水

常烝之山 ─→ 陽華之山

地圖情報

	礦物	植物	動物
常烝山	堊、蒼玉		
夸父山	玉、鐵、珛玉	棕枏、竹箭	㸲牛、羬羊、鷩、馬
陽華山	金、玉、青雄黃、玄礪、銅	藷藇、苦辛	人魚

～原文～

又西九十里，曰常烝之山，無草木，多堊。潐水出焉，而東北流注于河，其中多蒼玉。菑水出焉，而北流注于河。又西九十里，曰夸父之山，其木多棕枏，多竹箭，其獸多㸲牛、羬羊，其鳥多鷩，其陽多玉，其陰多鐵。其北有林焉，名曰桃林，是廣員三百里，其中多馬。湖水出焉，而北流注于河，其中多珛玉。

又西九十里，曰陽華之山，其陽多金玉，其陰多青雄黃，其草多藷藇，多苦辛❶，其狀如㮆❷，其實如瓜，其味酸甘，食之已瘧。楊水出焉，而西南流注于洛，其中多人魚。門水出焉，而東北流注于河，其中多玄礪❸。緒姑之水出于其陰，而東流注于門水，其上多銅。門水出于河，七百九十里入雒水。

凡縞羝山之首，自平逢之山至于陽華之山，凡十四山，七百九十里。嶽❹在其中，以六月祭之，如諸嶽之祠法，則天下安寧。

～注釋～

❶ 苦辛：即細辛，多年生草本植物。生長在山野陰溼處。

❷ 㮆：同「楸」。楸樹是落葉喬木，樹形高大，樹幹端直。夏季開花，子實可作藥用，主治熱毒及各種疥瘡。

❸ 玄礪：黑色的磨刀石。

❹ 嶽：一說指高大的山；一說指西嶽華山。

～譯文～

再向西九十里是常烝山，沒有花草樹木，有多種顏色的堊土。潐水發源於此，向東北流入黃河，水中有很多蒼玉。菑水也發源於此，向北流入黃河。再向西九十里是夸父山，山中遍布棕樹和楠木，還有小竹叢，野獸以㸲牛和羬羊最多，而禽鳥以赤鷩最多，山南面盛產玉，北面盛產鐵。山北有一片樹林，名叫桃林，方圓三百里，林子裡有很多馬。湖水發源於此山，向北流入黃河，水中盛產珛玉。再向西九十里是陽華山，南面有豐富的金屬礦物和玉石，北面盛產熏黃，草以山藥居多，還有茂密的苦辛草，形似楸木，果實像瓜，味道酸中帶甜，人吃

了能治癒瘕疾。楊水發源於此，向西南流入洛水，水中有很多人魚。門水也發源於此山，向東北流入黃河，水中有很多黑色磨刀石。縞姑水發源於此山北面，向東流入門水，縞姑水兩岸山間有豐富的銅。從門水到黃河，流經七百九十里後注入雒水。

　　總計縞羝山山系的首尾，自平逢山起到陽華山止，共十四座山，途經七百九十里。這之中有一座高大的山，每年六月以諸嶽之禮祭祀，天下就會安寧。

～山海經地理～

常烝山 ▶	「又西九十里，曰常烝之山。」據此推測，常烝山即今河南陝州區的乾山。	**漉水** ▶	「漉水出焉，而東北流注于河。」常烝山為乾山，則漉水即今乾頭河。	**薔水** ▶	乾頭河注入好陽澗，因此，好陽澗即為薔水。
夸父山 ▶	「又西九十里，曰夸父之山。」夸父山在今河南西北部，今名秦山。	**桃林** ▶	「其北有林焉，名曰桃林。」據夸父山位置推測，桃林在今河南靈寶市西。	**湖水** ▶	根據《括地志》，湖水是河南靈寶市境內的鼎湖。
陽華山 ▶	陽華山與尸山相連，在其西北，因此陽華山在今陝西洛南縣至華山之間。	**楊水** ▶	根據原文，楊水可能是縞姑水的支流，因此，楊水為宏農澗右澗的支流。	**門水** ▶	根據原文，門水即今河南靈寶市西南的宏農澗。
縞姑水 ▶	「縞姑之水出于其陰，而東流注于門水。」宏農澗分為左右兩澗，縞姑水是宏農澗的右澗。				

～奇珍異獸觀察記錄～

㸲牛 清・四川成或因繪圖本

羬羊 明・蔣應鎬繪圖本

赤鷩 清・汪紱圖本

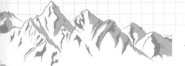

休與之山 ━━ 姑媱之山

	🪨 礦物	🌿 植物
⛰ 休與山		夙條
⛰ 鼓鍾山	礪、砥	焉酸
⛰ 姑媱山		䔄草

～注釋～

❶ 帝臺：神人之名。

❷ 棋：博棋，古代一種遊戲用具。

❸ 蠱：毒熱惡氣。

❹ 蓍：蓍草，又叫鋸齒草，蚰蜒草，多年生直立草本植物，葉互生，長線狀披針形。古人取蓍草的莖作占筮之用。

❺ 箭：小竹子，可以做箭杆。

❻ 觴：向人敬酒或自飲。這裡指設酒席招待。

❼ 成：重，層。

❽ 為毒：除去毒性物質。

❾ 胥：相、互相。

❿ 菟丘：即菟絲子，一年生纏繞寄生草本植物，莖細柔，呈絲狀，橙黃色，夏秋開花，花細小，白色，果實扁球形。

⓫ 媚於人：為人所愛。

～原文～

〈中次七經〉苦山之首，曰休與之山。其上有石焉，名曰帝臺❶之棋❷，五色而文，其狀如鶉卵。帝臺之石，所以禱百神者也，服之不蠱❸。有草焉，其狀如蓍❹，赤葉而本叢生，名曰夙條，可以為箭❺。

東三百里，曰鼓鍾之山，帝臺之所以觴❻百神也。有草焉，方莖而黃華，員葉而三成❼，其名曰焉酸，可以為毒❽。其上多礪，其下多砥。

又東二百里，曰姑媱之山。帝女死焉，其名曰女尸，化為䔄草，其葉胥❾成，其華黃，其實如菟丘❿，服之媚于人⓫。

～譯文～

〈中次七經〉苦山山系的首座山是休與山。山上有一種石子，是神仙帝臺的棋子，它們有五種顏色並帶著斑紋，形狀與鶉鶉蛋相似。神仙帝臺的石子是用來禱祀百神的，人佩戴上它就不會受邪毒之氣侵染。山上還有一種草，形似蓍草，葉子是紅色的，根莖聯結叢生在一起，名叫夙條，可以用來做箭杆。

向東三百里是鼓鍾山，神仙帝臺正是在此演奏鐘鼓之樂而宴會諸位天神的。山中有一種草，方形的莖幹上開著黃色花朵，圓形的葉子重疊為三層，名叫焉酸，可以用來解毒。山上

236

盛產粗磨刀石，山下盛產細磨刀石。

再向東二百里是姑媱山。天帝的女兒就死在這座山，她的名字叫女尸，死後化成了蓍草，葉子都是一層一層的，花兒是黃色的，果實與菟絲子的果實相似，服用了它就能討人喜愛。

～ 山海經地理 ～

苦山 ▶ 〈中次七經〉的苦山為山系名，此山系自今河南伊川縣綿延至中牟縣。

休與山 ▶ 〈中次七經〉苦山山系的首座山休與山，是今河南靈寶市的楊家寨山。

鼓鍾山 ▶ 「東三百里，曰鼓鍾之山。」靈寶市向東二百里到達今河南嵩縣境內，因此，鼓鍾山為嵩縣的盤龍嶺。

姑媱山 ▶ 「又東二百里，曰姑媱之山。」根據以上山川位置推測，姑媱山在今河南西北部。

～ 奇珍異草觀察記錄 ～

蓍草

菟絲子

酸漿

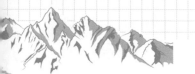

苦山 ━➤ 放皋之山

地圖情報

	🪨 礦物	🌿 植物	🐱 動物
⛰ 苦山		黃棘、無條	山膏
⛰ 堵山		天楄	
⛰ 放皋山	蒼玉	蒙木	文文

～注釋～

❶ 逐：即「豚」字，小豬。

❷ 詈：責罵。

❸ 字：懷孕，生育。

❹ 無條：與前文所述無條草的形狀不一樣，屬同名異物。

❺ 哽：食物塞住咽喉。

❻ 蒙木：疑似檬花樹。

❼ 枝尾：尾巴有分叉。

～原文～

又東二十里，曰苦山。有獸焉，名曰山膏，其狀如逐❶，赤若丹火，善詈❷。其上有木焉，名曰黃棘，黃華而員葉，其實如蘭，服之不字❸。有草焉，員葉而無莖，赤華而不實，名曰無條❹，服之不癭。

又東二十七里，曰堵山，神天愚居之，是多怪風雨。其上有木焉，名曰天楄，方莖而葵狀，服者不哽❺。

又東五十二里，曰放皋之山。明水出焉，南流注于伊水，其中多蒼玉。有木焉，其葉如槐，黃華而不實，其名曰蒙木❻，服之不惑。有獸焉，其狀如蜂，枝尾❼而反舌，善呼，其名曰文文。

～譯文～

再向東二十里是苦山。山中有一種野獸名叫山膏，形似小豬，身上紅得如同丹火，喜歡罵人。山上有一種樹木名叫黃棘，黃色的花、圓的葉子，果實與蘭草的果實相似，服用了它就可以絕育。山中又有一種草，圓圓的葉子而沒有莖，開紅色的花卻不結果實，名叫無條，服用了它脖頸就不會生長肉瘤。

再向東二十七里是堵山，神人天愚住在這裡，所以這座山時常刮怪風和下怪雨。山上有一種樹木，名叫天楄，方方的莖，像葵菜，服用了它就不會噎食。

再向東五十二里是放皋山。明水發源於此山，向南流入伊水，水中有很多蒼玉。山中有一種樹木，葉子與槐樹葉相似，開黃色的花卻不結果實，名叫蒙木，服用了它就不會腦袋糊塗。山中有一種野獸形似蜜蜂，長著分叉的尾巴和巔倒的舌頭，喜歡呼叫，名叫文文。

山海經地理

  「又東二十里，曰苦山。」根據里程推測，苦山可能在今河南伊川縣西北。

  「又東二十七里，曰堵山。」根據里程和名稱推測，堵山可能是今河南洛陽市東南的伏堵嶺。

  「又東五十二里，曰放皋之山。」今名狼噑山，在今河南伊川縣境內。

  「明水出焉，南流注于伊水。」明水源出廣成澤，俗稱名水。

神怪觀察記錄

❶ 清・禽蟲典

❷ 清・禽蟲典

天愚　明・蔣應鎬繪圖本

	山膏❶	文文❷
特徵	狀如小豬，全身紅得如同丹火	狀如蜂，尾巴分岔，舌頭顛倒
特性	喜歡罵人	喜歡呼叫
產地	苦山	放皋山

大䃁之山 ── 半石之山

地圖情報

	🪨 礦物	🌿 植物	🦊 動物
🏔 大䃁山	璚玗玉、麋玉	牛傷	三足龜
🏔 半石山		嘉榮	鯩魚、騰魚

~ 注釋 ~

❶ 麋玉：清代郝懿行認為可能就是瑉玉，一種像玉的石頭。

❷ 蒼傷：蒼刺，即青色的棘刺。牛傷：即牛棘。

❸ 厥：古代中醫學上指昏厥或手腳冰冷的病症。

❹ 秀：草類植物結果。這裡指不開花就先結出果實。

❺ 霆：響聲又震人又迅疾的雷。

❻ 鱖：即鱖魚。體側扁，背部隆起，青黃色且有不規則黑色斑紋，口大，下頜突出，鱗小。

❼ 逵：四通八達的大路。這裡指水底相互貫通著的洞穴。

~ 原文 ~

又東五十七里，曰大䃁之山，多璚玗之玉，多麋玉❶。有草焉，其狀葉如榆，方莖而蒼傷❷，其名曰牛傷，其根蒼文，服者不厥❸，可以禦兵。其陽狂水出焉，西南流注于伊水，其中多三足龜，食者無大疾，可以已腫。

又東七十里，曰半石之山。其上有草焉，生而秀❹，其高丈余，赤葉赤華，華而不實，其名曰嘉榮，服之者不畏霆❺。來需之水出于其陽，而西流注于伊水，其中多鯩魚，黑文，其狀如鮒，食者不睡。合水出于其陰，而北流注于洛，多騰魚，狀如鱖❻，居逵❼，蒼文赤尾，食者不癰，可以為瘺。

~ 譯文 ~

再向東五十里是大䃁山，盛產璚玗玉，還有許多麋玉。山中有一種草，葉子與榆樹葉相似，方形的莖上長滿刺，名叫牛傷，根莖上有青色斑紋，只要服用了它就不會輕易昏厥，還能防禦兵器之傷。狂水發源於此山南面，向西南流入伊水，水中有很多長著三隻腳的龜，吃了牠的肉就能使人不生大病，還能消腫。

再向東七十里是半石山。山上長著一種草，一出土就結果實，高一丈多，有紅色的葉子和紅色的花，開花後不結果實，名叫嘉榮，服用它就能使人不畏懼霹靂雷響。來需水發源於此山南面，向西流入伊水，水中有很多鯩魚，渾身長滿黑色的斑紋，形似鯽魚，吃了牠的肉就不打瞌睡。合水發源於此山北面，向北流入洛水，水中生長著很多騰魚，形似鱖魚，隱居水底洞穴，渾身青色斑紋但拖著一條紅尾巴，吃了牠的肉就不會患癰病，還可以治好瘺瘡。

～ 山海經地理 ～

 大辟山 觀點 1
「又東五十七里,曰大辟之山。」放皋山東五十七里的大辟山,即今河南登封市徐莊鎮境內的大熊山。

狂水 觀點 1
「其陽狂水出焉,西南流注于伊水。」狂水可能是今白降河。

半石山 觀點 1
「又東七十里,曰半石之山。」由大熊山向東七十里到半石山,則半石山在今河南登封市西。

來需水 觀點 1
「來需之水出于其陽。」根據半石山的位置推測,來需水在今河南登封市西。

合水 觀點 1
「合水出于其陰,而北流注于洛。」合水源出半石山,注入洛河,由此可知合水在今河南洛陽市東南。

～ 奇珍異獸觀察記錄 ～

❶ 明・蔣應鎬繪圖本　　　❷ 明・蔣應鎬繪圖本　　　❸ 清・汪紱圖本

	三足龜❶	鮯魚❷	騰魚❸
特徵	三隻腳	黑紋,狀如鯽魚	狀如鱖魚,隱居水底洞穴,有青色斑紋,尾巴是紅色的
特性功效	吃了牠的肉就不會生大病,還能消腫	吃了牠的肉就精神振奮,不會打瞌睡	只要吃了牠的肉就不會罹患癰病,還可以治好瘻瘡
產地	大辟山	半石山	半石山

少室之山 → 講山

	⛃ 礦物	🌿 植物	🦦 動物
🏔 少室山	玉、鐵	帝休	鯑魚
🏔 泰室山	美石	栯木、蓍草	
🏔 講山	玉	柘、柏、帝屋	

注釋

❶ 囷：圓形的穀倉。

❷ 帝休：木名，可能是梓樹。

❸ 衢：交錯歧出的樣子。

❹ 豰蜼：一種與獼猴相似的野獸。

❺ 蠱疾：心志惑亂的病症，多指惑於女色而生的病。

❻ 栯木：木名，可能是郁李。

❼ 虆蕪：一種藤本植物，俗稱野葡萄。夏季開花，果實黑色，可以釀酒，也可入藥。

❽ 昧：昏暗。引申為眼目不明。

❾ 椒：有三種，一種是木本植物，即花椒；一種是藤本植物，即胡椒；一種是蔬類植物。這裡指花椒，枝幹有針刺，葉子堅而滑澤，果實紅色，種子黑色，可以入藥，也可調味。

❿ 反傷：指倒生的刺。

原文

　　又東五十里，曰少室之山，百草木成囷❶。其上有木焉，其名曰帝休❷，葉狀如楊，其枝五衢❸，黃華黑實，服者不怒。其上多玉，其下多鐵。休水出焉，而北流注于洛，其中多鯑魚，狀如豰蜼❹而長距，足白而對，食者無蠱疾❺，可以禦兵。

　　又東三十里，曰泰室之山。其上有木焉，葉狀如梨而赤理，其名曰栯木❻，服者不妒。有草焉，其狀如荒，白華黑實，澤如虆蕪❼，其名曰蓍草，服之不昧❽。上多美石。

　　又北三十里，曰講山，其上多玉，多柘、多柏。有木焉，名曰帝屋，葉狀如椒❾，反傷❿赤實，可以禦凶。

譯文

　　再向東五十里是少室山，各種花草樹木叢集，如同圓形的穀倉。山上有一種樹木名叫帝休，葉子與楊樹相似，樹枝相互交叉著伸向四方，開黃花，結黑果，吃了它就能使人心平氣和、不惱怒。少室山上有豐富的玉石，山下有豐富的鐵。休水發源於此，向北流入洛水，水中有很多鯑魚，形似獼猴，長有像公雞一樣的長爪，白色的足趾相對，人只要吃了它就不會生疑心病，還能防禦兵器之傷。

　　再向東三十里是泰室山。山上有一種樹木，葉子像梨樹，卻有紅色紋理，名叫栯木，人只要吃了它就不會產生嫉妒心。還有一種草，形似蒼茫或白茫，開白花，結黑果，果實的光澤像野葡萄，名叫蓍草，有明目的療效。山上還有很多漂亮的石頭。

　　再向北三十里是講山，盛產玉石，有很多的柘樹和柏樹。山中有一種樹木，名叫帝屋，葉子與花椒樹葉相似，長著倒刺，結紅果，可以辟凶邪之氣。

～山海經地理～

少室山	「又東五十里，曰少室之山。」少室山古今同名，在今河南登封市西北，是中嶽嵩山中的其中一峰。

休水	《水經注》：「休水自南注之，其水導源少室山，西流逕穴山南，而北與少室山水合。」休水源於少室山北麓，注入洛河。

泰室山	泰室山即太室山，在今河南登封市，為嵩山之東峰。

講山	「又北三十里，曰講山。」根據太室山位置推測，講山在今河南西北部，今名青龍山。

～奇珍異草觀察記錄～

白茫　　　　　　　　　　　梨

嬰梁之山 → 末山

注釋

❶ 錞：依附。

❷ 亢木：疑似衛矛。

❸ 少辛：即細辛，一種藥草。

❹ 荻：一種蒿類植物，葉子是白色，像艾蒿卻分杈多，莖幹尤其高大，約有一丈餘。

原文

又北三十里，曰嬰梁之山，上多蒼玉，錞❶于玄石。

又東三十里，曰浮戲之山。有木焉，葉狀如樗而赤實，名曰亢木❷，食之不蠱。汜水出焉，而北流注于河。其東有谷，因名曰蛇谷，上多少辛❸。

又東四十里，曰少陘之山。有草焉，名曰䓘草，葉狀如葵，而赤莖白華，實如蘡薁，食之不愚。器難之水出焉，而北流注于役水。

又東南十里，曰太山。有草焉，名曰梨，其葉狀如荻❹而赤華，可以已疽。太水出于其陽，而東南流注于役水；承水出于其陰，而東北流注于役。

又東二十里，曰末山，上多赤金。末水出焉，北流注于役。

譯文

再向北三十里是嬰梁山，山上盛產蒼玉，附著在黑色石頭上面。

再向東三十里是浮戲山。山中生長著一種樹木，葉子像臭椿樹葉，結紅色果實，名叫亢木，人吃了可以驅蟲辟邪。汜水發源於此山，向北流入黃河。在浮戲山的東面有一道峽谷，因峽谷裡有很多蛇而取名為蛇谷，峽谷上面還盛產細辛。

再向東四十里是少陘山。山中有一種草，名叫䓘草，葉子與葵菜葉相似，紅色的莖，白色的花，果實很像野葡萄，吃了它就能使人增長智慧而不笨拙。器難水發源於此山，向北流入役水。

再向東南十里是太山。山裡有一種草名叫梨，葉子像蒿草葉，開紅色的花，可以用來治療癰疽。太水發源於此山南面，向東南流入役水；承水發源於此山北面，向東北流入役水。再向東二十里是末山，山上到處是黃金。末水發源於此山，向北流入役水。

山海經地理

嬰梁山 ▶ 根據講山位置推測，嬰梁山在今河南鞏義市，今名將軍嶺。

浮戲山 ▶ 可能在今河南鞏義市、滎陽市、鄭州市一帶。

汜水 ▶ 發源於今河南鞏義市東南，流經河南滎陽市汜水鎮注入黃河。

蛇谷 ▶ 「其東有谷，因名曰蛇谷。」蛇谷可能是今環翠谷。環翠谷位於滎陽市西南廟子鄉。

少陘山 ▶ 《太平寰宇記》：「器難水所出之少陘山也，又東則黃水所出之黃堆山也。」由此可知少陘山是今河南滎陽市外的周山。

器難水 役水 ▶ 「器難之水出焉，而北流注于役水。」器難水在今河南滎陽市；役水，即今河南索河，在鄭縣北注入黃河。

太山 ▶ 「又東南十里，曰太山。」索河東南有趙莊山，此山即太山。

太水 承水 ▶ 太水為索河東南的支流；承水是索河西北石坡口的支流。

末山 ▶ 「又東二十里，曰末山。」末山可能是河南新密市西南的王家坡山。

奇珍異草觀察記錄

樗

245

役山 ━━ 大騩之山

	🪨 礦物	🌿 植物
⛰ 役山	白金、鐵	
⛰ 敏山	瑘琈玉	薊柏
⛰ 大騩山	鐵、美玉、青堊	蓨

注釋

❶ **薊柏**：也叫翠柏，叢生灌木。生鱗葉的小枝直展、扁平，排成一平面。果實球形，紅褐色。

❷ **豕**：豬。

❸ **牷**：毛色純一的全牲。全牲指整隻的牛羊豬。
羞：進獻食品。這裡指貢獻祭祀品。

❹ **藻玉**：帶有彩色紋理的玉。
瘞：掩埋。

❺ **太牢**：古代祭祀天地，以牛、羊、豬三牲具備為太牢，以示尊崇之意。

原文

又東二十五里，曰役山，上多白金，多鐵。役水出焉，北注于河。

又東三十五里，曰敏山。上有木焉，其狀如荊，白華而赤實，名曰薊柏❶，服者不寒。其陽多瑘琈之玉。

又東三十里，曰大騩之山，其陰多鐵、美玉、青堊。有草焉，其狀如蓍而毛，青華而白實，其名曰蓨，服之不夭，可以為腹病。

凡苦山之首，自休與之山至于大騩之山，凡十有九山，千一百八十四里。其十六神者，皆豕❷身而人面。其祠：毛牷用一羊羞❸，嬰用一藻玉瘞❹。苦山、少室、太室皆冢也。其祠之：太牢❺之具，嬰以吉玉。其神狀皆人面而三首。其餘屬皆豕身人面也。

譯文

再向東二十五里是役山，山上有豐富的白銀和鐵。役水發源於此山，向北流入黃河。

再向東三十五里是敏山。山上有一種樹木，與牡荊相似，開白花，結紅果，名叫薊柏，人只要吃了它的果實就能防寒。敏山南面還盛產瑘琈玉。

再向東三十里是大騩山，山北面有豐富的鐵、優質玉石和青色堊土。山中有一種草，形似蓍草，長著茸毛，開青色的花，結白色的果實，名叫蓨，人吃了它就能不夭折而延年益壽，還可以醫治各種腸胃疾病。

總計苦山山系的首尾，自休與山起到大騩山止，共十九座山，途經一千一百八十四里。其中有十六座山的山神，都是豬身人面。祭祀這些山神的儀式：在毛物中選用一隻純色的羊獻祭，玉器用一塊藻玉埋入地下。苦山、少室山和太室山都是諸山的宗主。祭祀這三座山的山神的儀式：在毛物中選用豬、牛、羊齊全的三牲做祭品，玉器中用吉玉。這三個山神都是人的面孔、三個腦袋。另外十六座山的山神都是豬身人面。

～山海經地理～

 役山

 觀點1 「又東二十五里，曰役山。」根據推測役山在今河南中牟縣。

 觀點2 根據末山位置推測役山在今年河南新密市北數十里外的楚村。

 敏山

 觀點1 「又東三十五里，曰敏山。」《郡國志》云：「密，有大騩之，有梅山。」敏山即今河南新鄭市的梅山。

 大騩山

 觀點1 《水經注》云：「大騩山在密縣境內，為溈水之源，位於洧水南。」因此大騩山在今河南新密市，是嵩山最東面的大山。

～神怪觀察記錄～

豕身人面神
明・蔣應鎬繪圖本

人面三首神
明・蔣應鎬繪圖本

景山 ——→ 驕山

	🪨 礦物	🌿 植物	🐾 動物
🏔 景山	金玉	丹粟、杼檀	文魚
🏔 荊山	鐵、赤金、黃金	松柏、竹、橘櫾	犛牛、豹虎、鮫魚、閭麋
🏔 驕山	玉、青雘	松柏、桃枝、鉤端	

～注釋～

❶ 杼：杼樹，就是柞樹。

❷ 文魚：即今石斑魚，體長，橢圓形，稍側扁。口大，牙細尖。背鰭和臀鰭棘發達。尾鰭圓形或凹形。體色變異甚多，常呈褐色或紅色，並具條紋和斑點。

❸ 犛牛：全身有長毛，野生者色黑，畜養者色白，腿短。

❹ 櫾：同「柚」。柚子與橘子相似而大一些，皮厚而且味道酸。

❺ 鮫魚：鯊魚，古名鮫。性兇猛，種類甚多，尾鰭刃狀，口橫裂，鼻孔開於前方，旁有鰓孔五十五至五十七對。

～原文～

〈中次八經〉荊山之首，曰景山，其上多金玉，其木多杼❶檀。雎水出焉，東南流注于江，其中多丹粟，多文魚❷。

東北百里，曰荊山，其陰多鐵，其陽多赤金，其中多犛牛❸，多豹虎，其木多松柏，其草多竹，多橘櫾❹。漳水出焉，而東南流注于雎，其中多黃金，多鮫魚❺。其獸多閭麋。

又東北百五十里，曰驕山，其上多玉，其下多青雘，其木多松柏，多桃枝鉤端。神䵎圍處之，其狀如人面，羊角虎爪，恒游于雎漳之淵，出入有光。

～譯文～

〈中次八經〉荊山山系的首座山是景山，山上有豐富的金屬礦物和玉石，這裡的樹木以柞樹和檀樹為多。雎水發源於此山，向東南流入江水，水中有很多粟粒般大的丹砂，還生長著許多石斑魚。

向東北一百里是荊山，山北面有豐富的鐵，山南面有豐富的黃金，山中生長著許多犛牛，還有眾多豹子和老虎，這裡的樹木以松樹和柏樹最多，這裡的花草以叢生的小竹子最多，還有許多橘子樹和柚子樹。漳水發源於此山，向東南流入雎水，水中盛產黃金，而且有很多鯊魚。山中的野獸以山驢和麞鹿最多。

再向東北一百五十里是驕山，山上有豐富的玉石，山下有豐富的青雘，這裡的樹木以松

樹和柏樹居多，到處是桃枝和鉤端一類的叢生小竹子。神仙氫圍居住在這座山中，祂形似人但長著羊角和虎爪，常常在睢水和漳水的深淵裡暢遊，出入時都有閃光。

山海經地理

荊山山系	《水經注》：「《禹貢》：『荊及衡陽惟荊州 。』蓋即荊山之稱，而制州名矣。故楚也。」荊山在今湖北房縣。	**觀點1**「〈中次八經〉荊山之首，曰景山。」景山是今湖北房縣的聚龍山。
		景山 **觀點2** 景山是今湖北保康縣的望佛山，又稱「望夫山」或「萬佛山」。
睢水	睢水發源於景山，因此，睢水即發源於湖北保康縣的沮水。	**荊山** 「東北百里，曰荊山。」《禹貢》；「導嶓塚，至于荊山。」荊山在今湖北南漳縣西部。
漳水	漳水發源於荊山，向東注入沮水。具體名稱不知。	**驕山** 「又東北百五十里，曰驕山。」驕山在今湖北境內，今名紫山。

神怪觀察記錄

鮮牛　清・汪紱圖本

氫圍　清・汪紱圖本

豹　明・蔣應鎬繪圖本

鮫魚　明・蔣應鎬繪圖本

女几之山 ━ 光山

	🪨 礦物	🌿 植物	🐾 動物
🏔 女几山	玉、黃金		豹虎、閭麋、麢、麇、白鵺、翟、鴆
🏔 宜諸山	金、玉、青雘、白玉		
🏔 綸山		梓、枏、桃枝、柤、栗、橘、櫾	閭、麈、羚、臭
🏔 陸郇山	琈珸玉、堊	杻、橿	
🏔 光山	碧		

注釋

❶ 麇：一些亞洲小型鹿的統稱。形似犬而較大。雄麇有獠牙、短角。腿細而有力，善跳躍。

❷ 白鵺：似雉雞而長尾的鳥，常常一邊飛行一邊鳴叫。

❸ 鴆：雄名運日，雌名陰諧，喜食蛇蝮。其羽毛紫綠色，有劇毒。泡酒後可以毒死人。

❹ 柤：形似梨樹，樹幹、樹枝都是紅色的，黃花，黑果實。

❺ 麈：俗稱四不像，又名駝鹿。

❻ 臭：形似兔子，卻長著鹿腳，皮毛是青色的。

❼ 飄風：旋風，暴風。

原文

又東北百二十里，曰女几之山，其上多玉，其下多黃金，其獸多豹虎，多閭麋、麢、麇❶，其鳥多白鵺❷，多翟，多鴆❸。

又東北二百里，曰宜諸之山，其上多金玉，其下多青雘。滫水出焉，而南流注于漳，其中多白玉。

又東北二百里，曰綸山，其木多梓、枏，多桃枝，多柤❹、栗、橘、櫾，其獸多閭、麈❺、羚、臭❻。

又東二百里，曰陸郇之山，其上多琈珸之玉，其下多堊，其木多杻檀。又東百三十里，曰光山，其上多碧，其下多水。神計蒙處之，其狀人身而龍首，恒游于漳淵，出入必有飄風❼暴雨。

譯文

再向東北一百二十里是女几山，山上盛產玉石，山下盛產黃金，野獸以豹和老虎最多，還有許多的山驢、麋鹿、麢、麇，禽鳥以白鵺最多，還有很多長尾巴的野雞，很多的鴆鳥。

再向東北二百里是宜諸山，山上盛產金屬礦物和玉石，山下盛產青雘。滫水發源於此山，向南流入漳水，水中有很多白色玉石。

　　再向東北二百里是綸山，在山中茂密的叢林中有很多梓樹和楠木，又有很多叢生的桃枝竹，還有許多的柤樹、栗子樹、橘子樹、柚子樹，這裡的野獸以山驢、駝鹿、羚羊和臭為多。

　　再向東二百里是陸郮山，山上盛產璚玗玉，山下盛產各種顏色的堊土，這裡的樹木以杻樹和橿樹居多。再向東一百三十里是光山，山上到處有碧玉，山下到處流水。山神計蒙居住在這座山裡，祂的形貌是人身龍頭，常常在漳水的深淵裡暢遊，出入時一定有旋風急雨伴隨。

〜 山海經地理 〜

女几山	「又東北百二十里，曰女几之山。」女几山位於湖北省荊門市西北。今名聖境山。
宜諸山	「又東北二百里，曰宜諸之山。」據女几山位置推測，宜諸山在湖北當陽縣內。
洈水	洈水源出於女几山，因此洈水也在今湖北當陽縣內。
綸山	綸山是一座西北—東南走向的山脈，即是今湖北的大洪山。此山位於湖北北部。
陸郮山	「又東二百里，曰陸郮之山。」陸郮山隸屬大別山脈，是今湖北孝感市的大悟山。
光山	「又東百三十里，曰光山。」根據陸郮山位置和光山名稱可知，光山在今河南光山縣。

〜 神怪觀察記錄 〜

臭　清・汪紱圖本

鴆　明・蔣應鎬繪圖本

計蒙　明・蔣應鎬繪圖本

岐山 ━━▶ 靈山

注釋

❶ 珉：一種似玉的美石。

❷ 䨼：音「ㄊㄨㄛˊ」。

❸ 犳：一種身有豹紋的野獸。已見於《西次二經・厎陽之山》。

❹ 机：榿木，落葉喬木。葉長倒卵形，邊緣呈鋸齒狀。木質堅硬，可作器具及建材。其嫩葉亦可為茶葉的代替品。四川岷江一帶普遍可見。已見於《北山首經・單狐之山》。

原文

又東百五十里，曰岐山，其陽多赤金，其陰多白珉❶，其上多金玉，其下多青䨼，其木多樗。神涉䨼❷處之，其狀人身而方面三足。

又東百三十里，曰銅山，其上多金、銀、鐵，其木多穀、柞、柤、栗、橘、櫫，其獸多犳❸。

又東北一百里，曰美山，其獸多兕、牛，多閭、麈，多豕、鹿，其上多金，其下多青䨼。又東北百里，曰大堯之山，其木多松柏，多梓桑，多机❹，其草多竹，其獸多豹、虎、羚、臭。又東北三百里，曰靈山，其上多金玉，其下多青䨼，其木多桃、李、梅、杏。

譯文

再向東一百五十里是岐山，山南面盛產黃金，北面盛產白色的珉石，山上有豐富的金屬礦物和玉石，山下有豐富的青䨼，樹木以臭椿居多。神仙涉䨼就住在這座山裡，祂有人的身體，方形的臉和三隻腳。

再向東一百三十里是銅山，山上有豐富的金、銀、鐵，這裡的樹木以構樹、柞樹、柤樹、栗子樹、橘子樹、柚子樹最多，而野獸多是長著豹斑紋的犳。

再向東北一百里是美山，山中的野獸以兕、野牛最多，又有很多山驢和駝鹿，還有許多

野豬和鹿，山上盛產金，山下盛產青䕅。再向東北一百里是大堯山，在山裡的樹木中以松樹和柏樹居多，又有眾多的梓樹和桑樹，還有許多机木樹，這裡的草大多是叢生的小竹子，而野獸以豹、老虎、羚羊和麘最多。再向東北三百里是靈山，山上有豐富的金屬礦物和玉石，山下盛產青䕅，這裡的樹木大多是桃樹、李樹、梅樹和杏樹。

山海經地理

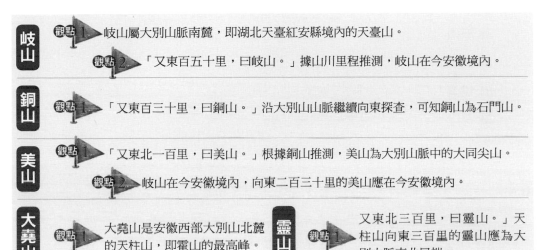

岐山	觀點1	岐山屬大別山脈南麓，即湖北天臺紅安縣境內的天臺山。
	觀點2	「又東百五十里，曰岐山。」據山川里程推測，岐山在今安徽境內。
銅山	觀點1	「又東百三十里，曰銅山。」沿大別山山脈繼續向東探查，可知銅山為石門山。
美山	觀點1	「又東北一百里，曰美山。」根據銅山推測，美山為大別山脈中的大同尖山。
	觀點2	岐山在今安徽境內，向東二百三十里的美山應在今安徽境內。
大堯山	觀點1	大堯山是安徽西部大別山北麓的天柱山，即霍山的最高峰。
靈山	觀點1	又東北三百里，曰靈山。」天柱山向東三百里的靈山應為大別山脈東北尾端。

神怪觀察記錄

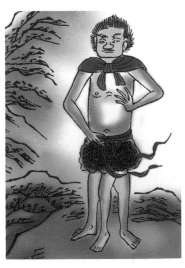

涉䵺
明·蔣應鎬繪圖本

龍山 ⟶ 玉山

地圖情報

	⬛ 礦物	🌿 植物
⛰ 龍山	碧、赤錫	寓木、桃枝、鉤端
⛰ 衡山	黃堊、白堊	寓木、穀、柞
⛰ 石山	金、青䨼	寓木
⛰ 若山	璈琈玉、赭、封石	寓木、柘
⛰ 𡸈山	美石	柘
⛰ 玉山	金、玉、碧、鐵	柏

～注釋～

❶ 寓木：又名宛童，即寄生樹。又分兩種，葉子是圓的叫做蔦木，葉子像麻黃葉的叫做女蘿。因這種植物是寄寓在其他樹木上生長的，像鳥站立樹上，所以稱作寄生、寓木、蔦木。俗稱寄生草。

❷ 錫：和本書中所記載的金、銀、銅、鐵等都是指未經提煉的礦石或礦沙一樣，這裡的錫也是指未經提煉的錫土礦。

❸ 封石：根據《名醫別錄‧下品》記載，封石是一種可作藥用的礦物，味道是甜的，沒有毒性。

～原文～

又東北七十里，曰龍山，上多寓木❶，其上多碧，其下多赤錫❷，其草多桃枝、鉤端。

又東南五十里，曰衡山，上多寓木、穀、柞，多黃堊、白堊。

又東南七十里，曰石山，其上多金，其下多青䨼，多寓木。

又南百二十里，曰若山，其上多璈琈之玉，多赭，多封石❸，多寓木，多柘。

又東南一百二十里，曰𡸈山，多美石，多柘。

又東南一百五十里，曰玉山，其上多金玉，其下多碧、鐵，其木多柏。

～譯文～

再向東北七十里是龍山，山上到處是寄生樹，並盛產碧玉，山下有豐富的紅色錫，而草大多是桃枝、鉤端之類的小竹叢。

再向東南五十里是衡山，山上有許多寄生樹、構樹、柞樹，還盛產黃色堊土和白色堊土。

再向東南七十里是石山，山上盛產金，山下有豐富的青䨼，還有許多寄生樹。

　　再向南一百二十里是若山，山上盛產琂珸玉，又盛產赭石，也有很多封石，到處長著寄生樹，還生長著許多的柘樹。

　　再向東南一百二十里是巋山，有很多漂亮的石頭，到處生長著柘樹。

　　再向東南一百五十里是玉山，山上有豐富的金屬礦物和玉石，山下有豐富的碧玉和鐵，這裡的樹木以柏樹居多。

～ 山海經地理 ～

龍山　「又東北七十里，曰龍山。」龍山在今安徽廬江境內，即今北峽山。

衡山　「又東南五十里，曰衡山。」自大別山山尾算起，衡山在今安徽廬江縣礬山。

石山　自礬山過長江向東南七十里到達安徽銅陵市銅官山，此山即為石山。

若山　「又南百二十里，曰若山。」按方向里程計算，若山是今安徽青陽縣九華山。

巋山　九華山東南隔太平湖與黃山相望，因此巋山是今安徽南部黃山市的黃山。

玉山　「又東南一百五十里，曰玉山。」玉山古今同名，此山在今安徽績溪縣東。

～ 奇珍異獸觀察記錄 ～

松

杉

讙山 ── 琴鼓之山

	🪨 礦物	🌿 植物	🐾 動物
🏔 讙山	封石、白錫　砥礪	檀	
🏔 仁舉山	赤金、赭	穀、柞	
🏔 師每山	砥礪、青雘	柏、檀、柘、竹	
🏔 琴鼓山	白珉、洗石	穀、柞、椒、柘	豕、鹿、白犀、鳩

注釋

❶ 椒：晉代郭璞認為，這種椒樹矮小而叢生，如果在它下面有草木生長就會被刺死。與前文所記「椒樹指花椒樹者」似略有不同。

❷ 洗石：已見於〈西山首經・錢來之山〉。

❸ 祈：當為「薶」，以血塗祭。詳見〈中次四經〉末段注❹。瘞：掩埋。

❹ 藻圭：有彩紋的圭。

❺ 嬰：頸上的飾物。

原文

又東南七十里，曰讙山，其木多檀，多封石，多白錫。郁水出于其上，潛于其下，其中多砥礪。又東北百五十里，曰仁舉之山，其木多穀柞，其陽多赤金，其陰多赭。

又東五十里，曰師每之山，其陽多砥礪，其陰多青雘，其木多柏，多檀，多柘，其草多竹。

又東南二百里，曰琴鼓之山，其木多穀、柞、椒❶、柘，其上多白珉，其下多洗石❷，其獸多豕、鹿，多白犀，其鳥多鳩。

凡荊山之首，自景山至琴鼓之山，凡二十三山，二千八百九十里。其神狀皆鳥身而人面。其祠：用一雄雞祈瘞❸，用一藻圭❹，糈用稌。驕山，冢也。其祠：用羞酒少牢祈瘞，嬰❺毛一璧。

譯文

再向東南七十里是讙山，樹木大多是檀樹，還盛產封石，又盛產白錫。郁水發源於此山山頂，潛流到山腳下，水中有很多磨刀石。再向東北一百五十里是仁舉山，樹木以構樹和柞樹居多，山的南面盛產金，山的北面盛產赭石。

再向東五十里是師每山，山的南面盛產磨石，山北盛產青雘，樹木以柏樹居多，又有很

多檀樹，還生長著大量柘樹，而草大多是叢生的小竹子。

再向東南二百里是琴鼓山，樹木大多是構樹、柞樹、椒樹、柘樹，山上盛產白色珉石，山下盛產洗石，野獸以野豬和鹿最多，還有許多白色犀牛，禽鳥大多是鴆鳥。

總計荊山山系的首尾，自景山起到琴鼓山止，共二十三座山，途經二千八百九十里。諸山山神的形貌都是鳥身人面。祭祀山神的儀式：在毛物中選用一隻公雞祭祀後埋入地下，並用一塊藻圭獻祭，米用稻米。驕山是諸山之宗主，祭祀山神時將進獻的美酒和豬、羊埋入地下，玉器中選用一塊玉璧。

山海經地理

 讙山　「又東南七十里，曰讙山。」根據郁水為新安江推測，讙山為浙江湖田山。

 郁水　郁水是今浙江的新安江，此江為錢塘江的正源和上游，發源於安徽休寧縣懷玉山六股尖，東南流至浙江建德市梅城入桐江。

 仁舉山　「又東北百五十里，曰仁舉之山。」仁舉山相當於位在安徽績溪縣的葵山。

 師每山　「又東五十里，曰師每之山。」根據仁舉山的位置推測，師每山是今安徽績溪縣一帶的山川。

 琴鼓山

 觀點 1　「又東南二百里，曰琴鼓之山。」根據山川道里計算琴鼓山在今浙江境內。

 觀點 2　根據師每山的位置推測，琴鼓山是今安徽徽州大鄣山。

神怪觀察記錄

鳥身人面神
清・汪紱圖本

女几之山 ── 崍山

	🪨 礦物	🌿 植物	🐾 動物
🏔 女几山	石涅、雄黃	杻、橿、菊、芄	虎、豹
🏔 岷山	白珉、金玉	梅棠	良龜、鼉、犀、象、夔牛、翰、鷩
🏔 崍山	黃金	檀柘、薤、韭、藥、空奪	麢、麈

地圖情報

～注釋～

❶ 石涅：即涅石，一種礦物，可做黑色染料。

❷ 菊：菊花的品種繁多，於是古人將其概括為兩大類：一類是栽種在庭院中供觀賞的，叫真菊；一類是在山野生長的，叫野菊，別名為苦薏。這裡就是指野菊。

❸ 江：古人單稱「江」或「江水」而不貫以名者，大多是專指長江。但《山海經》記述山丘河流的方位走向都不甚確實，所述長江也不例外，與今天用科學方法測量出的長江不甚相符。現在譯「江」或「江水」為「長江」，只是為了使譯文醒目而有別於其他江水。

❹ 鼉：外型似蜥蜴，長約二公尺餘，背部暗褐色，有六橫列角質鱗。為分布於長江下游、太湖流域一帶的特產動物。皮可以製鼓。

❺ 夔牛：古代蜀山所產的大牛。

～原文～

〈中次九經〉岷山之首，曰女几之山，其上多石涅❶，其木多杻橿，其草多菊❷、芄。洛水出焉，東注于江❸。其中多雄黃，其獸多虎、豹。

又東北三百里，曰岷山。江水出焉，東北流注于海，其中多良龜，多鼉❹。其上多金玉，其下多白珉。其木多梅棠，其獸多犀、象，多夔牛❺，其鳥多翰、鷩。

又東北一百四十里，曰崍山。江水出焉，東流注于大江。其陽多黃金，其陰多麢麈，其木多檀柘，其草多薤、韭，多藥、空奪。

～譯文～

〈中次九經〉岷山山系的首座山是女几山，山上盛產石涅，這裡的樹木以杻樹和橿樹居多，而花草以野菊、蒼芄或白芄居多。洛水發源於此山，向東流入長江。山裡到處有雄黃，而野獸以老虎和豹最多。

再向東北三百里是岷山。長江發源於此山，向東北流入大海，水中生長著許多品種優良的龜，還有許多鼉。山上有豐富的金屬礦物和玉石，山下盛產白色珉石。山中的樹木以梅樹和海棠樹最多，而野獸以犀牛和大象最多，還有大量的夔牛，這裡的禽鳥大多是白翰鳥和赤鷩鳥。

　　再向東北一百四十里是崍山。江水發源於此山，向東流入長江。山南面盛產黃金，山北面到處有麋鹿和駝鹿，這裡的樹木大多是檀樹和柘樹，而花草大多是野薤菜和野韭菜，還有許多白芷和寇脫。

～ 山海經地理 ～

岷山山系 ▶	岷山古今同名，綿延四川、甘肅兩省，是西北一東南走向的山脈，此山西北接西傾山，南與邛崍山相連。包括甘肅南部的迭山，甘肅、四川邊境的摩天嶺。	**女几山** ▶	此山位於岷山山系龍門山脈中部，即今四川什邡市的九頂山。此山最高海拔高達四千九百八十九公尺，屬龍門山脈群峰中最高點。
洛水 ▶	洛水即四川沱江的支流石亭江，發源於四川什邡市紅白鎮。	**岷山** ▶	「又東北三百里，曰岷山。」岷山在今四川松潘縣北。
江水 ▶	江水指長江的支流青衣江，發源於邛崍山脈的蜀西營，匯入大渡河。「東北流注于海」指長江經崇明島入海。	**崍山** ▶	「又東北一百四十里，曰崍山。」根據名稱推測，崍山即今四川阿壩的邛崍山脈，是岷江和大渡河的分水嶺。

～ 奇珍異獸觀察記錄 ～

黿 清·禽蟲典

夔牛 清·汪紱圖本

崏山 ──→ 蛇山

地圖情報

	🪨 礦物	🌿 植物	🐾 動物
⛰ 崏山		楢、杻、梅、梓	怪蛇、鱉魚、夔牛、羚、臭、犀、兕、竊脂
⛰ 高梁山	堊、砥礪	桃枝、鉤端	
⛰ 蛇山	黃金、堊	栒、豫章、嘉榮、少辛	狪狼

～注釋～

❶ **怪蛇**：晉代郭璞云：「今永昌郡有鉤蛇，長數丈，尾岐，在水中鉤取岸上人、牛、馬啗之，又呼馬絆蛇，謂此類也。」

❷ **楢**：落葉喬木。樹皮暗灰色，有縱行長裂紋。葉形呈倒長卵形，邊緣有粗鋸齒，密布絹絲狀細毛。春日開花，排列成細長的疏穗狀花序。果實為橢圓形堅果，表面有細小鱗片。木材堅韌，可製器具。

～原文～

又東一百五十里，曰崏山。江水出焉，東流注于大江，其中多怪蛇❶，多鱉魚。其木多楢❷杻，多梅、梓，其獸多夔牛、羚、臭、犀、兕。有鳥焉，狀如鴞而赤身白首，其名曰竊脂，可以禦火。

又東三百里，曰高梁之山，其上多堊，其下多砥礪，其木多桃枝、鉤端。有草焉，狀如葵而赤華、莢實、白柎，可以走馬。

又東四百里，曰蛇山，其上多黃金，其下多堊，其木多栒，多豫章，其草多嘉榮、少辛。有獸焉，其狀如狐，而白尾長耳，名狪狼，見則國內有兵。

～譯文～

再向東一百五十里是崏山。江水發源於此山，向東流入長江，水中生長著許多怪蛇，還有很多鱉魚。這裡的樹木以楢樹和杻樹居多，還有很多梅樹與梓樹，而野獸以夔牛、羚羊、臭、犀牛和兕最多。山中有一種禽鳥形似貓頭鷹，卻是紅色的身體、白色的腦袋，名叫竊脂，人飼養了牠就可以辟火。

再向東三百里是高梁山，山上盛產堊土，山下盛產磨刀石，這裡的草木大多是桃枝竹和鉤端竹。山中生長著一種草，長得像葵菜，卻有紅色的花朵、帶莢的果實、白色的花萼，馬吃了就能跑得快。

再向東四百里是蛇山，山上盛產黃金，山下盛產堊土，這裡的樹木以栒樹最多，還有許

多豫章樹，而花草以嘉榮和細辛最多。山中有一種野獸形似狐狸，卻長著白尾巴和長耳朵，名叫狍狼，牠在哪個國家出現哪個國家就會有戰爭。

山海經地理

 崍山 觀點1　崍山應在今四川西部邛崍山之間，即牛頭山，是劍門山的東支，海拔一千兩百一十四公尺。

 江水 觀點1　「江水出焉，東流注于大江。」江水指燕子河，此河下注於嘉陵江，然後匯入長江。

 高梁山 觀點1　崍山為牛頭山，則高梁山即今四川劍閣縣的大劍山，此山起於劍閣縣，止於萬縣。

 蛇山 觀點1　「又東四百里，曰蛇山。」自大劍山向東四百里是今四川南江縣的光霧山，此山即為蛇山。

奇珍異獸觀察記錄

怪蛇　清·汪紱圖本

❶ 明·蔣應鎬繪圖本

❷ 明·蔣應鎬繪圖本

	竊脂❶	狍狼❷
特徵	狀如鴞，赤身，白首	狀如狐，白尾，長耳
特性	飼養了牠就可以辟火	哪裡有牠的蹤跡該國就會發生戰爭
產地	崍山	蛇山

鬲山 —→ 風雨之山

地圖情報

	礦物	植物	動物
鬲山	金、白珉、白玉		犀、象、熊、羆、猿、蜼
隅陽山	金玉、青雘、丹粟	梓、桑、茈	
岐山	白金、鐵	梅、梓、杻、楢	
勾檷山	玉、黃金	櫟、柘、芍藥	
風雨山	白金、石涅	棷、樿、楊	蛇 閭 麋 麈、豹、虎、白鷮

原文

又東五百里，曰鬲山，其陽多金，其陰多白珉。蒲鸛之水出焉，而東流注于江，其中多白玉。其獸多犀、象、熊、羆，多猿、蜼❶。

又東北三百里，曰隅陽之山，其上多金玉，其下多青雘，其木多梓桑，其草多茈。徐之水出焉，東流注于江，其中多丹粟。又東二百五十里，曰岐山，其上多白金，其下多鐵，其木多梅梓，多杻楢。減水出焉，東南流注于江。 又東三百里，曰勾檷之山，其上多玉，其下多黃金，其木多櫟柘，其草多芍藥。 又東一百五十里，曰風雨之山，其上多白金，其下多石涅，其木多棷樿❷ ，多楊。宣余之水出焉，東流注于江，其中多蛇。其獸多閭、麋，多麈、豹、虎，其鳥多白鷮。

注釋

❶ **蜼**：根據清代汪紱的說法，蜼是一種猿猴類的動物，仰鼻岐尾，遇到下雨天就會懸掛在樹上，並以尾巴塞住鼻子。

❷ **棷**：木柴、柴火。不知此處具體所指的是何種樹木。
樿：一種有白紋的樹木，可以製成梳子、杓子等器物。

譯文

再向東五百里是鬲山，山南面盛產金，山北面盛產白色珉石。蒲鸛水發源於此山，向東流入長江，水中有很多白色玉石。山中野獸以犀牛、大象、熊、羆最多，還有許多猿猴和長尾猿。

再向東北三百里是隅陽山，山上遍布金屬礦物和玉石，山下有豐富的青雘，樹木大多是梓樹和桑樹，草大多是紫草。徐水發源於此，向東流入長江，水中有許多粟粒般大的丹砂。再向東二百五十里是岐山，山上富含白銀，山下有豐富的鐵，樹木以梅樹和梓樹居多，還有許多杻樹和楢樹。減水發源於此

山，向東南流入長江。再向東三百里是勾欄山，山上盛產玉石，山下盛產黃金，樹木大多是櫟樹和柘樹，而花草大多是芍藥。再向東一百五十里是風雨山，山上盛產白銀，山下盛產石涅，樹木以楠樹和樟樹居多，楊樹也不少。宣余水發源於此，向東流入長江，水中有很多水蛇。山裡的野獸以山驢和麋鹿最多，還有許多的駝鹿、豹、老虎，禽鳥大多是白鵰。

～ 山海經地理 ～

鬲山	「又東五百里，曰鬲山。」根據里程推測，鬲山為重慶開縣與宣漢州區的界山觀面山。	**蒲鸊水** 「蒲鸊之水出焉，而東流注于江。」觀面山附近的臨江小河即為蒲鸊水。
隅陽山	根據鬲山的位置推測，隅陽山在重慶市東北部雲陽縣。具體名稱不清楚。	**徐水** 「徐之水出焉，東流注于江。」雲陽縣分布於長江沿岸的河流有湯、澎二溪及長灘河和磨刀溪。其中長灘河應為徐水。
岐山	根據里程推測，岐山為四川奉節縣的橫斷山。	**減水** 「減水出焉，東南流注于江。」減水源出橫斷山，因此減水為重慶巫溪縣分水河。
勾欄山	「又東三百里，曰勾欄之山。」勾欄山位於瞿塘峽西口，即今四川奉節縣的白帝山。	**風雨山** 「又東一百五十里，曰風雨之山。」風雨山是位於今四川巫山縣東邊的巫山，其為川鄂的界山，長江貫穿其間，形成巫峽。

～ 奇珍異獸觀察記錄 ～

	蜼❶
特徵	如猿猴，朝天鼻，尾巴分岔
特性	下雨天就會懸掛在樹上，以尾巴塞住鼻孔
產地	鬲山

❶ 明・蔣應鎬繪圖本

玉山 ──→ 葛山

〜原文〜

又東二百里，曰玉山，其陽多銅，其陰多赤金，其木多豫章、楢、杻，其獸多豕、鹿、羚、臭，其鳥多鴆。

又東一百五十里，曰熊山。有穴焉，熊之穴，恒出入神人。夏啟而冬閉；是穴也，冬啟乃必有兵。其上多白玉，其下多白金。其木多樗柳，其草多寇脫。

又東一百四十里，曰騩山，其陽多美玉、赤金，其陰多鐵，其木多桃枝、荊芑❶。

又東二百里，曰葛山，其上多赤金，其下多瑊石❷，其木多柤、栗、橘、櫾、楢、杻，其獸多廱、臭，其草多嘉榮。

〜注釋〜

❶ 荊芑：荊木和枸杞，芑為杞之假借字。已見於《南次二經·虖勺之山》：「其上多梓柟，其下多荊杞。」

❷ 瑊石：是一種比玉差一等的美石。

〜譯文〜

再向東北二百里是玉山，山南面盛產銅，山北面盛產黃金，這裡的樹木以豫章樹、楢樹和杻樹最多，而野獸以野豬、鹿、羚羊和臭最多，禽鳥大多是鴆鳥。

再向東一百五十里是熊山。山中有一洞穴，是熊的巢穴，常有神人出入。洞穴一般是夏季開啟而冬季關閉；這個洞穴啊如果在冬季開啟的話，就一定發生戰爭。山上盛產白色玉石，山下盛產白銀。山裡的樹木以臭椿和柳樹居多，而花草以寇脫草最常見。

再向東一百四十里是騩山，山南面盛產美玉和黃金，山北

面盛產鐵，這裡的草木以桃枝竹、荊木和枸杞最多。

再向東二百里是葛山，山上盛產黃金，山下盛產珹石，這裡的樹木以柤樹、栗子樹、橘子樹、柚子樹、楢樹和杻樹居多，而野獸以羚羊和臭居多，花草大多是嘉榮。

～ 山海經地理 ～

「又東二百里，曰玉山。」根據里程推測，玉山在今重慶和湖北交界處，重慶巫溪縣鳳凰嶺符合玉山條件。

「又東一百五十里，曰熊山。」根據玉山位置推測，熊山是今湖北巴東縣珍珠嶺。

「又東一百四十里，曰騩山。」熊山是巴東縣珍珠嶺，向東四十里為今湖北秭歸縣將軍山，此山即為騩山。

「又東二百里，曰葛山。」葛山為今湖北興山縣香爐山，此香爐山位於南嘴鎮張家坪蠡施村組河下，山圓柱形，因形似香爐而得名。

～ 神怪觀察記錄 ～

熊山神　清・汪紱圖本

鹿　清・禽蟲典

鳩　明・蔣應鎬繪圖本

賈超之山

注釋

❶ 龍脩：即龍鬚草，與莞草相似但細一些，生長在山石縫隙中，草莖倒垂，可以用來編織席子。《古今注》一書中有段關於龍鬚的神話：「世稱黃帝鍊丹於鑿硯山，乃得仙，乘龍上天。群臣援龍鬚，鬚墮而生草，曰龍鬚。」

❷ 文山：此處指的就是岷山。《史記・封禪書》云：「自華以西名山曰瀆山。瀆山者，汶山也。汶與岷通。」

❸ 帝：主體，這裡是首領的意思。

❹ 干：盾牌。
儛：跳舞。

❺ 禳：祭禱消災。

❻ 璆：一種美玉。《爾雅・釋器》云：「璆、琳，玉也。」
干儛，用兵以禳；祈，璆冕舞：這二句話的意思是「禳則干舞，祈則冕服持玉以舞」。

原文

又東一百七十里，曰賈超之山，其陽多黃堊，其陰多美赭，其木多柤、栗、橘、櫾，其中多龍脩❶。

凡岷山之首，自女几山至于賈超之山，凡十六山，三千五百里。其神狀皆馬身而龍首。其祠：毛用一雄雞瘞，糈用稌。文山❷、勾櫺、風雨、騩之山，是皆冢也。其祠之：羞酒，少牢具，嬰毛一吉玉。熊山，帝❸也。其祠：羞酒，太牢具，嬰毛一璧。干儛❹，用兵以禳❺；祈，璆冕舞❻。

譯文

再向東一百七十里是賈超山，山南面盛產黃色堊土，山北面盛產精美赭石，這裡的樹木大多是柤樹、栗子樹、橘子樹、柚子樹、楢樹和杻樹，山中的草以龍鬚草最多。

總計岷山山系的首尾，自女几山起到賈超山止，一共十六座山，途經三千五百里，諸山山神的形貌都是馬的身體、龍的腦袋。祭祀山神時，在毛物中選用一隻公雞當祭品埋入地下，祀神的米用稻米。文山、勾櫺山、風雨山、騩山是諸山的宗主。祭祀這幾座山的山神時，進獻美酒，用豬、羊做祭品，在祀神的玉器中選用一塊吉玉。熊山是諸山的首領。祭祀這個山神的儀式：進獻美酒，用豬、牛、羊齊全的三牲做祭品，在祀神的玉器中用一塊玉璧。為了禳除戰爭災禍，手拿盾牌舞蹈；穿戴禮服並手持美玉而舞蹈，以祈求福祥。

～山海經地理～

賈超山

觀點 1

又東一百七十里，曰賈超之山。」葛山是興山縣香爐山，向東一百七十里的賈超山在今湖北遠安縣鳳陽山。

～神怪觀察記錄～

馬身龍首神　明・蔣應鎬繪圖本

首陽之山 —— 楮山

	🪨 礦物	🌿 植物	🦊 動物
⛰️ 首陽山	金玉		
⛰️ 虎尾山	封石、赤金、鐵	椒、椐	
⛰️ 繁繢山		楢杻、枝勾	
⛰️ 勇石山	白金		
⛰️ 復州山	黃金	檀	跂踵
⛰️ 楮山	堊	寓木、椒、椐、柘	

∽ 原文 ∽

〈中次十經〉之首，曰首陽之山，其上多金玉，無草木。

又西五十里，曰虎尾之山，其木多椒、椐❶，多封石❷，其陽多赤金，其陰多鐵。又西南五十里，曰繁繢之山，其木多楢杻，其草多枝勾❸。

又西南二十里，曰勇石之山，無草木，多白金，多水。

又西二十里，曰復州之山，其木多檀，其陽多黃金。有鳥焉，其狀如鶚，而一足彘尾，其名曰跂踵，見則其國大疫。

又西三十里，曰楮山，多寓木，多椒、椐，多柘，多堊。

∽ 注釋 ∽

❶ 椐：椐樹，也叫靈壽木。樹幹上多生腫節，古人用來作手杖。

❷ 封石：《名醫別錄·下品》云：「封石味甘，無毒……生常山及少室。」後文游戲之山、嬰侯之山、豐山、服山、聲匈之山並多此石。

❸ 枝勾：就是前文所說的桃枝竹、鉤端竹，矮小而叢生。

∽ 譯文 ∽

〈中次十經〉的首座山是首陽山，山上有豐富的金屬礦物和玉石，沒有花草樹木。

再向西五十里是虎尾山，樹木以花椒樹和椐樹為多，到處有封石，山南面有豐富的黃金，山北面有豐富的鐵。

再向西南五十里是繁繢山，這裡的樹木大多是楢樹和杻樹，而草大多是桃枝、鉤端之類的小竹叢。

再向西南二十里是勇石山，不生長花草樹木，有豐富

的白銀，到處是流水。

　　再向西二十里是復州山，這裡的樹木以檀樹居多，山南面有豐富的黃金。山中有一種禽鳥形似貓頭鷹，卻長著一隻爪子和一條豬尾巴，名叫跂踵，牠在哪個國家出現哪個國家就會發生大瘟疫。

　　再向西三十里是楮山，山上生長著茂密的寄生樹，到處是花椒樹、椐樹和柘樹，還有大量的堊土。

～ 山海經地理 ～

荊山山系

此處首陽山為甘肅渭源縣首陽山，此山位於渭源縣東南三十四公里的蓮峰鄉享堂溝，因其列群山之首，陽光先照而得名。

此山為河南偃師縣首陽山，為邙山在偃師境內的最高處。

觀點3
此首陽山應與〈中次九經〉中的山川相連，因此可能在今湖北黃石市。

繁繕山

「又西南五十里，曰繁繕之山。」首陽山在今湖北黃石市，則繁繕山在今湖北鄂州市。

若首陽山在河南洛陽偃師縣，則根據里程推測，繁繕山應在河南洛陽東北。

「又西三十里，曰楮山。」根據已知的首陽山和繁繕山的位置推測，楮山可能在今河南孟津縣。

～ 奇珍異獸觀察記錄 ～

跂踵❶	
特徵	狀如鴞，只有一隻爪，豬尾巴
特性	牠在哪裡現身哪裡就會發生大瘟疫
產地	復州山

❶ 清・禽蟲典

269

又原之山 —→ 丙山

	⛰ 礦物	🌿 植物	🐾 動物
⛰ 又原山	青雘、鐵		鸜鵒
⛰ 涿山	琈珸玉	穀、柞、杻	
⛰ 丙山		梓、檀、弞杻	

注釋

❶ 鸜鵒：即鴝鵒，八哥的別名。

❷ 弞杻：杻樹的樹幹都是彎曲的，而弞杻的樹幹長得比較直，不同於一般的杻樹。

❸ 五種之精：指黍、稷、稻、粱、麥五種糧米。

❹ 少牢：祭祀時只用羊、豕二牲，此二牲即稱為「少牢」。

❺ 巫祝：巫，本意為代人祈禱，求鬼神賜福、解決問題的人。祝，本意為祭祀時主持祭禮的人。後連用以指歌舞娛神、能通鬼神的人。

原文

又西二十里，曰又原之山，其陽多青雘，其陰多鐵，其鳥多鸜鵒❶。

又西五十里，曰涿山，其木多穀、柞、杻，其陽多琈珸之玉。

又西七十里，曰丙山，其木多梓、檀，多弞杻❷。

凡首陽山之首，自首山至于丙山，凡九山，二百六十七里。其神狀皆龍身而人面。其祠之：毛用一雄雞瘞，糈用五種之精❸。楮山，冢也，其祠之：少牢❹具，羞酒祠，嬰毛一璧瘞。騩山，帝也，其祠羞酒，太牢具；合巫祝❺二人儛，嬰一璧。

譯文

再向西二十里是又原山，山的南面有很多青雘，山的北面有很多鐵，山中的鳥多鸜鵒。

再向西五十里是涿山，這裡的樹木大多是構樹、柞樹、杻樹，山南面盛產琈珸玉。

再向西七十里是丙山，這裡的樹木大多是梓樹和檀樹，還有很多弞杻樹。

總計首陽山山系的首尾，自首陽山起到丙山止，一共九座山，途經二百六十七里。諸山山神的形貌都是龍的身體和人的面孔。祭祀山神的儀式：在毛物中選用一隻公雞獻祭後埋入地下，祀神的米用五種糧米。楮山，是諸山的宗主，祭祀這個山神的儀式：用豬、羊二牲做祭品，進獻美酒來祭祀，在玉器中用一塊玉璧。騩山是諸山的首領，祭祀騩山山神要進獻美酒，用豬、牛、羊齊全的三牲做祭品。讓巫祝二人一起跳舞娛神，在玉器中選用一塊玉璧來祭祀。

～ 山海經地理 ～

  「又西五十里，曰涿山。」根據里程推測，涿山可能是今甘肅境內的蜀山。

～ 神怪觀察記錄 ～

鸜鵒　明・蔣應鎬繪圖本

龍身人面神　清・四川成或因繪圖本

翼望之山 ─── 視山

地圖情報

	🪨 礦物	🌿 植物	🦊 動物
⛰ 翼望山	赤金、珉	松柏、漆梓	蛟
⛰ 朝歌山		梓、枏、莽草	人魚、羚、麋
⛰ 帝囷山	瑶琈玉、鐵		鳴蛇
⛰ 視山	美堊、金、玉	桑、韭	

〜注釋〜

❶ 漢：即漢江。

❷ 蛟：像蛇，卻有四隻腳，小小的頭，細細的脖子，脖頸上有白色肉瘤，大的有十幾圍粗，卵有甕大小，能吞食人。根據南朝齊《述異記》記載：「水虺五百年化為蛟，蛟千年化為龍，龍五百年為角龍，又千年為應龍。」

❸ 莽草：就是前文所說的芒草，又叫鼠莽。

❹ 天井：古代把四周高峻中間低窪的地形，或四面房屋和圍牆中間的空地稱作天井，因其形如井而露天。所以，這裡也把處在低窪地的水泉叫做天井。

〜原文〜

〈中次十一經〉荊山之首，曰翼望之山。湍水出焉，東流注于濟；貺水出焉，東南流注于漢❶，其中多蛟❷。其上多松柏，其下多漆梓，其陽多赤金，其陰多珉。

又東北一百五十里，曰朝歌之山。潕水出焉，東南流注于熒，其中多人魚。其上多梓、枏，其獸多羚、麋。有草焉，名曰莽草❸，可以毒魚。

又東南二百里，曰帝囷之山，其陽多瑶琈之玉，其陰多鐵。帝囷之水出于其上，潛于其下，多鳴蛇。

又東南五十里，曰視山，其上多韭。有井焉，名曰天井❹，夏有水，冬竭。其上多桑，多美堊、金、玉。

〜譯文〜

〈中次十一經〉荊山山系的首座山是翼望山。湍水發源於此山，向東流入濟水；貺水也發源於此山，向東南流入漢水，水中有很多蛟。山上到處是松樹和柏樹，山下有茂密的漆樹和梓樹，山南面盛產黃金，山北面盛產珉石。

再向東北一百五十里是朝歌山。潕水發源於此山，向東南流入熒水，水中有很多人魚。山上有茂密的梓樹、楠木，這裡的野獸以羚羊和麋鹿最多。山中有一種莽草能夠毒死魚。

再向東南二百里是帝囷山，山南面有豐富的瑶琈玉，山北面有豐富的鐵。帝囷水發源於山頂，潛流到山腳下，水中有很多長著四隻翅膀的鳴蛇。

再向東南五十里是視山，山上到處是野韭菜。山中有一低窪處，名叫天井，夏天有水，冬天枯竭。山上有茂密的桑樹，還有豐富的優良堊土、金屬礦物和玉石。

〜 山海經地理 〜

荊山　〈中次十一經〉荊山山系是今河南西部熊耳山和伏牛山的總稱。

翼望山　淯河發源於西峽、內鄉、嵩縣三縣交界處的關山坡，因此翼望山在今河南內鄉縣北關山坡。

湍水　「湍水出焉，東流注于濟。」湍水即今河南的湍河，此河進入新野縣與白河交匯。因此，濟即河南洛陽的白河。

眖水　「眖水出焉，東南流注于漢。」眖水是今發源於河南盧氏縣熊耳山的淅河。

朝歌山　「又東北一百五十里，曰朝歌之山。」朝歌山即為在河南泌陽縣西北七十里的扶予山。

潕水　「潕水出焉，東南流注于滎。」「潕」即「舞」，潕水及「舞水」今名舞陽河，注入汝河。

滎　潕水為舞陽河，則滎即為汝河，此河發源於河南省伏牛山區龍池曼，是淮河北岸的主要支流之一，流經豫皖兩省。

帝囷山　「又東南二百里，曰帝囷之山。」根據以上山川位置推測，帝囷山應在今河南舞陽縣。

視山　「東南五十里，曰視山。」根據里程推測，視山可能是今河南桐柏縣西的太白頂，為桐柏山的最高峰。

〜 奇珍異獸觀察記錄 〜

人魚　明・蔣應鎬繪圖本

麋　清・汪紱圖本

鳴蛇　清・禽蟲典

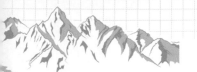

前山 ── 瑤碧之山

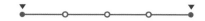

	🪨 礦物	🌿 植物	🦊 動物
⛰ 前山	金、赭	櫧、柏	
⛰ 豐山	金	穀、柞、杻、橿	雍和
⛰ 兔床山	鐵	藷藇、雞穀	
⛰ 皮山	垔、赭	松、柏	
⛰ 瑤碧山	青臒、白金	梓、枏	鴆

注釋

❶ 櫧：櫧樹，結的果實如同橡樹的果實，可以吃，木質耐腐蝕，常用來作房屋的柱子。

❷ 耕父：南朝梁劉昭注《後漢書·郡國志》引文選南都賦注云：「耕父，旱鬼也。」

❸ 出入有光：晉代郭璞云：「清泠水在西鄂縣山上，神來時水赤有光耀，今有屋祠之。」

❹ 藇：芧樹，即櫟樹。果實叫橡子、橡門。樹皮可以飼養蠶，樹葉可以做染料。

❺ 蜚：一種有害的小飛蟲，形狀橢圓，散發惡臭。

❻ 鴆：此處的鴆鳥和〈中次八經·女几之山〉中會食蛇的鴆不同，見圖。

原文

又東南二百里，曰前山，其木多櫧❶，多柏，其陽多金，其陰多赭。

又東南三百里，曰豐山。有獸焉，其狀如猿，赤目、赤喙、黃身，名曰雍和，見則國有大恐。神耕父❷處之，常遊清泠之淵，出入有光❸，見則其國為敗。有九鐘焉，是知霜鳴。其上多金，其下多穀、柞、杻、橿。

又東北八百里，曰兔床之山，其陽多鐵，其木多藷藇❹，其草多雞穀，其本如雞卵，其味酸甘，食者利于人。

又東六十里，曰皮山，多垔，多赭，其木多松柏。

又東六十里，曰瑤碧之山，其木多梓枏，其陰多青臒，其陽多白金。有鳥焉，其狀如雉，恒食蜚❺，名曰鴆❻。

譯文

再向東南二百里是前山，樹木以櫧樹和柏樹居多，山南面盛產金屬礦物，山北盛產赭石。

再向東南三百里是豐山。山中有種野獸形似猿猴，紅眼睛、紅嘴巴、黃色的身體，名叫

274

雍和，牠在哪裡出現舉國就會發生令百姓恐慌之事。神仙耕父住在這座山裡，常常在清泠淵暢遊，出入時都會發出閃光，有牠出現的地方就會衰敗。這座山還有九口鐘，隨著霜的降落而鳴響。山上遍布金屬礦物，山下有茂密的構樹、柞樹、杻樹和橿樹。

再向東北八百里是兔床山，山南面有豐富的鐵，樹木以櫄樹和蕪樹最多，花草以雞穀草最多，它的根莖像雞蛋，味道酸中帶甜，人吃了對身體有益。

再向東六十里是皮山，有大量的堊土，還有大量的赭石，樹木大多是松樹和柏樹。

再向東六十里是瑤碧山，樹木以梓樹和楠樹最多，山北面盛產青雘，山南面盛產白金。山中有一種鳥，形似野雞，常吃蜚蟲，名叫鴒。

～ 山海經地理 ～

 前山 ▶ 「又東南二百里，曰前山。」「堅」和「前」同韻，因此前山可能是今河南信陽市西的堅山。

 豐山 ▶ 「又東南三百里」指自翼望山向東南行三百里，因此豐山在今河南南陽市東北邊。

清泠淵 ▶ 「神耕父處之，常遊清泠之淵。」根據豐山位置推測，清泠淵在今河南南陽市。

 兔床山 ▶ 自南陽豐山向東北行八百里到達嵩山山區，此地即為兔床山。

 皮山 ▶ 「又東六十里，曰皮山。」皮山則在河南嵩縣。

 瑤碧山 ▶ 「又東六十里，曰瑤碧之山」向東六十里的瑤碧山仍在今河南嵩縣的境內。

～ 奇珍異獸觀察記錄 ～

❶ 清‧禽蟲典

❷ 清‧神異典

耕父　明‧蔣應鎬繪圖本

	雍和❶	鴒❷
特徵	狀如猿，赤目、赤喙、黃身	狀如雉
特性	見則國有大恐	恒食蜚
產地	豐山	瑤碧山

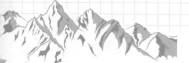

支離之山 ─── 依軲之山

	🪨 礦物	🌿 植物	🐾 動物
⛰ 支離山			嬰勺、牛、羬羊
⛰ 袟簡山		松、柏、机、桓	
⛰ 菫理山	丹�’、金	松柏、美梓	豹虎、青耕
⛰ 依軲山		杻、橿、苴	獜

～原文～

又東四十里，曰支離之山。濟水出焉，南流注于漢。有鳥焉，其名曰嬰勺，其狀如鵲，赤目、赤喙、白身，其尾若勺，其鳴自呼。多㑨牛、多羬羊。

又東北五十里，曰袟簡之山，其上多松、柏、机❶、桓❷。

又西北一百里，曰菫理之山，其上多松柏，多美梓，其陰多丹雘，多金，其獸多豹虎。有鳥焉，其狀如鵲，青身白喙，白目白尾，名曰青耕，可以禦疫，其鳴自叫。

又東南三十里，曰依軲之山，其上多杻橿，多苴❸。有獸焉，其狀如犬，虎爪有甲，其名曰獜❹，善駚�，食者不風。

～注釋～

❶ 机：一種似榆樹的樹木。焚燒後可做稻田的肥料。

❷ 桓：即無患子，為落葉喬木，與荔枝跟龍眼同屬無患子科。其厚肉質狀的果皮含有皂素，用水搓揉就會產生泡沫。古時多用來洗滌衣物、除去汙垢。

❸ 苴：通「粗」，即粗樹。

❹ 獜：此獸的身上有鱗甲，見圖。

～譯文～

再向東四十里是支離山。濟水發源於此山，向南流入漢水。山中有一種鳥名叫嬰勺，牠長得像喜鵲，眼睛和嘴巴是紅色的、身體是白色的，尾巴像湯勺，叫聲便是自呼其名。山中還有很多㑨牛和羬羊。

再向東北五十里是袟簡山，山上有茂密的松樹、柏樹、机樹和無患子。

再向西北一百里是菫理山，山上遍布松樹、柏樹和很多優良的梓樹，山北面盛產丹雘，還有豐富的金屬礦物，野獸以豹和老虎居多。山中有一種鳥形似喜鵲，身體是青色的，嘴巴、眼睛和尾巴都是白色的，名叫青耕，飼養了牠就可以抵抗瘟

疫，牠的叫聲便是自乎其名。

再向東南三十里是依軲山，山上有茂密的杻樹、橿樹和柤樹。山中有一種野獸形似狗，卻有虎爪，身上有鱗甲，名叫獜，擅長跳躍撲騰，吃了牠就不會罹患風痹、半身不遂等病症。

～ 山海經地理 ～

支離山 ▶ 根據山川走向推測，支離山是今河南外方山山脈楊樹嶺、跑馬嶺、龍池曼一帶高山的總稱。

濟水 ▶ 「濟水出焉，南流注于漢。」濟水即發源於洛陽嵩縣伏牛山玉皇頂的白河，白河出新野，經湖北省匯入漢水。

秩䈥山 ▶ 「又東北五十里，曰秩䈥之山。」根據里程推測，秩䈥山可能在今河南方城縣。

菫理山 ▶ 「又西北一百里，曰菫理之山。」據此推測，菫理山可能在今河南內鄉縣。

依軲山 ▶ 「又東南三十里，曰依軲之山。」根據以上山脈位置推測，依軲山在今河南西南部。

～ 奇珍異獸觀察記錄 ～

② 明‧胡文煥繪圖本

③ 明‧蔣應鎬繪圖本

① 清‧禽蟲典

	嬰勺❶	青耕❷	獜❸
特徵	狀如鵲，赤目、赤喙，白身，尾若勺，鳴自呼	狀如鵲，青身白喙，白目白尾，鳴自叫	狀如犬，虎爪，有鱗甲
特性功效		可以禦疫	善軼，食者不風
產地	支離山	菫理山	依軲山

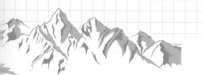

即谷之山 ─→ 從山

◆━━━○━━━○━━━◆

地圖情報

	🪨 礦物	🌿 植物	🦊 動物
⛰ 即谷山	美玉、珉	青腰	玄豹、閭、麈、羚、臾
⛰ 雞山		美梓、桑、韭	
⛰ 高前山	金、赭		
⛰ 游戲山	玉、封石	杻、橿、穀	
⛰ 從山		松、柏、竹	三足鱉

注釋

❶ 玄豹：黑豹，也就是古代荊州地域山中所出的黑虎。

❷ 漿：即水。

❸ 封石：根據《名醫別錄・下品》記載，封石是一種可作藥用的礦物，味甘，無毒。

❹ 三足鱉：根據《爾雅・釋魚》記載，鱉三足稱為能，龜三足稱為賁。見圖。

❺ 枝尾：指尾巴分岔。

❻ 蠱疫：清代王念孫認為此處的疫字是因後文的「其國大疫」而誤，當為疾。〈中次七經・少室之山〉即有「魚食之無蠱疾」。蠱疾，是心志惑亂的病症，多指因惑於女色而生的病。

原文

又東南三十五里，曰即谷之山，多美玉，多玄豹❶，多閭、麈，多羚、臾。其陽多珉，其陰多青腰。

又東南四十里，曰雞山，其上多美梓，多桑，其草多韭。

又東南五十里，曰高前之山。其上有水焉，甚寒而清，帝臺之漿❷也，飲之者不心痛。其上有金，其下有赭。

又東南三十里，曰游戲之山，多杻、橿、穀，多玉，多封石❸。

又東南三十五里，曰從山，其上多松柏，其下多竹。從水出于其上，潛于其下，其中多三足鱉❹，枝尾❺，食之無蠱疫❻。

譯文

再向東南行三十五里是即谷山，盛產美玉，有很多的黑豹、山驢、駝鹿、羚羊和臾，山南面有很多珉石，山北面有很多青腰。

再向東南四十里是雞山，山上到處是優質的梓樹，還有茂密的桑樹，而花草則以野韭菜居多。

　　再向東南五十里是高前山。這座山上有一條溪水非常冰涼又特別清澈，是神仙帝臺所用過的漿水，只要飲用了它，心就不會因疾病而痛。山上有豐富的金屬礦物，山下有豐富的赭石。

　　再向東南三十里是游戲山，這裡有茂密的杻樹、橿樹和構樹，還有豐富的玉石和封石。

　　再向東南三十五里是從山，山上到處是松樹和柏樹，山下有茂密的竹叢。從水發源於此山山頂，潛流到山腳，水中有很多三足鱉，長著叉開的尾巴，誰吃了牠的肉，心思、意志就不會被迷惑擾亂。

山海經地理

即谷山　「又東南三十五里，曰即谷之山。」若雞山為雞公山，即谷山在今河南信陽市與湖北交界處。

雞山　雞山即今河南信陽市與湖北交界處的雞公山，大別山的支脈。因山勢像一隻引頸高啼的雄雞，故名「雞公山」。

高前山　「又東南五十里，曰高前之山。」今名方山，此山位於今河南內鄉縣西南邊。

游戲山　「又東南三十里，曰游戲之山。」根據高前山位置推測，游戲山可能在今河南內鄉縣南邊。

從山　**觀點1** 根據游戲之山的位置推測，從山在今河南境內。

觀點2 「又東南三十五里，曰從山。」根據里程推測，從山在今湖北境內。

奇珍異獸觀察記錄

	三足鱉❶
特徵	尾巴分岔
特性功效	吃了牠的肉，心思意志就不會被迷惑擾亂
產地	從山

❶ 清・汪紱圖本

279

嬰硰之山 ── 虎首之山

原文

又東南三十里，曰嬰硰之山，其上多松柏，其下多梓、椿❶。

又東南三十里，曰畢山。帝苑之水出焉，東北流注于瀙❷，其中多水玉，多蛟。其上多琈珸之玉。

又東南二十里，曰樂馬之山。有獸焉，其狀如彙，赤如丹火，其名曰猨，見則其國大疫。

又東南二十五里，曰葴山，瀙水出焉，東南流注于汝水，其中多人魚，多蛟，多𩽆❸。又東四十里，曰嬰山，其下多青雘，其上多金玉。

又東三十里，曰虎首之山，多苴、椆❹、椐。

注釋

❶ 椿：古同「杶」。杶樹即香椿，長得像臭椿，木料可製成車轅。

❷ 瀙：清代汪紱注云：「今南陽汝寧間有瀙水。」

❸ 𩽆：晉代郭璞注云：「如青狗。」

❹ 椆：樹木名，根據《類篇》記載，椆樹相當耐寒且不凋落。

譯文

再向東南三十里是嬰硰山，山上到處是松樹和柏樹，山下有茂密的梓樹和香椿。

再向東南三十里是畢山。帝苑水發源於此山，向東北流入瀙水，沿水盛產水晶石，有很多蛟。山上含蘊豐富的琈珸玉。

再向東南二十里是樂馬山。山中有一種野獸形似刺蝟，全身赤紅如丹火，名叫猨。牠在哪個國家出現，該國就會發生嚴重的瘟疫。

280

再向東南二十五里是葳山，潕水發源於此山，向東南流入汝水，水中有很多人魚、蛟和頡。

再向東四十里是嬰山，山下有豐富的青雘，山上有豐富的金屬礦物和玉石。

再向東三十里是虎首山，有茂密的粗樹、椆樹和椐樹。

～ 山海經地理 ～

嬰硇山 觀點1	「又東南三十里，曰嬰硇之山。」根據里程推測，嬰硇山在今河南信陽市西南。
觀點2	嬰硇山在河南與湖北交界處大別山北麓。

畢山
「又東南三十里，曰畢山。」根據里程推測，畢山可能是今河南泌陽縣的旱山。

帝苑水 潕水
「帝苑之水出焉，東北流注于潕。」帝苑水即河南泌陽、遂平縣境內的沙河，東北流入汝河和洪河。潕水即為洪河，屬於淮河水系。

嬰山 虎首山
根據原文「又東四十里，曰嬰山」和「又東三十里，曰虎首之山」的敘述，加之嬰硇山、畢山和葳山都在湖北、河南交界處，故推測嬰山和虎首山在河南境內。

葳山
葳山是今河南與湖北交界處的桐柏山。桐柏山正處於中國南北地理交界線上，故生物資源豐富，同時也是淮河水系的發源地。

～ 奇珍異獸觀察記錄 ～

❶ 清‧禽蟲典

❷ 清‧汪紱圖本

人魚　明‧蔣應鎬繪圖本

	猲❶	頡❸
特徵	像刺蝟，全身赤紅如丹火	如青狗
特性	牠在哪個國家出現，該國就會發生嚴重的瘟疫	
產地	樂馬山	潕水

嬰侯之山 —— 鯢山

	🪨 礦物	🌿 植物	🐾 動物
⛰ 嬰侯山	封石、赤錫		
⛰ 大騩山	白堊		
⛰ 卑山		桃、李、苴、梓、纍	
⛰ 倚帝山	玉、金		狙如
⛰ 鯢山	美堊、金、青雘		

原文

又東二十里，曰嬰侯之山，其上多封石，其下多赤錫。

又東五十里，曰大騩之山。殺水出焉，東北流注于滧水，其中多白堊。

又東四十里，曰卑山，其上多桃、李、苴、梓，多纍❶。

又東三十里，曰倚帝之山，其上多玉，其下多金。有獸焉，狀如鼣鼠❷，白耳白喙，名曰狙如，見則其國有大兵。

又東三十里，曰鯢山。鯢水出于其上，潛于其下，其中多美堊。其上多金，其下多青雘。

注釋

❶纍：又稱縢，晉代郭璞說是一種與虎豆同類的植物。虎豆纏蔓於樹枝而生長，所結豆莢，成熟後是黑色，有毛刺外露，像老虎指爪，而莢中豆子有斑點，像老虎身上的斑紋，所以又叫虎纍，即今所說的紫藤。

❷鼣鼠：《爾雅‧釋獸》有記載此鼠，但沒有描述其外貌。根據《廣韻》的記載，牠的聲音如犬吠。

譯文

再向東二十里是嬰侯山，山上盛產封石，山下盛產紅色的錫礦。

再向東五十里是大騩山。殺水發源於此山，向東北流入滧水，沿岸到處是白色堊土。

再向東四十里是卑山，山上有茂密的桃樹、李樹、苴樹、梓樹和紫藤。

再向東三十里是倚帝山，山上有豐富的玉石，山下有豐富的金屬礦物。山中有一種野獸形似鼣鼠，有白色耳朵和嘴巴，名叫狙如。牠在哪個國家出現，該國就會發生戰爭。

　　再向東三十里是鯱山。鯱水發源於此山山頂，潛流到山腳，這裡有很多品質優良的堊土。山上有豐富的金屬礦物，山下有豐富的青雘。

～ 山海經地理 ～

大孰山

觀點**1** 「又東五十里，曰大孰之山。」根據山川走向推測，大孰山在今河南駐馬店市的大樂山。

殺水

觀點**1** 殺水即沙水，源出今河南泌陽縣的沙河，與帝苑之水為同一條河流。

觀點**2** 殺水是淮河的支流漰河。

卑山

觀點**1** 「又東四十里，曰卑山。」根據大孰山位置推測，卑山在今河南東南部。

倚帝山

觀點**1** 「又東三十里，曰倚帝之山。」根據里程推測，倚帝山在大孰山東邊七十里處，故此山在今河南鎮平縣。

鯱山

觀點**1** 鯱山是今河南鎮平縣西北邊的山，山下有湖泊。

鯱水

觀點**1** 「鯱水出于其上。」鯱水源出鯱山，因此鯱水也在今河南鎮平縣。

～ 奇珍異獸觀察記錄 ～

狙如❶	
特徵	狀如獹鼠，白耳，白喙
特性	牠在哪個國家出現，該國就會發生戰爭
產地	倚帝山

❶ 清 ‧ 禽蟲典

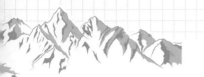

雅山 ── 嫗山

地圖情報

	🪨 礦物	🌿 植物	🦊 動物
⛰ 雅山	赤金	茛、美桑	大魚
⛰ 宣山		帝女桑	蛟
⛰ 衡山	青雘	桑	鸜鵒
⛰ 豐山	封石	桑、羊桃	
⛰ 嫗山	美玉、金	雞穀	

∽ 注釋 ∾

❶ 宣山：清代畢沅：「案《水經注》，宣山在今河南泌陽縣界，今失名。」泌陽縣，漢時稱比陽縣，屬南陽郡，宣山即崿山，宣山帝女桑即崿山帝女桑。

帝女之桑：根據《太平御覽‧羽族部八》引《廣異記》記載，赤帝的女兒學道成仙後，居住在南陽崿山的桑樹上，時而化為白鵲，銜柴築巢。赤帝見愛女變成這模樣，心裡很難過，但無論如何引誘她下樹，她就是不肯，於是赤帝以火焚樹，逼她下來。最後帝女焚化升天。故此桑樹名帝女桑。

❷ 為：治理。這裡是治療的意思。
張：通「脹」，浮腫。

∽ 原文 ∾

又東三十里，曰雅山。澧水出焉，東流注于潕水，其中多大魚。其上多美桑，其下多茛，多赤金。

又東五十五里，曰宣山。淪水出焉，東南流注于潕水，其中多蛟。其上有桑焉，大五十尺，其枝四衢，其葉大尺餘，赤理、黃華、青柎，名曰帝女之桑❶。

又東四十五里，曰衡山，其上多青雘，多桑，其鳥多鸜鵒。

又東四十里，曰豐山，其上多封石，其木多桑，多羊桃，狀如桃而方莖，可以為皮張❷。

又東七十里，曰嫗山，其上多美玉，其下多金，其草多雞穀。

∽ 譯文 ∾

再向東三十里是雅山。澧水發源於此山，向東流入潕水，水中有很多大魚。山上有茂密的優質桑樹，山下有茂密的茛樹，這裡還出產黃金。

再向東五十五里是宣山。淪水發源於此山，向東南流入潕水，水中有很多蛟。山上有一種桑樹，樹幹合抱有五十尺粗，樹枝交叉伸向四方，樹葉有一尺多大，紅色的紋理、黃色的花朵、青色的花萼，名叫帝女桑。

再向東四十五里是衡山，山上盛產青雘，還有茂密的桑樹，這裡的禽鳥以八哥居多。

再向東四十里是豐山，山上盛產封石，這裡的樹木大多是桑樹，還有大量的羊桃，它形似桃樹卻有方形的莖幹，可以用它來醫治皮膚腫脹的病症。

再向東七十里是嫗山，山上盛產優質玉石，山下盛產金，這裡的花草以雞穀草最為繁盛。

∽ 山海經地理 ∽

 雅山 ▶ 「又東三十里，曰雅山。」《說文》云：「澧水出南陽雉衡山。」因此，雅山為今河南南陽雉衡山。

 澧水 ▶ 《水經注》云：「渚水出常山中邱，東入湡，至任合澧。」澧水是澧河的古名，此河發源並流經邢臺市，與洺陽河和北沙河匯流。

 淪水 ▶ 「淪水出焉，東南流注于漱水。」根據位置推測，淪水可能是今河南舞鋼市的東河。

 衡山 ▶ 衡山可能是今安徽霍山縣的霍山。位於安徽西部的大別山北麓。

 豐山 ▶ 「又東四十里，曰豐山。」豐山與衡山相連，因此豐山可能是大別山北麓。

嫗山 ▶ 「又東七十里，曰嫗山。」根據里程推測，嫗山在今河南南陽市。

∽ 奇珍異獸觀察記錄 ∽

鸜鵒　清・四川成或因繪圖本

鮮山 —— 大騩之山

～注釋～

❶ 門冬：現今稱作薔薇的蔓生植物，其花、果、根都可入藥或製作香料。

❷ 膜犬：根據清代郝懿行的說法，此生物即是西膜之犬，這種狗的體形高大，長著濃密的毛，性情猛悍，力量很大。

❸ 脆石：一種輕軟而易斷易碎的石頭。脆，即「脆」的本字，《說文解字》云：「小㮯易斷也。」

～原文～

又東三十里，曰鮮山，其木多楢、杻、苴，其草多門冬❶，其陽多金，其陰多鐵。有獸焉，其狀如膜犬❷，赤喙、赤目、白尾，見則其邑有火，名曰狋即。

又東三十里，曰章山，其陽多金，其陰多美石。皋水出焉，東流注于澧水，其中多脆石❸。

又東二十五里，曰大支之山，其陽多金，其木多榖柞，無草木。

又東五十里，曰區吳之山，其木多苴。

又東五十里，曰聲匈之山，其木多榖，多玉，上多封石。 又東五十里，曰大騩之山，其陽多赤金，其陰多砥石。

～譯文～

再向東三十里是鮮山，這裡的樹木以楢樹、杻樹、苴樹最多，花草以薔薇最多，山南面有豐富的金屬礦物，山北面有豐富的鐵。山中有一種野獸形似膜犬，長著紅嘴巴、紅眼睛、白尾巴。牠在哪個地方出現，哪裡就會有火災，名叫狋即。

再向東三十里是章山，山南面盛產金屬礦物，山北面盛產漂亮的石頭。皋水發源於此山，

向東流入澧水，水中有許多脆石。

再向東二十五里是大支山，山南面有豐富的金屬礦物，這裡的樹木大多是構樹和柞樹，但不生長草。

再向東五十里是區吳山，這裡的樹木以苴樹最為繁盛。

再向東五十里是聲匈山，這裡有茂密的構樹，到處是玉石，山上還盛產封石。

再向東五十里是大騩山，山南面盛產黃金，山北面盛產細磨刀石。

山海經地理

鮮山

觀點1 「又東三十里，曰鮮山。」鮮山可能與嫗山相連，因此在今河南南部。

觀點2 鮮山可能與衡山相連，衡山是今安徽霍山縣的霍山，則鮮山在霍山縣。

章山

觀點1 「又東三十里，曰章山。」章山在今河南境內，是羊頭山一帶山嶺。

臯水

觀點1 即乾江河，此河位於淮河流域最大支流沙潁河的主要支流澧河上。

聲匈山

觀點1 根據章山位置推測，聲匈山在今河南西平縣。

觀點2 鮮山在今安徽霍山縣，向東八十里的聲匈山應在今安徽嶽西縣。

大騩山

觀點1 「又東五十里，曰大騩之山。」根據里程推測，大騩山在今河南泌陽縣。

奇珍異獸觀察記錄

	狢即❶
特徵	狀如膜犬，赤喙、赤目、白尾
特性	牠在哪裡出現，哪裡就會有火災
產地	鮮山

❶ 清 · 禽蟲典

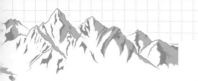
地圖情報

	🪨 礦物	🌿 植物	🦊 動物
⛰️ 曆石山	黃金、砥石	荊、芑	梁渠
⛰️ 求山	美赭、金、鐵	苴、藕	
⛰️ 丑陽山		椆、椐	䳜鯑
⛰️ 奧山	璚珸玉	柏、杻、檀	

～原文～

又東十里，曰踵臼之山，無草木。

又東北七十里，曰曆石之山，其木多荊芑，其陽多黃金，其陰多砥石。有獸焉，其狀如狸，而白首虎爪，名曰梁渠，見則其國有大兵。

又東南一百里，曰求山。求水出于其上，潛于其下，中有美赭。其木多苴，多藕❶。其陽多金，其陰多鐵。

又東二百里，曰丑陽之山，其上多椆椐❷。有鳥焉，其狀如烏而赤足，名曰䳜鯑，可以禦火。

又東三百里，曰奧山，其上多柏、杻、檀，其陽多璚珸之玉。奧水出焉，東流注于瀤水。

～注釋～

❶ 藕：一種細的竹子。晉代郭璞云：「篠屬。」

❷ 椆：樹木名，根據《類篇》記載，椆樹相當耐寒且不凋落。
椐：該樹多枝節，可作枴杖。

～譯文～

再向東十里是踵臼山，不生長花草樹木。

再向東北七十里是曆石山，這裡的樹木以牡荊和枸杞居多，山南面盛產黃金，山北面盛產細磨刀石。山中有一種野獸形似野貓，卻長著白色的腦袋，有老虎的爪子，名叫梁渠。牠在哪個國家出現，哪個國家就會發生大戰爭。

再向東南一百里是求山，求水從這座山頂上發源，潛流到山下，這裡有很多優良赭石。山中到處是苴樹和矮小叢生的藕竹。山南面有豐富的金屬礦物，山北面有豐富的鐵。

再向東二百里是丑陽山，山上有茂密的椆樹和椐樹。山中

有一種禽鳥形似烏鴉，但長著紅色爪子，名叫駅鵌。飼養了牠就可以防禦火災。

　　再向東三百里是奧山，山上有茂密的柏樹、杻樹和橿樹，山南面盛產琈珋玉。奧水發源於此山，向東流入瀨水。

山海經地理

踵臼山 觀點1 「又東十里，曰踵臼之山。」根據已知山川推測，踵臼山在今河南境內。	**求山** 觀點1 求山以下諸山皆為大別山脈中的山嶺，求山是大別山脈的第一座山，即武漢市的木蘭山。
求水 觀點1 「求水出于其上，潛于其下。」木蘭山東擁木蘭湖、南瞰木蘭川，因此求水為木蘭川。	**丑陽山** 觀點1 「又東二百里，曰丑陽之山。」根據里程推測，丑陽山可能在今河南光山縣。
奧山 觀點1 「又東三百里，曰奧山。」根據里程推測，奧山是今安徽六安市金寨縣的羊頭嶺。	**奧水** 觀點1 奧水為發源於安徽金寨縣南部大別山區北麓的史河，古稱決水。流域跨豫、皖兩省，注入淮河。

奇珍異獸觀察記錄

❶ 清・禽蟲典

❷ 明・胡文煥圖本

	梁渠❶	駅鵌❷
特徵	狀如狸，白首，虎爪子	狀如烏，赤足
特性	有牠的地方就會有戰爭	飼養牠就可以防禦火災
產地	曆石山	丑陽山

服山 ──→ 几山

	🪨 礦物	🌿 植物	🐱 動物
⛰ 服山	赤錫、封石	苴	
⛰ 杳山	金、玉	嘉榮草	
⛰ 几山		楢、檀、杻、香草	聞獜

～注釋～

❶ 草多香：指帶有香味的草，即如後文〈中次十二經〉中蘪、蘼蕪、芍藥、芎藭之類的草。

❷ 祈：當為「鑾」，以血塗祭。詳見〈中次四經〉末段注❹。

❸ 五種之糈：用黍、稷、稻、粱、麥五種糧米祀神。

❹ 禾山：這一山系並未涉及禾山，可能是帝囷山的脫文，或是求山之誤寫。

❺ 倒毛：毛指作為祭品的牲畜。倒毛即祭禮舉行完後，把豬、牛、羊三牲倒反著身體掩埋。

❻ 牛無常：祭祀時不一定用牛。

❼ 楮山、玉山：清代郝懿行云：「堵山見〈中次十經〉，玉山見〈中次八經〉、〈九經〉，此經都無此二山，未審何字之訛。」

❽ 倒祠：也就是倒毛的意思。

～原文～

又東三十五里，曰服山，其木多苴，其上多封石，其下多赤錫。

又東三百里，曰杳山，其上多嘉榮草，多金玉。

又東三百五十里，曰几山，其木多楢、檀、杻，其草多香❶。有獸焉，其狀如彘，黃身、白頭、白尾，名曰聞獜，見則天下大風。

凡荆山之首，自翼望之山至于几山，凡四十八山，三千七百三十二里。其神狀皆彘身人首。其祠：毛用一雄雞祈❷，瘞用一珪，糈用五種之糈❸。禾山❹，帝也。其祠：太牢之具，羞瘞，倒毛❺；用一璧，牛無常❻。楮山、玉山❼，冢也，皆倒祠❽，羞用少牢，嬰用吉玉。

～譯文～

再向東三十五里是服山，樹木以苴樹最多，山上有豐富的封石，山下盛產紅色的錫。

再向東三百多里是杳山，山上到處是嘉榮草，還遍布金屬礦物和玉石。

再向東三百五十里是几山，樹木以楢樹、檀樹、杻樹最多，草類主要是各種香草。山中有一種野獸像豬，身體是黃色的，腦袋和尾巴是白色的，名叫聞獜，一出現就會颳起大風。

總計荊山山系的首尾，自翼望山起到几山止，共四十八座

山，途經三千七百三十二里。諸山山神的形貌都是豬身人頭。祭祀山神的儀式：毛物選用一隻公雞，祭祀後埋入地下，玉器用玉珪，米用黍、稷、稻、粱、麥五種糧米。禾山是諸山的首領。祭祀禾山山神的儀式：以豬、牛、羊齊全的三牲為祭品，進獻後埋入地下，而且要將牲畜倒著掩埋；玉器用玉璧，但也不必三牲全備。堵山、玉山是諸山的宗主，祭祀後都要將牲畜倒著掩埋，祭祀品是豬和羊，玉器要用吉玉。

〜 山海經地理 〜

 「又東三十五里，曰服山。」沿大別山山路向東，服山在今安徽西部。

 「又東三百里，曰杳山。」根據里程推測，杳山是今安徽霍山縣北山。

 「又東三百五十里，曰几山。」霍山縣北山向東三百五十里後，到達今安徽廬江縣小關山，此山即為几山。

〜 奇珍異獸觀察記錄 〜

❶ 清・禽蟲典

彘身人首神　清・汪紱圖本

聞獜❶	
特徵	狀如彘，黃身、白頭、白尾
特性	牠一出現就會颳大風
產地	几山

篇遇之山 ── 風伯之山

注釋

❶ 桂竹：竹子的一種。它有四五丈高，莖幹合圍有二尺粗，葉大節長，形狀像甘竹，而皮是紅色的。

❷ 傷：動詞，刺的意思。

❸ 椆：樹木名，根據《類篇》記載，椆樹相當耐寒且不凋落。
椐：該樹多枝節，可作枴杖。

❹ 扶竹：即邛竹。節杆較長，中間實心，可以製作手杖，所以又稱扶老竹。

❺ 笙竹：「笙」即「桂」，也就是前面所說的桂竹。根據清代郝懿行的說法，因它是生長在桂陽的竹子，所以稱為桂竹。

原文

〈中次十二經〉洞庭山首，曰篇遇之山，無草木，多黃金。

又東南五十里，曰雲山，無草木。有桂竹❶，甚毒，傷❷人必死。其上多黃金，其下多瓅琈之玉。

又東南一百三十里，曰龜山，其木多穀柞、椆椐❸，其上多黃金，其下多青雄黃，多扶竹❹。

又東七十里，曰丙山，多笙竹❺，多黃金、銅、鐵，無木。

又東南五十里，曰風伯之山，其上多金玉，其下多㾓石、文石，多鐵，其木多柳、杻、檀、楮。其東有林焉，名曰莽浮之林，多美木鳥獸。

譯文

〈中次十二經〉洞庭山山系的首座山是篇遇山，這裡草木不生，但是蘊藏豐富的黃金。

再向東南五十里是雲山，草木不生，但有一種桂竹，毒性相當強烈，被它的枝葉刺到就必死無疑。山上盛產黃金，山下盛產瓅琈玉。

再向東南一百三十里是龜山，這裡的樹木以構樹、柞樹、椆樹和椐樹最為繁盛，山上盛產黃金，山下盛產熏黃，還有很多扶竹。

再向東七十里是丙山，有茂密的桂竹和豐富的黃金、銅、鐵，但沒有樹木。

再向東南五十里是風伯山，山上有豐富的金屬礦物和玉石，山下盛產瘞石、色彩斑斕的石頭以及鐵，這裡的樹木以柳樹、杻樹、檀樹和構樹居多。

在風伯山東面有一片樹林，名叫莽浮林，其中有許多優質的樹木和禽鳥野獸。

～ 山海經地理 ～

洞庭山	湖南北部，長江荊江河段以南，有洞庭湖，故洞庭山在今湖南岳陽市。	**篇遇山**	「〈中次十二經〉洞庭山首，曰篇遇之山。」篇遇山即是位於湖南西北部、湘鄂兩省分界山的壺瓶山。
雲山	「又東南五十里，曰雲山。」壺瓶山東南五十里為湖南石門縣的大同山，雲山即為大同山。	**龜山**	「又東南一百三十里，曰龜山。」龜山是湖南慈利縣城東五雷山，原名雷岳，海拔一千公尺，主峰金頂分出數脈，呈輻射狀
丙山	五雷山向東七十里的丙山是湖南澧縣大基山。	**風伯山**	「又東南五十里，曰風伯之山。」此山為湖北石首縣與湖南安鄉縣之間的長右嶺。

～ 奇珍異草觀察記錄 ～

竹

柳

構樹

293

夫夫之山 —— 暴山

	🪨 礦物	🌿 植物	🐾 動物
⛰ 夫夫山	黃金、青雄黃	桑、楮、竹、雞鼓	
⛰ 洞庭山	黃金、銀、鐵	苷、梨、橘、櫾、葌、蘪蕪、芍藥、芎藭	
⛰ 暴山	黃金、玉、文石、鐵	棕、枏、荊、芭、竹箭、鏞、箘	麋、鹿、麂、就

注釋

❶ 雞鼓：即前文所說的雞穀草。鼓、穀二字音同而假借。

❷ 櫾：古同「柚」。
葌：蘭草
蘪蕪：一種香草，可以入藥。

❸ 帝之二女：即帝堯的女兒娥皇和女英，後來嫁給帝舜。清代汪紱：「相傳謂舜南巡狩，崩於蒼梧，二妃奔赴哭之，隕於湘江，遂為湘水之神，屈原《九歌》所稱湘君、湘夫人是也。」

❹ 載：古通「戴」。這裡是纏繞之意。

❺ 箘：一種小竹子，可製成箭杆。

❻ 麂：一種小型鹿，僅雄性有角。

❼ 就：即鷲，屬於雕鷹之類。就、鷲二字同音而假借。

原文

又東一百五十里，曰夫夫之山，其上多黃金，其下多青雄黃，其木多桑、楮，其草多竹、雞鼓❶。神于兒居之，其狀人身而手操兩蛇，常游于江淵，出入有光。

又東南一百二十里，曰洞庭之山，其上多黃金，其下多銀鐵，其木多苷、梨、橘、櫾，其草多葌、蘪蕪、芍藥、芎藭❷。帝之二女❸居之，是常游于江淵。澧沅之風，交瀟湘之淵，是在九江之間，出入必以飄風暴雨。是多怪神，狀如人而載❹蛇，左右手操蛇。多怪鳥。

又東南一百八十里，曰暴山，其木多棕、枏、荊、芭、竹、箭、鏞、箘❺，其上多黃金、玉，其下多文石、鐵，其獸多麋、鹿、麂❻，就❼。

譯文

再向東一百五十里是夫夫山，山上盛產黃金，山下盛產熏黃，樹木以桑樹和構樹居多，花草以竹子和雞穀草居多。神仙于兒就住在這座山裡，祂的身體和人並無二致，且手握兩條蛇，常常遊玩於長江水的深淵中，出沒時會發出閃光。

再向東南一百二十里是洞庭山，山上盛產黃金，山下盛產銀和鐵，樹木以苷樹、梨樹、橘子樹和柚子樹居多，花草以蘭草、蘪蕪、芍藥和芎藭等香草居多。天帝的兩個女兒住在這座山裡，常在長江水的深淵中遊玩。從澧水和沅水吹來的清風，在幽清的湘水淵潭上交會，

這裡正是九條江水匯合的中央，她們進出此處都會伴隨狂風急雨。洞庭山中還住著很多怪神，長得像人，身上繞著蛇，左右兩隻手也握著蛇。這裡還有許多怪鳥。

　　再向東南一百八十里是暴山，遍布棕樹、楠木樹、牡荊樹、枸杞樹、竹子、箭竹、鏑竹和箘竹，山上盛產黃金、玉石，山下盛產彩色花紋的石頭和鐵，野獸以麞鹿、鹿、麂居多，禽鳥大多是鷙鷹。

～ 山海經地理 ～

夫夫山	「又東一百五十里，曰夫夫之山。」風伯山向東一百五十里的夫夫山即湖南華容縣的東山。
洞庭山	洞庭山是洞庭湖中小島——君山。此山位於岳陽市區西南方，原名湘山，又名洞庭山、洞庭君山。
澧	澧即澧水，源出今湖南西北的桑植縣，東流經張家界、慈利、石門、臨澧，在澧縣新州流入洞庭湖後注入長江。
沅	沅即沅江。上游稱龍頭江，中游稱清水江，至黔陽縣黔城鎮與潕水匯合後稱沅江，於德山入洞庭湖注入長江。
瀟湘	瀟湘指湖南的湘江，為長江主要支流之一。發源於廣西的海洋山，上游又稱海洋河，在湖南與瀟水匯合，始稱湘江。
暴山	「又東南一百八十里，曰暴山。」暴山是今湖南平江縣東北的幕阜山。幕阜山屬羅霄山脈，長約兩百公里。

～ 神怪觀察記錄 ～

于兒　明·蔣應鎬繪圖本　　**帝之二女**　明·蔣應鎬繪圖本　　**怪神**　清·汪紱圖本

295

即公之山 ── 陽帝之山

<table>
<thead>
<tr><th>地圖情報</th><th>礦物</th><th>植物</th><th>動物</th></tr>
</thead>
<tbody>
<tr><td>即公山</td><td>黃金、璂琈玉</td><td>柳、杻、檀、桑</td><td>蜎</td></tr>
<tr><td>堯山</td><td>黃堊、黃金</td><td>荊、芑、柳、檀、藷藇、荒</td><td></td></tr>
<tr><td>江浮山</td><td>銀、砥礪</td><td></td><td>豕、鹿</td></tr>
<tr><td>真陵山</td><td>黃金、玉</td><td>穀、柞、柳、杻、榮草</td><td></td></tr>
<tr><td>陽帝山</td><td>銅</td><td>檀、杻、檿、楮</td><td>羚、麢</td></tr>
</tbody>
</table>

原文

　　又東南二百里，曰即公之山，其上多黃金，其下多璂琈之玉，其木多柳、杻、檀、桑。有獸焉，其狀如龜，而白身赤首，名曰蜎，是可以禦火。

　　又東南一百五十九里，曰堯山，其陰多黃堊，其陽多黃金，其木多荊、芑、柳、檀，其草多藷藇、荒。

　　又東南一百里，曰江浮之山，其上多銀、砥礪，無草木，其獸多豕，鹿。

　　又東二百里，曰真陵之山，其上多黃金，其下多玉，其木多穀、柞、柳、杻，其草多榮草❶。

　　又東南一百二十里，曰陽帝之山，多美銅，其木多檀、杻、檿❷、楮，其獸多羚麢。

注釋

❶ 榮草：已見於〈中山首經・鼓鐙之山〉。

❷ 檿：即山桑，是一種野生桑樹，木質堅硬，可以製成弓和車轅。

譯文

　　再向東南二百里是即公山，山上盛產黃金，山下盛產璂琈玉，這裡的樹木以柳樹、杻樹、檀樹和桑樹最多。山中有一種野獸形似烏龜，卻是白色的身體、紅色的腦袋，名叫蜎。飼養了牠就可以防禦火災。

　　再向東南一百五十九里是堯山，山北面盛產黃色堊土，山南面盛產黃金，這裡的樹木以牡荊樹、枸杞樹、柳樹和檀樹居多，而草以山藥和白荒最為繁盛。

　　再向東南一百里是江浮山，山上盛產銀和磨刀石，這裡草木不生，野獸以野豬和鹿居多。

　　再向東二百里是真陵山，山上盛產黃金，山下盛產玉石，這裡的樹木以構樹、柞樹、柳樹和杻樹居多，而草大多是可以醫治風痺病的榮草。

　　再向東南一百二十里是陽帝山，到處是品質優良的銅，這裡的樹木大多是橿樹、杻樹、山桑和楮樹，而野獸以羚羊和麝香鹿居多。

山海經地理

 「又東南二百里，曰即公之山。」幕阜山東南二百里即為今湖北通城縣梧桐山。

 「又東南一百五十九裡，曰堯山。」根據即公山是梧桐山推測，堯山即是湖北崇陽縣白岩山。

 「又東南一百里，曰江浮之山。」江浮山是湖北通山縣的九宮山，此山綿亙百里，主峰海拔一千五百八十三公尺。

 「又東二百里，曰真陵之山。」根據江浮山的位置推測，真陵山是湖北陽新縣的幕府山。

觀點2 根據里程推測，真陵之山是江西瑞昌縣的瑶山。

奇珍異獸觀察記錄

蛫❶	
特徵	狀如龜，白身，赤首
特性	可以防禦火災
產地	即公山

❶ 明・蔣應鎬繪圖本

柴桑之山 —→ 榮余之山

	🪨 礦物	🌿 植物	🐱 動物
🏔 柴桑山	銀、碧、泠石、赭	柳、芑、楮、桑	麋、鹿、白蛇、飛蛇
🏔 榮余山	銅、銀	柳、芑	怪蛇、怪蟲

地圖情報

∼ 注釋 ∼

❶ 泠石：已見於〈中次四經・釐山〉。

❷ 飛蛇：根據晉代郭璞的說法，飛蛇就是乘霧而飛的螣蛇。《韓非子・十過》云：「昔者黃帝合鬼神於西泰山之上，駕象車而六蛟龍……騰蛇伏地。」騰蛇又作螣蛇。

❸ 蟲：參照〈海外南經〉的說法，古代南方人以蟲為蛇。

❹ 牝豚：母豬。
刉：取血塗祭。

❺ 肆：陳設。

❻ 惠：這裡是繪的意思。惠、繪二字同音而假借。

∼ 原文 ∼

又南九十里，曰柴桑之山，其上多銀，其下多碧，多泠石❶、赭，其木多柳、芑、楮、桑，其獸多麋、鹿，多白蛇、飛蛇❷。

又東二百三十里，曰榮余之山，其上多銅，其下多銀，其木多柳、芑，其蟲❸多怪蛇、怪蟲。

凡洞庭山之首，自篇遇之山至于榮余之山，凡十五山，二千八百里。其神狀皆鳥身而龍首。其祠：毛用一雄雞、一牝豚刉❹，糈用稌。凡夫夫之山、即公之山、堯山、陽帝之山，皆冢也，其祠：皆肆❺瘞，祈用酒，毛用少牢，嬰用一吉玉。洞庭、榮余山，神也，其祠：皆肆瘞，祈酒太牢祠，嬰用圭璧十五，五采惠❻之。

右中經之山志，大凡一百九十七山，二萬一千三百七十一里。

∼ 譯文 ∼

再向南九十里是柴桑山，山上盛產銀，山下盛產碧玉，到處是柔軟如泥的泠石和赭石，樹木以柳樹、枸杞樹、楮樹和桑樹居多，野獸以麋鹿和鹿居多，還有許多白色的蛇和飛蛇。

再向東二百三十里是榮余山，山上盛產銅，山下盛產銀，樹木大多是柳樹和枸杞，還有很多怪蛇和怪蟲。

總計洞庭山山系的首尾，自篇遇山起到榮余山止，共十五座山，途經二千八百里。諸山山神的形貌都是鳥身龍首。祭祀山神的儀式：毛物選用一隻公雞和一頭母豬，取血塗祭，米用稻米。舉凡夫夫山、即公山、堯山和陽帝山，都是諸山的宗主，祭祀這幾位山神的儀式：

要陳列牲畜、玉器而後埋入地底，祈神用美酒，毛物用豬、羊二牲，玉器用吉玉。洞庭山和榮余山，是神靈顯應之山，祭祀這二位山神的儀式：要陳列牲畜、玉器而後埋入地下，用美酒及豬、牛、羊齊全的三牲獻祭，玉器用十五塊玉圭、十五塊玉璧，再用青、黃、赤、白、黑五樣色彩繪飾它們。

以上是中央山系的記錄，總共一百九十七座山，二萬一千三百七十一里。

〜 山海經地理 〜

| 柴桑山 | 「柴桑之山，其上多銀。」古人誤把鉛礦當成銀礦。因此柴桑山為地處江西北部都陽湖盆地的廬山，此山在九江市廬山區境內，瀕臨鄱陽湖畔，雄峙長江南岸。 | 榮余山 | 「又東二百三十里，曰榮余之山。」榮余山即江西彭澤二縣之間的石門山，石門山富含鐵礦，與「其上多銅，其下多銀」相符。 |

〜 神怪觀察記錄 〜

飛蛇　清・汪紱圖本

鳥身龍首神　清・汪紱圖本

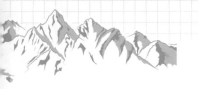

五臟山經

注釋

❶ **居地**：經過或分布的地方。

❷ **禹**：傳說是夏后氏部落的首領，著名事蹟是大禹治水。禹為治水而走遍天下，熟悉各地的地形與民俗風物。他將天下分為九州，並規定：天子帝畿以外五百里的地區叫甸服，再外五百里叫侯服，再外五百里叫綏服，再外五百里叫要服，最外五百里叫荒服。甸、侯、綏三服進納不同的物品或負擔不同的勞務。要服不必納物服役，但必須接受管教、遵守法令。荒服則根據其習俗進行管理，不強制推行政教。

❸ **五臟**：即五臟。臟，通「臟」。五臟，指人的脾、肺、腎、肝、心五種主要器官。這裡用來比喻〈五臟山經〉中所記的重要大山，如同人的五臟六腑，也天地山海之間的五臟。

❹ **分壤**：劃分疆域。

❺ **樹**：種植，栽培。
穀：這裡泛指農作物。

❻ **鏶**：古代一種兵器，即鈹。大矛。

❼ **封**：古時將帝王在泰山上築壇祭天的活動稱為「封」。

❽ **太山**：即泰山。

❾ **禪于梁父**：古時將帝王在泰山南面的小山梁父山上辟基祭地的活動稱為「禪」。

❿ **數**：命運。

原文

大凡天下名山五千三百七十，居地❶，大凡六萬四千五十六里。

禹❷曰：天下名山，經五千三百七十山，六萬四千五十六里，居地也。言其五臟❸，蓋其餘小山甚眾，不足記云。天地之東西二萬八千里，南北二萬六千里，出水之山者八千里，受水者八千里，出銅之山四百六十七，出鐵之山三千六百九十。此天地之所分壤❹樹穀❺也，戈矛之所發也，刀鏶❻之所起也，能者有餘，拙者不足。封❼于太山❽，禪于梁父❾，七十二家，得失之數❿，皆在此內，是謂國用。

右〈五臟山經〉五篇，大凡一萬五千五百三字。

譯文

總計天下名山共有五千三百七十座，分布在大地之各方，一共六萬四千零五十六里。

大禹說：天下的名山，共有五千三百七十座，六萬四千零五十六里，這些山分布在大地各方。除了以上記錄在〈五臟山經〉中的各山之外，其餘小山太多，不必再一一記述。廣闊的天地從東方到西方共二萬八千里，從南方到北方共二萬六千里，江河源頭所在之山是八千里，江河流經之地是八千里，出產銅的山有四百六十七座，出產鐵的山有三千六百九十座。這些就是天地間劃分疆土、種植莊稼的憑藉，也是戈和矛產生的緣故，刀和鏶興起的根源，結果就是使得能幹的人富裕有餘，笨拙的人貧窮不足。國君在泰山上行祭天禮，在梁父山上行祭地禮，一共有七十二家，或得或失的運數，都在這個範圍內，國家財用也都是出自於這塊大地。

以上是〈五臟山經〉五篇，共有一萬五千五百零三個字。

～圖解五臟山經山川里程～

	經名	山川數	里程數
南山經	南山首經	十座	二千九百五十里
	南次二經	十七座	七千二百里
	南次二經	四十座	一萬六千三百八十里
西山經	西山首經	十九座	二千九百五十七里
	西次二經	十七座	四千一百四十里
	西次三經	二十三座	六千七百四十四里
	西次四經	十九座	三千六百八十里
北山經	北山首經	二十五座	五千四百九十里
	北次二經	十七座	五千六百九十里
	北次三經	四十六座	一萬二千三百五十里
東山經	東次首經	十二座	三千六百里
	東次二經	十七座	六千六百四十里
	東次三經	九座	六千九百里
	東次四經	八座	一千七百二十里
中山經	中次首經	十五座	六千六百七十里
	中次二經	九座	一千六百七十里
	中次三經	五座	四百四十里
	中次四經	九座	一千六百七十里
	中次五經	十六座	二千九百八十二里
	中次六經	十四座	七百九十里
	中次七經	十九座	一千一百八十四里
	中次八經	二十三座	二千八百九十里
	中次九經	十六座	三千五百里
	中次十經	九座	二百六十七里
	中次十一經	四十八座	三千七百三十二里
	中次十二經	十五座	二千八百里

五臟山經

海經

下卷

海，是國土。　海外，是記載四海之外更爲遼闊的地方。

山海經第六
海外南經

〈海外南經〉共記述十二國：

結匈國、羽民國、讙頭國、厭火國、䧿國、三苗國、貫匈國、交脛國、岐舌國、三首國、周饒國和長臂國。

這些國家的人都長相怪異，有的胸前有洞，有的全身長滿羽毛，有的長著三個頭，有的口中能噴火。除此之外，還有關於歷史和神話人物的記載，諸如帝堯、帝嚳、周文王、羿、鑿齒和火神祝融等等。

結匈國 ── 比翼鳥

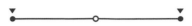

～注釋～

❶ 六合：東、西、南、北、上、下稱六方，六方相連，即天下。

❷ 經：經過，經歷。

❸ 四時：春、夏、秋、冬四季即為四時。

❹ 要：矯正，更正。
太歲：古代天文學上所假定的歲星，並以此假歲星的運行做為紀年的方法。古人將黃道附近一周天分為十二等分，並由東向西分別配以子、丑、寅、卯等十二支，而歲星（即木星）繞日運行，正好十二年為一周。但歲星卻是由西向東繞日運行，和十二支的方向正好相反，所以歲星紀年法的應用並不方便，為此，古代的天文學家便設想出一個與歲星運行方向相反的假歲星，稱之為「太歲」。

❺ 陬：角落。本書自〈海外南經〉以下各篇，是先有圖畫，後有文字，而文字只是說明圖畫的。所以每篇一開始都有表示方位的一句話，例如本篇的「海外自西南陬至東南陬者」。

❻ 其：代指結匈國北邊的滅蒙鳥。參看〈海外西經〉之「滅蒙鳥在結匈國北，為鳥青，赤尾。」

❼ 結匈：可能指雞胸。匈，同「胸」。《史記·秦始皇本紀》就有「秦王為人，蜂準，長目，摯鳥膺」的說法。

～原文～

　　地之所載，六合❶之間，四海之內，照之以日月，經❷之以星辰，紀之以四時❸，要之以太歲❹。神靈所生，其物異形，或夭或壽，唯聖人能通其道。

　　海外自西南陬至東南陬❺者。

　　結匈國在其❻西南，其為人結匈❼。

　　南山在其東南。自此山來，蟲為蛇，蛇號為魚。一曰南山在結匈東南。

　　比翼鳥在其東，其為鳥青、赤，兩鳥比翼。一曰在南山東。

～譯文～

　　大地所負載的，包括上下四方之間的萬物，在四海以內，以太陽和月亮照明，以大小星辰為界，以春夏秋冬記錄四時，以太歲紀年。大地上的一切都是神靈造化，故生成了不同形狀的萬物，有的生命週期短，有的生命週期長，只有聖明的人才能通曉其中的道理。

　　海外世界從西南角到東南角的國家地區、山川河流分別如下：

　　結匈國在滅蒙鳥的西南面，國民都長著雞一般的胸脯。

　　南山在它的東南面。從這座山裡來的人把蟲稱為蛇，把蛇稱為魚。也有一種說法認為南山在結匈國的東南面。

　　比翼鳥的棲息地在它的東面，牠的羽毛生來青紅相間，必須要兩隻鳥的翅膀相互配合才能飛翔。也有一種說法認為比翼鳥棲息在南山的東面。

～山海經地理～

結匈國

 觀點 1 清代郝懿行於《山海經箋疏·海經新釋卷一》中注：「今東齊人亦呼蛇為蟲也。」故結匈國在今山東境內。

 觀點 2 根據南山的位置推斷，結匈國在今雲南或雲南以南地區。

南山

 觀點 1 清代歷史地理著作《讀史方輿紀要》記載，此山「在縣（曹縣）南八十里……俗渭之土山」。所以南山應是周初起便見於史載的「曹南山」。

 觀點 2 南山在今橫斷山脈的南端或中南半島上。

～人文風物觀察筆記～

結匈國 清·邊裔典

羽民國 —→ 厭火國

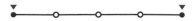

注釋

❶ **身生羽**：根據《博物志‧卷二》記載，羽民國的人長有翅膀但飛不遠，當地多鸞鳥，人民吃鸞鳥的卵。羽民國距離九嶷山四萬三千里。

❷ **頰**：臉頰。

❸ **帝**：指黃帝。根據原文所述，二八神在黃帝神鳥畢方的西方，附近又有與黃帝神話關係密切且生於赤水上的三珠樹，故此處是指黃帝。
司夜于此野：司，此處有守候之意。根據明代才子楊慎的説法，這些晝隱夜現的神人又稱夜遊神。

❹ **盡**：所有的。

❺ **盡十六人**：此句疑是後人所添加，解釋「有神人二八」一句。

❻ **畢方鳥**：在〈西次三經‧章莪之山〉裡已提及「有鳥焉，其狀如鶴，一足，赤文、青質而白喙，名曰畢方，其鳴自叫也，見則其邑有訛火」。《韓非子‧十過》云：「昔者黃帝合鬼神於西泰山之上，駕象車而六蛟龍，畢方並鎋……騰蛇伏地，鳳皇覆上，大合鬼神，作為清角。」可知畢方是黃帝隨車之神鳥。

❼ **人面一腳**：〈西次三經〉裡的畢方鳥並沒有提到其人面的特徵，此處應是涉及後文讙頭國「其為人人面有翼」而衍。

❽ **方**：正在。因為是配合圖畫的説明文字，所以書中會出現這種記述具體動作的詞語。

❾ **其國**：指讙頭國。

原文

羽民國在其東南，其為人長頭，身生羽❶。一曰在比翼鳥東南，其為人長頰❷。

有神人二八，連臂，為帝司夜于此野❸。在羽民東，其為人小頰赤肩，盡❹十六人❺。

畢方鳥❻在其東，青水西，其為鳥人面一腳❼。一曰在二八神東。

讙頭國在其南，其為人人面有翼，鳥喙，方❽捕魚。一曰在畢方東。或曰讙朱國。

厭火國在其國❾南，獸身黑色，生火出其口中。一曰在讙朱東。

譯文

羽民國在它的東南面，國民都有長長的腦袋，全身長滿羽毛。一本說，羽民國在比翼鳥棲息地的東南面，國民都有一副長長的臉頰。

有十六個神人，手臂連在一起，在這曠野中為天帝守夜。他們居住在羽民國的東面，都有狹小的臉頰和赤紅的肩膀，總共十六個人。

畢方鳥的棲息地在它的東面，在青水的西面，這種鳥有人的面孔卻只有一隻腳。一本說，畢方鳥在十六個神人的東面。

讙頭國在它的南面，國民都有人臉和兩隻翅膀，用鳥嘴捕魚。也有人認為讙頭國在畢方鳥的東面。一本說，讙頭國就是讙朱國。

厭火國在它的南面，國民的外貌是黑色獸身，口中會吐出火。一本說，厭火國在讙朱國的東面。

306

～山海經地理～

羽民國
當代神話學大師袁珂認為，羽民自是殊方一族類，非仙人。而且從甲骨文來看，商末時期戴國的國名音、形、義與方位均與羽民國的釋文相同，故推測羽民國為商末戴國。

神人二八
根據金文和甲骨文證據推斷，「二八神」是商末時的商丘。商丘在〈海外經〉中也與葛國（亦即結匈國）為鄰，似與湯所居鄰於葛國的商丘同，但此商丘是否為先商古都尚須考證。

畢方鳥
畢方鳥當為商代某個氏族或方國的徽記，另外，根據原文記載，「畢方鳥在其東，青水西」，而金鄉縣或漢張狐縣，則正鄰於泗水（亦即青水西）。

青水
觀點1 《水經注·泗水》云：「青水，即泗水之別名也。」因此，青水即泗水。

觀點2 根據南山為橫斷山脈推斷，青水是今雲南的怒江。發源於青藏高原的唐古拉山南麓，流入緬甸後改稱薩爾溫江，最後注入印度洋的安達曼海。

讙頭國
「讙頭國」所描繪的正是商代金銘族族徽，讙頭國為商代朱丹國所在地，在周代稱周頭國，後來下落不明。

厭火國
根據段玉裁注《說文解字》的「炎、熊、熏三字雙聲」觀之，厭火國所釋的熊盈姓或嬴姓國，可能皆指炎國。

～人文風物觀察筆記～

羽民國 明·蔣應鎬繪圖本　　**讙頭國** 清·邊裔典　　**厭火國** 明·蔣應鎬繪圖本

三珠樹 —— 交脛國

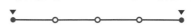

注釋

❶ 三珠樹：東晉詩人陶潛《讀山海經》云：「粲粲三珠樹，寄生赤水陰。」

❷ 葉皆為珠：〈海內西經〉提到的「開明北有視肉、珠樹……」之「珠樹」即為此類。

❸ 彗：即彗星。因為慧星拖著一條又長又散的尾巴，就像掃帚，所以通常也稱為掃帚星。這裡實際是指樹的形狀像一把掃帚。

❹ 三苗國：根據晉代郭璞的說法，昔堯以天下讓舜，三苗之君非之，帝殺之，有苗之民，叛入南海，為三苗國。

❺ 相隨：一個跟隨一個。承接郭璞的說法，此處相隨即是三苗的國民一個跟隨一個遷徙南海的景象。

❻ 其為人黃，能操弓射蛇：參見〈大荒南經·載民之國〉云：「有載民之國。帝舜生無淫，降載處，是謂巫載民。巫載民盼姓，食穀，不績不經，服也；不稼不穡，食也。」

❼ 匈：古同「胸」。
竅：孔穴，此處指有個洞。

❽ 脛：人的小腿。這裡指整條腿。

❾ 穿匈：即貫匈國。穿、貫二字的音義相同。

原文

三珠樹❶在厭火北，生赤水上，其為樹如柏，葉皆為珠❷。一曰其為樹若彗❸。

三苗國❹在赤水東，其為人相隨❺。一曰三毛國。

載國在其東，其為人黃，能操弓射蛇❻。一曰載國在三毛東。

貫匈國在其東，其為人匈有竅❼。一曰在載國東。

交脛國在其東，其為人交脛❽。一曰在穿匈❾東。

譯文

三珠樹在厭火國的北面，生長在赤水岸邊，它的外形就如同柏樹，葉子都是珍珠。另一種說法認為，那裡的樹宛如彗星拖著長長尾巴的樣子。

三苗國在赤水的東面，那裡的人是一個人跟隨著一個人行走的。另一種說法認為三苗國就是三毛國。

載國在它的東面，那裡的人皮膚都是黃色的，他們能操持弓箭射死蛇。另一種說法認為載國在三毛國的東面。

貫匈國在它的東邊，那裡的人胸膛上都穿了一個洞。另一種說法認為貫匈國在載國的東面。

交脛國在它的東面，那裡的人總是交叉著雙腿。另一種說法認為交脛國在穿匈國的東面。

～山海經地理～

三珠樹 「三株樹在厭火北，生赤水上。」厭火國和商代贏族有關，則三珠樹可能在今山東滕縣井亭煤礦附近。

載國 「夷」是「載」的通假字。從諸史書中來看，夷國為周國名，後入於齊，即今山東即墨市西莊。

赤水 觀點1 赤水可能是雲南與越南交界處的紅河。經北部灣入南海。

觀點2 赤水是雲貴高原上的盤江。盤江發源於阿壩藏族羌族自治州松潘縣岷山伐子嶺，至青蓮鎮錛嘴處東注涪江。

三苗國 觀點1 傳說堯禪位給舜時，三苗的君主不服，堯便殺了他，並把三苗遷到南海，稱為三苗國。

觀點2 三苗，其先作為九黎一部，本與丹朱氏一起居於山西南部的潞、黎、微一帶，因善種植而自稱為苗。三苗國於商以後曾南遷。

貫匈國 貫匈國即殷商時的貫方（殷墟遺址出土的甲骨文中，多以「某方」的形式稱呼夏商之際的諸侯部落與國家，故稱為方國），在今河南汲縣東北。

交脛國 交脛國為商代的方國，位於山東定陶縣西南，春秋時為郊邑。

～人文風物觀察筆記～

載國　清‧四川成或因繪圖本　　　貫匈國　明‧蔣應鎬繪圖本　交脛國　清‧邊裔典

不死民 ── 三首國

～注釋～

❶ **壽**：指長壽。

❷ **岐舌國**：此處應是指反舌國。岐又作枝，枝、支古字通，而支與反二字字形相近。根據高誘注《呂氏春秋‧功名》的説法，南方有反舌國，那裡的人舌頭是反轉的，舌末倒向喉。

❸ **虛**：大丘。古者九夫為井，四井為邑，四邑為丘，丘謂之虛。這裡是山的意思。

昆侖虛：根據清朝畢沅的説法，此處指東海的方丈山。

❹ **羿**：神話傳説中的天神。

❺ **鑿齒**：傳説是亦人亦獸的神人，有一顆牙齒露在嘴外，約五六尺長，形狀像一把鑿子。〈大荒南經〉亦提到「大荒之中……有人曰鑿齒，羿殺之」。

❻ **壽華之野**：指南方的壽華澤。

～原文～

不死民在其東，其為人黑色，壽❶，不死。一曰在穿匈國東。

岐舌國❷在其東。一曰在不死民東。

昆侖虛在其東，虛四方❸。一曰在岐舌東，為虛四方。

羿❹與鑿齒❺戰於壽華之野❻，羿射殺之。在昆侖虛東。羿持弓矢，鑿齒持盾。一曰持戈。

三首國在其東，其為人一身三首。

～譯文～

不死民居住在它的東面，那裡的人皮膚都是黑色的，個個都很長壽，人人不死。另一種說法認為不死民居住在穿匈國的東面。

岐舌國也在它的東面。另一種說法認為岐舌國在不死民居住之地的東面。

昆侖山也在它的東面，山的基地呈四方形。另一種說法認為昆侖山在岐舌國的東面，山的基地向四方延伸。

羿與鑿齒在壽華的荒野交戰廝殺，羿射死了鑿齒。地點就在昆侖山的東面。在那次交戰中，羿手拿弓箭，鑿齒手持盾牌。另一種說法認為鑿齒手裡拿的是戈。

三首國在它的東面，那裡的人都有一副身體和三個腦袋。

～山海經地理～

不死民 ▶	不死民是商末的黎方,《大清一統志》云:「黎國本在長治縣西南黎侯嶺下。《尚書》所謂『兩伯站黎』是也。」故知不死民住在今山西長治市西南。
岐舌國 ▶	岐舌國即商代舌氏,春秋時的「甌蛇」。岐舌國在黎國(不死民)與泰山昆侖之間,即今山東寧陽縣東北。

昆侖虛	觀點1	傳說中東海的方丈山。
	觀點2	馬來半島東的昆侖山諸島。
三首國 ▶		根據考古發現,三首國處於祝其、諸縣和平壽之間,即今山東臨朐附近。

壽華之野	史學家何光岳於《南蠻源流史》中云:「壽華,又作疇,今泰安市東五十里有祝陽。」「壽」應讀「鑄」,因此壽華之野即在泰安一帶。

～人文風物觀察筆記～

不死民 清·邊裔典　　**岐舌國** 明·蔣應鎬繪圖本　　**三首國** 明·蔣應鎬繪圖本

周饒國 —→ 南方祝融

注釋

❶ 周饒國：晉代郭璞云：「其人長三尺，穴居，能為機巧，有五穀也。」
冠帶：動詞，指戴上冠帽、繫上衣帶。

❷ 焦僥國：「周饒」和「焦僥」都是「侏儒」之聲轉。侏儒即身材短小的人。

❸ 帝嚳：帝堯的父親。《皇覽・冢墓記》云：「帝嚳冢在東郡濮陽頓丘城南台陰野中。」

❹ 爰：這裡，那裡。

❺ 蜼：音「ㄨㄟˋ」，傳說中的一種猴子，似獼猴之類。

❻ 離朱：傳說中的三足鳥。牠蹲踞在太陽裡，形似烏鴉，但有三隻腳。

❼ 視肉：傳說中的怪獸，外形像牛肝，有兩隻眼睛，割去牠的肉吃了後，不久就會重新長出來，完好如故。

❽ 吁咽：此處疑指帝王虞舜。

❾ 文王：即周文王姬昌。

❿ 鴟久：即鵂鶹。貓頭鷹的別名。

⓫ 祝融：傳說中的火神。

原文

　　周饒國在其東，其為人短小，冠帶❶。一曰焦僥國❷在三首東。

　　長臂國在其東，捕魚水中，兩手各操一魚。一曰在焦僥東，捕魚海中。

　　狄山，帝堯葬于陽，帝嚳葬于陰❸。爰❹有熊、羆、文虎、蜼❺、豹、離朱❻、視肉❼。吁咽❽、文王❾皆葬其所。一曰湯山。一曰爰有熊、羆、文虎、蜼、豹、離朱、鴟久❿、視肉、虖交。其范林方三百里。

　　南方祝融⓫，獸身人面，乘兩龍。

譯文

　　周饒國在它的東面，國民的身材都相當矮小，並且戴著帽子、繫著腰帶，穿著整齊。也有另一種說法認為焦僥國在三首國的東面。

　　長臂國也在它的東面，國民左右兩隻手各抓著一條魚，在水中捕魚。有另一種說法認為長臂國在焦僥國的東面，國民是在大海中捕魚的。

　　狄山，唐堯死後葬在這座山的南面，帝嚳死後葬在這座山的北面。這裡有熊、羆、花斑虎、長尾猿、豹、三足鳥和視肉。吁咽和文王也埋葬在這裡。另一種說法認為是埋葬在湯山。另一種說法認為這裡有熊、羆、花斑虎、長尾猿、豹子、離朱鳥、鴟鷹、視肉和虖交。還有一片方圓三百里的樹林。

　　南方有一位火神祝融，祂有野獸般的身體和一張人臉，乘著兩條龍。

〜山海經地理〜

 周饒國 ▶ 從地理位置上考察周饒國，本指諸縣婁族舊地，在今山東諸城縣附近。

 焦僥國 ▶ 國人只有三尺高。焦僥國即周饒國，就是現在所說的小人國。

 長臂國 ▶ 長臂國是金文和甲骨文中「尋」字的文字畫。長臂國即商代的尋方（殷墟遺址出土的甲骨文中，多以「某方」的形式稱呼夏商之際的諸侯部落與國家，故稱為方國），長臂國在焦僥東，因此在今山東諸城縣西南，臨於濰水上源。即為今山東平壽縣附近。

 狄山

 觀點 1 《墨子·節葬篇下》云：「堯北教八狄，道死，葬蛩山之陰。」「狄」即春秋時齊國的狄邑，在今山東高青縣東南，此處即是狄山的所在地。

 觀點 2 狄山可能是今湖南寧遠縣南的九嶷山。九嶷山屬南嶺山脈之萌渚嶺，縱橫兩千餘里，南接羅浮，北連衡嶽。

〜人文風物觀察筆記〜

周饒國 明·蔣應鎬繪圖本

長臂國 明·蔣應鎬繪圖本

祝融 明·蔣應鎬繪圖本

下卷

海經

海，是國土。　海外，是記載四海之外更爲遠闊的地方。

山海經第七

海 外 西 經

《海外西經》共記述十國：

三身國、一臂國、奇肱國、丈夫國、巫咸國、女子國、軒轅國、白民國、肅慎國和長股國。

這些國家的人都長相怪異，例如一臂國人都是一條胳膊、一隻眼睛和一個鼻孔；奇肱國人都是一條胳膊和三隻眼睛；軒轅國人都很長壽；白民國人膚色皆為白色且披頭散髮。除此之外，還有關於歷史和神話人物的記載，諸如以乳為目、以臍為口的刑天；生而十日炙殺之的女醜之尸；左耳有蛇、乘兩龍的西方蓐收。

滅蒙鳥 ── 一臂國

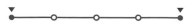

∽注釋∽

❶ 仞：古代計算長度的單位。八尺為一仞。

❷ 夏后啟：夏禹之子。禹曾讓位於益，但人民感念禹的功績，乃擁戴啟繼位，開君主世襲之風。見圖。

❸ 儛：古同「舞」，跳舞。
九代：根據清代郝懿行的說法，此處應是指樂名。《竹書紀年·帝啟》記載：「十年，帝巡狩，舞《九韶》于大穆之野。」〈大荒西經〉亦云：「天穆之野，啟始歌九招。」

❹ 雲蓋三層：層，即重疊之意。此處指三重雲。

❺ 翳：音「一ˋ」，用羽毛製成，形狀像傘的華蓋。

❻ 環：玉石雕琢成中央有孔的圓形玉器。

❼ 璜：一種半圓形的玉器。

❽ 三身國：〈大荒南經〉云：「大荒之中，有不庭之山，榮水窮焉。有人三身。帝俊妻娥皇，生此三身之國。姚姓，黍食，使四鳥。」

❾ 手：這裡指馬的前腳。

∽原文∽

海外自西南陬至西北陬者。

滅蒙鳥在結匈國北，為鳥青，赤尾。

大運山高三百仞❶，在滅蒙鳥北。

大樂之野，夏后啟❷於此儛《九代》❸，乘兩龍，雲蓋三層❹。左手操翳❺，右手操環❻，佩玉璜❼。在大運山北。一曰大遺之野。

三身國❽在夏后啟北，一首而三身。

一臂國在其北，一臂、一目、一鼻孔。有黃馬，虎文，一目而一手❾。

∽譯文∽

海外世界從西南角到西北角的國家地區、山川河流分別如下：

滅蒙鳥生活在結匈國的北面，這種鳥渾身長滿青色的羽毛，拖著紅色尾巴。

大運山有三百仞高，屹立在滅蒙鳥的北面。

大樂野，夏后啟在這裡觀看《九代》樂舞，乘駕著兩條龍，飛騰在三重雲霧之上。他左手握著一把遮蔽用的華蓋，右手拿著一隻玉環，腰間佩掛著一塊玉璜。大樂野就在大運山的北面。另一種說法認為夏后啟是在大遺野觀看《九代》樂舞。

三身國在夏后啟所在之地的北面，國民的外貌都是一個腦袋和三副身體。

一臂國在三身國的北面，國民的外貌都是一條胳膊、一隻眼睛和一個鼻孔。那裡出產一種黃色的馬，身上有老虎斑紋，只有一隻眼睛和一條前腿。

山海經地理

滅蒙鳥 滅蒙鳥即翟方（殷墟遺址出土的甲骨文中，多以「某方」的形式稱呼夏商之際的諸侯部落與國家，故稱為方國）。滅蒙鳥在結匈國北面，已知結匈國即古葛國，位於商丘西北。因此，滅蒙鳥在今商丘市東北。

大樂野

 觀點1 「樂」和「遺」字音相近，故大樂野或稱大遺野，亦即大夏或太原之野。大夏和夏墟為河東（山西境內，黃河以東）永濟到霍山一帶的大平原。

觀點2 〈大荒西經〉：「西南海之外，赤水之南⋯⋯有人珥兩青蛇，乘兩龍，名曰夏后開。」赤水發源於貴州，流經四川。故大樂野應在四川。

三身國 「三身國在夏后啟北。」其實是指三身國在夏后啟所在的大樂野北面。為今山西平遙縣一帶。

一臂國 根據出土文物上的金文和甲骨文推斷，一臂國即商代肆方。因此，一臂國在今河北的元氏縣一帶。

人文風物觀察筆記

三身國　明・蔣應鎬繪圖本

一臂國　明・蔣應鎬繪圖本

夏后啟　明・蔣應鎬繪圖本

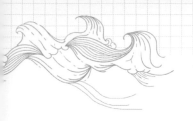

奇肱之國 → 女丑之尸

注釋

❶ **文馬**：即吉良馬，白色的身體、紅色的鬃毛，眼睛像黃金，騎上牠之後，壽命可達一千年。〈海內北經〉云：「犬戎國有文馬，縞身朱鬣，目若黃金，名曰吉量，乘之壽千歲。」吉量就是吉良。

❷ **形天**：即刑天，是神話傳說中一個沒有頭的神。
爭神：爭權。

❸ **干**：盾牌。
戚：古代兵器名，即大斧。

❹ **舭**：古代的一種圓形酒器。

❺ **俎**：古代祭祀時盛供品的禮器。

❻ **十日炙殺之**：十日，指十個太陽。炙，指燒烤。根據清代郝懿行推想，正因為十個太陽同時高掛，而熱死了女丑，於是堯才命羿射殺其中九個太陽。

❼ **郭**：同「障」，遮掩之意。

原文

奇肱之國在其北。其人一臂三目，有陰有陽，乘文馬❶。有鳥焉，兩頭，赤黃色，在其旁。

形天與帝至此爭神❷，帝斷其首，葬之常羊之山。乃以乳為目，以臍為口，操干戚❸以舞。女祭、女戚在其北，居兩水間，戚操魚舭❹，祭操俎❺。

鴢鳥、鶬鳥，其色青黃，所經國亡。在女祭北。鴢鳥人面，居山上。一曰維鳥，青鳥、黃鳥所集。丈夫國在維鳥北，其為人衣冠帶劍。

女丑之尸，生而十日炙殺之❻。在丈夫北。以右手郭❼其面。十日居上，女丑居山之上。

譯文

奇肱國在一臂國的北面。國民都是一條胳膊和三隻眼睛，眼睛有陰有陽，騎著吉良馬。那裡有一種鳥，長著兩個腦袋，身體是橘紅色的，與奇肱國的國民相伴。

刑天與天帝在此爭奪神位，天帝將刑天的頭砍斷，埋在常羊山上。斷頭的刑天便以乳頭為眼睛、肚臍為嘴巴，一手持盾牌、一手操大斧而舞動。女祭和女戚住在此處的北面，位於兩河之間，女戚手裡拿著圓形小酒器，女祭手裡捧著俎器。

鴢鳥和鶬鳥，顏色都是青中帶黃，牠們所經過的國家都會敗亡。牠們住在女祭的北面。鴢鳥有一張人臉，立在山上。有一種說法是兩種鳥統稱維鳥，是青鳥和黃鳥聚集在一起的混稱。丈夫國在維鳥的北面，國民皆穿衣戴帽、佩帶寶劍。

女丑生前被十個太陽的熱氣烤死。屍體橫臥在丈夫國的北面，右手遮住了她的臉。十個太陽高掛時，女丑橫臥於山頂。

〜山海經地理〜

奇肱國 ▶ 奇肱國為商代黎國。黎國本在今山西長治市西南,春秋時遷於今山西黎城縣東北。

丈夫國 ▶ 「丈夫」與「甫」音相近,丈夫國即商代甫方(夏商之際,諸侯部落與國家的稱呼方式),位於今山西境內。

女祭 女戚 ▶ 女祭和女戚為鄭州管城附近的古祭城。其位於黃河南岸,北對沁河,符合「居兩水間」條件。

䳅鳥 鶬鳥 ▶ 䳅鳥和鶬鳥的所在地是商代䓵方,䓵方在甫方北,即在丈夫國北面。為今山西祁縣與顯縣之間某地。

女丑 ▶ 根據甲骨卜辭推測,女丑應是指尤方。女丑與尤方皆在巫咸國(山西安邑故城)附近,女丑大致位於山西河津。

〜人文風物觀察筆記〜

奇肱國 明·蔣應鎬繪圖本　　**女丑尸** 清·汪紱圖本

䳅鳥 清·禽蟲典　　**丈夫國** 明·蔣應鎬繪圖本　　**刑天** 明·蔣應鎬繪圖本

巫咸國 —— 諸沃之野

～注釋～

❶ 登葆山：山名。傳說從此山可到達天庭，所以巫師們藉由往來此山，完成下宣神旨和上達民情的工作。

❷ 女子國：根據《後漢書·東夷列傳》記載，海上有一國，舉國皆是女人，傳說這個國家有一口神井，國民只要向下窺之，就能生子。

❸ 軒轅之丘：已見於〈西次三經〉，上古帝王黃帝居住於此。

❹ 諸沃之野：〈大荒西經〉稱為沃野，意即此地沃饒。

❺ 甘露：甜美的露水。古代認為天下太平，則天降甘露。

～原文～

巫咸國在女丑北，右手操青蛇，左手操赤蛇。在登葆山❶，群巫所從上下也。

並封在巫咸東，其狀如彘，前後皆有首，黑。

女子國❷在巫咸北，兩女子居，水周之。一曰居一門中。

軒轅之國在窮山之際，其不壽者八百歲。在女子國北，人面蛇身，尾交首上。

窮山在其北，不敢西射，畏軒轅之丘❸。在軒轅國北，其丘方，四蛇相繞。

諸沃之野❹，鸞鳥自歌，鳳鳥自舞；鳳皇卵，民食之；甘露❺，民飲之；所欲自從也。百獸相與群居。在四蛇北，其人兩手操卵食之，兩鳥居前導之。

～譯文～

巫咸國在女丑所在地之北，國民右手握著一條青蛇，左手握著一條紅蛇。那裡有座登葆山，是巫師們來往於天上與人間的地方。

怪獸並封在巫咸國的東面，地形似豬，前後都有腦袋，渾身黑色。

女子國在巫咸國的北面，兩個女子住在這裡，四周有水環繞。有一種說法認為她們住在一道門的中間。

軒轅國在窮山的附近，其中最短命的國民也能活八百歲。軒轅國在女子國的北面，國民的外貌是人面蛇身，尾巴盤繞在頭頂上。

窮山在軒轅國的北面，國民拉弓射箭但不敢對著西方射，因為他們敬畏黃帝威靈所在的軒轅丘。軒轅丘位於軒轅國北部，呈方形，被四條大蛇圍繞守護著。

有個號稱沃野的地方，這裡有鸞鳥自在地歌唱，鳳鳥自在地舞蹈；居民食用鳳凰蛋，喝蒼天降下的甘露。他們凡事隨心所欲，各種野獸與人一起居住。沃野在四條蛇所在的軒轅近北面，居民用雙手捧著蛋吃，兩隻鳥飛在前面引導他們。

～山海經地理～

 巫咸國 ▶ 巫咸為殷商時期的重臣。晚商有城邑稱巫咸，並被列入商末周初的方國志中。巫咸國在安邑故城，即今山西夏縣西北禹王城。

 並封 ▶ 從〈海外西經〉中「並封」的地理方位來看，並封當指先周著名的居邑之一「酆」。隨著甲骨文研究與考古工作的進展，證實「酆」在山西南部。

 女子國 ▶ 女子國當即甲骨文中的「安」，也就是史書中記載的安邑。安邑為今山西夏縣西北禹王城。

 沃野 ▶ 指兩漢時的沃野縣，屬漢代朔方郡。沃水即治鹽之水，「諸沃之野」當為山西運城市解州治鹽之野。

 軒轅國 ▶ 軒轅國位於襄汾縣城東北，是指襄汾、翼城、曲沃之間，以襄汾陶寺周圍為主體的先夏文化氏族與部落。軒轅部落的首領為黃帝，相傳炎帝於阪泉之戰中敗給黃帝，之後蚩尤糾集炎帝的部屬再戰黃帝，黃帝於涿鹿之戰擊敗蚩尤，最終統一中原各部落。

～人文風物觀察筆記～

巫咸國 清·邊裔典

並封 清·禽蟲典

女子國 清·邊裔典

軒轅國 明·蔣應鎬繪圖本

龍魚 ── 西方蓐收

〜注釋〜

❶ **陵居**：居住在山嶺中。

❷ **鰕**：體型大的鯢魚。鯢魚是一種水陸兩棲類動物，有四隻腳，長尾巴，眼小口大，生活在山谷溪水中。因叫聲如同嬰兒啼哭，所以俗稱娃娃魚。

❸ **九野**：九州的土地。九，表示多數。這裡是廣大的意思。

❹ **被**：通「披」。
披髮：東漢高誘注《淮南子·墜形訓》云：「白民白身，民被髮，髮亦白。」

❺ **乘黃**：獸名。根據《逸周書·王會解》記載，乘黃似狐，背上有兩角。

❻ **聖人代立，於此取衣**：晉代郭璞認為，肅慎國的人平時是不穿衣服的，一旦中原地區有英明的帝王繼立，雄常樹就會生長出一種樹皮，國民會取它製成衣服穿。

❼ **蓐收**：神話傳說中的金神，外貌為人面、虎爪、白毛，手裡拿的武器是鉞。已見於〈西次三經·泑山〉。

〜原文〜

龍魚陵居❶在其北，狀如鯉。一曰鰕❷。即有神聖乘此以行九野❸。一曰鱉魚在沃野北，其為魚也如鯉。

白民之國在龍魚北，白身被髮❹。有乘黃❺，其狀如狐，其背上有角，乘之壽二千歲。

肅慎之國在白民北。有樹名曰雄常，聖人代立，於此取衣❻。

長股之國在雄常北，被發。一曰長腳。

西方蓐收❼，左耳有蛇，乘兩龍。

〜譯文〜

既可在水中居住又可在山陵居住的龍魚，牠棲息在沃野的北面，形似鯉魚。也有一種說法認為牠就像大的鯢魚。於是，有神聖的人騎著牠邀遊在廣大的原野上。還有一種說法是鱉魚棲息在沃野的北面，這種魚形似鯉魚。

白民國在龍魚所在地的北面，國民都是白色的皮膚且披散著頭髮。這裡有一種名叫乘黃的野獸，外形似狐狸，脊背上有角，誰騎上牠，誰就能活到兩千歲。

肅慎國在白民國的北面。這裡有一種樹木名叫雄常，每當中原地區有聖明的天子繼位，國民就會取雄常樹的樹皮來製做衣服。

長股國在雄常樹的北面，國民都披散著頭髮。也有一種說法認為長股國名叫長腳國。

西方有一位金神蓐收，祂的左耳上掛著一條蛇，乘駕兩條龍飛行。

～山海經地理～

 龍魚 龍魚當為商末龍方（夏商之際，諸侯部落與國家的稱呼方式）的象徵，在今山西運城市萬榮縣附近。

 白民國 白民國當為春秋時期的白狄和燕北貊國糅合而成的民族。位於今陝西北部的陝北高原和山西的西部。

 肅慎國 肅慎是古代的東北民族，滿族的祖先。位於今長白山以北，西至松嫩平原，北至黑龍江中下游的廣大地域。

 長股國 長股國當為戎族的一分支。大致應位於今山西河律縣的東南。

～人文風物觀察筆記～

龍魚 清‧汪紱圖本

乘黃 明‧胡文煥圖本

長股國 明‧蔣應鎬繪圖本

蓐收 明‧蔣應鎬繪圖本

下卷

海經

海，是國土。　海外，是記載四海之外更為遼闊的地方。

山海經第八
海外北經

〈海外北經〉的國家緊鄰〈海外西經〉，再向東逐次展開記述，共記述九國：

無啟國、一目國、柔利國、深目國、無腸國、聶耳國、夸父國、拘癭國和跂踵國。

這些國家的人都長相怪異，例如無啟國人不生育子孫後代；一目國人只有一隻長在臉正中間的眼睛；深目國人眼眶深邃，總是舉著一隻手。除此之外，還有關於歷史和神話人物的記載，諸如天神共工的臣子相柳氏；夸父追日；以及睜眼天地即為白天、閉眼天地即為黑夜、呼吸間天地即為寒冬炎夏的山神燭陰。

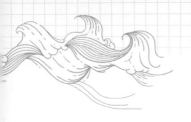

無啟之國 —— 柔利國

注釋

❶ **無啟**：即沒有後嗣之意。相傳無啟國的人平常居住在洞穴之中，吃食泥土。國民之所以沒有後代子孫卻可以組成國家，是因為他們死後就立即埋葬，然而他們的心卻不會腐朽，經過一百二十年後，便能夠重新復活。

❷ **燭陰**：即燭龍。見〈大荒北經·燭龍〉之敘述：「西北海之外，赤水之北，有章尾山。有神，人面蛇身而赤，直目正乘。其瞑乃晦，其視乃明。不食不寢不息，風雨是謁。是燭九陰，是謂燭龍。」

❸ **瞑**：閉眼。

❹ **息**：呼吸。

❺ **曲足居上**：腳彎曲，腳心朝上。

❻ **反折**：朝反方向彎曲。

原文

海外自東北陬至西北陬者。

無啟之國在長股東，為人無啟❶。

鍾山之神，名曰燭陰❷，視為晝，瞑❸為夜，吹為冬，呼為夏，不飲，不食，不息❹，息為風，身長千里。在無啟之東。其為物人面蛇身，赤色，居鍾山下。

一目國在其東，一目中其面而居。一曰有手足。

柔利國在一目東，為人一手一足，反膝，曲足居上❺。一云留利之國，人足反折❻。

譯文

海外世界從東北角到西北角的國家地區、山川河流分別如下：

無啟國在長股國的東面，國民不會生育子孫後代。

鍾山的山神名叫燭陰，祂一睜開眼睛，人間便是白天；一閉上眼睛，便是黑夜；祂一吹氣，人間便是寒冬；一呼氣，便是炎夏。祂不喝水，不進食，不呼吸，但一呼吸就生成風，身體有一千里長。這位燭陰神居住在無啟國的東面。祂有和人一樣的面孔，蛇一般的身體，全身赤紅色，住在鍾山腳下。

一目國在燭陰所居的鍾山東面，國民只有一隻眼睛，並且長在臉的正中間。也有另一種說法認為他們就像普通的人一樣，有手有腳。

柔利國在一目國的東面，國民只有一隻手一隻腳，膝蓋反著生長，腳彎曲朝上。也有另一種說法認為柔利國名叫留利國，人的腳都是向上反折著長的。

～山海經地理～

無啟國 其國名表達的是長生不死之意，根據金文推斷，無啟國為沃沮國，在今陝西白水縣東北的彭衙堡。

鍾山 燭陰是指內蒙古陰山山脈，而它既然身長千里，就只可能是南北走向。故鍾山在今呂梁山脈東側和霍山東南。

一目國 一目國當為商末鬼方（夏商之際，諸侯部落與國家的稱呼方式）。位於陝西北部邊界地帶。

柔利國 柔利國當為商末的鈌方，在雁門馬邑附近，遼代稱「柔服」。與「柔利國在一目（即鬼方）東」吻合。

～人文風物觀察筆記～

無啟國 清・汪紱圖本

燭陰 明・胡文煥繪圖本

一目國 明・蔣應鎬繪圖本

柔利國 明・蔣應鎬繪圖本

相柳氏 ── 聶耳之國

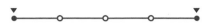

❶ 共工：相傳為洪水之神。在神話中，共工形象兇惡，人面蛇身，而且有一頭紅髮。牠的性情兇暴，野心勃勃，是黃帝一系部族的長期對手。

❷ 相柳氏：又稱相繇，見〈大荒北經·相繇〉：「共工臣名曰相繇，九首蛇身……禹湮洪水，殺相繇。其血腥臭，不可生穀，其地多水，不可居也。禹湮之，三仞三沮。乃以為池，群帝因是以為臺。」

❸ 厥：通「撅」，挖掘的意思。

❹ 五穀：五種穀物，泛指莊稼。

❺ 三仞三沮：三，表示多次。仞，填塞。沮，敗壞。

❻ 眾帝：指帝堯、帝嚳、帝丹朱、帝舜等傳說中的上古帝王。

❼ 隅：角落。

❽ 虎色：即老虎皮的顏色紋理。

❾ 聶其耳：聶，通「攝」。因為該國民耳朵太長，所以走路時以手持之。

❿ 縣：通「懸」。

～原文～

共工❶之臣曰相柳氏❷，九首，以食於九山。相柳之所抵，厥❸為澤溪。禹殺相柳，其血腥，不可以樹五穀❹種。禹厥之，三仞三沮❺，乃以為眾帝❻之臺。在昆侖之北，柔利之東。相柳者，九首人面，蛇身而青。不敢北射，畏共工之臺。臺在其東，臺四方，隅❼有一蛇，虎色❽，首衝南方。

深目國在其東，為人舉一手一目，在共工臺東。

無腸之國在深目東，其為人長而無腸。

聶耳之國在無腸國東，使兩文虎，為人兩手聶其耳❾。縣❿居海水中，及水所出入奇物。兩虎在其東。

～譯文～

天神共工的臣子名叫相柳氏，生有九顆頭，分別在九座山覓食。牠經過之處，便成沼澤和溪谷。禹殺死相柳後，牠的血極其腥臭，使血流淌過的土地無法再種植五穀。禹挖填這塊地方，多次填滿多次塌陷，後來乾脆拿挖出來的泥土為眾帝修造帝臺。帝臺在昆侖山北，柔利國東。相柳有九個腦袋，人面蛇身，渾身青色。人們敬畏共工威靈所在的共工臺，不敢向北方射箭。共工臺在相柳的東面，呈四方形形，每個角有一條蛇守護，蛇身有老虎斑紋，頭向著南方。

深目國在相柳所在地的東面，國民眼眶很深，總是舉著一隻手。有一說法是深目國在共工臺的東面。

無腸國在深目國的東面，國民身材高大，沒有腸子。

聶耳國在無腸國的東面，國民使喚著兩隻花斑大虎，行走時用手托著自己的大耳朵。聶耳國孤立在海上，能看到出入海水的各種怪物。有兩隻老虎在它的東面。

～ 山海經地理 ～

 深目國 ▶ 觀其文字、音韻與鄰國關係等三要素後，推斷此國當為商代的望方（夏商之際，諸侯部落與國家的稱呼方式）。即今山東蘭山縣至滕州市南方一帶。

 無腸國 ▶ 無腸國當為周朝的諸侯國呂國，於春秋初期被楚國吞併。其國都在今河南南陽市的西邊。

 聶耳國 ▶ 聶耳國當為夷虎，春秋時期的部族，於為楚所滅。位於今安徽壽縣東南四十餘里處。

～ 人文風物觀察筆記 ～

相柳氏 明·蔣應鎬繪圖本

無腸國 清·邊裔典

深目國 清·邊裔典

聶耳國 明·蔣應鎬繪圖本

夸父與日逐走 —— 尋木

～注釋～

❶ **夸父與日逐走**：巨人夸父追趕太陽，半道渴死的傳說。見〈大荒北經・成都載天〉：「大荒之中，有山名曰成都載天。有人珥兩黃蛇，把兩黃蛇，名曰夸父。后土生信，信生夸父，夸父不量力，欲追日景，逮之於禺谷。將飲河而不足也，將走大澤，未至，死於此。」

❷ **鄧林**：即位於夸父山北面且方圓三百里的桃林。已見於〈中次六經・夸父山〉：「夸父之山……其北有林焉，名曰桃林，是廣員三百里，其中多馬。」

❸ **二樹木**：指由兩棵樹組成的樹林，可見樹木之巨大。

❹ **瘻**：長在脖子上的囊狀瘤。

～原文～

夸父與日逐走❶，入日。渴，欲得飲，飲於河渭，河渭不足，北飲大澤，未至，道渴而死。棄其杖，化為鄧林❷。

夸父國在聶耳東，其為人大，右手操青蛇，左手操黃蛇。鄧林在其東，二樹木❸。一曰博父。

禹所積石之山在其東，河水所入。

拘瘻之國在其東，一手把瘻❹。一曰利瘻之國。

尋木長千里，在拘瘻南，生河上西北。

～譯文～

夸父與太陽賽跑，追趕太陽到達它落下的地方。這時夸父很渴，想要喝水，於是便去喝黃河和渭河中的水，喝完了兩條河的水，他還是無法解渴，所以又要向北走去喝大澤中的水，然而，他還沒走到，就渴死在半路上了。夸父臨死時所拋掉的拐杖，最後變成了鄧林。

夸父國在聶耳國的東面，國民身材高大，右手握著一條青色的蛇，左手握著一條黃色的蛇。鄧林在它的東面，其實就是由兩棵非常高大的樹木所形成的森林。也有另一種說法，夸父國叫博父國。

禹所積石山在夸父國的東面，這裡是黃河流入的地方。

拘瘻國在禹所在的積石山東面，國民常用一隻手托著脖頸上的大肉瘤。另一種說法認為拘瘻國叫做利縷國。

有種名叫尋木的樹，它有一千里長，在拘瘻國的南面，生長在黃河岸上的西北方。

～山海經地理～

 夸父國 根據〈海外北經〉記載的「夸父飲於河渭」（河渭即黃河和渭水的合稱）以及「鄧林」所在地（鄧林又作桃林）推測，夸父國在今河南西部的靈寶市附近，其北瀕黃河，地處河南、陝西與山西三省交匯處。

 拘癭國 拘癭國當為春秋時期的北狄國樓煩，在晉國的北方。現存的樓煩國古城位於今山西婁煩縣。

 尋木 尋木其實不是樹木，而是借其諧音命名的地名。以其音韻和地理方位判斷尋木即匈奴先族獯粥。

～人文風物觀察筆記～

夸父追日 明‧蔣應鎬繪圖本

拘癭國 清‧邊裔典

夸父國 明‧蔣應鎬繪圖本

跂踵國 ── 務隅之山

	🐾 動物
⛰ 務隅山	熊、羆、文虎、離朱、鴟久、視肉

～注釋～

❶ **兩足亦大**：根據袁珂的說法，經文的「其為人大，兩足亦大」，不足以釋「跂踵」，疑有訛誤。「大」當作「支」，因為兩字形近而訛。此處經文實當作「其為人，兩足皆支」。

❷ **反踵**：腳反著長，走路行進的方向和腳印的方向相反。

❸ **跪據樹歐絲**：描述圖畫中的女子靠著桑樹，一邊吃桑葉一邊吐出絲的情狀，像蠶一樣。

❹ **仞**：古代計算長度的單位。八尺為一仞。

❺ **洲**：水上的陸塊。

❻ **顓頊**：相傳為黃帝之孫，十歲時輔佐少昊，二十歲即帝位。建都於帝丘（今河北省濮陽縣）。

❼ **九嬪**：指顓頊的九個妃嬪。

❽ **離朱、鴟久、視肉**：詳見〈海外南經·狄山〉的注釋。

～原文～

跂踵國在拘癭東，其為人大，兩足亦大❶。一曰反踵❷。

歐絲之野在反踵東，一女子跪據樹歐絲❸。

三桑無枝，在歐絲東，其木長百仞❹，無枝。

范林方三百里，在三桑東，洲❺環其下。

務隅之山，帝顓頊❻葬于陽。九嬪❼葬于陰。一曰爰有熊、羆、文虎、離朱、鴟久、視肉❽。

～譯文～

跂踵國在拘癭國的東面，國民走路時是墊著腳掌的，腳跟不著地。另一種說法則是，此處的跂踵國應為反踵國。

歐絲之野在反踵國的東面，有一個女子跪倚著桑樹，正在吐絲。

在歐絲之野的東面，有三棵沒有樹枝的桑樹，這種樹雖高達八十丈，卻不會生長樹枝。

有一座方圓三百里的范林，在三棵桑樹的東面，它的下方被沙洲環繞，生長於海中浮土之上。

務隅山，帝顓頊被埋葬在它的南面，他的九個嬪妃則被埋葬在它的北面。另一種說法認為，這裡有熊、羆、花斑虎、離朱鳥、鴟鷹和視肉。

～山海經地理～

跂踵國	跂踵國是商代的一個方國（夏商之際，諸侯部落與國家的稱呼方式），臨近春秋晉地曲逆，曲逆位於今河北順平縣東南，則跂踵國亦在順平縣附近。

歐絲之野	根據跂踵國和三桑的位置，可以推測歐絲之野在河北商代遺址到北京房山區範圍內的嘔夷河流域，即今河北壺流河和唐河附近。

三桑 這三棵沒有樹枝的桑樹，就是〈北次二經〉所敘述「又北水行五百里，流沙三百里，至於洹山，三桑生之，其樹皆無枝，其高百仞」之「三桑」。因此，三桑是地處北京房山區與門頭溝區的接壤地帶的大安山。

范林

 觀點1 「范」即漂浮的意思，樹木長在海中的浮土上，能隨著海浪擺動。

 觀點2 范林即范水之林、范陽之林。范陽為秦代縣名，因在范水（今河北定興縣的雞爪河）之北得名。因此，范林在今河北定興縣南邊。

～人文風物觀察筆記～

跂踵國 明・蔣應鎬繪圖本

歐絲之野 清・邊裔典

平丘 —— 禺彊

	🌿 植物	🐱 動物
⛰ 平丘	遺玉、楊柳、甘柤、甘華、百果	青馬、視肉
⛰ 北海內		駒騟、駮、蛩蛩、羅羅

注釋

❶ **遺玉**：根據清代吳任臣的說法，玉石松枝在千年之後化為茯苓，再過千年之後化為琥珀，又過千年之後化為遺玉。

❷ **甘柤**：傳說中的一種樹木，枝幹都是紅色的，花是黃色的，葉子是白色的，果實是黑色的。見〈大荒南經·蓋猶之山〉。

❸ **甘華**：傳說中的一種樹木，枝幹都是紅色的，葉子是黃色的。見〈大荒南經·蓋猶之山〉。

❹ **百**：這裡表示眾多的意思，並非實指。

❺ **北海**：泛指北方偏遠之地。

❻ **禺彊**：根據晉代郭璞的說法，禺彊是水神，字玄冥。

❼ **珥**：動詞，插、戴之意。這裡指懸掛著。

❽ **踐**：動詞，用腳踩踏。

原文

平丘在三桑東。爰有遺玉❶、青馬、視肉、楊柳、甘柤❷、甘華❸，百❹果所生。有兩山夾上谷，二大丘居中，名曰平丘。

北海❺內有獸，其狀如馬，名曰駒騟。有獸焉，其名曰駮，狀如白馬，鋸牙，食虎豹。有素獸焉，狀如馬，名曰蛩蛩。有青獸焉，狀如虎，名曰羅羅。

北方禺彊❻，人面鳥身，珥❼兩青蛇，踐❽兩青蛇。

譯文

平丘在三棵桑樹的東面。這裡有千年琥珀化成的遺玉、青馬、視肉、楊柳樹、甘柤樹和甘華樹，是各種果樹生長的地方。在兩側山峰相夾而成的一道山谷裡，有兩個大丘居於其中，名叫平丘。

北海內有一種野獸，牠的外形似馬，名叫駒騟。又有一種野獸名叫駮，形似白色的馬，長著鋸齒般的牙，會吃老虎和豹。又有一種白色的野獸，牠的外形似馬，名叫蛩蛩。還有一種青色的野獸，形似老虎，名叫羅羅。

北方有一位禺彊神，祂有一張人臉和鳥的身體，耳朵上懸掛著兩條青蛇，腳底下也踏著兩條青蛇。

～山海經地理～

平丘 ▸ 根據原文描述，平丘盛產甘柤、甘華和百果，與膠東半島的特產甘柤 (甜梨)、甘華 (蘋果) 相同，再加上原文前後所述地理位置，推測平丘為膠東半島。

～神怪觀察記錄～

❶ 明・蔣應鎬繪圖本

❷ 明・蔣應鎬繪圖本

禺彊　明・蔣應鎬繪圖本

獸名	羅羅❶	駃騠❷	駮	蛩蛩
特徵	狀如虎	狀如馬	狀如白馬，鋸牙，食虎豹	狀如馬
產地	北海	北海	北海	北海

海經

海，是國土。　海外，是記載四海之外更爲遼闊的地方。

山海經第九

海 外 東 經

〈海外東經〉的國家緊鄰〈海外北經〉，再向北逐次展開
記述，共記述八國：

大人國、君子國、青丘國、黑齒國、雨師妾、玄股國、毛
民國和勞民國。

這些國家的人特徵鮮明，例如大人國人皆是身材高大；君
子國人皆是衣冠整齊、腰間佩戴寶劍，使喚著兩隻花斑虎；
黑齒國人皆是牙齒漆黑。除此之外，還有關於歷史和神話
人物的記載，諸如天帝命令豎亥用腳步測量大地，他從最
東端走到最西端，總共是五億十萬九千八百步。

肆丘 → 君子國

～注釋～

❶ 遺玉：詳見〈海外北經·平丘〉的注釋。

❷ 堯葬：帝堯所葬的地方。已見於〈海外南經·狄山〉。

❸ 削船：削、艄二字同音假借。艄船就是用長竿子撐船。

❹ 奢比：神名。根據宋代學者羅泌所撰的《路史》記載，奢比又作奢龍。

❺ 珥：動詞，插、戴之意。

❻ 衣冠：動詞，即穿上衣服、戴上帽子。

❼ 好：動詞，愛、喜愛之意

～原文～

海外自東南陬至東北陬者。

磋丘，爰有遺玉❶、青馬、視肉、楊柳、甘柤、甘華。甘果所生，在東海。兩山夾丘，上有樹木。一曰嗟丘。一曰百果所在，在堯葬❷東。

大人國在其北，為人大，坐而削船❸。一曰在磋丘北。

奢比❹之尸在其北，獸身、人面、大耳，珥❺兩青蛇。一曰肝榆之尸在大人北。

君子國在其北，衣冠❻帶劍，食獸，使二文虎在旁，其人好❼讓不爭。有薰華草，朝生夕死。一曰在肝榆之尸北。

～譯文～

海外世界從東南角到東北角的國家地區、山川河流分別如下：

磋丘，這裡有千年琥珀化成的遺玉、青馬、視肉、楊柳樹、甘柤樹和甘華樹。只要是能夠結出甜美果子的樹木都在這裡，就在東海旁邊。兩座山夾著磋丘，丘上有樹木。也一說認為磋丘就是嗟丘。還有一說認為各種果樹的所在地就在埋葬帝堯之地的東面。

大人國在它的北面，國民身材高大，正坐在船上用長竿子撐船。還有一種說法認為大人國在磋丘的北面。

奢比尸神在它的北面，祂有野獸的身體、人臉和大大的耳朵，耳朵上懸掛著兩條青蛇。也有一種說法認為肝榆尸神在大人國的北面。

君子國在奢比尸神的北面，國民衣冠整齊，腰間佩帶寶劍，以野獸為食，他們使喚的兩隻花斑老虎就在身旁，為人喜歡謙讓而非爭鬥。這裡有一種薰華草，早晨開花，傍晚凋謝。也有一種說法認為君子國在肝榆尸神的北面。

～山海經地理～

 嵯丘 由「在東海」和「大人國在其北」推知，嵯丘位於渤海南端，越海連接遼東半島的起點，即今山東煙臺市。

 大人國 大人國在商末稱為「服」，大人國亦位於渤海附近，應在今山東的長山列島和遼東半島上。

 奢比尸 奢比和肝榆分別是周代和商代「兔」字之異體，其字義指一種似狸非狸、似兔非兔的神獸。故奢比尸應為夏商之際的方國兔方，位於今山東德州至臨淄之間。

～人文風物觀察筆記～

大人國　清・汪紱圖本

君子國　清・邊裔典

奢比尸　明・蔣應鎬繪圖本

虹虹 ⟶ 黑齒國

～注釋～

❶ 水伯：水神。

❷ 豎亥：相傳是一個走路很快的神人。
步：以腳步測量距離。

❸ 選：萬。

❹ 算：古代用來計數的器具。同「筭」。

❺ 啖：吃。

❻ 為人黑齒……其一蛇赤：此段為原山海經圖像之描述。

❼ 下有：是相對「上有」而言，原圖的上方自然畫有什麼，但圖畫已佚，說明文字又未記述，故今不知其所指為何。

❽ 扶桑：相傳東海外有神木扶桑，是日出的地方。

～原文～

虹虹在其北，各有兩首。一曰在君子國北。

朝陽之谷，神曰天吳，是為水伯❶。在虹虹北兩水間。其為獸也，八首人面，八足八尾，背青黃。

青丘國在其北，其狐四足九尾。一曰在朝陽北。

帝命豎亥步❷，自東極至于西極，五億十選❸九千八百步。豎亥右手把算❹，左手指青丘北。一曰禹令豎亥。一曰五億十萬九千八百步。

黑齒國在其北，為人黑齒，食稻啖❺蛇，一赤一青，在其旁。一曰在豎亥北，為人黑首，食稻使蛇，其一蛇赤。❻

下有❼湯谷。湯谷上有扶桑❽，十日所浴，在黑齒北。居水中，有大木，九日居下枝，一日居上枝。

～譯文～

虹虹在它的北面，各端都有兩個腦袋。一本說，在君子國的北面。

朝陽谷有一位神名叫天吳，即水伯。祂住在虹虹北面的兩條河中間。野獸形態的祂，有八個腦袋、人臉、八隻爪子和八條尾巴，後背的顏色是青中帶黃。

青丘國在它的北面。那裡的狐狸有四隻爪子和九條尾巴。一本說，青丘國是在朝陽谷的北面。

天帝命令豎亥以步行的方式測量大地，從最東端走到最西端，有五億十萬九千八百步。豎亥右手拿著算，左手指著青丘國的北面。另一說是大禹命令豎亥測量大地。

黑齒國在它的北面，國民的牙齒漆黑，吃稻米飯和蛇，一條紅蛇和一條青蛇正圍在居民身旁。一本說，黑齒國在豎亥的所在地北面，國民長著黑腦袋，主食是稻米飯，驅使著蛇，其中一條蛇是紅色的。

下面有座湯谷。湯谷旁有一棵扶桑樹，是十個太陽洗澡的地方，就在黑齒國的北面。大水的中間有一棵高大的樹木，九個太陽住在樹的下枝，一個太陽住在樹的上枝。

～山海經地理～

虹虹

 觀點 1 虹虹就是雨後或日出沒之際，天空所出現的彩色弧。又作「虹蜺」。古代人認為其顏色鮮豔的為雄，稱作虹；顏色暗淡的為雌，稱作霓。

 觀點 2 虹虹為氏族或方國名，根據《漢書·地理志》記載，西漢時置有虹縣，在今安徽五河縣北部。

朝陽谷 ▶ 朝陽谷意指有水注入的朝陽之地。天吳所居朝陽谷，即指今山東臨朐東北朝陽故城附近的朝水。

青丘國 ▶ 青丘是春秋戰國時期以盛產五穀、絲帛而聞名的地方，在今山東廣饒縣的北部。

黑齒國 ▶ 黑齒國當為姜姓的東夷方國之一，西屠。位於今遼寧葫蘆島市烏金塘村李虎氏屯山谷中。

湯谷 ▶ 晉代郭璞注曰：「谷中水熱也。」湯谷即首陽山谷，位於黑齒國東北部，即遼寧錦州附近。

～人文風物觀察筆記～

天吳　明·蔣應鎬繪圖本

黑齒國　清·汪紱圖本

雨師妾 —→ 東方句芒

注釋

❶ **衣魚**：以魚皮為衣。

❷ **食鷗**：即食鷗，意指吃鷗鳥產下的蛋。
鷗：音「又」，也作「鷗」，即鷗鳥。在海邊活動的名為海鷗，在江邊活動的名為江鷗。

❸ **句芒**：少暤氏的後代，死後為木神。傳說句芒曾降福於民間，使人民免於飢餓，具有創制發明的能力。

❹ **建平元年**：西元前六年，為西漢哀帝的年號。
望：人名，丁望。
校治：考訂整理。
秀：人名。原名劉歆，後改名為秀，劉向之子。為漢代學者，繼承父業，整理六藝群書，編成《七略》。對經籍目錄學具有卓越貢獻。
這段文字並非《山海經》原文，而是整理者校勘完本卷文字後的署名。

原文

　　雨師妾在其北。其為人黑，兩手各操一蛇，左耳有青蛇，右耳有赤蛇。一曰在十日北，為人黑身人面，各操一龜。

　　玄股之國在其北。其為人衣魚❶食鷗❷，使兩鳥夾之。一曰在雨師妾北。毛民之國在其北。為人身生毛。一曰在玄股北。勞民國在其北，其為人黑。或曰教民。一曰在毛民北，為人面目手足盡黑。

　　東方句芒❸，鳥身人面，乘兩龍。

　　建平元年四月丙戌，待詔太常屬臣望校治，侍中光祿勳臣龔、侍中奉車都尉光祿大夫臣秀領主省。❹

譯文

　　雨師妾在它的北面。這裡的人渾身漆黑，兩隻手各握著一條蛇，左邊耳朵上掛有青色蛇，右邊耳朵上掛有紅色蛇。一本說，雨師妾在十個太陽所在地的北面，這裡的人有黑色的身體和人臉，兩隻手各握著一隻龜。

　　玄股國在它的北面。國民穿著用魚皮製成的衣服，食用鳥鷗產下的蛋，使喚的兩隻鳥就在身邊。一本說，玄股國在雨師妾國的北面。毛民國在它的北面。國民全身長滿了毛。一本說，毛民國在玄股國的北面。勞民國在它的北面，國民渾身黑色。又稱教民國。一本說，勞民國在毛民國的北面，國民的臉、眼睛和手腳全是黑的。

　　東方的句芒神是鳥的身體、人的臉，駕著兩條龍。

　　建平元年四月丙戌日，待詔太常屬臣丁望校對整理，侍中光祿勳臣王龔、侍中奉車都尉光祿大夫臣劉秀領銜主持。

～山海經地理～

雨師妾 根據甲骨文推斷，其為商代的畏方，在遼西湯谷的東北、遼水畔的遼東玄股國西南，即今遼寧撫順市西南。

毛民國 毛民即是古代中國北方的一支民族，貊民，故毛民國應位於東遼河東北地區。

玄股國 「其為人衣魚。」玄股國穿魚皮衣的習俗與居住在黑龍江、松花江和烏蘇里江流域的赫哲族相同。

勞民國 勞民國位於烏蘇里江沿岸，為自稱「那尼臥」的赫哲族民。那尼臥，即本地人的意思。

～人文風物觀察筆記～

雨師妾　明・胡文煥繪圖本

玄股國　清・邊裔典

勞民國　清・邊裔典

毛民國　明・蔣應鎬繪圖本

句芒　明・蔣應鎬繪圖本

下卷

海經

海，是天下。　海內，是記載四海之內的大山大川。

山海經第十

海 內 南 經

〈海內南經〉記述的內容較為雜亂，既有國家又有動物，山水的記錄較少。

其中國家有：伯慮國、離耳國、雕題國、北朐國和梟陽國等等。這些國家的人習性怪異，例如梟陽國人的嘴唇相當長，渾身漆黑長滿毛，他們手握著一根竹筒，一看見人就張嘴大笑。動物則有長得像牛、渾身青黑且有一隻角的兕，以及體形巨大、足以吞象的巴蛇。

〈海內南經〉記述的範圍，是海內從東南角往西一帶。

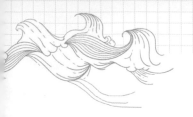

甌閩 ⟶ 梟陽國

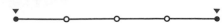

～注釋～

❶ 甌：地名，東甌，浙江舊溫州府的簡稱，即今永嘉縣。

❷ 閩：今福建的簡稱。

❸ 閩中山在海中：根據清代吳任臣的說法，今閩中地有穿井鑿地，多得螺和蚌的殼，故知洪荒之世，其山盡在海中。

❹ 三天子鄣山：在今安徽歙縣東部，稱為三王山。

❺ 閩西海北：清代郝懿行注曰：「〈海內東經〉云：『三天子都在閩西北。』無海字，此經海字疑衍。」

❻ 番隅：古縣名，位於廣東廣州市東南，東莞縣之西，因番山、禺山而得名。

❼ 雕題國：國名，今廣東和廣西一帶。

❽ 湘陵：地名。

❾ 南海：經文作「南海」，但是宋本、吳寬抄本、毛扆本和明藏本均作「南山」。

～原文～

海內東南陬以西者。

甌居海中❶。閩❷在海中，其西北有山。一曰閩中山在海中❸。

三天子鄣山❹在閩西海北❺。一曰在海中。

桂林八樹，在番隅❻東。

伯慮國、離耳國、雕題國❼、北朐國皆在鬱水南。鬱水出湘陵❽南海❾。一曰柏慮。

梟陽國在北朐之西。其為人人面長唇，黑身有毛，反踵，見人則笑；左手操管。

～譯文～

海內世界從東南角向西的國家地區、山川河流分別如下：

甌位於海中。閩位於海中，它的西北方有座山。另一種說法則是閩地的山在海中。

三天子鄣山在閩的西方，海的北方。另一種說法則是三天子鄣山在海中。

桂林有八棵巨樹形成的樹林，它位於番隅的東面。

伯慮國、離耳國、雕題國、北朐國都在鬱水的南岸。鬱水發源於湘陵南山。另一種說法則是伯慮國名叫柏慮國。

梟陽國在北朐國的西面。國民都有人的面孔，長長的嘴唇，黑黑的身體上長有毛，腳跟在前而腳尖在後，他們一看見人就開口大笑，左手握著一根竹筒。

～山海經地理～

 閩 ▶ 閩是中國古代的少數民族，分布在今福建及浙江東部一帶。

 離耳國 離耳國位於海南島西北部，北門江流域，可能在今海南儋縣。

伯慮國
 觀點1 伯慮國應在爪哇島東部，也就是今天的巴厘島。

 觀點2 伯慮國位於馬來群島中部，也就是今天的加里曼丹島。西為蘇門答臘島，東為蘇拉威西島，南為爪哇海和爪哇島，北為南中國海。

 鬱水 ▶ 「鬱水出湘陵南海。」由此推測，鬱水指今廣西的右江、鬱江、潯江以及廣東的西江。

梟陽國
 觀點1 「梟陽國在北胸之西。」因此，梟陽國在今廣西境內。

 觀點2 根據伯慮國和離耳國的位置推斷，梟陽國在今中南半島中部。

～人文風物觀察筆記～

梟陽國 清・邊裔典

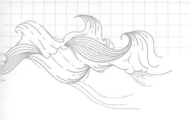

兕 ━ 孟涂

～注釋～

❶ **舜**：傳說中的上古帝王，姓姚，名重華。因建國於虞，故稱為「虞舜」或「有虞氏」。其以孝聞名，晚年把帝位禪讓給禹。

❷ **帝舜葬于陽**：根據〈海內經・蒼梧之丘〉所述「南方蒼梧之丘，蒼梧之淵，其中有九嶷山，舜之所葬，在長沙零陵界中」，此處指帝舜葬於九疑山的南面。

❸ **丹朱**：堯的兒子。名朱，封於丹淵，故稱為「丹朱」。因其不肖，故堯不把帝位傳給他，而是禪位於舜。

❹ **氾林**：就是前文所說的范林。

❺ **狌狌知人名**：或作猩猩。《後漢書・南蠻西南夷列傳》云：「哀牢出猩猩。」章懷太子李賢注引《南中志》云：「猩猩在此谷中，行無常路，百數為群。土人以酒若糟，設於路。又喜屩子，土人織草為屩，數十量相連結。猩猩在山谷，見酒及屩，知其設張者，即知張者先祖名字。乃呼其名而罵云：『奴欲張我！』捨之而去。去而又還，相呼試共嘗酒。初嘗少許，又取屩子著之。若進兩三升，便大醉。人出收之，屩子相連不得去，執還內牢中。人欲取者，到牢邊語云：『猩猩汝可自相推肥者出之。』竟相對而泣。」

❻ **司神**：主管之神。

❼ **請生**：好生，即愛護生命。

～原文～

兕在舜❶葬東，湘水南。其狀如牛，蒼黑，一角。

蒼梧之山，帝舜葬于陽❷，帝丹朱❸葬于陰。

氾林❹方三百里，在狌狌東。

狌狌知人名❺，其為獸如豕而人面，在舜葬西。

狌狌西北有犀牛，其狀如牛而黑。

夏后啟之臣曰孟涂，是司神❻于巴。巴人請訟于孟涂之所，其衣有血者乃執之。是請生❼。居山上，在丹山西。丹山在丹陽南，丹陽巴屬也。

～譯文～

兕在帝舜葬地的東面，在湘水的南岸。兕的外形似牛，全身是青黑色的，長著一隻角。

蒼梧山，帝舜葬在此座山的南面，帝丹朱葬則在此座山的北面。

方圓三百里的氾林，在狌狌棲息地的東面。

狌狌能通曉人的姓名，牠的外形似豬，卻長著人的面孔，生活在帝舜葬地的西面。

狌狌棲息地的西北面有犀牛，牠的外形似牛，但全身是黑色的。

夏朝國君啟的臣子中，有一個名叫孟涂，牠是主管巴地訴訟的神。巴地的人到孟涂那裡去告狀時，告狀的人之中有誰的衣服沾有血跡，就會被孟涂拘捕。如此一來，就不會冤枉任何好人，算是具備好生之德。孟涂住在一座山上，這座山在丹山的西面。丹山在丹陽的南面，而丹陽是巴的屬地。

～山海經地理～

湘水
即湖南湘江。源出廣西靈川縣東的海陽山，與灘江同源。東北流入湖南境內，北流經長沙縣注入洞庭湖。

蒼梧山
又稱為九嶷山，位於湖南寧遠縣南，相傳舜葬於此。此山巖羅列，異嶺同勢，常使遊人生疑，因此得名。

巴
國名。發源於湖北西部的部落聯盟，西周時期成為周的姬姓諸侯。其故城約在今四川東部。

丹陽
晉代郭璞注曰：「今建平郡丹陽城秭歸縣東七里，即孟塗所居也。」因此丹陽位於今湖北秭歸縣東南。

丹山
南宋《路史·卷二十三》注曰：「丹山之西即孟涂之所埋也。丹山乃今巫山。」位於重慶巫山縣東，為重慶和湖北的界山，長江貫穿其間，形成巫峽。

～奇珍異獸觀察記錄～

兒　清·汪紱圖本

狌狌　清·欽定補繪蕭從雲離騷全圖

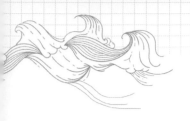

窫窳 ── 西北三國

注釋

❶ 窫窳：原本是蛇身人面的天神，被貳負之臣所殺，復活之後變成這種怪物。見〈海內西經·開明東〉：「窫窳者，蛇身人面，貳負臣所殺也。」

❷ 貙：音「ㄔㄨ」。一種猛獸。形大如狗，毛紋似貍。

❸ 引：牽引，拉扯。

❹ 纓：繫冠帽的帶子。

❺ 羅：捕捉魚鳥的器具。

❻ 欒：樹木名，樹根黃色，樹枝紅色，樹葉青色。見〈大荒南經·雲雨之山〉：「有木名曰欒。禹攻雲雨，有赤石焉生欒。黃本，赤枝，青葉，群帝焉取藥。」

❼ 藟：樹木名，即刺榆樹。

❽ 建木：傳說中的神木。因其高大，而相傳為眾神往返天地之間的天梯。《淮南子·墜形》：「建木在都廣，眾帝所自上下。日中無影，呼而無響。」

❾ 服之：服用巴蛇吐出的象骨。

❿ 四節：四肢的關節。

原文

　　窫窳❶龍首，居弱水中，在狌狌知人名之西，其狀如貙❷，龍首，食人。

　　有木，其狀如牛，引❸之有皮，若纓❹、黃蛇。其葉如羅❺，其實如欒❻，其木若藟❼，其名曰建木❽。在窫窳西弱水上。

　　氐人國在建木西，其為人人面而魚身，無足。

　　巴蛇食象，三歲而出其骨，君子服之❾，無心腹之疾。其為蛇青黃赤黑，一曰黑蛇青首，在犀牛西。

　　旄馬，其狀如馬，四節❿有毛。在巴蛇西北，高山南。匈奴、開題之國、列人之國並在西北。

譯文

　　窫窳有龍的頭，居住於弱水中，在能通曉人姓名的狌狌棲息地西面，牠長得像貙，長著龍頭，會吃人。

　　有一種樹木形似牛，樹皮一拉就剝落，樣子像帽子上的纓帶，又像黃色蛇皮。它的葉子像網羅，果實像欒樹結的果實，樹幹像刺榆，名叫建木。生長在窫窳所在地之西的弱水旁。

　　氐人國在建木的西面，國民是人臉魚身，沒有腳。

　　巴蛇能吞下大象，吞吃後三年才吐出大象的骨頭，有才能品德的人吃了象骨，就不會罹患心痛或肚子痛之類的病。巴蛇的顏色是青色、黃色、紅色、黑色。也一種說法認為巴蛇是黑色身體和青色腦袋，在犀牛所在地的西面。

　　旄馬的外形似馬，但四條腿的關節上都長有毛。旄馬在巴蛇所在地的西北面，一座高山的南面。

　　匈奴國、開題國、列人國都在西北方。

～山海經地理～

氐人國 ▶ 氐人部落支系繁多，有青氐、白氐、蚺氐、巴氐、白馬氐、陰平氐等。先秦時分布在今甘肅、陝西和四川三省交界處。從事畜牧業和農業。常與羌並稱混用。

匈奴 ▶ 秦漢時北方的游牧民族。夏代稱為獯鬻。周代時稱為獫狁。戰國時，分布於秦、趙、燕以北的地區。

開題國 ▶ 「開題之國在西北。」根據匈奴的位置推測，開題國可能在今新疆烏魯木齊附近。

～人文風物觀察筆記～

氐人國 清・邊裔典

旄馬 明・胡文煥圖本

窫窳 明・蔣應鎬繪圖本

巴蛇 清・欽定補繪蕭從雲離騷全圖

海經

海，是天下。　海內，是記載四海之內的大山大川。

山海經第十一

海內西經

　　〈海內西經〉記述的範圍主要在崑崙山地域，有流黃酆氏國、東胡和貊等國家，雁門山和鐘山等山嶺，赤水、黃河、洋水和黑水等主要河川，還有鳳皇、窫窳、樹鳥和六首蛟等神獸。

　　除此之外，還有關於神話和歷史人物的記載，諸如貳負神和祂的臣子危合夥殺死窫窳神，天帝便把危拘禁在疏屬山中，右腳戴上刑具，再用頭髮反綁雙手，拴在大樹下。

　　〈海內西經〉所記述的地域範圍較廣，是海內從西南角往北一帶。

危 → 后稷之葬

～注釋～

❶ **貳負**：傳說中的天神，人面蛇身。見〈海內北經·鬼國〉：「貳負神在其東，其為物人面蛇身。」

❷ **窫窳**：原本是蛇身人面的天神，被貳負之臣所殺，復活之後變成「狀如貙，龍首，食人」的怪物。詳見〈海內南經·窫窳〉。

❸ **桔**：一種古代的刑具，套在人犯的手上限制其行動。此處有套上、銬住之意。

❹ **桎**：一種古代的刑具，即腳鐐。此處有束縛、監禁之意。

❺ **反縛兩手與髮**：漢宣帝使人鑿上郡發磐石，在石室中發現一人，他披頭跣足、雙手反縛且被械一足。時人不識，將之送往長安。宣帝遍問群臣，群臣也不知道他是誰，唯有劉向說道：「這是貳負之臣危的屍首。」問劉向如何知道？劉向答道：「從《山海經》裡得知的。」宣帝大驚，於是時人爭學《山海經》。

❻ **解**：指鳥換羽毛。

❼ **雁門**：地名。位於山西代縣西北，據雁門山上，兩山夾峙，形勢雄險，自古為軍事重地。

❽ **后稷之葬**：見〈海內經·都廣之野〉：「西南黑水之閒，有都廣之野，后稷葬焉。」

❾ **氐國**：前文所說的氐人國。

～原文～

海內西南陬以北者。

貳負❶之臣曰危，危與貳負殺窫窳❷。帝乃桔❸之疏屬之山，桎❹其右足，反縛兩手與髮，繫之山上木❺。在開題西北。

大澤方百里，群鳥所生及所解❻。在雁門❼北。

雁門山，雁出其間。在高柳北。

高柳在代北。

后稷之葬❽，山水環之。在氐國❾西。

～譯文～

海內世界從西南角向北的國家地區、山川河流分別如下：

貳負神的臣子名叫危，危與貳負聯合殺死了窫窳神。天帝便把危拘禁在疏屬山中，並將祂的右腳戴上刑具，天帝還用自己的頭髮來反綁祂的雙手，拴在山上的大樹下。這個囚禁危的地方就在開題國的西北面。

方圓一百里的大澤，是各種禽鳥生卵、孵化幼鳥和脫換羽毛的地方。大澤在雁門的北面。

雁門山，是大雁冬去春來時出入的地方。雁門山就在高柳山的北面。

高柳山在代地的北面。

后稷的葬地，周圍有青山綠水環繞。后稷的葬地就在氐人國的西面。

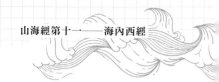

～山海經地理～

 疏屬山

 觀點1 清代吳任臣《山海經廣注》引劉會孟曰:「疏屬山,今陝西延安府綏德縣。」是故疏屬山應位於今陝西綏德縣。

 觀點2 清光緒五年《河津縣誌》載:「疏屬山,在縣南十里。《山海經》:疏屬,山名,枕汾水。」是故疏屬山位於山西河津市汾河南岸。

 開題 清代畢沅云:「開題疑即笄頭山也,音皆相近。」南北朝學者顧野王於《輿地志》中云:「笄頭山即雞頭山。」唐朝魏王李泰《括地志》云:「笄頭山一名崆峒山。黃帝問道于廣成子,蓋在此。」開題、笄頭(雞頭)、崆峒音相似,皆指同一地。

 大澤 袁珂認為是〈海內北經〉中「舜妻登比氏,生宵明燭光,處河大澤」之大澤,在北方,或河套附近。

 高柳 清代畢沅云:「(高柳)山在今山西代州北三十五里。」是故高柳在今山西陽高縣。

～神怪觀察記錄～

危 明·蔣應鎬繪圖本

貳負 明·蔣應鎬繪圖本

流黃酆氏之國 → 孟鳥

～注釋～

❶ 酆：即流黃辛氏。見〈海內經‧流黃辛氏〉：「有國名流黃辛氏，其域中方三百里，其出是塵土。有巴遂山，澠水出焉。」

❷ 中：域中，即國內土地之意。

❸ 塗：通「途」。道路。

❹ 中有山：就是〈海內經‧流黃辛氏〉提到的巴遂山。

❺ 流沙：含水分、容易流動的沙層。當地殼內沙層湧出地下水時，水和沙土混合，沙層即成液體而流動或騰湧。

❻ 虛：通「墟」。大丘、土山。

❼ 海：指位於內蒙古自治區的居延海。漢代稱居延澤，後稱西海。

❽ 夷人：舊時對華夏以外各民族的稱呼。

❾ 地近于燕：夏商時期，濊族居於山東半島，但是周滅掉商之後，受周所迫的濊族絕大部分就向東北遷徙。其活動範圍廣闊，最南端在長城以北，鄰近燕國。

❿ 鄉：動詞，朝向、面向。

～原文～

流黃酆氏之國❶，中❷方三百里，有塗❸四方，中有山❹。在后稷葬西。

流沙❺出鍾山，西行又南行昆侖之虛❻，西南入海❼，黑水之山。

東胡在大澤東。

夷人❽在東胡東。

貊國在漢水東北。地近于燕❾，滅之。

孟鳥在貊國東北。其鳥文赤、黃、青，東鄉❿。

～譯文～

流黃酆氏國，疆域有方圓三百里的大小。道路通向四方，中間有一座大山。流黃酆氏國在后稷葬地的西面。

流沙的發源地在鍾山，向西流動後，再朝南流過昆侖山，再繼續向西南流入大海，一直到黑水山。

東胡國在大澤的東面。

夷人國在東胡國的東面。

貊國在漢水的東北面。它的位置靠近燕國的邊界，後來被燕國消滅了。

孟鳥的棲息地在貊國的東北面。這種鳥的羽毛花紋有紅、黃、青三種顏色，牠向著東方。

∽山海經地理∼

流黃酆氏國 ▶ 它的東邊、西邊和北邊三面是黃河，南面是道路。左鄰冀州，右鄰流沙。《尚書·禹貢》將中土劃分為九州，流黃酆氏國是隸屬於遠古的雍州，即今內蒙谷鄂爾多斯高原。

東胡 ▶ 春秋戰國時期北方的遊牧民族，因居匈奴以東而得名。《史記·匈奴列傳》記載：「燕北有東胡、山戎。」居住在燕國北部的東胡多次南下入侵中原，後被燕將秦開擊敗。

鍾山 ▶ 觀點1 鍾山橫亙於內蒙古自治區中部，東段進入河北的西北部，因此鍾山是位於今內蒙古自治區的陰山。

觀點2 《水經注》：「流沙地在張掖居延縣東北。」酈道元注曰：「出鍾山，西行，極崦嵫之山，在西海郡北。」故鍾山在今新疆境內。

貉 ▶ 晉代郭璞云：「今扶餘國即濊貉故地，在長城北，去玄菟千里，出名馬、赤玉、貂皮、大珠如酸棗也。」夏商之際，濊貉族廣泛分布於山東半島至松嫩平原地區。

∽人文風物觀察筆記∼

戎 清·汪紱圖本

犬戎 清·四川成或因繪圖本

昆侖之虛 ── 青水

⌒ 注釋 ⌒

❶ **虛**：通「墟」。大丘、土山。

❷ **帝之下都**：天帝在人間的都城。見〈西次三經·昆侖之丘〉：「昆侖之丘，實惟帝之下都，神陸吾司之。其神狀虎身而九尾，人面而虎爪；是神也，司天之九部及帝之囿時。」

❸ **尋**：古代八尺稱為「一尋」。

❹ **圍**：兩臂合抱或兩手拇指和食指相合為一圍。

❺ **檻**：欄杆。這裡指井欄。

❻ **百神**：眾神。百，眾多。

❼ **八隅之巖**：八個方位的岩石洞穴。隅，角落。巖，洞穴。

❽ **非夷羿莫能上岡之巖**：夷羿，即后羿。沒有后羿那般本領的人是無法攀登上那些山崗岩石的。相傳后羿就曾經登上昆侖山的岡巖向西王母求取不死藥。根據〈大荒西經·昆侖之丘〉敘述，西王母就是穴居於昆侖山上。

❾ **其**：指昆侖山。

❿ **禹所導積石山**：即〈西次三經〉裡提到的積石之山。

⌒ 原文 ⌒

海內昆侖之虛❶，在西北，帝之下都❷。昆侖之虛，方八百里，高萬仞。上有木禾，長五尋❸，大五圍❹。面有九井，以玉為檻❺。面有九門，門有開明獸守之，百神❻之所在。在八隅之巖❼，赤水之際，非夷羿莫能上岡之巖❽。

赤水出東南隅，以行其❾東北，西南流注南海厭火東。河水出東北隅，以行其北，西南又入渤海，又出海外，即西而北，入禹所導積石山❿。

洋水、黑水出西北隅，以東，東行，又東北，南入海，羽民南。

弱水、青水出西南隅，以東，又北，又西南，過畢方鳥東。

⌒ 譯文 ⌒

海內的昆侖山，聳立在西北方，是天帝在人間的都城。昆侖山方圓八百里，高一萬仞。山頂有一棵如樹木一般的稻穀，高達五尋，有五人合抱那麼粗。昆侖山的每一面都有九口井，每口井都有用玉石製成的圍欄；各面有九道門，每道門都由被稱作開明的神獸守衛，是天神們聚集的地方。眾多天神生活在八個方位的岩石洞穴之間、赤水岸邊，只有后羿那樣的人才能攀上那些山崗岩石。

赤水發源於昆侖山的東南角，流向昆侖山的東北方後，再向西南流入南海厭火國東面。

黃河發源於昆侖山的東北角，流到昆侖山的北面，再折向西南流入渤海，又流出海外，就此向西而後向北流，一直流入

大禹疏導過的積石山。

　　洋水和黑水發源於昆侖山的西北角，折向東方後朝東流去，再折向東北方，又朝南流入大海，直到羽民國的南面。

　　弱水和青水發源於昆侖山的西南角，折向東方後朝北流去，再折向西南方，又流經畢方鳥所在地的東面。

～山海經地理～

渤海 ▶ 是新疆維吾爾自治區東南部的湖泊，位在塔里木盆地東部的羅布泊。古代稱汸澤、鹽澤、蒲昌海等。

洋水 ▶ 根據高誘注《淮南子》和《尚書‧禹貢》記載，洋水就是「嶓冢導漾，東流為漢」之漾水，即今西漢水。

黑水 ▶ 《尚書‧禹貢》云：「黑水西河惟雍州。」又云：「導黑水至于三危，入於南海。」因此黑水可能是今新疆的喀什噶爾河。

～輿圖風物手札～

開明獸 明‧蔣應鎬繪圖本

禹貢所載隨山浚川之圖局部
南宋嘉定二年，雕版墨印，現藏於北京圖書館。

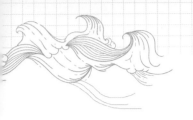

昆侖南淵 ── 開明南

～注釋～

❶ **昆侖南淵**：就是從極之淵。見〈海內北經〉：「昆侖虛南所，有氾林方三百里。從極之淵，深三百仞，維冰夷恆都焉。」

❷ **鳳皇**：鳳凰，即〈西次三經·昆侖之丘〉提到「其名曰鶉鳥，司帝之百服」的鶉鳥。

❸ **膺**：胸。

❹ **珠樹**：傳說中的樹，葉子皆為珍珠。

❺ **文玉樹**：神話傳說中生長五彩美玉的樹。

❻ **玕琪樹**：神話傳說中會生長紅色玉石的樹。

❼ **不死樹**：神話傳說中，吃了以後可使人長壽不死的樹木。

❽ **厰**：盾。

❾ **離朱**：神話傳說中，居住於太陽裡的踆鳥，也叫三足鳥。

❿ **甘水**：即醴泉、甘泉，甜美的泉水。

⓫ **聖木曼兌**：名為曼兌的聖樹，食用之後可使人聖明有智慧。

⓬ **巫彭、巫抵、巫陽、巫履、巫凡、巫相**：這六人都是古代的巫醫。

⓭ **距之**：拒之，抵抗死氣。

⓮ **琅玕樹**：相傳此樹所結的果實是圓潤如珠的美玉。

⓯ **鶉**：古同「隼」。

～原文～

昆侖南淵❶深三百仞。開明獸身大類虎而九首，皆人面，東嚮立昆侖上。

開明西有鳳皇❷、鶬鳥，皆戴蛇踐蛇，膺❸有赤蛇。

開明北有視肉、珠樹❹、文玉樹❺、玕琪樹❻、不死樹❼，鳳皇、鶬鳥皆戴厰❽，又有離朱❾、木禾、柏樹、甘水❿、聖木曼兌⓫。一曰挺木牙交。

開明東有巫彭、巫抵、巫陽、巫履、巫凡、巫相⓬，夾窫窳之尸，皆操不死之藥以距之⓭。窫窳者，蛇身人面，貳負臣所殺也。

服常樹，其上有三頭人，伺琅玕樹⓮。

開明南有樹鳥、六首蛟、蝮、蛇、蜼、豹、鳥秩樹，于表池樹木；誦鳥、鶉⓯、視肉。

～譯文～

昆侖山的南面有一個深三百仞的淵潭。開明神獸的身體像老虎，但有九個腦袋，每一個都有一張人的面孔，牠朝東站立在昆侖山頂。

開明神獸的西面有鳳凰和鶬鳥棲息，牠們的周圍纏繞著蛇，腳下踏著蛇，胸前也有紅色的蛇。

開明神獸的北面有視肉、珠樹、文玉樹、玕琪樹、不死樹，那裡的鳳凰和鶬鳥都戴著盾牌，還有三足鳥、木禾、柏樹、甘水和聖木曼兌。有一種說法是聖木曼兌又名挺木牙交。

開明神獸的東面有巫彭、巫抵、巫陽、巫履、巫凡、巫相，他們圍在窫窳的屍體周圍，手捧著不死藥以抵抗死氣使他

復活。這位窫窳是蛇身人面，祂是被貳負和他的臣子危聯手殺死的。

有一種服常樹，上面居住著長有三顆頭的人，他們靜靜觀察著在附近的琅玕樹。

開明神獸的南面有樹鳥、六頭蛟、蝮、蛇、長尾猴、豹、鳥秩樹，樹木環繞在池子的周圍，旁邊還有誦鳥、隼和視肉。

～人文風物觀察筆記～

鳳皇　明·蔣應鎬繪圖本

窫窳　明·蔣應鎬繪圖本

樹鳥　明·蔣應鎬繪圖本

三頭人　明·蔣應鎬繪圖本

六首蛟　明·蔣應鎬繪圖本

海經

下卷

海，是天下。　海內，是記載四海之內的大山大川。

山海經第十二

海內北經

〈海內北經〉記述的內容較為雜亂，但大致可歸納為三種：一是國家，例如犬戎國人長得像狗，鬼國人有張人的面孔但只有一隻眼睛；二是動物，例如長得像老虎但生了一對翅膀的窮奇，長得像螽斯的大蜂，長得像蚍蜉的朱蛾；三是人文景觀，諸如帝堯臺、帝嚳臺、帝丹朱臺和帝舜臺等等。

除此之外，還有關於歷史和神話人物的記載，諸如西王母、貳負神、舜妻登比氏和冰夷神等等。

〈海內北經〉記述的範圍，是海內從西北角往東一帶。

蛇巫之山 ⟶ 犬戎國

注釋

①杯：音「ㄅㄤˋ」，即「棓」，音義同而字形異。棓，通「棒」。棍子，杖。

②西王母：關於西王母的敘述，分別見於〈西次三經·玉山〉、此處和〈大荒西經·昆侖之丘〉。

③梯：憑倚，憑靠。
几：矮小的桌子。

④勝：古代婦女的首飾。

⑤三青鳥：見〈大荒西經·西王母之山〉：「有三青鳥，赤首黑目，一名曰大鵹，一名少鵹，一名曰青鳥。」

⑥虛：通「墟」。大丘、土山。

⑦犬封國：彼時高辛氏和犬戎之間戰爭頻仍，高辛氏向天下招募可以擊敗敵人的勇士。一日，高辛氏身旁的神犬盤瓠將戎王的頭咬下進獻，高辛氏大悅，但是盤瓠卻對他賞賜的肉絲毫沒有興趣。最後，高辛氏以美女妻之，以三百里地封之。盤瓠的後代，男則為狗，女則為美人。又稱犬戎國。

⑧方：正在。因為是配合圖畫的說明文字，所以書中會出現這種記述具體動作的詞語。

⑨縞：白色的。

⑩鬣：馬頸上的長毛。

原文

海內西北陬以東者。

蛇巫之山，上有人操杯❶而東向立。一曰龜山。

西王母❷梯几❸而戴勝❹杖。其南有三青鳥❺，為西王母取食。在昆侖虛❻北。

有人曰大行伯，把戈。其東有犬封國❼。貳負之尸在大行伯東。

犬封國曰犬戎國，狀如犬。有一女子，方❽跪進杯食。有文馬，縞❾身朱鬣❿，目若黃金，名曰吉量，乘之壽千歲。

譯文

海內世界從西北角向東的國家地區、山川河流分別如下：

蛇巫山上，有人拿著一根棍棒，面向東站著。有另一種說法認為蛇巫山名叫龜山。

西王母倚靠著小桌子而頭戴玉飾。在西王母的南面有三隻青鳥，正在為西王母覓取食物。西王母和三隻青鳥的所在地是昆侖山的北面。

有人名叫大行伯，他手握一把長戈。在他的東面是犬封國。貳負之尸在大行伯的東面。

犬封國又名犬戎國，國民的模樣都如狗。犬封國有一個女子，正跪在地上捧著一杯酒食向人進獻。那裡還有文馬，牠有白色的身體和紅色的鬣毛，眼睛像黃金一樣閃閃發光，名叫吉量，騎上牠就能使人長壽千歲。

～山海經地理～

蛇巫山

觀點 1. 「一曰龜山。」龜山位於湖北漢陽縣東北。即大別山，為江漢要塞。

觀點 2. 根據前後的原文，可以推斷蛇巫山就在昆侖山附近。

犬戎國

《史記・匈奴列傳》記載：「穆王之後二百有餘年，周幽王用寵姬褒姒之故，與申侯有卻。申侯怒而與犬戎共攻殺周幽王于驪山之下，遂取周之焦穫，而居于涇渭之閒。」犬戎是西戎的分支。分布於今陝西涇渭流域一帶，為周朝西邊強大的外患。

～人文風物觀察筆記～

三青鳥 明・蔣應鎬繪圖本

犬戎國 清・邊裔典

西王母 清・四川成或因繪圖本

吉量 明・蔣應鎬繪圖本

鬼國——蟜

注釋

❶ **貳負**：傳說中的天神，人面蛇身。相關傳說見〈海內西經·危〉。

❷ **窮奇**：見〈西次四經·邽山〉：「其上有獸焉，其狀如牛，蝟毛，名曰窮奇，音如獋狗，是食人。」

❸ **被髮**：即披髮。被，通「披」。是指原書圖畫上的樣子。

❹ **螽**：螽斯。體呈綠色、棕色或灰色，觸角等於或超過體長，具長翅，生活於地面、矮草上或灌叢中。

❺ **蛾**：晉代郭璞認為，此處的蛾即蚍蜉，一種大蟻。《楚辭·招魂》：「赤螘若象，玄蜂若壺些。」蛾，古同「蟻」。

❻ **蟜**：本是蟲名，這裡應指國名或地名。

❼ **脛**：小腿。
䏿：脛後肌肉突出之處。俗稱「腿肚」。

原文

鬼國在貳負❶之尸北，為物人面而一目。一曰貳負神在其東，為物人面蛇身。

蜪犬如犬，青，食人從首始。

窮奇❷狀如虎，有翼，食人從首始。所食被髮❸。在蜪犬北。一曰從足。

帝堯臺、帝嚳臺、帝丹朱臺、帝舜臺，各二臺，臺四方，在昆侖東北。

大蜂，其狀如螽❹；朱蛾，其狀如蛾❺。

蟜❻，其為人虎文，脛有䏿❼。在窮奇東。一曰狀如人，昆侖虛北所有。

譯文

鬼國位在貳負尸的北面，國民的形貌是人的面孔但只有一隻眼睛。另一種說法是貳負神在鬼國的東面，祂的形貌是人的面孔和蛇的身體。

蜪犬形似狗，渾身青色，牠吃人是從人的頭開始吃。

窮奇形似老虎，卻有翅膀，窮奇吃人是從人的頭開始吃。正被吃的人是披散著頭髮的。窮奇在蜪犬的北面。另一種說法是窮奇吃人是從人的腳開始吃。

帝堯臺、帝嚳臺、帝丹朱臺、帝舜臺，各自有兩座臺，每座臺都是四方形，在昆侖山的東北面。

有一種大蜂，長得像螽斯；有一種朱蛾，長得像蚍蜉。

蟜，有人的身體卻長著老虎的斑紋，他的小腿肚肌肉強健。蟜在窮奇的東面。另一種說法是蟜形似人，是昆侖山北面所獨有的。

～山海經地理～

鬼國 ▶ 鬼國即〈海外北經〉中的一目國。清代《山海經廣注》云：「《易》稱伐鬼方，即此也。」也就是商王昭（武丁）時曾討伐北方的遊牧民族鬼方。其位於今陝西的西北一帶。

～人文風物觀察筆記～

鬼國 明·蔣應鎬繪圖本

大蜂 明·蔣應鎬繪圖本

貳負 明·蔣應鎬繪圖本

❶ 明·蔣應鎬繪圖本

❷ 明·蔣應鎬繪圖本

獸名	蚼犬❶	窮奇❷
特徵	外形似狗，渾身青色	外形似老虎，但有翅膀
特性	吃人是從頭開始吃	吃人是從頭開始吃

367

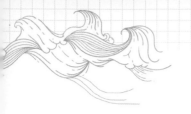

闒非 ── 氾林

～注釋～

❶ **闒非**：見圖。闒，音「ㄊㄚˋ」。

❷ **據比之尸**：據比的屍首。當代學者袁珂認為，據比疑似指天神諸比。《淮南子·墜形訓》：「諸比，涼風之所生也。」高誘注：「諸比，天神也。」

❸ **祙**：魅，傳說中作祟害人的鬼怪。例如螭魅，就是山川木石之精氣蘊積化育而成的精怪。

❹ **從目**：豎立的眼睛。從，通「縱」。

❺ **戎**：根據《逸周書·史記解》「昔有林氏召離戎之君而朝之」的記載，清代郝懿行認為此處可能是指離戎。離戎是先秦時期西戎的分支。

❻ **林氏國**：古諸侯國。《逸周書·史記解》：「昔有林氏召離戎之君而朝之。」

❼ **騶吾**：即騶虞，傳說中的瑞獸。《淮南子·道應訓》云：「屈商乃拘文王於羑里。於是散宜生乃以千金求天下之珍怪，得騶虞、雞斯之乘……以獻於紂。因費仲而通。紂見而說之，乃免其身，殺牛而賜之。」

❽ **氾林**：即前文所說的范林、泛林。指樹木茂密叢生的樹林。

～原文～

闒非❶，人面而獸身，青色。

據比之尸❷，其為人折頸披髮，無一手。

環狗，其為人獸首人身。一曰蝟狀如狗，黃色。

祙❸，其為物人身、黑首、從目❹。

戎❺，其為人人首三角。

林氏國❻有珍獸，大若虎，五采畢具，尾長於身，名曰騶吾❼，乘之日行千里。

昆侖虛南所，有氾林❽方三百里。

～譯文～

闒非，長著人的面孔卻是野獸的身體，渾身青色。

天神據比尸，是被折斷了脖子而披散著頭髮的模樣，並且失去一隻手。

環狗，這種人有野獸的腦袋和人的身體。另一種說法認為他是刺蝟的樣子，但又像狗，渾身黃色。

祙，這種怪物長著人的身體、黑色腦袋和豎立的眼睛。

戎，這種人長著人的頭，但頭上卻有三隻角。

林氏國有一種珍奇的野獸，牠的大小與老虎差不多，身上有五種顏色的斑紋，尾巴比身體長，名叫騶吾。騎上牠就可以日行千里。

昆侖山的南面，有一片方圓三百里的氾林。

～山海經地理～

戎 ▶ 根據《逸周書》，清代郝懿行認為「戎」可能是指「離戎」，又作驪戎。有一說法是，西周後期驪戎進入了渭水之南（今陝西臨潼一帶），因為該地有驪山而得名。

林氏國 ▶ 《逸周書》記載：「昔有林氏、上衡氏爭權，林氏再戰而勝，上衡氏偽義弗克，俱身死國亡。」林氏國應當是與上衡氏爭奪權力的林氏，推測其位於今河北的北部。

～人文風物觀察筆記～

闒非　明‧蔣應鎬繪圖本

據比之尸　明‧蔣應鎬繪圖本

騶吾　明‧胡文煥繪圖本

戎　明‧蔣應鎬繪圖本

環狗　明‧蔣應鎬繪圖本

袜　明‧蔣應鎬繪圖

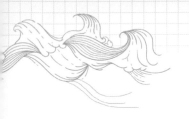

從極之淵 ── 朝鮮

～注釋～

❶ 仞：古代計算長度的單位，八尺為一仞。

❷ 維：唯獨，只有。

❸ 都：居住。

❹ 冰夷：即河神馮夷，又作「河伯」、「馮修」、「無夷」。《穆天子傳》云：「戊寅，天子西征，鶩行，至于陽紆之山河伯無夷之所居。」

❺ 陽汙：即陽紆。《穆天子傳》云：「至于陽紆之山，河伯無夷之所都居。」

❻ 王子夜：有一說法是，王子夜即王子亥，商國的第七任首領。見〈大荒東經〉：「王亥託于有易、河伯僕牛。有易殺王亥，取僕牛。」

❼ 登比氏：除娥皇、女英之外，舜的第三位妻子。

❽ 宵明、燭光：舜的兩個女兒，相傳她們能為人帶來光明。

❾ 鉅燕：大燕。鉅，通「巨」。

❿ 倭：古代對日本的指稱。

～原文～

從極之淵，深三百仞❶，維❷冰夷恒都❸焉。冰夷❹人面，乘兩龍。一曰忠極之淵。

陽汙❺之山，河出其中；凌門之山，河出其中。

王子夜❻之尸，兩手、兩股、胸、首、齒，皆斷異處。

舜妻登比氏❼生宵明、燭光❽，處河大澤，二女之靈能照此所方百里。一曰登北氏。

蓋國在鉅燕❾南，倭❿北。倭屬燕。

朝鮮在列陽東，海北山南。列陽屬燕。

～譯文～

從極淵有三百仞深，只有冰夷神長期住在這個地方。冰夷神長著人的面孔，駕馭著兩條龍。也有另一種說法認為從極淵名叫忠極淵。

陽汙山，黃河的一條支流發源於此山；凌門山，黃河的另一條支流發源於此山。

王子夜的屍體，兩隻手、兩條腿、胸膛、腦袋和牙齒，都被斬斷了，分散在不同的地方。

帝舜的妻子登比氏生了宵明和燭光兩個女兒，她們住在黃河旁的大澤中，兩位神女的靈光能照亮方圓百里的地方。也有另一種說法認為帝舜的妻子名叫登北氏。

蓋國在大燕的南面，倭國的北面。倭國隸屬於燕國。

朝鮮在列陽的東面，北面有大海，南面則有高山。列陽隸屬於燕國。

～山海經地理～

陽汙山 《穆天子傳》：「至于陽紆之山，河伯無夷之所都居。」陽汙即陽紆古澤，在陝西華陰市東，南至潼關。

淩門山 《水經注》：「河水又出于陽紆、淩門之山，而注于馮逸之山。」淩門山即今陝西和山西邊境的龍門山。

蓋國 根據西周禽簋的銘文記載，可知周成王征伐叛亂國蓋侯的史事。銘文的「蓋」就是指商末奄國，位於今山東。

鉅燕 即大燕，古國名，周朝時分封的姬姓諸侯國，在今河北北部和遼寧西端。西元前三世紀被秦國所滅。

朝鮮 晉代郭璞云：「朝鮮今樂浪縣，箕子所封也。列亦水名也，今在帶方。」即在今朝鮮半島北部。

列陽 《漢書》樂浪郡吞列縣下注曰：「分黎山，列水所出，西至黏蟬入海。」列陽即朝鮮半島的大同江北面。

～神怪觀察記錄～

冰夷 明‧蔣應鎬繪圖本

列姑射 —— 大人之市

注釋

❶ **列姑射**：山名。其景致和〈東次二經·姑射之山〉相吻合，「無草木，多水。又南水行三百里，流沙百里，曰北姑射之山，無草木，多石。又南三百里，曰南姑射之山，無草木，多水。」

❷ **河州**：有一説是黃河流入海中形成的小塊陸地。州是水中高出水面的土地。

❸ **射姑國**：就是「姑射國」。

❹ **大蟹**：晉代郭璞云：「蓋千里之蟹也。」

❺ **陵魚**：袁珂注：「〈海外西經〉云：『龍魚陵居在其（沃野）北。』即此魚也。」

❻ **鯾**：同「鯿」，魚名。體形寬而扁，頭小鱗細，銀灰色。肉質鮮美，產於淡水中，與魴相似。

❼ **明組邑**：推測是生活在海島上的一個部落。邑，即邑落，人所聚居的部落。

❽ **蓬萊山**：相傳是位於渤海的神山。山上有仙人居住，宮室皆以金玉打造，鳥獸都是白色的，遠遠看過去就像白雲一樣。

原文

列姑射❶在海河州❷中。

射姑國❸在海中，屬列姑射。西南，山環之。

大蟹❹在海中。

陵魚❺人面，手足，魚身，在海中。

大鯾❻居海中。

明組邑❼居海中。

蓬萊山❽在海中。

大人之市在海中。

譯文

列姑射在河流入海口的一水面陸塊上。

射姑國在海中，隸屬於列姑射。射姑國的西南部，有高山環繞著它。

大蟹生活在海裡。

陵魚長著一張人的面孔，牠有手和腳，以及一副魚的身體，也是生活在海裡。

大鯾魚生活在海裡。

明組邑是個原始的部落，生活在海島上。

蓬萊山屹立在海中。

大人貿易的集市就在海中。

∽ 山海經地理 ∽

列姑射 ▶ 晉代郭璞云：「山名也。山有神人。河州在海中，河水所經者。莊子所謂藐姑射之山也。」《莊子》又云：「藐姑射之山，汾水之陽。」《經典釋文》云：「汾水出太原。」因此，此山應位在今汾河北面，為渤海或黃海上的一座島嶼。

大人市 ▶ 山名。見〈大荒東經〉：「東海之外，大荒之中，有山名曰大言，日月所出。有波谷山者，有大人之國。有大人之市，名曰大人之堂。」大人國的國民經常在此山買賣交易，自然而然就形成了市集。

∽ 人文風物觀察筆記 ∽

列姑射 明‧蔣應鎬繪圖本

蓬萊山 明‧蔣應鎬繪圖本

陵魚 明‧蔣應鎬繪圖本

大蟹 清‧汪紱圖本

373

下卷

海經

海，是天下。 海內，是記載四海之內的大山大川。

山海經第十三

海 內 東 經

〈海內東經〉記述的方式與前面略有不同。

前半部主要介紹海內從東北角往南的國家、山川地名和仙神名稱，例如燕國、會稽山、都州和雷神傳說，其地域約在現今河北到浙江一帶，但也涉及位於西北的西胡白玉天山、昆侖山、大夏國和月氏國等重要地方。

後半部分的經文，有學者認為是《水經》一書的內容，為後世文人在閱讀《山海經》時所補述。這一部分著重介紹了岷江、浙江、淮河和渭河等河流的發源地、流向和流經的地域，所記述的山川位置較為具體。

鉅燕 ⟶ 西胡白玉山

注釋

❶ 鉅燕：大燕。鉅，通「巨」。

❷ 流沙：沙漠的舊名。《尚書·禹貢》：「導弱水，餘波入于流沙。」《楚辭·招魂》：「西方之害，流沙千里些。」

❸ 埻端：傳說中的國家，位於西域沙漠之中。

❹ 璽晚：國家名稱。

❺ 海內：國境之內。

❻ 大夏：晉代郭璞云：「大夏國城方二三百里，分為數十國，地和溫，宜五穀。」

❼ 月氏之國：為西域古國。氏，通「支」。晉代郭璞云：「月支國多好馬、美果，有大尾羊如驢尾，即羬羊也。小月支、天竺皆附庸云。」

❽ 白玉山：清代郝懿行引《藝文類聚·八十三卷》云：「《十洲記》曰，『周穆王時·西胡獻玉杯，是百玉之精，明夜照夕。』云云。然則白玉山蓋以出美玉得名也。」

❾ 蒼梧：山名。清代學者郝懿行云：「此別一蒼梧，非南海蒼梧也。」

原文

海內東北陬以南者。

鉅燕❶在東北陬。

國在流沙❷中者埻端❸、璽晚❹，在昆侖虛東南。一曰海內❺之郡，不為郡縣，在流沙中。

國在流沙外者，大夏❻、豎沙、居繇、月氏之國❼。

西胡白玉山❽在大夏東，蒼梧❾在白玉山西南，皆在流沙西，昆侖虛東南。昆侖山在西胡西。皆在西北。

譯文

海內世界從東北角向南的國家地區、山川河流分別如下：大燕國在海內世界的東北角。

在流沙中的國家有埻端國和璽晚國，都在昆侖山的東南面。也有另一種說法認為埻端國和璽晚國是海內建置的郡，沒有稱它們為郡縣，是因為它們處在流沙中的緣故。

地理位置處在流沙以外的國家，有大夏國、豎沙國、居繇國和月氏國。

西方胡人居住的白玉山在大夏國的東面，蒼梧則在白玉山的西南面，但它們的位置都在流沙的西面，昆侖山的東南面。昆侖山位於西方胡人所在地的西面。總而言之，所有的位置都在西北方。

～山海經地理～

大夏

《史記·大宛傳》云：「大夏在大宛西南二千餘里，媯水南。其俗土著有城屋，與大宛同俗。無大王長，往往城邑置小長。」大夏為中亞古地名和國名，位於古希臘人所說的巴克特里亞地區。主要疆域在阿姆河以南，興都庫什山以北，西邊與安息接壤。

月氏

本居敦煌、祁連間，在今甘肅中部西境及青海東境地，漢時為匈奴所破，西走，建都薄羅城，號「大月氏」。後漸強盛，在今印度河流域克什米爾、阿富汗及蔥嶺東西之地。其東留未去的，號「小月氏」，在今甘肅張掖及青海西寧等縣地。

流沙

錫爾河西南有克茲勒固姆沙漠，在中亞錫爾河與阿姆河之間，包括烏茲別克、哈薩克和土庫曼部分領土。

西胡

古代泛稱北方邊地的游牧民族為胡，西胡即相對於東胡而言，指位於西邊的西域各民族。

～異國輿圖～

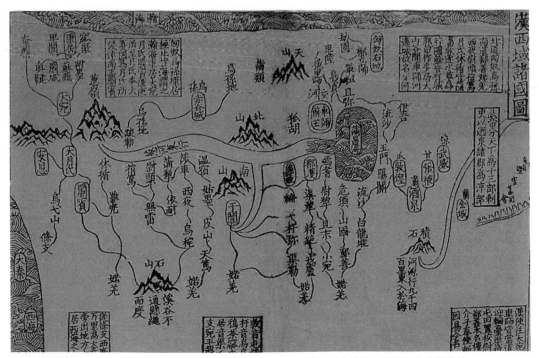

漢西域諸國圖 南宋景定年間，雕版墨印，記錄了漢代西域各民族的分布情況。現藏於北京圖書館。

雷神 → 會稽山

～注釋～

❶ 雷神：就是雷獸。見〈大荒東經·流波山〉：「東海中有流波山，入海七千里。其上有獸，狀如牛，蒼身而無角，一足，出入水則必風雨。其光如日月，其聲如雷，其名曰夔。黃帝得之，以其皮為鼓，橛以雷獸之骨，聲聞五百里，以威天下。」

❷ 鼓：動詞。敲擊、拍擊、彈奏。

❸ 渤海：指黃海。

❹ 琅邪：古郡縣名。在今山東東南和江蘇東北地區。

❺ 其北有山：清代郝懿行云：「琅邪臺在今沂州府，其東北有山，蓋勞山也。勞山在海間，一曰牢山。」

❻ 韓雁：根據《三國志·魏志》記載「韓有三種，一曰馬韓，二曰辰韓，三曰弁辰」，清代郝懿行云：「韓雁蓋三韓古國名。」

❼ 始鳩：應是國家名稱。

❽ 轅厲：有一說認為轅厲即韓雁，因字音、字形相近而訛誤。

❾ 楚：清代吳承志於《山海經地理今釋》中寫道：「楚當作越，傳寫訛誤。」

～原文～

雷澤中有雷神❶，龍身而人頭，鼓❷其腹。在吳西。

都州在海中。一曰郁州。

琅邪臺在渤海❸間，琅邪❹之東。其北有山❺。一曰在海間。

韓雁❻在海中，都州南。

始鳩❼在海中，轅厲❽南。

會稽山在大楚❾南。

～譯文～

雷澤中有一位雷神，祂長著龍的身體、人的頭，常常敲打自己的肚子，只要祂一敲肚子，就會發出打雷的聲音。雷澤在吳地的西面。

都州在海裡。另一種說法認為都州又稱郁州。

狀如高臺的琅邪山位於渤海的海岸之間，就在琅邪郡的東面。琅邪的北面有座山，也就是勞山。有一種說法是，這座山在海的中間。

韓雁國在海中，又在都州的南面。

始鳩國在海中，又在轅厲的南面。

會稽山在大越的南面。

～山海經地理～

雷澤

觀點1. 晉代郭璞云：「今城陽有堯冢靈臺。雷澤在北也。」堯冢在古郡縣城陽，因此，雷澤位於今山東菏澤市東北。菏澤古稱曹州，清朝雍正時升曹州為府，設附郭縣，因南有「菏山」，北有「雷澤」，而賜名菏澤。

觀點2. 雷澤即源出於雷首山的雷水，雷首山在蒲州，也就是位於今山西永濟縣南。因此雷澤亦在山西永濟縣南。

觀點3. 即位於江蘇的太湖。清代吳承志於《山海經地理今釋》云：「《漢志》具區澤在會稽郡吳西，揚州藪，古文以為震澤。震澤在吳西，可證。」

郁州 晉代郭璞云：「今在東海朐縣界，世傳此山自蒼梧從南徙來，上皆有南方物也。」朐縣，秦代古縣名，隸屬東海郡。世人根據郁州上存有的草木判斷其在古代為海中一島，清代海岸擴張後，才和大陸相連。位於今江蘇連雲港市東雲臺山一帶。

琅邪臺 晉代郭璞認為，琅邪臺本來是一座山，形狀如同高臺，故稱為琅邪臺。《越絕書·外傳記地》云：「句踐徙琅邪，起觀臺，臺周七里，以望東海。」清代郝懿行進一步推斷：「是地本有臺，句踐特更增築之耳。」琅邪臺在今山東青島市黃島區。

～神怪觀察記錄～

雷神 明·蔣應鎬繪圖本

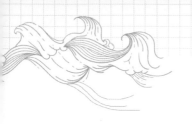

岷三江 ── 湘水

～注釋～

❶ **岷**：河川名，即四川境內的岷江，長江上游支流。其源出松潘縣西北岷山，南流至灌縣，折東南經成都、眉山、青神諸縣至宜賓縣注入長江。

❷ **大江**：長江的別名。自先秦以來，岷江長期被認為是長江的正源。

❸ **汶山**：山名，即岷山。

❹ **高山**：山名，一說是邛崍山；一說是大雪山。

❺ **三天子都**：已見於〈海內南經·三天子鄣山〉。晉代郭璞認為其地位於新安歙縣（今安徽黃山市）東。民初學者袁珂認為其地約在今安徽境內黟山脈之率山。

❻ **蠻**：古代對南方種族的的泛稱。

❼ **餘暨**：漢時縣名，今浙江杭州市蕭山區。

❽ **彭澤**：湖泊名，即今鄱陽湖。在江西北部，彭澤為簡稱。

❾ **淮水出餘山**：淮水是淮河古稱，發源於河南的桐柏山。其流經河南、湖北、安徽和江蘇。

❿ **朝陽**：古縣名，三國時期屬新野郡。即今河南鄧州市一帶。

⓫ **淮浦**：古縣名，三國時期屬魏，隸屬廣陵郡。即今江蘇漣水。

～原文～

岷❶三江：首大江❷，出汶山❸，北江出曼山，南江出高山❹。高山在成都西，入海在長州南。

浙江出三天子都❺，在蠻❻東，在閩西北，入海，餘暨❼南。

盧江出三天子都。入江，彭澤❽西。一曰天子鄣。

淮水出餘山❾，餘山在朝陽❿東，義鄉西，入海，淮浦⓫北。

湘水出舜葬東南陬，西環之，入洞庭下。一曰東南西澤。

～譯文～

從岷山中流出三條江水，首先是發源於汶山的長江，再者是發源於曼山的北江，還有發源於高山的南江。高山坐落在成都的西面。三條江水最終都注入大海，而入海處就在長州的南面。

浙江發源於三天子都山，三天子都山在蠻地的東面，閩地的西北面，浙江最終注入大海，入海處在餘暨的南邊。

盧江發源於三天子都山，注入長江，入江處在彭澤的西面。一本說，盧江發源於天子鄣。

淮水發源於餘山，餘山坐落在朝陽的東面，義鄉的西面。淮水最終注入大海，入海處在淮浦的北面。

湘水發源於帝舜葬地的東南角，向西環繞流去，最終注入洞庭湖下游。一本說，是注入東南方的西澤。

～山海經地理～

 北江 根據岷江位置推斷，北江可能是指四川中部大渡河的支流青衣江。其發源於邛崍山脈巴朗山與夾金山之間。

曼山 曼山是今四川名山縣西北的蒙頂山，山勢北高南低，呈東北─西南走向，延伸至雅安市境內。

 南江 在四川西部的大渡河，古稱沫水。發源於青海、四川邊境的果洛山，至樂山市匯入岷江。

浙江 《水經注》云：「浙江又逕固陵城北，昔范蠡築城于浙江之濱。」浙江即錢塘江。發源於安徽黃山。

 盧江

 觀點1 盧江即青弋江，古稱清水或冷水，源出安徽黟縣。

 觀點2 盧江即源出今江西婺源縣西北盧嶺山的盧源水。

 舜葬 根據〈海內經・蒼梧之丘〉所述「南方蒼梧之丘，蒼梧之淵，其中有九嶷山，舜之所葬，在長沙零陵界中」，帝舜所葬之地為湖南寧遠縣的九嶷山南面。

～人文風物觀察筆記～

樓閣山水圖右面屏風 江戶時代，紙本金底墨畫著色，文人畫家池大雅於畫中細細描繪了可以眺望洞庭湖的岳陽樓，以及湖水注入長江的情景。現藏於東京國立博物館。

漢水 ── 汝水

～注釋～

❶ 顓頊：相傳為黃帝之孫，十歲時輔佐少昊，二十歲即帝位。最初建國於高陽，故號高陽氏。建都於帝丘（今河北濮陽縣）。在位七十八年。

❷ 嬪：即嬪妃，帝王的妻妾。

❸ 四蛇衛之：指有四條蛇在山下守衛。

❹ 溫水：水名，水常年是溫熱的。晉代郭璞云：「今溫水在京兆陰盤縣，水常溫也。」東漢中平年間末，陰盤縣移寄治京兆尹新豐縣。新豐縣治所在今陝西西安市。

❺ 臨汾：古縣名，在今山西江縣東北。

❻ 鄢：今河南鄢陵縣。春秋時期周的屬國之一，妘姓。為鄭所滅後，改名鄢陵。

❼ 緱氏：古縣名，在今河南偃師市東南。緱，音「ㄍㄡ」。

❽ 梁：古縣名，在今河南汝州市。

❾ 勉鄉：古鄉邑名，隸屬梁縣。

❿ 淮極西北：此句有兩種解讀。其一，「淮極」為地名；其二，「極西」為地名，即後文所說的「期思」。

⓫ 期思：古縣名，在今河南信陽市淮濱縣。

～原文～

漢水出鮒魚之山。帝顓頊❶葬于陽，九嬪❷葬于陰，四蛇衛之❸。

濛水出漢陽西，入江，聶陽西。

溫水❹出崆峒山，在臨汾❺南，入河，華陽北。

潁水出少室，少室山在雍氏南，入淮西鄢❻北。一曰緱氏❼。

汝水出天息山，在梁❽勉鄉❾西南，入淮極西北❿，一曰淮在期思⓫北。

～譯文～

漢水發源於鮒魚山，帝顓頊葬在鮒魚山的南面，帝顓頊的九個嬪妃葬在鮒魚山的北面，有四條巨蛇護衛著他們。

濛水發源於漢陽西面，最終注入長江，入江處就在聶陽的西面。

溫水發源於崆峒山。崆峒山坐落在臨汾的南面，溫水最終注入黃河，入河處就在華陽的北面。

潁水發源於少室山，少室山坐落在雍氏的南面，潁水最終在西鄢的北邊注入淮水。另一種說法是在緱氏注入淮水。

汝水發源於天息山，天息山坐落在梁勉鄉的西南，汝水最終在淮極的西北注入淮水。另一種說法認為入淮水處是在期思的北面。

～山海經地理～

漢水 ▶ 此處漢水應作濮水，又作濮渠水。濮水流經衛地。晉代杜預注《左傳》云：「衛，今濮陽縣，昔顓頊居之，其城內有顓頊冢。」

漢陽 ▶ 晉代郭璞云：「漢陽縣屬朱提。」漢陽隸屬朱提縣（漢朝時置縣），朱提的故城在今四川宜賓縣西南。山區盛產銀。

潁水 ▶ 晉代郭璞云：「今潁水出河南陽城縣乾山，東南經潁川汝陰至淮南下蔡，入淮。」潁水源出河南登封縣西境的潁谷，東南流經河南、安徽，至西正陽關入淮河。

華陽 ▶ 《尚書·禹貢》：「華陽黑水惟梁州。」明末清初地理學家胡渭曰：「華陽，今商州之地也。」因在華山之南，故名華陽。相當於今天陝西秦嶺以南、四川重慶和雲南貴州一帶。

天息山 ▶ 晉代郭璞云：「今汝水出南陽魯陽縣大孟山，東北至河南梁縣。」因此，天息山應在河南魯山縣。

雍氏 ▶ 雍氏即雍梁邑。《左傳·襄公十八年》：「蔿子馮、公子格率銳師侵雍梁。」雍氏在今河南禹州市東北。

～神怪觀察記錄～

四蛇 明·蔣應鎬繪圖本

涇水 —→ 泗水

～注釋～

❶ **長城北山**：長城附近的一座山。

❷ **郁郅、長垣**：皆是古縣名。

❸ **北入渭**：晉代郭璞云：「今涇水出安定朝那縣西笄頭山，東南經新平、扶風至京兆、高陵縣入渭。」

❹ **戲**：地名，在今陝西西安臨潼區東。

❺ **渭水出鳥鼠同穴山**：晉代郭璞云：「今在隴西首陽縣，渭水出其東，經南安、天水、略陽……華陰縣東入河。」

❻ **華陰**：古縣名，今位於陝西東部的華陰市。

❼ **白水**：水名，即白水江，發源於甘肅和四川交界的弓杆嶺。

❽ **蜀**：四川的簡稱。秦時隸屬巴、蜀二郡屬地。

❾ **江州**：古縣名。秦漢三國時隸屬巴郡，在今重慶境內。

❿ **象郡**：古郡名。包括今廣東舊雷州、廉州、高州諸府，廣西舊慶遠、太平及梧州府的南境，以至安南等地。

⓫ **鐔城**：古縣名，在今湖南靖州苗族侗族自治縣。

⓬ **又東注江**：這句宜移至文末，因為洞庭湖是長江的過水湖。

⓭ **下雋**：古縣名，因雋水得名。在今湖北通城縣西北。

⓮ **洞庭**：即洞庭湖。

⓯ **泗水**：晉代郭璞云：「今泗水出魯國卞縣，西南至高平湖陸縣，東南經沛國彭城下邳至臨淮下相縣入淮。」

～原文～

涇水出長城北山❶，山在郁郅、長垣❷北，北入渭❸，戲❹北。

渭水出鳥鼠同穴山❺，東注河，入華陰❻北。

白水❼出蜀❽，而東南注江，入江洲❾城下。

沅水出象郡❿、鐔城⓫西，又東注江⓬，入下雋⓭西，合洞庭⓮中。

贛水出聶都東山，東北注江，入彭澤西。

泗水⓯出魯東北而南，西南過湖陵西，而東南注東海，入淮陰北。

～譯文～

涇水發源於長城附近的北山，北山坐落在郁郅和長垣的北面，涇水最後向北流入渭水，入渭水處在戲的北面。

渭水發源於鳥鼠同穴山，向東流入黃河，入河處在華陰的北面。

白水發源於蜀山，向東南流入長江，入江處在江州城下。

沅水發源於象郡鐔城的西面，向東流而注入長江，入江處在下雋的西面，最後匯入洞庭湖中。

贛水發源於聶都東山，向東北流入長江，入江處在彭澤的西面。

泗水發源於魯地的東北方，向南流，再向西南流經湖陵的西面，轉向東南而流入東海，入海處在淮陰的北面。

～ 山海經地理 ～

 郁郅 本為義渠戎地，《後漢書西羌傳》：「秦惠王伐義渠，取郁郅」。漢置縣，後漢廢，即今甘肅慶陽市。

沅水 沅水即今阮江，為湖南巨川。有南北二源，二水東流入湖南，合於黔陽縣西，總稱為沅江，分數道入洞庭湖。

 湖陵 即戰國宋設胡陵邑，秦置湖陵縣，後漢封給東平王劉蒼之子為侯國後，改名湖陵，在今山東魚臺縣東南。

贛水 贛水即位於江西的贛江。有東西二源，西源為章水，源出江西崇義縣聶都山。二水交會後，北流注入鄱陽湖。

 聶都 聶都為地名，聶都山在江西崇義縣西南九十里。《大明統一志》記載：「相傳昔有聶姓者，開都以居民。

淮陰 郡名，東魏置，齊廢，隋初又置，不久後即被裁撤。轄境相當於今江蘇淮陰市、洪澤區、盱眙縣。

～ 輿圖風物手札 ～

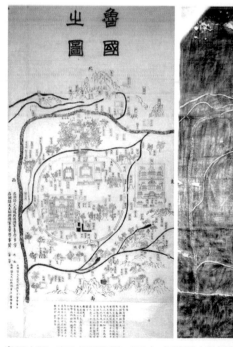 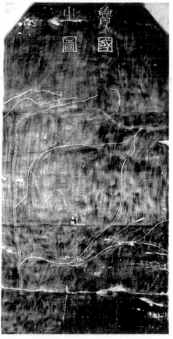

魯國之圖 南宋紹興年間，石刻，記錄了古魯國都城全貌及城外的泗河、沂水等地理要素。現藏於湖北省陽新縣第一中學。

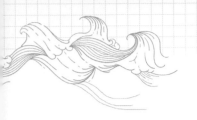

鬱水 ── 沁水

∽注釋∽

❶ 肄水：水名，即溱水。源出今湖南桂陽臨武縣東南。

❷ 潢水：古水名，又名湟水。源出湖南郴縣黃岑山。《水經注》云：「湟水經含洭縣西。又南出湟浦關為桂水。右合溱水。謂之湟口。」

❸ 洛水出洛西山：出陝西雒南縣冢嶺山。東南流合丹水，東經河南，至鞏縣東北洛口入黃河。

❹ 汾水出上窳北：汾水源出山西寧武縣西南管涔山。西南流經靜樂縣西，納嵐水。至臨汾縣西北分流繞襄城縣，至新絳東南折西流，至河津縣西南入黃河。

❺ 沁水：源出山西沁源縣北綿山諸谷。至晉城縣境，東南流入河南濟源縣。正流折東，經沁陽至武陟縣，折南入黃河。

❻ 井陘山：晉代郭璞云：「懷縣屬河內，河內北有井陘山。」

❼ 懷：古縣名，即懷縣。今河南武陟縣境。周朝初期稱其地為懷邑。

∽原文∽

鬱水出象郡，而西南注南海，入須陵東南。

肄水❶出臨晉西南，而東南注海，入番禺西。

潢水❷出桂陽西北山，東南注肄水，入敦浦西。

洛水出洛西山❸，東北注河，入成皋之西。

汾水出上窳北❹，而西南注河，入皮氏南。

沁水❺出井陘山❻東，東南注河，入懷❼東南。

∽譯文∽

鬱水發源於象郡，然後向西南流入南海，入海處就在須陵的東南面。

肄水發源於臨晉的西南方，然後向東南流入大海，入海處就在番禺的西面。

潢水發源於桂陽西北的山脈，然後向東南注入肄水，入海處在敦浦西面。

洛水發源於洛西山中，然後向東北流入黃河，入河處在成皋的西邊。

汾河發源於上窳的北部，然後向西南注入黃河，入河處在皮氏的南邊。

沁水發源於井陘山的東面，然後向東南流入黃河，入河處在懷的東南面。

～山海經地理～

番禺
古縣名,秦置,因番山和禺山而命名,隋改置南海縣,唐復兼置番禺縣,明清時隸屬廣東廣州府,民國廢府,改省為市,番禺仍留省城。故番禺在今廣東廣州市番禺區。

桂陽
即《漢書》所記載的「漢武帝元鼎四年,討南越,伏波將軍路博德屯桂陽待使者。元鼎五年,遂出桂陽,下湟水」之桂陽。古縣名,漢置,以其在桂水之陽,故名。即今廣東連州市。

成皋
晉代郭璞云:「成皋縣亦屬河南也。」成皋郡,後魏置,治所在成皋縣,即今河南滎陽市西北汜水鎮西。北齊將治所遷徙至滎陽縣,北周時期則改名滎州。

皮氏
古縣名,即戰國時的魏邑。《史記·秦本紀》:「惠文君九年,渡河取汾陰皮氏。」秦置皮氏縣,後魏改皮氏為龍門縣,因龍門山而命名,故城在今山西河津市西二里。

～輿圖風物手札～

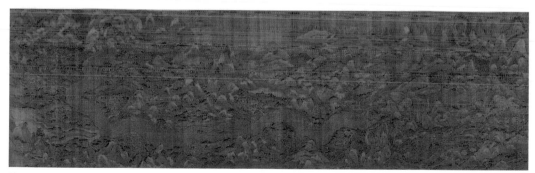

黃河萬里圖卷 清代,佚名。現藏於紐約大都會藝術博物館。

濟水 —— 漳水

原文

濟水出共山❶南東丘，絕❷鉅鹿澤❸，注渤海，入齊琅槐❹東北。

潦水出衛皋❺東，東南注渤海，入潦陽❻。

虖沱水出晉陽城南，而西至陽曲北，而東注渤海，入越章武北。

漳水出山陽東，東注渤海，入章武南❼。

建平元年四月丙戌，待詔太常屬臣望校治，侍中光祿勳臣龔、侍中奉車都尉光祿大夫臣秀領主省。

譯文

濟水發源於共山南面的東丘，流過鉅鹿澤，最終注入渤海，入海處就在齊地琅槐的東北面。

潦水發源於衛皋山的東面，向東南流，然後注入渤海，入海處就位於潦陽。

虖沱水發源於晉陽城南，向西流到陽曲的北面，再向東流，注入渤海，入海處就在章武的北面。

漳水發源於山陽的東面，向東流，注入渤海，入海處就在章武的南面。

建平元年四月丙戌日，待詔太常屬臣丁望校對整理，侍中光祿勳臣王龔、侍中奉車都尉光祿大夫劉秀領導主持。

～山海經地理～

 濟水 濟水源出河南濟源縣西王屋山。古時過黃河而南，東流至山東，與黃河平行，獨流入海。為古四瀆之一。

 潦水 即遼河。是東北地區南部的最大河流，發源於河北平泉縣，流經內蒙古、吉林，在遼寧盤山縣注入渤海。

齊 《戰國策》：「齊南有太山，東有琅邪，西有清河，北有渤海，所謂四塞之國也。」戰國時稱齊地，漢以後沿稱齊，位於今山東泰山以北黃河流域及膠東半島地區。

 晉陽 古唐國，相傳帝堯始都此。漢置縣，故城即今山西太原。高齊移之於汾水東，於此置龍山縣，隋廢龍山縣，移晉陽縣理之，唐高祖自晉陽起義遂定天下，宋時縣廢。

陽曲 古郡縣名。漢置，東漢應劭曰：「河千里一曲，當其陽，故曰陽曲。」漢末移置今山西太原北四十五里，後魏又移於今太原南四里，隋改為陽直，又移於今太原東北四十里，改名汾陽縣。這裡的陽曲包括定襄縣、陽曲縣等。

章武 古縣名，漢朝侯國，北齊廢，即位於今河北黃驊市東北。

 山陽 《後漢書》：「奉帝為山陽公。」即戰國魏邑，漢置山陽縣，北齊廢，在今河南修武縣西北三十五里。

～輿圖風物手札～

大明輿地圖 山東輿圖一局部 明嘉靖年間，彩繪絹本，圖的右上方可見古濟水的入海處。現藏於美國國會圖書館。

海經

下卷

大荒，是荒遠之處。 其經文豐富，但多是凌雜無統紀。

大 荒 東 經

〈大荒東經〉內容龐雜，大多與〈海外東經〉相同，諸如大人國、君子國、青丘國、黑齒國和湯谷。但與〈海外東經〉相比，此經的內容更加豐富，像是〈大荒經〉中提到大言山、明星山和合虛山時，特意提及它們是日月所出之山，反映古人對日月運行規律的重視。

除此之外，還有關於歷史和神話人物的記載，諸如有易國君殺王亥、應龍和夸父等等。

少昊之國 —→ 小人國

～注釋～

❶ 壑：谷、溝。晉代郭璞云：「《詩·含神霧》曰：『東注無底之谷。』謂此壑也。」

❷ 少昊：傳說中的上古帝王，名叫摯，為黃帝之子，嫘祖所生。都於曲阜，在位八十四年。〈西次三經·長留之山〉云：「長留之山，其神白帝少昊居之。其獸皆文首，其鳥皆文尾，是多文玉石。實惟員神磈氏之宮。是神也，主司反景。」

❸ 孺：《說文解字·子部》：「孺，乳子也。」此處有養育之意。

❹ 琴瑟：兩種撥絃樂器。

❺ 淵：水流匯聚形成深潭。

❻ 大荒：荒遠之處。

❼ 大人之市：已見於〈海內北經〉。

❽ 大人之堂：一說是山名，因為山的形狀就像是一間堂屋，所以稱作大人堂；一說指大人之市中用來交易的堂屋。

❾ 踆：通「蹲」。

❿ 靖人：傳說東北極有一種人，身高只有九寸，就是靖人。靖，細小的樣子；靖人即指小人。

～原文～

東海之外有大壑❶，少昊❷之國。少昊孺❸帝顓頊于此，棄其琴瑟❹。

有甘山者，甘水出焉，生甘淵❺。

大荒❻東南隅有山，名皮母地丘。

東海之外，大荒之中，有山名曰大言，日月所出。

有波谷山者，有大人之國，有大人之市❼，名曰大人之堂❽。有一大人踆❾其上，張其兩耳。

有小人國，名靖人❿。

～譯文～

東海以外有一個深不見底的溝壑，那就是少昊建國的地方。少昊就在這裡撫養帝顓頊，帝顓頊幼年玩耍過的琴瑟還丟在這個溝壑裡。

有一座甘山，甘水發源於此山，然後流匯成甘淵。

大荒的東南角有座高山，名叫皮母地丘。

東海以外，大荒之中，有座山名叫大言山，是太陽和月亮初出升起的地方。

有座波谷山，大人國就在這座山裡。還有大人國的國民進行買賣交易的市集，名叫大人之堂。有一個大人國的國民正蹲在上面，張開著他的兩隻手臂。

有個小人國，國民被稱作靖人。

∽ 山海經地理 ∽

大壑 ▶ 《列子·湯問》：「勃海之東，不知其幾億萬里，有大壑焉，實惟無底之谷，其下無底，名曰歸墟。八紘九野之水，天漢之流，莫不注之，而無增減焉。」

∽ 山海經傳說 ∽

顓頊

相傳在黃帝晚年，人民信奉巫教，任何事都靠占卜來決定，百姓家家都有人當巫吏學占卜，人們不再誠敬地祭祀上天，也不安心於農業生產。黃帝之孫顓頊為解決這一個問題，決定改革宗教，親自誠敬地祭祀天地祖宗，為萬民作出榜樣。又任命南正重負責祭天，以和諧神靈；任命北正黎負責民政，以撫慰萬民。勸導百姓遵循自然的規律從事農業生產，鼓勵人們開墾田地，並禁止民間占卜活動，最後使社會恢復正常秩序。

∽ 人文風物觀察筆記 ∽

大人國　清·邊裔典　　　　　　小人國　清·邊裔典

犁𪊨之尸 → 東口之山

～注釋～

❶ **犁𪊨之尸**：就如同前文提到的
奢比尸，死亡後仍然能行動。

❷ **滳山**：山名。

❸ **楊水**：水名。

❹ **黍食**：以黍為主食。黍為穀物，
可供食用和釀酒，脫去糠皮後
就稱作黃米，主要種植地在中
原北方。

❺ **使**：馴服、役使。
鳥：古代鳥獸通名，此處包含
野獸。

❻ **帝俊**：《山海經》中屢屢出現「帝
俊」一詞，具體所指各有不同。
生：本義為生育，此處指後者
為前者的後裔。
中容：即仲容。根據《左傳》
記載，高陽氏八位有才能的子
孫分別為：蒼舒、隤敳、檮戭、
大臨、尨降、庭堅、仲容、叔達。

❼ **衣冠**：指衣帽整齊。

～原文～

有神，人面獸身，名曰犁𪊨之尸❶。

有滳山❷，楊水❸出焉。

有蔿國，黍食❹，使四鳥❺：虎、豹、熊、羆。

大荒之中，有山名曰合虛，日月所出。

有中容之國。帝俊生中容❻，中容人食獸、木實，
使四鳥：豹、虎、熊、羆。

有東口之山。有君子之國，其人衣冠❼帶劍。

～譯文～

有一個神，祂長著人的面孔和野獸的身體，名叫犁𪊨尸。

有座滳山，楊水發源於此山。

有一個蔿國，國民以黃米為主食，能馴化和驅使四種野
獸：老虎、豹子、熊和羆。

在大荒之中，有座山名叫合虛山，那就是太陽和月亮初出
升起的地方。

有一個國家名叫中容國。帝嚳生了中容，中容國的國民食
用野獸的肉和樹木的果實，能馴化和驅使四種野獸：豹子、老
虎、熊和羆。

有座東口山。有個君子國就在東口山附近，國民皆衣冠整
齊而且腰間佩帶寶劍。

～山海經地理～

蔿國 疑似媯國。《史記‧陳杞世家》：「昔舜為庶人，堯妻之二女，居于媯汭，其後因為氏姓，姓媯氏。」媯汭，水名，發源於今山西永濟市南部的歷山，向西流入黃河。

～山海經傳說～

舜

　　相傳舜的家世寒微，雖然是帝顓頊的後裔，但歷經五世為庶人後，已處於社會下層。舜的父親瞽叟是個盲人，母親早逝。瞽叟續娶一妻，繼母生弟名叫象。舜的父親心術不正，繼母居心不良，弟弟桀驁不馴，幾個人串通一氣，欲置舜於死地而後快；然而舜對父母十分孝順，對弟弟十分友善，多年如一日，沒有絲毫懈怠。舜在家人要加害於他時，及時逃避；不加害於他時，馬上回到他們身邊，盡可能給予幫助。因此，舜以孝行聞名天下。過了十年後，堯向四方諸侯長徵詢繼任人選，諸侯長紛紛推薦舜。

～神怪觀察記錄～

犁䰱尸 明‧蔣應鎬繪圖本

司幽之國 → 黑齒之國

～注釋～

❶ 生：「生」字不一定指某人誕生某人，多指某人所遺存的後代子孫。這裡就是指後代。

❷ 晏龍：人名。即〈海內經〉所記載的「帝俊生晏龍，晏龍是為琴瑟」之晏龍。

❸ 思士，不妻；思女，不夫：相傳他們不娶親，不嫁人，但能夠藉由精氣感應、魂魄相合而生育孩子，延續後代。

❹ 四鳥：指豹、虎、熊、羆四種獸。

❺ 帝俊生帝鴻：清代郝懿行認為，此處帝俊是指少典，帝鴻是指黃帝。然而，神話傳說因為時間久遠，必有許多紛歧之處，具體所指不明。僅需知道帝鴻是帝俊的後代子孫即可。

❻ 青丘之國：即〈海外東經〉中提到的國家。

❼ 柔僕民：國名。

❽ 維：語助詞，無意。

❾ 嬴土之國：指該國的土地肥沃。

❿ 黑齒之國：已見於〈海外東經〉：「其為人黑齒，食稻啖蛇，一赤一青，在其旁。」

～原文～

有司幽之國。帝俊生❶晏龍❷，晏龍生司幽，司幽生思士，不妻；思女，不夫❸。食黍，食獸，是使四鳥❹。

有大阿之山者。

大荒中有山，名曰明星，日月所出。

有白民之國。帝俊生帝鴻❺，帝鴻生白民，白民銷姓，黍食，使四鳥：虎、豹、熊、羆。

有青丘之國❻。有狐，九尾。

有柔僕民❼，是維❽嬴土之國❾。

有黑齒之國❿。帝俊生黑齒，姜姓，黍食，使四鳥。

～譯文～

有個國家名叫司幽國。帝俊有後代晏龍，晏龍有後代司幽，司幽有後代思士，但思士不娶妻；司幽還有後代思女，但思女不嫁。國民以黃米為主食，也吃野獸肉，能馴化和驅使四種野獸。

有一座大阿山。

大荒之中有高山名叫明星，是太陽和月亮初出升起之處。

有國家名叫白民國。帝俊有後代帝鴻，帝鴻的後代是白民，國民姓銷，以黃米為主食，能馴化和驅使四種野獸：豹子、老虎、熊和羆。

有國家名叫青丘國。國內有一種狐狸，長著九條尾巴。

有一群人被稱作柔僕民，他們的國土很肥沃。

有國家名叫黑齒國。帝俊的後代是黑齒，姓姜，國民以黃米為主食，能馴化和驅使四種野獸。

∽山海經傳說∽

少典

有熊國的國君少典娶了有喬氏的兩個女兒，長妃叫女登，次妃叫附寶。

有一天，長妃女登在華亭遊玩，忽然有一神龍來伴，女登因此懷孕，生了後來的炎帝，取名榆岡。傳說他出生三天能說話，五天能走，七天就長全牙齒，五歲便學會許多種莊稼的知識。但是他相貌很醜，脾氣又暴躁，因此少典不大喜愛，就把他和女登養在姜水河畔，所以炎帝長大後就以姜為姓。

次妃附寶有一天到郊外遊玩，忽遇暴雨，電光纏身許久，最後才繞北斗而去。結果附寶感而受孕，懷胎二十五個月，生下後來的黃帝，起名雲，黃帝長得「河目龍顏」，落地能語，性情和善，很受少典的喜愛，就帶著他和附寶一同住在陰水河邊。附寶生來美麗動人，被人們稱為美姬。黃帝長大以後，便也以姬為姓，名叫姬雲。

黃帝

有一天，黃帝正在洛水與大臣們觀賞風景，忽然見到一隻大鳥銜著卜圖，放到他面前，黃帝連忙拜受。黃帝從來不曾見過這種鳥，便去問天老。天老告訴他，這種鳥雄的名鳳，雌的名凰。鳳凰一出，表明天下安寧，是大祥的徵兆。後來，黃帝又夢見有兩條龍持一幅白圖從黃河中出來並獻給他。黃帝不解，又來詢問天老。大老回答他，這是河圖洛書要出世的前兆。於是黃帝便與天老等游於河洛之間，沉璧於河中，殺三牲齋戒。最初一連三日大霧，之後又是七日七夜大雨，接著就有黃龍捧圖自河而出，黃帝跪接。於是黃帝拿著河圖洛書開始巡遊天下，封禪泰山。

∽人文風物觀察筆記∽

九尾狐 明·胡文煥圖本　　**黑齒國** 清·汪紱圖本

～注釋～

❶ **天吳**：神話傳說中的水伯。已見於〈海外東經〉：「朝陽之谷，神曰天吳，是為水伯。」

❷ **鞠陵於天、東極、離瞀**：均為山名。又或者，「東極離瞀」不是指山，而是在解釋「鞠陵於天」。

❸ **東方**：指東方的人。

❹ **俊**：俊風，正月時從東方刮來的風。

❺ **出入風**：掌管風的出入。

❻ **渚**：水中的小洲。即海島。

❼ **珥**：動詞，插、戴。

❽ **踐**：動詞，用腳踩踏。

❾ **禺䝞生禺京**：禺䝞的後代為禺京。禺䝞和禺京皆為海神。禺京，即〈海外北經〉中的「禺彊」，字玄冥。

❿ **惟**：語助詞，無意。

⓫ **玄股**：國名，即〈海外東經〉中提到的國家。

⓬ **四鳥**：指豹、虎、熊和羆四種獸。

～原文～

有夏州之國。有蓋余之國。

有神人，八首人面，虎身十尾，名曰天吳❶。

大荒之中，有山名曰鞠陵于天、東極、離瞀❷，日月所出。有神名曰折丹，東方❸曰折，來風曰俊❹，處東極以出入風❺。

東海之渚❻中，有神，人面鳥身，珥❼兩黃蛇，踐❽兩黃蛇，名曰禺䝞。黃帝生禺䝞，禺䝞生禺京❾。禺京處北海，禺䝞處東海，是惟❿海神。

有招瑤山，融水出焉。有國曰玄股⓫，黍食，使四鳥⓬。

～譯文～

有個國家名叫夏州國。在夏州國附近又有一個蓋余國。有個神，長著八個腦袋而且都是人的面孔，老虎身體，十條尾巴，名叫天吳。

在大荒之中，有三座高山分別為鞠陵於天山、東極山、離瞀山，都是太陽和月亮初出升起的地方。有個神名叫折丹，東方人單稱他為折，從東方吹來的風稱作俊，他就處在大地的東極，專門主管風的出入。

在東海的島嶼上，有一個神，長著人的面孔和鳥的身體，耳朵上懸掛著兩條黃色的蛇，腳底下踩踏著兩條黃色的蛇，名叫禺䝞。黃帝有了後代禺䝞，禺䝞有了後代禺京。禺京住在北海，禺䝞住在東海，他們都是海神。

有座招瑤山，融水發源於此山。有一個國家名叫玄股國，國民以黃米為主食，能馴化和驅使四種野獸。

～山海經地理～

融水 ▶ 融水即融江。隸屬於珠江流域，為柳江的上游，發源於貴州，流經廣西三江、融安、融水三縣入柳江。全長二十多公里。

～山海經傳說～

折丹

折丹是四方神之一，為東方之神。祂處在東極，掌管春季之風的來去出入。

禺虢

禺虢是東海的海神，是北海海神禺京的兒子，父子二人都是海神，形貌也相同，都是長著人的面孔和鳥的身體，耳朵上懸掛著兩條黃色的蛇，腳底下踩踏著兩條黃色的蛇。

～神怪觀察記錄～

天吳 明·蔣應鎬繪圖本

折丹 清·汪紱圖本

禺虢 清·汪紱圖本

困民國 ── 孽搖頵羝山

注釋

❶ 困民國： 即〈海內經〉中的「贏民，鳥足。有封豕」之贏民。「封豕」應是「王亥」二字訛誤。

❷ 方食其頭： 為原《山海經》圖像之描述。

❸ 託： 寄託。

❹ 有易： 氏族部落。有易氏在商部落的第七代首領王亥時期，於河北中部和河南北部活動。

❺ 僕牛： 一說指大的牛群；一說指馴服牛群。

❻ 方食之： 為原《山海經》圖像之描述。

❼ 搖民： 即困民國。

❽ 兩人： 下面只說明一人，應是文字有逸脫。

❾ 女丑： 即〈海外西經〉所說的女丑之尸。

❿ 大蟹： 即〈海內北經〉所說的方圓一千里大小的螃蟹。

⓫ 扶木： 即扶桑樹。

⓬ 柱： 如柱支撐著。

⓭ 芥： 芥菜。

⓮ 溫源谷： 即湯谷，谷中水很熱，太陽在此洗澡。

⓯ 烏： 棲息在太陽裡的三足鳥離朱。

原文

有困民國❶，勾姓，而食。有人曰王亥，兩手操鳥，方食其頭❷。王亥託❸于有易❹、河伯僕牛❺。有易殺王亥，取僕牛。河伯念有易，有易潛出，為國于獸，方食之❻，名曰搖民❼。帝舜生戲，戲生搖民。

海內有兩人❽，名曰女丑❾。女丑有大蟹❿。

大荒之中，有山名曰孽搖頵羝。上有扶木⓫，柱⓬三百里，其葉如芥⓭。有谷曰溫源谷⓮。湯谷上有扶木，一日方至，一日方出，皆載于烏⓯。

譯文

有個國家名叫困民國，國民姓勾，以黃米為主食。有個人名叫王亥，他兩隻手各握著一隻鳥，正在吃鳥的頭。王亥把一群肥牛寄養在有易族人、水神河伯那裡。但有易族人卻把王亥殺死，沒收了那群肥牛。河伯為了哀念有易族人，便幫助有易族人偷偷地逃出來，在野獸出沒的地方建立國家。他們以野獸肉為食，這個國家名叫搖民國。另一種說法是帝舜有了後代戲，戲的後代就是搖民。

海內有兩個神人，其中一個名叫女丑。女丑有一隻任憑她使喚的大螃蟹。

在大荒之中，有一座山名叫孽搖頵羝山。山上有棵扶桑樹，高三百里，葉子長得像芥菜葉。有一道山谷名叫溫源谷。湯谷上面也長了棵扶桑樹，一個太陽剛回到湯谷，另一個太陽剛從扶桑樹上出去，他們都被三足鳥負在背上。

～山海經傳說～

王亥

相傳黃帝的部下曾捕獲一匹沒有人能夠馴服的野馬，並把牠圈在柵欄裡。沒想到王亥某日打開柵欄的門時，突然有好幾匹野馬從外面衝了進去，和柵欄內的那匹馬混在一起，彼此一陣嘶鳴後，就躺臥了下來。於是王亥就關上柵欄的門，割草餵食牠們。不久後，其中一匹馬甚至生下一隻小馬駒。因為這些野馬長時間和人接觸，所以面對人類時也不會驚慌，變得十分溫順。尤其是小馬駒，很喜歡和人類玩耍。

黃帝又捕捉了兩百多匹野馬，交給王亥馴服。經過兩年多的訓練，誕生了中華民族的第一支騎兵。這支騎兵可謂為涿鹿之戰中的重要戰力。

河伯念有易

相傳說王亥把他所馴養的牛馬托寄給北方的有易和河伯。後來，有易之君綿臣殺了王亥，將這群牛羊據為己有。殷人的國君上甲微借用河伯的勢力，討伐並消滅有易，還把綿臣殺死了。

河伯原來就和有易的關係很好，這次不得不助殷滅掉有易，心中不忍，便幫助有易的兒子子潰潛走。子潰變成一個長著鳥足的民族，在遍野是禽獸的土地中建立了一個以獸為食的國家，名叫搖民國。

～人文風物觀察筆記～

王亥　明‧蔣應鎬繪圖本

困民國　清‧邊裔典

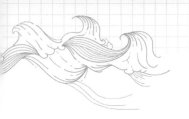

奢比尸 ━━ 東北海外

注釋

❶ 犬耳：〈海外東經〉寫作「大耳」。

❷ 五采之鳥：見〈大荒西經〉：「有五采鳥三名：一曰皇鳥，一曰鸞鳥，一曰鳳鳥。」

❸ 鄉：通「向」。

❹ 棄沙：袁珂認為「棄沙」是「婆娑」二字的訛誤，即盤旋而舞的樣子。

❺ 惟：語助詞，無意。

❻ 下友：一說指人間的朋友；一說指下凡交朋友。

❼ 司：掌管。

❽ 三騅：一說指馬毛色青白相雜；一說則認為三騅是〈大荒南經〉所記載的「有赤馬，名曰三騅」。

❾ 遺玉：根據清代吳任臣的說法，玉石松枝在千年之後化為茯苓，再過千年之後化為琥珀，又過千年之後化為遺玉。已見於〈海外北經·平丘〉。

❿ 百穀：泛指各種農作物。百，表示多的意思，不是實數。

原文

有神，人面、犬耳❶、獸身，珥兩青蛇，名曰奢比尸。有五采之鳥❷，相鄉❸棄沙❹。惟❺帝俊下友❻。帝下兩壇，采鳥是司❼。

大荒之中，有山名曰猗天蘇門，日月所生。有壎民之國。

有蓁山。又有搖山。有酈山。又有門戶山。又有盛山。又有待山。有五采之鳥。

東荒之中，有山名曰壑明俊疾，日月所出。有中容之國。

東北海外，又有三青馬、三騅❽、甘華。爰有遺玉❾、三青鳥、三騅、視肉、甘華、甘柤。百穀❿所在。

譯文

有一個神人，他長著人的面孔、狗耳朵、野獸的身體，耳朵上掛著兩條青色的蛇，名叫奢比尸。

有一群五色彩鳥，相對盤旋起舞，帝俊從天上下凡和牠們交友。帝俊在人間的兩座祭壇，由這群五色彩鳥掌管著。

在大荒之中，有一座山名叫猗天蘇門山，是太陽和月亮初出升起的地方。有個國家名叫壎民國。

有一座蓁山。又有一座搖山。又有一座酈山，又有一座門戶山，又有一座盛山，又有一座待山。還有一群五彩鳥。

在東荒之中，有一座山名叫壑明俊疾山，是太陽和月亮初出升起的地方。這裡還有個中容國。

在東北方的海外，還有三青馬、三騅馬、甘華樹。這裡還有遺玉、三青鳥、三騅馬、視肉、甘華樹、甘柤樹，是各種莊稼生長的地方。

～山海經傳說～

帝嚳

　　帝嚳，號高辛氏，為黃帝的曾孫。

　　相傳帝嚳起初只是顓頊的大臣，後來顓頊看帝嚳有才能，就把他封在「辛」掌管一切。那時，「辛」經常鬧水災，百姓居無定所，無法安居樂業。於是帝嚳想了一個辦法，他帶領大家把住處的地勢加高，以抵禦洪水。但是加高的速度卻趕不上水漲的速度，第一天加高的地方，第二天又被水淹沒了。夜裡，帝嚳睡不著，便跑到天上跟玉皇辯理：「天既然生了人，為什麼又故意與人們為難，不讓人們活下去呢？」玉皇辯不過他，便派天神下凡，把「辛」的地勢抬高到水面以上。如此，這裡的百姓再也不會被洪水侵擾家園。從此，帝嚳便被稱為「高辛氏」。

奢比尸

　　「尸」是《山海經》裡獨特的存在。它就是神人死後的軀體，雖然沒有生命，但是仍然能行動自如，例如奢比尸。相傳神人奢比被殺死之後，因為靈魂沒有隨之消滅，而以屍體的形態繼續存於世間。《山海經》裡提到的「尸」現象，共有二十處，像是窫窳之尸、貳負之尸、王子夜之尸、夏耕之尸、戎宣王尸……等等。

～神怪觀察記錄～

奢比尸　明・蔣應鎬繪圖本

五采之鳥　明・蔣應鎬繪圖本

女和月母之國 —— 流波山

注釋

❶ 來之風曰狻：根據《山海經》的原文記載，大荒有四方神折丹、鵷、因因乎和石夷，從四方吹來的風分別稱作俊、狻、乎民和韋。

❷ 止：控制。

❸ 相間：相互間雜、錯亂。

❹ 凶犁土丘：應龍所居住之處。

❺ 上：指天界。

❻ 下：指人間。

❼ 數：屢次，頻繁。

❽ 櫬：通「撅」。敲，擊打。

❾ 雷獸：就是雷神。已見於〈海內東經〉：「雷澤中有雷神，龍身而人頭，鼓其腹。在吳西。」相傳黃帝對戰蚩尤時，九天玄女為黃帝以夔牛的皮製作八十面戰鼓，黃帝在戰場上令軍士以雷獸的骨頭打擊巨鼓，鼓聲頓時大作，一擊震五百里，連擊震三千八里。九擊之後，蚩尤動彈不得，無法飛走逃離，黃帝才得以順利殺死蚩尤。

❿ 聞：傳達。

原文

有女和月母之國。有人名曰鵷，北方曰鵷，來之風曰狻❶，是處東極隅以止❷日月，使無相間❸出沒，司其短長。

大荒東北隅中，有山名曰凶犁土丘❹。應龍處南極，殺蚩尤與夸父，不得復上❺，故下❻數❼旱。旱而為應龍之狀，乃得大雨。

東海中有流波山，入海七千里。其上有獸，狀如牛，蒼身而無角，一足，出入水則必風雨，其光如日月，其聲如雷，其名曰夔。黃帝得之，以其皮為鼓，櫬❽以雷獸❾之骨，聲聞❿五百里，以威天下。

譯文

有個國家名叫女和月母國。有一個神人名叫鵷，那是北方人對他的稱呼，從北方吹來的風稱作狻，他就住在大地的東北角以便控制太陽和月亮，使日月不會交相錯亂地出沒，並且掌握它們升起和落下的時間長短。

在大荒的東北角上，有一座山名叫凶犁土丘山。應龍就住在這座山的最南端，牠因殺了蚩尤和夸父，無法再回到天上，導致天上失去了興雲布雨的應龍而使人間常常鬧旱災。人們一遇天旱就裝扮成應龍的樣子，天就會應祈求而降下大雨。

東海當中有座流波山，這座山在進入東海七千里後的地方。山上有一種野獸形似牛，身體是青蒼色的，卻沒有犄角，僅有一隻蹄子，出入海水時就一定有大風大雨相伴隨，牠發出的亮光如同太陽和月亮，牠吼叫的聲音如同雷響，名叫夔。黃帝得到牠後，便用牠的皮蒙鼓，再拿雷獸的骨頭敲打鼓，使五百里以內的人都可以聽見，這個鼓被黃帝用來威服天下。

～山海經傳說～

應龍

　　黃帝旗下有大將應龍，擅長蓄水行雨。在黃帝與蚩尤的戰爭中，蚩尤連續贏得幾場勝仗，逼得黃帝下令應龍放水淹沒蚩尤的部隊，順利取下蚩尤與夸父性命。立下赫赫戰功的應龍卻耗盡神力，無法振翅歸天，只能蟄居山澤之中。直到斗轉星移，人間洪水滔天，生靈塗炭，肩負拯救蒼生重任的大禹借重應龍以尾掃地之力，疏導了洪水。

夸父

　　有一年大旱，夸父見到人們熱得難受，實在無法生活，就發誓要捉住太陽。在追趕太陽的途中，焦躁難耐的夸父走到東南方的黃河邊，伏下身體喝乾了黃河裡的水，又喝乾了渭河裡的水，卻還是不解渴。又累又渴的他打算向北走，痛飲另一座大湖的水，然而才走到半途，他就再也支援不住，倒地而亡。夸父死後，他的身體化成一座大山——夸父山；死時扔下的手杖，化成彷彿五彩雲霞的桃林。

～神怪觀察記錄～

鴞　清·汪紱圖本

應龍　明·蔣應鎬繪圖本

夔　明·蔣應鎬繪圖本

海經

下卷

大荒，是荒遠之處。 其經文豐富，但多是凌雜無統紀。

山海經第十五

大 荒 南 經

〈大荒南經〉內容龐雜，大多與〈海外南經〉相同，諸如
羽民國、不死國和焦僥國。除了與〈海外西經〉有許多雷
同的記述之外，仍有許多相異之處。像是〈大荒南經〉就
特別提到一種怪獸類型，左右皆有頭的怪獸跊踢，和三青
獸相併的雙雙，牠們多是兩個軀體合併在一起，這是〈海
外西經〉中未曾出現的。

除此之外，還有關於歷史和神話人物的記載，諸如羿射殺
了鑿齒。

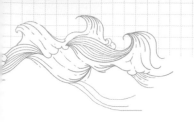

踣踢 ── 巫山

～注釋～

❶ 流沙之東：赤水出昆侖山，流沙出鍾山。

❷ 并：合併。

❸ 雙雙：身軀合而為一。諸如〈大荒東經〉的三青馬、三青鳥、三雛都屬於雙雙之類的怪獸。

❹ 氾天之山：見〈西次三經・昆侖之丘〉：「赤水出焉，而東南流注于氾天之水。」

❺ 叔均：即商均，帝舜和女英的兒子。

❻ 文貝：即紫貝，綴有黑點。

❼ 離俞：即三足鳥離朱。。

❽ 鴟久：即鴟鵂，貓頭鷹。

❾ 賈：烏鴉之類的禽鳥。

❿ 委維：即委蛇。委蛇有輪軸那般粗，有車轅那般長，穿著紫色的衣服，戴著紅色的冠帽。

⓫ 麈：即駝鹿。其頭似鹿，腳似牛，尾似驢，頸背似駱駝，俗稱四不像。

⓬ 黃鳥：即皇鳥，鳳凰之類的鳥。

⓭ 藥：指神仙長生不死藥。

⓮ 齋：屋舍。

⓯ 司此玄蛇：指黃鳥在監視這種會食麈的黑蛇，防止牠竊食天帝的神藥。

～原文～

南海之外，赤水之西，流沙之東❶，有獸，左右有首，名曰踣踢。有三青獸相并❷，名曰雙雙❸。

有阿山者。南海之中，有氾天之山❹，赤水窮焉。赤水之東，有蒼梧之野，舜與叔均❺之所葬也。爰有文貝❻、離俞❼、鴟久❽、鷹、賈❾、委維❿、熊、羆、象、虎、豹、狼、視肉。

有榮山，榮水出焉。黑水之南，有玄蛇，食麈⓫。

有巫山者，西有黃鳥⓬。帝藥⓭，八齋⓮。黃鳥于巫山，司此玄蛇⓯。

～譯文～

在南海以外，赤水的西岸，流沙的東面，有一種野獸左右都有一顆頭，牠名叫踣踢。還有三隻青色的野獸交相合併著，名叫雙雙。

有座山叫阿山。南海之中，有一座氾天山，赤水最終流到這座山。在赤水的東岸，有個地方叫蒼梧，帝舜與叔均葬在那裡。這裡有紫貝、離朱鳥、貓頭鷹、老鷹、烏鴉、兩頭蛇、熊、羆、大象、老虎、豹子、狼和視肉。

有一座榮山，榮水發源於此山。在黑水的南岸，有一條大黑蛇，牠能吞食麈鹿。

有一座山叫巫山，在巫山的西面有隻黃鳥。天帝的神仙藥，就藏在巫山的八個齋舍中。黃鳥就在巫山上，監視著那條大黑蛇。

∽山海經傳說∽

商均

　　商均、羿和禹是好朋友，他們從小一起玩耍。商均善於下棋，禹善於造船，羿善於射箭。他們長大成人後，舜派羿去射天上的十個太陽，派禹和商均去治水。臨行前，舜將白色和黑色貝殼製成的圍棋送給禹和商均。

　　他們的船隨著洪水漂流而下，前方的水面突然波濤洶湧，一條百米大蟒從水底躥起。兩人正打算對付大蟒時，水勢竟然逐漸退去，只見一座山的中央露出了一個大洞。原來洪水氾濫都是因為大蟒堵住了大洞。

　　他們把舜給他們的棋簍作為誘餌，在山林中採了兩條其粗無比的藤條做成繩子，當大蟒津津有味地吞咽棋簍時，他們趁機纏住了大蟒的七寸。纏住大蟒後，再把藤繩繫在水道兩旁的千年古樹上，然後找來一百多人把蟒拖上岸，用箭射，再用石刀砍，足足耗費一天，才將那個龐然大物殺死。最後，他們和眾人享用了一頓晚餐。

　　回到家裡，舜非常高興，替他們做了一副貝殼棋子當作獎勵，閒下來的時候就和商均和禹下棋。他們又把棋盤改成十三路，進一步豐富了棋的變化。傳說大禹治水時，有很多辦法就是從下棋中琢磨到的。

∽奇珍異獸觀察記錄∽

黃鳥　清‧汪紱圖本　　❶ 清‧汪紱圖本

獸名	跰踢❶	雙雙❷
特徵	左右有首	三青獸相並
產地	赤水之西，流沙之東	赤水之西，流沙之東

❷ 清‧禽蟲典

不庭之山 ⟶ 盈民之國

注釋

❶ 屬：連接。

❷ 旁：邊，側。

❸ 甘水：已見於〈大荒東經〉：「有甘山者，甘水出焉。」

❹ 羽民國：已見於〈海外南經〉。

❺ 黑水：黑水發源於昆侖山。

❻ 登備之山：即〈海外西經〉所說的登葆山，巫師憑藉此山來往於天地之間，以反映民情，傳達神意。

原文

大荒之中，有不庭之山，榮水窮焉。有人三身。帝俊妻娥皇，生此三身之國。姚姓，黍食，使四鳥。有淵四方，四隅皆達，北屬❶黑水，南屬大荒。北旁❷名曰少和之淵，南旁名曰從淵，舜之所浴也。

又有成山，甘水❸窮焉。有季禺之國，顓頊之子，食黍。有羽民之國❹，其民皆生毛羽。有卵民之國，其民皆生卵。

大荒之中，有不姜之山，黑水❺窮焉。又有賈山，汔水出焉。又有言山。又有登備之山❻。有恝恝之山。又有蒲山，澧水出焉。又有隗山，其西有丹，其東有玉。又南有山，漂水出焉。有尾山。有翠山。

有盈民之國，於姓，黍食。又有人方食木葉。

譯文

大荒之中，有座不庭山，榮水最終流到此處。這裡的居民有三副身體。帝舜與娥皇婚配，三身國的國民就是他們的後代。這些人姓姚，以黃米為主食，能馴化驅使四種野獸。這裡有個四方形的淵潭，四個角都能旁通，北與黑水相連，南和大荒相通。北側有少和淵，南側有從淵，是舜洗澡的地方。

又有一座成山，甘水最終流到此處。此處有季禺國，國民是帝顓頊的後代，以黃米為主食。又有羽民國，國民都長著羽毛。還有卵民國，國民都是卵生。

大荒之中有不姜山，黑水最終流到這座山。又有賈山，汔水發源於此山。又有言山、登備山、恝恝山。還有蒲山，澧水發源於此山。又有隗山，它的西面蘊藏有丹腹，它的東面蘊藏有玉石。向南有座山，漂水就發源於此山。又有尾山、翠山。

有個國家叫盈民國，國民姓於，以黃米為主食。有人正在吃樹葉。

～山海經傳說～

娥皇

　　相傳九嶷山上有九條惡龍住在九座岩洞裡，牠們經常到湘江戲水玩樂，以致洪水暴漲，百姓怨聲載道。舜一心想要到南方去幫助百姓除害解難，懲治惡龍。留下他的妃子──娥皇和女英──強忍離愁別緒，在家等待著舜凱旋。

　　年復一年，舜依然杳無音信。娥皇擔心地說：「莫非他被惡龍所傷，還是病倒他鄉？」女英不安地說：「莫非他途中遇險，還是山路遙遙迷失方向？」於是，娥皇和女英迎著風霜，跋山涉水，到南方尋找丈夫。

　　一日，她們來到了一個名叫三峰石的地方，那裡聳立著三塊大石頭，翠竹圍繞著一座珍珠貝壘成的高大墳墓。她們驚異地詢問附近居民：「是誰的墳墓如此壯觀美麗？三塊大石為何險峻地聳立？」居民泣訴：「這便是舜的墳墓。三塊巨石，是舜除滅惡龍所用的三齒耙化成的。」

　　娥皇和女英悲痛萬分，哭了九天九夜，淚水灑在九嶷山的竹子上，最後死於舜的墳墓邊。那些有著點點淚斑的竹子，便是「湘妃竹」。

～人文風物觀察筆記～

卯民國 清·邊裔典

盈民國 清·汪紱圖本

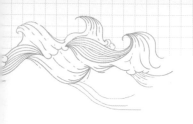

不死之國 ── 襄山

注釋

❶ 不死之國：不死國的國民即〈海外南經〉提及的不死民。

❷ 甘木：即〈海內西經〉提及的不死樹，食用後就能長生不老。

❸ 南極果，北不成，去痊果：一說是去痊是一種植物，它在山的南邊能結出果實，在山的北面則不能結。一說可能是巫師留傳下來的幾句咒語。

❹ 渚：小洲，水中的小塊陸地。

❺ 因因乎：根據《山海經》的原文記載，大荒有四方神折丹、鶓、因因乎和石夷，從四方吹來的風分別稱作俊、狻、乎民和韋。

❻ 生季釐：此處帝俊指帝嚳。季釐，即季貍，為高辛氏的後代。《春秋左傳·文公十八年》：「高辛氏有才子八人，伯奮，仲堪，叔獻，季仲，伯虎，仲熊，叔豹，季貍。」

❼ 降：流放，放逐。

❽ 俊壇：晉代郭璞認為，水池的形狀像一座土壇，所以叫俊壇。俊壇就是帝俊的水池。

原文

有不死之國❶，阿姓，甘木❷是食。

大荒之中，有山名曰去痊。南極果，北不成，去痊果❸。

南海渚❹中，有神，人面，珥兩青蛇，踐兩赤蛇，曰不廷胡余。

有神名曰因因乎❺，南方曰因乎，來夸風曰乎民，處南極以出入風。

有襄山。又有重陰之山。有人食獸，曰季釐。帝俊生季釐❻，故曰季釐之國。有緡淵。少昊生倍伐，倍伐降❼處緡淵。有水四方，名曰俊壇❽。

譯文

有個國家名叫不死國，國民姓阿，吃的是不死樹。

在大荒之中，有座山名叫去痊山。去痊是一種植物，它在山的南邊能結出果實，在山的北面則不能結果。

在南海的島嶼上，有一個神，祂的形象是人的面孔，耳朵上穿掛著兩條青色蛇，腳底下踩踏著兩條紅色蛇，這個神名叫不廷胡余。

有個神名叫因因乎，南方人單稱祂為因乎，從南方吹來的風稱乎民，祂處在大地的南極，主管風何時停止何時吹動。

有座襄山。又有座重陰山。有人在吞食野獸的肉，他名叫季釐。帝俊有後代季釐，所以稱季釐國。有一個緡淵。少昊有後代倍伐，倍伐被貶到緡淵這個地方。有一個水池是四方形的，名叫俊壇。

~山海經傳說~

高辛氏帝嚳之子

帝嚳有四妃，長妃名叫姜原，是有邰國國君的女兒。相傳姜原在娘家時，因外出踏上巨人腳印而懷孕，產下孩子。她把孩子三度棄於深巷、荒林和寒冰上，均得牛羊、虎豹、百鳥保護而不死，所以將孩子起名為棄。棄長大後喜歡農藝，教人種五穀，因此被尊為后稷，成為周朝的祖先。

次妃名叫簡狄，是有松國國君的女兒。相傳簡狄在娘家與其妹建疵在春分時到玄池洗浴，有燕子飛過，留下一卵，被簡狄吞吃，然後就懷孕生下契，契便是商朝的祖先。

三妃名叫慶都，相傳她是大帝的女兒，生於鬥維之野，被陳鋒氏婦人收養，陳鋒氏死後又被尹長孺收養，然後慶都隨養父尹長孺到濮陽。因為慶都的頭上始終覆蓋著一朵黃雲，所已被認為是奇女，帝嚳的母親得知後，勸帝嚳納她為妃，慶都便生下堯。

四妃常儀聰明美麗，她髮長垂足，生了一個名叫帝女的女兒，後生了一個名叫摯的兒子。摯與堯皆繼承了王位，成為帝王。

~人文風物觀察筆記~

因因乎 清·汪紱圖本

不廷胡余 明·蔣應鎬繪圖本

季釐國 清·汪紱圖本

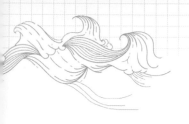

戴民之國 ── 宋山

～注釋～

❶ **戴民之國**：又名戴國，已見於
〈海外南經〉：「戴國在其東，
其為人黃，能操弓射蛇。」

❷ **降**：流放，放逐。

❸ **績**：將麻搓成細線，引申為紡
織的意思。

❹ **經**：織布機或編織物上的直線，
引申為織布的意思。

❺ **不稼不穡**：不參與農事操作。
也有諷刺人無功而受祿之意。

❻ **海水南入**：海水入山的原理是
古人的想像。清代郝懿行云：
「蓋海水所瀉處，必有歸虛尾
閭為之孔穴，地脈潛通，故曰
入也。下又有天臺高山，為海
水所入。〈大荒北經〉亦有『北
極天櫃，海水北注焉』。皆海
之所瀉也。」

❼ **鑿齒**：傳說是亦人亦獸的神人，
有一顆牙齒露在嘴外，約五六
尺長，形狀像一把鑿子。已見
於〈海外南經〉。

❽ **蜮**：晉代郭璞認為是一種名叫
短狐的動物，像鱉，能含沙射
人，被射中的人會病死。

❾ **扜**：拉引。

❿ **楓木**：即楓香樹。落葉大喬木。
單葉互生，葉片有三個淺裂，
邊緣有細鋸齒，每到秋末，其
樹葉會變黃、變紅，樹姿優美。
又稱作「楓樹」。

～原文～

有戴民之國❶。帝舜生無淫，降❷戴處，是謂巫戴
民。巫戴民盼姓，食穀，不績❸不經❹，服也；不稼不
穡❺，食也。爰有歌舞之鳥，鸞鳥自歌，鳳鳥自舞。爰
有百獸，相群爰處。百穀所聚。

大荒之中，有山名曰融天，海水南入❻焉。有人曰
鑿齒❼，羿殺之。

有蜮山者，有蜮民之國，桑姓，食黍，射蜮❽是
食。有人方扜❾弓射黃蛇，名曰蜮人。有宋山者，有赤
蛇，名曰育蛇。有木生山上，名曰楓木。楓木❿，蚩尤
所棄其桎梏，是為楓木。

～譯文～

有個國家名叫戴民國。帝舜有後代無淫，無淫被貶至戴地
居住，他的子孫後代就是巫戴民。國民姓盼，吃五穀糧食，不
必從事紡織，自然就有衣服穿；不必從事耕種，自然就有糧食
吃。這裡有能歌善舞的鳥，鸞鳥自由自在地歌唱，鳳鳥自由自
在地舞蹈。這裡又有各種各樣的野獸群居相處。這裡還是各種
農作物聚集的地方。

在大荒之中，有座山名叫做融天山，海水從南面流進這座
山。有一個神人名叫鑿齒，羿射死了他。

有座山名叫做蜮山，在這裡有個蜮民國，國民姓桑，以黃
米為主食，也會把射來的蜮吃掉。有人在拉弓射黃蛇，他們被
稱為蜮人。有座山名叫宋山，山中有一種紅色的蛇，名叫育
蛇。山上還有一種樹，名叫楓木。楓木原來是蚩尤死後所丟棄
的手銬腳鐐，這些刑具後來化成楓木。

～山海經傳說～

羿

　　相傳太陽原本有十個，當它們同時高掛天空時，莊稼焦枯，大地龜裂，怪禽猛獸從乾涸的湖泊和森林大火中跑了出來，到處肆虐。人間的災難驚動了天界，於是天帝命令善於射箭的后羿下凡，協助堯解決人民的苦難。

　　后羿立即展開射日的任務。他從肩上取下紅色的弓，搭上白色的箭，一支一支地向驕陽射去，頃刻間十個太陽就被射去了九個。因為堯認為留下一個太陽對百姓有益，才阻攔后羿的最後一擊。

　　后羿射日後得西王母賞賜一包長生不老藥，但西王母告誡后羿此藥須等到他榮登帝位後才可服用。后羿的妻子嫦娥得知此事，在后羿稱帝的當天偷吃了長生不老藥，但又害怕后羿追究，加上對人世不再留戀，於是便化作一陣輕煙，飛到了月亮上。

～人文風物觀察筆記～

蜮民國 清・邊裔典

育蛇 清・汪紱圖本

祖狀之尸 —— 顓頊國

～注釋～

❶ 齒：一説為咬嚙；一説指牙齒。

❷ 小人：這裡指由身材矮小、高約三尺的人組成的國家。焦僥國即周饒國，已見於〈海外南經・周饒國〉：「其為人短小，冠帶。一曰焦僥國在三首東。」

❸ 嘉穀：品質優良的穀物。

❹ 歾塗：即醜塗。〈西次三經・昆侖之丘〉：「昆侖之丘，洋水出焉，而西南流注于醜塗之水。」

❺ 青水：或稱作洋水，出於昆侖山。〈西次三經・昆侖之丘〉：「洋水出焉，而西南流注于醜塗之水。」

❻ 攻：砍、削林木。

❼ 本：植物的莖或根部。

❽ 取藥：相傳欒樹的花與果實都可以用來製作長生不死的仙藥。取藥，指採摘可製藥的花果。

❾ 生：產生，形成。

❿ 昆吾：一説人名，傳説是上古時的一個諸侯，名叫樊，號昆吾；一説指山名；一説指水名。師：一説指眾人；一説指老師。

～原文～

有人方齒❶虎尾，名曰祖狀之尸。

有小人❷，名曰焦僥之國，幾姓，嘉穀❸是食。

大荒之中，有山名歾塗❹之山，青水❺窮焉。有雲雨之山，有木名曰欒。禹攻❻雲雨，有赤石焉生欒，黃本❼，赤枝，青葉，群帝焉取藥❽。

有國曰顓頊，生伯服，食黍。有鼬姓之國。有苕山。又有宗山。又有姓山。又有壑山。又有陳州山。又有東州山。又有白水山，白水出焉，而生❾白淵，昆吾之師❿所浴也。

～譯文～

有個神人，他有方正的牙齒和老虎的尾巴，名叫祖狀尸。

有一個由身材矮小的人組成的國家，名叫焦僥國，國民姓幾，吃的都是品質優良的穀米。

在大荒之中，有座歾塗山，青水最終流到這座山。還有座雲雨山，山上有一棵樹名叫欒。大禹在雲雨山砍伐樹木時，發現紅色岩石上長出這棵欒樹，它有黃色的樹幹，紅色的枝條，青色的葉子，諸帝於是就到這裡來採藥。

有個國家名叫顓頊國，顓頊的後代組成伯服國，國民以黃米為主食。有個鼬姓國。有座苕山。又有座宗山。又有座姓山。又有座壑山。又有座陳州山。又有座東州山。還有座白水山，白水發源於此山，流下來匯聚成白淵，那正是昆吾之師洗澡的地方。

416

～山海經傳說～

禹

　　堯在位的時候，黃河流域發生了嚴重的水災，莊稼被淹沒，房子被摧毀，百姓只好舉家往高處遷移。堯召開部落聯盟會議，商量治水的問題。四方部落的首領們都推薦鯀來負責治水一事。

　　鯀接到任務後趕赴黃河，並耗費九年的時間以圍堵之法治水，卻沒有什麼成效。鯀死後，他的兒子禹接下父親的遺命，繼續治水的工作。但是禹檢討了父親失敗的原因，決定採用疏導之道，鑿開了龍門，又挖通了九條河，把洪水引向大海。

　　當時禹新婚僅僅四天，還來不及照顧妻子，便為了治水而到處奔波，三度經過家門而不入。第一次，妻子生了病，他沒有進去看望。第二次，妻子懷孕，他走到門口還是沒進去。第三次，妻子塗山氏生下了兒子啟，嬰兒正在哭鬧，禹聽見哭聲很想進去，但最終還是忍住了。

　　經過十年的努力，禹終於解決洪水氾濫之災。

～人文風物觀察筆記～

祖狀尸　明・蔣應鎬繪圖本

焦僥國　明・蔣應鎬繪圖本

張弘 ━━ 天臺高山

～注釋～

❶ 張弘之國：「張弘」即「長肱」，也就是長臂的意思，故為長臂國。已見於〈海外南經‧長臂國〉：「捕魚水中，兩手各操一魚。一曰在焦僥東，捕魚海中。」兩國的方位和捕魚文化相同。

❷ 驩頭：又名讙頭、驩兜、讙朱、丹朱。不僅名稱多異，而且相關傳聞也有多種說法。已見於〈海外南經‧讙頭國〉：「其為人人面有翼，鳥喙，方捕魚。」

❸ 杖：憑恃，倚靠。

❹ 維：語助詞，無義。

❺ 苣苢：皆為蔬菜名。苣，似苦菜，莖青白色，可生食。苢，莖可供食用，也稱為生菜。

❻ 穋楊：皆為穀類名。

❼ 岳山：即〈海外南經〉的狄山。

❽ 延維：即委蛇。委蛇有輪軸那般粗，有車轅那般長，穿著紫色的衣服，戴著紅色的冠帽。

❾ 朱木：見〈大荒西經〉：「有蓋山之國。有樹，赤皮支幹，青葉，名曰朱木。」

～原文～

有人曰張弘，在海上捕魚。海中有張弘之國❶，食魚，使四鳥。

有人焉，鳥喙，有翼，方捕魚于海。大荒之中，有人名曰驩頭❷。鯀妻士敬，士敬子曰炎融，生驩頭。驩頭人面鳥喙，有翼，食海中魚，杖❸翼而行。維❹宜苣苢❺、穋楊❻是食。有驩頭之國。

帝堯、帝嚳、帝舜葬于岳山❼。爰有文貝、離俞、鴟久、鷹、賈、延維❽、視肉、熊、羆、虎、豹；朱木❾，赤枝、青華、玄實。有申山者。

大荒之中，有山名曰天臺高山，海水南入焉。

～譯文～

有個人名叫張弘，在海上捕魚。大海之中有個張弘國，國民以魚為主食，能馴化驅使四種野獸。

有一個人，他長著鳥的嘴和翅膀，正在海上捕魚。在大荒之中，有個人名叫驩頭。鯀的妻子是士敬，士敬的兒子名叫炎融，炎融有後代驩頭。驩頭他長著人的面孔，卻有鳥的嘴和翅膀，他吃海中的魚，用翅膀行走。他也把苣苢和穋作當作食物吃。後來就有了驩頭國。

帝堯、帝嚳和帝舜都葬埋在岳山。這裡有花斑貝、三足鳥、鵂鶹、老鷹、烏鴉、兩頭蛇、視肉、熊、羆、老虎和豹子，還有朱木樹，它是紅色的枝幹、青色的花朵、黑色的果實。有座申山。

在大荒之中，有座天臺山，海水南流進這座山中。

～山海經傳說～

堯

　　堯剛即位時，各地部落割據，獨霸一方。靠著后羿等部落領袖的支持，堯得以削平群雄，統一中原，並且率領群眾對抗水旱災害。

　　一日，他到仙洞牧馬坡巡視，和牧民談論畜牧之道。牧民們聊起附近住著一位美麗的鹿仙女，她時常出來為民除害。談論之間，忽見一位仙女向仙洞飄然而去，牧民們驚喜地告訴堯：「那就是被稱姑射神女的鹿仙女。」只見鹿仙女肌膚若冰雪，綽約若處子，堯一見傾心。

　　一段時間之後，堯再次到姑射山微服訪察，正好與鹿仙女相遇。堯向她鞠躬施禮，不料鹿仙女竟轉身就走，堯情不自禁地追了上去。當他走到一個僻靜處，一條巨蟒猛然竄出，口吐紅信，昂首撲向他。堯後退不及，被草叢絆倒。鹿仙女見狀，一個箭步擋在堯的身前，素手一指。巨蟒突然渾身顫抖，癱瘓在地，按照鹿仙女的指令離去。

　　堯驚恐之餘，一再感激鹿仙女的救命之恩，並且留宿於仙洞。當晚，他們傾訴彼此的情意。仙女對堯說：「我真心敬佩你匡扶社稷的鴻鵠大志，所以願意輔助你達成心願。」於是二人遂訂立婚約。婚後，堯忙於治理國事，鹿仙女也忙於照看牧馬場。次年鹿仙女誕下一個男孩，堯相當高興，將他命名為「朱」。

～人文風物觀察筆記～

張弘國　清・邊裔典　　　　　　　驩頭國　清・邊裔典

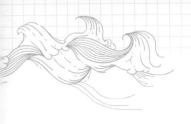

羲和 ⟶ 南類之山

原文

東南海之外，甘水❶之間，有羲和之國。有女子名
曰羲和❷，方浴日于甘淵。羲和者，帝俊之妻，生十
日。

有蓋猶之山者，其上有甘柤，枝幹皆赤，黃葉，
白華，黑實。東又有甘華，枝幹皆赤，黃葉。有青馬。
有赤馬，名曰三騅。有視肉❸。

有小人❹，名曰菌人。

有南類之山。爰❺有遺玉、青馬、三騅、視肉、甘
華。百穀所在。

譯文

在東南海之外，甘水之間，有個羲和國。這裡有個名叫羲
和的女子，她正在甘淵中替太陽洗澡。羲和這個女子，是帝俊
的妻子，她生了十個太陽。

有一座山名叫蓋猶山，山上生有甘柤樹，枝條和樹幹都是
紅的，葉子是黃色的，花朵是白色的，果實是黑色的。在這座
山的東端還生長著甘華樹，枝條和樹幹都是紅色的，葉子是黃
的。有青色馬。還有紅色馬，名叫三騅。又有視肉。

有一種十分矮小的人，名叫菌人。

有座南類山。這裡有遺玉、青色馬、三騅馬、視肉、甘華
樹。還有各式各樣的農作物生長在這裡。

～山海經傳說～

羲和

相傳羲和是帝俊的妻子。

帝俊有三個妻子：一是誕下十個太陽的羲和；二是生誕下十二個月亮，讓一年擁有十二個月的常羲；三是誕下擁有三副身軀的後代，其後代又成立三身國的娥皇。

十個太陽就住在東方海外的湯谷中，那是他們沐浴之處，因此那裡的海水終年滾燙。湯谷中有一棵扶桑樹，扶桑高數十丈，那是他們夜裡棲息的地方。十個太陽輪流棲息在樹梢上，當一個太陽居於樹梢時，其餘的九個太陽必須棲息在較矮的樹枝上。

黎明來臨時，他們的母親羲和便會駕駛兩輪車，載著棲息在樹梢的那個太陽穿越天空。換句話說，太陽十兄弟是輪班出現的，於是世界就有了日夜交替。

有一天，十個太陽突發奇想，認為他們如果一起周遊天空的話，肯定很有趣，所以十個太陽就在黎明時分一起爬上了車。這下子，人間萬物可就遭殃了。十個太陽像十團火，他們同時釋放出的熱度烤焦了大地。於是才有了后羿射日的故事。

～人文風物觀察筆記～

菌人　清‧汪紱圖本

羲和　清‧汪紱圖本

海經

下卷

大荒，是荒遠之處。　其經文豐富，但多是凌雜無統紀。

山海經第十六

大 荒 西 經

〈大荒西經〉內容龐雜，大多與〈海外西經〉相同，諸如女丑尸、丈夫國、軒轅國和一臂民，但部分內容卻有所改動。例如，〈大荒西經〉中的白氏國在〈海外西經〉中稱為白民國，長脛國稱為長股國，名稱雖有所不同，但從文字描述來看，可以發現它們指的是同一個國家。

〈大荒西經〉中最值得關注的是有關文明起源的記述，例如叔均創造了耕田的方法、太子長琴創作樂曲並風行世間等等。

不周負子 ─→ 白氏之國

～注釋～

❶ 大荒：荒遠的地方。

❷ 不周負子：即不周山，相傳在上古時代，共工與顓頊為爭奪帝位，一怒之下，擊壞天柱，致此山缺壞不周，故稱為不周山。《西次三經‧不周之山》：「北望諸毗之山，臨彼崇嶽之山。」

❸ 寒暑之水：冷熱交替的泉水。

❹ 禹攻共工國山：指大禹殺共工之臣相柳的地方。

❺ 顓頊之子：高陽氏的後裔。

❻ 橫：橫向截斷。

❼ 司日月之長短：掌管日月升起落下的時間長短。司，掌管、管理。

❽ 白氏之國：即白民國。已見於〈海外西經〉：「白民之國在龍魚北，白身被髮。有乘黃，其狀如狐，其背上有角，乘之壽二千歲。」

～原文～

西北海之外，大荒❶之隅，有山而不合，名曰不周負子❷，有兩黃獸守之。有水曰寒暑之水❸。水西有濕山，水東有幕山。有禹攻共工國山❹。

有國名曰淑士，顓頊之子❺。

有神十人，名曰女媧之腸，化為神，處栗廣之野；橫❻道而處。

有人名曰石夷，來風曰韋，處西北隅以司日月之長短❼。

有五采之鳥，有冠，名曰狂鳥。

有大澤之長山。有白氏之國❽。

～譯文～

在西北海以外，大荒的一個角落，有一座山斷裂而無法合攏，名叫不周山，有兩頭黃色的野獸守護著它。有一條水流名叫寒暑水。寒暑水的西面有一座濕山，寒暑水的東面有一座幕山。還有一座大禹攻打共工時所在的山。

有一個國家名叫淑士國，國民是帝顓頊的子孫後裔。

有十個神人，名叫女媧腸，就是女媧的腸子變化而成的神，他們居住在被稱作栗廣的原野上，而且是橫斷道路而居。

有一位神人名叫石夷，從祂所在的方位吹來的風稱作韋，而祂就處在大地的西北角，掌管著太陽和月亮升起落下的時間長短。

有一種長著五彩羽毛的鳥，頭上有冠，名叫狂鳥。

有一座大澤長山。有一個白氏國。

∼山海經傳說∼

女媧

在洪荒時代，水神共工和火神祝融因故吵架而大打出手，最後祝融打敗了共工，水神共工因打輸而羞憤地朝西方的不周山撞去，豈知不周山是撐天的柱子，不周山崩裂了，支撐天地之間的大柱也就折斷了。天塌了半邊，出現一個大窟窿，大地也產生一道道裂紋，山林燃起大火，洪水從地底下噴湧出來，龍蛇猛獸也紛紛出沒，大肆捕食人類。人類面臨著空前的大災難。

女媧感到無比痛苦，於是決心補天，以終止這場浩劫。祂把五色石熔化成漿，用這種石漿將殘缺的天空填補好，隨後又斬下一隻大龜的四腳，當作四根柱子，把倒塌的半邊天支撐起來。最後為了使洪水不再漫流，女媧還收集了大量蘆草，把它們燒成灰，用來堵住洪流。

經過女媧一番辛勞整治，蒼天總算補上了，地填平了，水止住了，龍蛇猛獸也斂跡了，人民又重回安樂的生活。但是這場巨大的災禍終究還是留下了痕跡。從此以後，天稍微向西北傾斜，因此太陽、月亮和眾星辰都很自然地歸向西方，又因為地向東南傾斜，所以江河都往那裡匯流。因為倖存的人類很少，為使人類能再次發展下去，女媧便用黃土捏出泥人，再將泥人轉化為人類，使他們能夠繁衍後代。

∼神怪觀察記錄∼

石夷 清·汪紱圖本

狂鳥 明·蔣應鎬繪圖本

女媧 明·將應鎬繪圖本

425

長脛之國 ── 北狄之國

～注釋～

❶ **赤水**：見〈西次三經·昆侖之丘〉：「赤水出焉，而東南流注于氾天之水。」

❷ **長脛之國**：即長股國，因其國民小腿特別長而得名。見〈海外西經·長股之國〉：「在雄常北，被髮。一曰長腳。」

❸ **西周**：古部落名，始祖為后稷。原居邰（今陝西武功縣）。

❹ **叔均**：前文曾說叔均是后稷的孫子，又說是帝舜之子，這裡卻說是后稷之弟台璽的後代，此乃屬神話傳說的分歧。

❺ **帝俊**：這裡指帝嚳。相傳他的第二個妃子生了后稷。

❻ **稷降以百穀**：把百穀的種子從天界帶到人間。

❼ **赤國妻氏**：一說是人名；一說是地名。

❽ **先民之國**：即天民國。根據清代郝懿行的說法，「先」的古字與「天」字形相近而訛誤。《淮南·墬形訓》：「凡海外三十五國，自西北至西南方，有修股民、天民……一臂民、三身民。」

～原文～

西北海之外，赤水❶之東，有長脛之國❷。

有西周❸之國，姬姓，食穀。有人方耕，名曰叔均❹。帝俊❺生后稷，稷降以百穀❻。稷之弟曰台璽，生叔均。叔均是代其父及稷播百穀，始作耕。有赤國妻氏❼。有雙山。

西海之外，大荒之中，有方山者，上有青樹，名曰柜格之松，日月所出入也。

西北海之外，赤水之西，有先民之國❽，食穀，使四鳥。

有北狄之國。黃帝之孫曰始均，始均生北狄。

～譯文～

在西北海以外，赤水的東岸，有個長脛國。

有個西周國，國民姓姬，吃穀米。有個人正在耕田，名叫叔均。帝俊有後代后稷，后稷把各種穀物的種子從天界帶到人間。后稷的弟弟名叫台璽，台璽有後代叔均。叔均於是代替父親和后稷播種各種穀物，開創了耕田的方法。有個赤國妻氏。有座雙山。

在西海以外，大荒之中，有座山名叫方山，山上有棵青色大樹，名叫柜格松，是太陽和月亮出入的地方。

在西北海以外，赤水的西岸，有個先民國，國民吃穀米，能馴化和驅使四種野獸。

有一個北狄國。黃帝的孫子名叫始均，始均的後代子孫就是北狄。

∾山海經傳說∾

后稷

　　相傳后稷是一位離開天界、投胎人間的仙神。一日，有邰氏之女姜嫄在野外郊遊時，意外踐踏到巨人的足跡而懷孕。莫名其妙懷胎生子的姜嫄，覺得這個兒子來得實在是詭譎不祥，就將孩子丟棄在隘巷之中，但是牛羊們生怕踩傷了這個孩子，皆小心翼翼地繞道行走。於是姜嫄決定將他扔到遠處的山林裡。沒想到這次碰上許多上山砍柴的人，一群人又說又笑，姜嫄怕他們看見後會說閒話，就又把繈褓中的嬰孩帶回家。最後姜嫄狠下心，把嬰孩扔到水裡。但是嬰孩還沒有落到水池中，池面就結成冰，接著飛來一群鳥圍繞在嬰孩身邊悲鳴，牠們擁向嬰孩，以身軀將他偎抱起來。這麼一個不平凡的孩子徹底打消了姜嫄將他拋棄的念頭，並將之命名為「棄」。

　　棄自幼就喜歡收集野生的麥子、穀子、高粱以及各種瓜果的種子，並親自種到地裡。成年之後，他更愛好農耕，也會教導百姓該如何種植農作物。堯聽聞棄精明能幹，擅長農業，就讓他擔任掌管部落農業生產的「后稷」一職，此後人們就直接稱棄為「后稷」了。

　　人們都說，就是后稷將各式各樣的植物種子從天界帶至人間，使人類得以豐收。

∾人文風物觀察筆記∾

長股國 明·蔣應鎬繪圖本　　　　　　北狄國　清·汪紱圖本

芒山 ─→ 靈山十巫

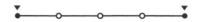

～注釋～

❶ 芒山：山上長滿芒而得名。

❷ 桂山：山上長滿桂而得名。

❸ 榣山：山上長滿榣木而得名。

❹ 老童：即住在騩山的神人耆童。帝顓頊娶于滕氏，兩人的孫子就是老童。〈西次三經·騩山〉：「神耆童居之，其音常如鐘磬。」

❺ 樂風：樂曲。

❻ 蟲：這裡指野獸。古代將鳥獸動物通稱為蟲，如鳥類稱為羽蟲，獸類稱為毛蟲，龜類稱為甲蟲，魚類稱鱗蟲。

❼ 菟：即兔。

❽ 猿狀：指顏色的深淺達到猿猴的樣子。

❾ 靈山：袁珂認為可能是〈大荒南經〉提到的巫山，因為「百藥爰在」的敘述與「帝藥，八齋」的情景相似。

❿ 巫：以求神占卜為職業的人。

～原文～

　　有芒山❶。有桂山❷。有榣山❸，其上有人，號曰太子長琴。顓頊生老童❹，老童生祝融，祝融生太子長琴，是處榣山，始作樂風❺。

　　有五采鳥三名：一曰皇鳥，一曰鸞鳥，一曰鳳鳥。

　　有蟲❻狀如菟❼，胸以後者裸不見，青如猿狀❽。

　　大荒之中，有山名曰豐沮玉門，日月所入。

　　有靈山❾，巫咸、巫即、巫肦、巫彭、巫姑、巫真、巫禮、巫抵、巫謝、巫羅十巫❿，從此升降，百藥爰在。

～譯文～

　　有座芒山。有座桂山。有座榣山，山上有一個人，號稱太子長琴。顓頊有後代老童，老童有後代祝融，祝融有後代太子長琴，太子長琴住在榣山上，創作樂曲，從此世間有了樂曲。

　　有三種長著五彩羽毛的鳥，一種叫凰鳥，一種叫鸞鳥，一種叫鳳鳥。

　　有一種野獸形似兔子，胸脯以下全都裸露著但又看不出來，這是因為牠的皮毛青得像猿猴而把裸露的部分遮住了。

　　在大荒之中，有座豐沮玉門山，那就是太陽和月亮降落的地方。

　　有座靈山，巫咸、巫即、巫肦、巫彭、巫姑、巫真、巫禮、巫抵、巫謝、巫羅十個巫師，從這座山通往天界和下凡於人間，各種各樣的藥物都生長在這裡。

山海經傳說

祝融

黃帝和嫘祖生下昌意，昌意之子顓頊，顓頊的孫子是老童，老童之子便是重黎。

相傳燧人氏剛發明鑽木取火時，人民還不太會利用火。但是這對特別喜歡跟火親近的重黎來說，根本不是問題。重黎十幾歲就是管火的能手，火到了他的手裡，只要不長途傳遞，就能一直保存下來。重黎會用火燒飯、取暖、照明、驅逐野獸蚊蟲，他甚至發現石頭打火的方法，不但能節省鑽木取火的時間，也不必千方百計地保存火種。

因為他立下如此大的功勞，帝嚳便命他擔任火正的官職，從此重黎就被稱為「祝融」。彼時共工氏作亂，重黎奉帝嚳旨意平叛，卻沒有達成任務，於是帝嚳就在庚寅那一天賜死重黎，並命重黎的弟弟吳回接替火正一職，仍然稱之為祝融。

太子長琴

太子長琴抱琴而生，天地都為他誕生而歡唱，因此他也被稱為樂神。太子長琴的戰鬥力超群，武器就是琴，琴聲歡則天晴地朗，悲則日暈月暗。傳說他的琴有五十弦，每彈動一根則威力加大一倍，五十根齊奏，則萬物凋零，天地重歸混沌。幸好太子長琴雖然嗜殺，但也是個很有理智的人，不曾同時彈奏五十弦。

人文風物觀察筆記

太子長琴 清·汪紱圖本

十巫 清·汪紱圖本

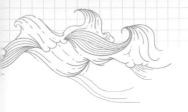

西王母之山 —→ 龍山

～注釋～

❶ 沃民之國：因其國土饒沃而得名。

❷ 沃之野：傳說中的一片沃野。即〈海外西經〉中提及的「諸沃之野」。

❸ 甘露：甜美的雨露。

❹ 甘華、甘柤：皆是傳說中的樹木，詳見〈海外北經・平丘〉的注釋。

❺ 視肉：詳見〈海外南經・狄山〉的注釋。

❻ 三騅：一種毛色青白相雜的馬。

❼ 璇：美玉。
瑰：似玉的美石。

❽ 白木：一種顏色純白的樹木。

❿ 琅玕：圓潤如珠的美玉。

❿ 白丹：一種可作白色染料的自然礦物。

⓫ 青丹：一種可作青色染料的自然礦物。

⓬ 軒轅之臺：即〈海外西經〉中所說的軒轅之丘，為黃帝所居之地。

⓭ 嚮：面對。通「向」。

⓮ 昆吾：國名。曾為夏伯，後為商湯所滅。位於河南濮陽縣。

～原文～

　　有西王母之山、壑山、海山。有沃民之國❶，沃民是處。沃之野❷，鳳鳥之卵是食，甘露❸是飲。凡其所欲，其味盡存。爰有甘華、甘柤❹、白柳、視肉❺、三騅❻、璇瑰❼、瑤碧、白木❽、琅玕❾、白丹❿、青丹⓫，多銀鐵。鸞鳥自歌，鳳鳥自舞，爰有百獸，相群是處，是謂沃之野。

　　有三青鳥，赤首黑目，一名曰大鵹，一名曰少鵹，一名曰青鳥。

　　有軒轅之臺⓬，射者不敢西嚮⓭射，畏軒轅之臺。

　　大荒之中，有龍山，日月所入。有三澤水，名曰三淖，昆吾⓮之所食也。

～譯文～

　　有西王母山、壑山、海山。有個沃民國，沃民便居住在這裡。生活在沃野的人，吃的是鳳鳥的蛋，喝的是天降的甘露。只要是他們渴望的滋味，都能從鳳鳥蛋和甘露中嘗到。這裡還有甘華樹、甘柤樹、白柳樹、視肉、三騅馬、璇玉瑰石、瑤玉、碧玉、白木樹、琅玕樹、白丹、青丹，並且盛產銀和鐵。鸞鳥自由自在地歌唱，鳳鳥自由自在地舞蹈，還有各種野獸群居相處，所以稱為沃野。

　　有三隻青色鳥，牠們有紅色的腦袋，黑色的眼睛。一隻叫做大鵹，一隻叫做少鵹，一隻叫做青鳥。

　　有座軒轅臺，射箭的人都不敢向西射，因為敬畏軒轅臺上黃帝的威靈。

　　大荒之中有座龍山，是太陽和月亮降落的地方。有三個匯聚在一起的水池，名叫三淖，是昆吾族人覓食的地方。

～山海經傳說～

西王母

　　西周的第五代君主周穆王欽慕西王母已久，就在執政的第十七年，他決定統率三軍向西而行，於是周穆王命令善於造車的大臣造父為他打造一輛堅固而華麗的馬車。就這樣，造父駕駛著由八匹千里馬拉的馬車，載著周穆王越過千山萬水，渡黃河，到達青海樂都，翻越日月山，直奔昆侖山。

　　在雙方商定的吉日裡，兩人終於在瑤臺相會了。西王母乘紫雲龍車，上有一對青鳥左右盤翔，下有眾仙女隨侍，大隊儀仗導之於前。西王母盛裝輝耀，周穆王則著寬袍廣袖，廣額朗目，儀表威嚴，神采飛揚。西王母向穆王致殷勤歡迎之意，並慰問旅途的勞苦。穆王向西王母獻上從中原帶來的白圭、玄璧。西王母也為穆王獻上昆侖特產的玉膏，飲之能使人長壽。

　　西王母情不自禁地為穆王獻上了一首白雲之歌，還邀請周穆王登昆侖山，參觀玉宮金闕和黃帝的下都。氣象萬千、雲蒸霞蔚的昆侖盛景令穆王目不暇接，心曠神怡，從內心深處發出無窮的感歎，幾乎樂而忘返。

～神怪觀察記錄～

西王母 明・蔣應鎬圖本

三青鳥 清・汪紱圖本

女丑之尸 —— 弇茲

～注釋～

❶ 袂：衣袖。
蔽面：將面孔遮掩起來。

❷ 女丑之尸：已見於〈海外西經·女丑之尸〉：「以右手鄣其面，十日居上，女丑居山之上。」差別只在於前文說女丑尸用右手遮住臉面，這裡說是用衣袖遮住臉面。

❸ 女子之國：已見於〈海外西經·女子國〉：「在巫咸北，兩女子居，水周之。一曰居一門中。」

❹ 桃山：因滿山桃樹而得名。

❺ 虻山、桂山：一說即前文的芒山和桂山；一說指山上到處是虻而得名虻山。

❻ 丈夫之國：該國只有男子，沒有女子。已見於〈海外西經·丈夫國〉：「在維鳥北，其為人衣冠帶劍」。

❼ 仰天：仰望著天空。

❽ 鳴鳥：屬於鳳凰之類的鳥。

❾ 儛：古同「舞」，跳舞。

❿ 軒轅之國：該國的國民是人面蛇身。已見於〈海外西經·軒轅之國〉：「在此窮山之際，其不壽者八百歲。在女子國北，人面蛇身，尾交首上。」

⓫ 棲：居住。

⓬ 陼：同「渚」。水中的小塊陸地。

⓭ 珥：動詞，插、戴。

⓮ 踐：用腳踩踏。

～原文～

有人衣青，以袂蔽面❶，名曰女丑之尸❷。

有女子之國❸。

有桃山❹。有虻山。有桂山❺。有于土山。

有丈夫之國❻。

有弇州之山，五采之鳥仰天❼，名曰鳴鳥❽。爰有百樂歌儛❾之風。

有軒轅之國❿。江山之南棲⓫為吉，不壽者乃八百歲。

西海陼⓬中，有神，人面鳥身，珥⓭兩青蛇，踐⓮兩赤蛇，名曰弇茲。

～譯文～

有個人穿著青色衣服，用袖子遮住臉面，名叫女丑尸。

有個女子國。

有座桃山。有座虻山。有座桂山。有座于土山。

有個丈夫國。

有座弇州山，山上有一種長著五彩羽毛的鳥正昂首向天而鳴，名叫鳴鳥。因而這裡有多元的樂曲和歌舞發展盛行。

有個軒轅國。國民以居住在江河山嶺的南邊為吉利，他們當中壽命最短的人也有八百歲。

在西海的島嶼上，有一個神，祂長著人的面孔和鳥的身體，耳朵上掛著兩條青色的蛇，腳底下踩踏著兩條紅色的蛇，名叫弇茲。

∽山海經傳說∽

軒轅

　　很久以前，有兩個古老部落──有熊氏和有蟜氏──座落在神州大陸西北方的姬水河畔。就在有熊氏首領少典迎娶有蟜氏之女附寶為妻的不久後，附寶夜觀北斗七星時，天樞的光芒突然劃破夜空，漆黑的郊野恍若白日，受到大自然感應的附寶就懷孕了。她在壽丘生下的兒子便是公孫軒轅。

　　軒轅很有靈性，出生不久就會說話，少年時聰明伶俐，成年後見聞廣博。少典死後，軒轅成為有熊氏的首領，迎娶善於種桑養蠶的西陵之女嫘祖為妻。彼時，姬水流域的人口漸增，軒轅決定率領部落向東遷移。東遷的過程中，他們與炎帝一系的部落發生衝突，先是在阪泉郊野交戰，後又在涿鹿郊野征服蚩尤，最終令諸侯一一歸順。號為「黃帝」。

　　此次的征討和部落融合，讓黃帝所率領的氏族空前強大，為了部落安定，他數次祭鬼神祀山川，次數可謂上古帝王之最。

∽神怪觀察記錄∽

女丑尸 清‧汪紱圖本　　　　**鳴鳥** 清‧汪紱圖本　　　　**弇茲** 明‧蔣應鎬繪圖本

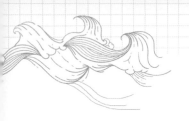

日月山 ⟶ 玄丹之山

～原文～

大荒之中，有山名日月山，天樞❶也。吳姬天門❷，日月所入。有神，人面無臂，兩足反屬❸于頭上，名曰嘘。顓頊生老童，老童生重及黎❹，帝令重獻❺上天，令黎印❻下地。下地是生噎，處於西極，以行日月星辰之行次❼。

有人反臂❽，名曰天虞。

有女子方浴月。帝俊妻常羲，生月十有二，此始浴之。

有玄丹之山❾。有五色之鳥，人面有髮。爰有青鴍、黃鷔，青鳥、黃鳥，其所集者其國亡。

～譯文～

大荒之中，有座日月山，它是天的樞紐。這座山的主峰名叫吳姬天門山，是太陽和月亮降落的地方。有一個神，長得像人但沒有臂膀，兩隻腳反轉過來連在頭上，名叫嘘。帝顓頊有後代老童，老童有後代重和黎，帝顓頊命令重托著天用力向上舉，又命令黎撐著地用力朝下壓。黎使大地下降後，就有了後代噎，他就在大地的最西端，主管著太陽、月亮和星辰運行的先後次序。

有個人的臂膀反著生長，名叫天虞。

有個女子正在替月亮洗澡。帝俊的妻子常羲生下十二個月亮後，從此開始替月亮洗澡。

有座玄丹山。在玄丹山上有一種長著五彩羽毛的鳥，牠有一張人的面孔和頭髮。這裡還有青鴍和黃鷔，也就是青鳥和黃鳥，牠們在哪個國家聚集棲息，哪個國家就會滅亡。

～山海經傳說～

常羲

相傳常羲以善占月之晦、弦、望而聞名。

常羲和帝俊一共生了十二個月亮女兒，個個長得圓潤伶俐，溫情多姿。常羲非常疼愛她們，總是不畏辛勞，每年在東海浴場替她們輪流洗澡，每洗完一個，就讓她到天空中去遊玩，等下一個洗好後再換班回家。每月輪換一次，一年剛好輪換十二次，就形成了一年的十二個月。

後來常羲的十二個女兒一一夭折了，唯有最後斷氣的小女兒死後復蘇，於是每年只剩她一個值夜。因為她復蘇時蒼白瘦弱，變成月牙狀，等到精力最旺盛時，就成了渾圓的形狀，這就是月有陰晴圓缺的由來。

～人文風物觀察筆記～

噓　明·蔣應稿繪圖本

天虞　清·汪紱圖本

常羲浴月圖　清·汪紱圖本

五色鳥　明·蔣應稿繪圖本

孟翼之攻顓頊之池 → 昆侖之丘

～注釋～

❶ 孟翼之攻顓頊之池：以孟翼攻擊顓頊一事命名。孟翼，人名。

❷ 屏蓬：即〈海外西經〉提及的并封，此獸前後皆有頭，或是左右皆有頭。

❸ 巫山：已見於〈大荒南經〉。

❹ 比翼之鳥：即比翼鳥。已見於〈海外南經・比翼鳥〉：「其為鳥青、赤，兩鳥比翼。」

❺ 玄喙：黑色的鳥嘴。

❻ 流沙：流沙出鍾山。

❼ 赤水：赤水出昆侖山，見〈西次三經・昆侖之丘〉：「赤水出焉，而東南流注于氾天之水。」

❽ 黑水：黑水發源於昆侖山，見〈西次三經・昆侖之丘〉：「黑水出焉，而西流于大杅。」

❾ 昆侖之丘：已見於〈西次三經〉和〈海內西經〉。

❿ 神：即〈西次三經・昆侖之丘〉的陸吾神。

⓫ 白：指尾巴上點綴著白色斑點。

⓬ 弱水：根據晉代郭璞的說法，即便是輕如鴻毛也無法在弱水之中漂浮。已見於〈海內南經〉和〈海內西經〉。

⓭ 然：燃燒。

⓮ 勝：指玉勝，古代用玉製作的一種首飾。

～原文～

有池名孟翼之攻顓頊之池❶。

大荒之中，有山名曰鏖鏊鉅，日月所入者。

有獸，左右有首，名曰屏蓬❷。

有巫山❸者。有壑山者。有金門之山，有人名曰黃姖之尸。有比翼之鳥❹。有白鳥，青翼，黃尾，玄喙❺。有赤犬，名曰天犬，其所下者有兵。

西海之南，流沙❻之濱，赤水❼之後，黑水❽之前，有大山，名曰昆侖之丘❾。有神❿，人面虎身，有文有尾，皆白⓫，處之。其下有弱水⓬之淵環之，其外有炎火之山，投物輒然⓭。有人戴勝⓮，虎齒，有豹尾，穴處，名曰西王母。此山萬物盡有。

～譯文～

有個水池名叫孟翼之攻顓瑞之地。

大荒之中，有座鏖鏊鉅山，是太陽和月亮降落的地方。

有一種野獸，左邊和右邊各長著一個頭，名叫屏蓬。

有座巫山。有座壑山。有座金門山，山上有個人名叫黃姖尸。有比翼鳥。有一種白色的鳥，長著青色的翅膀，黃色的尾巴，黑色的嘴。有一種紅色的狗，名叫天狗，牠所降臨的地方都會發生戰爭。

在西海的南面，流沙的邊緣，赤水的後面，黑水的前面，屹立著一座大山，就是昆侖山。有一個神是人臉虎身，尾巴有花紋和白色斑點，住在這座昆侖山上。昆侖山下有弱水匯聚而成的深淵環繞，深淵外有座炎火山，投進的東西會燃燒起來。有人頭戴玉製首飾，滿口虎牙，有條豹尾，在洞穴中居住，名叫西王母。這座山擁有世上的各種東西。

～山海經地理～

炎火山 晉代郭璞云：「今去扶南東萬里，有耆薄國；東復五千里許，有火山國，其山雖霖雨，火常然。」這座常常有火燃燒的山，就是炎火山。另有一說，即新疆火焰山。

～山海經傳說～

天狗食月

　　目連為人善良、孝順，但是目連的母親卻生性暴戾。相傳目連的母親曾經謊稱三百六十個狗肉饅頭為素饅頭，送到寺院施齋。目連得知之後，趕緊通知寺院方丈。於是方丈預先準備了素饅頭，讓和尚們藏在袈裟袖子裡，屆時將之替換。目連的母親以為和尚吃下肚的是她轉準備的饅頭，拍手大笑說：「和尚開葷啦！和尚吃狗肉饅頭啦！」

　　神佛十分震怒，將她打入十八層地獄，變成一隻惡狗，永世不得超生。目連為救母親，日夜修煉，得以用錫杖打開地獄之門。目連的母親趁亂逃出地獄，上跳下竄地追趕太陽和月亮，欲將之吞食，使天下陷入一片黑暗，發洩內心仇恨。然而，她所化身的惡狗，最怕巨響，一旦聽到其鑼鼓和爆竹聲響，就會嚇得將吞下的太陽和月亮吐出來。

　　太陽和月亮獲救後，重新恢復運行。惡狗不甘心地再度追趕上去，就這樣一次一次形成日蝕和月蝕。

～奇珍異獸觀察記錄～

白鳥 清·汪紱圖本

屏蓬 明·蔣應鎬繪圖本

天犬 明·蔣應鎬繪圖本

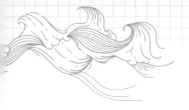

常陽之山 —— 吳回

注釋

❶ **女祭、女薎**：即〈海外西經〉的女祭、女戚。一說是兩個或持觶或持俎的女子；一說是兩個以女子為主的氏族名稱。

❷ **南嶽**：一說指黃帝；一說指一位與黃帝同屬一系的人物。

❸ **州山**：一說指山名，一說指地名。

❹ **生**：本義為生育，此處指後者為前者的後裔。

❺ **景**：物體的形影、陰影。同「影」。

❻ **響**：聲音，回聲。

❼ **不可以往**：指該地炙熱到能使人脫水而死，不適合前往。王逸注《楚辭章句》云：「西方之土溫暑而熱，燋爛人肉，渴欲求水，無有源泉，不可得之。」

❽ **夏耕之尸**：就如同前文提到的刑天尸，死亡後仍然能行動。

❾ **成湯伐夏桀**：夏桀無道，湯興兵伐之，放桀於南巢，遂有天下，國號商。成湯，商的開國君主。夏桀，夏朝末位君主。

❿ **厥**：代詞，同「其」。這裡代指成湯。

⓫ **走厥咎**：逃避他的過失。走，逃避。厥，同「其」，代指夏耕尸。

⓬ **降**：這裡指逃竄。

⓭ **巫山**：位於重慶巫山縣東，為重慶和湖北的界山，長江貫穿其間，形成巫峽。

原文

大荒之中，有山名曰常陽之山，日月所入。

有寒荒之國。有二人女祭、女薎❶。

有壽麻之國。南嶽❷娶州山❸女，名曰女虔。女虔生❹季格，季格生壽麻。壽麻正立無景❺，疾呼無響❻。爰有大暑，不可以往❼。

有人無首，操戈盾立，名曰夏耕之尸❽。故成湯伐夏桀❾于章山，克之，斬耕厥❿前。耕既立，無首，走厥咎⓫，乃降⓬于巫山⓭。

有人名曰吳回，奇左，是無右臂。

譯文

大荒之中有座常陽山，是太陽和月亮降落的地方。

有個寒荒國。這裡有兩個人分別名為女祭和女薎。

有個國家名叫壽麻國。南嶽娶了州山的女子為妻，她的名字叫女虔。女虔有後代季格，季格有後代壽麻。壽麻端端正正地站在太陽下，卻不見任何影子，高聲疾呼但四面八方都沒有任何迴響。這裡異常炎熱，人類不適合前往。

有個人沒有腦袋，他手拿一把戈和一面盾牌站著，名叫夏耕尸。從前成湯在章山討伐夏桀，打敗了夏桀，將夏耕斬殺於他的面前。夏耕的屍體站立起來後，發覺自己沒了腦袋，為逃避他的罪責，就逃竄到巫山去了。

有個人名叫吳回，他只剩下左臂，而沒有右臂。

～山海經傳說～

成湯伐夏桀

夏桀，名履癸，諡號桀。相傳有一年夏桀攻打有施氏，有施氏的首領獻上美人妹喜，展現求和之意。桀一見妹喜的樣貌，欣喜若狂，之後更可謂極盡寵愛。為博美人一笑，甚至撕裂大量的絹帛，只因為美人喜愛絹帛的撕裂之聲。

其實早在夏朝國君孔甲在位時，諸侯就已經相繼叛離，到了桀繼位的時候，國勢又更弱了。成湯，名履，是夏朝一方諸侯之長，商族的領袖。在商族和有莘氏通婚後，有莘氏的隨嫁臣僕伊氏阿衡借著談論烹調食物之法的機會，向成湯分析天下之勢，因此被提拔為尹（即丞相）。這期間，伊尹也曾經觀見夏桀，以堯舜的仁政之道勸說他要體諒百姓疾苦，更用心治理天下，但是夏桀根本沒放在心上，令伊尹失望而歸返成湯身邊。

到了夏桀晚年，當初那個赤手即可將鐵鉤拉直的桀已是荒廢政事、不務正業的國君，不僅不修德行，還以武力傷害進諫的臣子，百官不堪忍受，紛紛投奔成湯。桀得知此事，召成湯來觀見，將之囚禁在夏臺，但是後來又放了他。

在伊尹的輔佐謀劃之下，成湯積極治理政事，乘機起兵攻滅大大小小的諸侯部落，使夏朝孤立無援，最終以武力滅夏。被放逐而死的夏桀曾感嘆：「我最後悔的，莫過於當初沒有將湯殺死在夏臺，以致落到如今這個下場。」

據說，彼時在夏桀身邊的寵妃妹喜就是伊尹的細作。

～人文風物觀察筆記～

昆侖神　清·汪紱圖本

壽麻　清·汪紱圖本

夏耕尸　明·蔣應鎬繪圖本

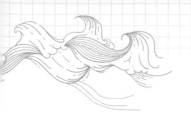

蓋山之國 → 夏后開

～注釋～

❶ **支**：草木的枝條。通「枝」。

❷ **朱木**：已見於〈大荒南經〉：「朱木，赤支、青華、玄實。」

❸ **一臂民**：即一臂國，已見於〈海外西經・一臂國〉：「一臂一目一鼻孔。有黃馬虎文，一目而一手。」

❹ **夏后開**：即夏后啟。因漢代避景帝劉啟的名諱而改。

❺ **上三嬪于天**：三次到天界做客，就是「夏后啟筮，御飛龍登于天」一事。嬪，古通「賓」。

❻ **《九辯》與《九歌》**：皆為樂曲名，相傳原為天帝的樂曲，夏后啟趁上天做客時偷偷將之拿走。《楚辭・離騷》：「啟九辯與九歌兮，夏康娛以自縱。」

❼ **天穆之野**：地名，即大穆之野。《竹書紀年・帝啟》記載：「十年，帝巡狩，舞《九韶》于大穆之野。」

❽ **仞**：古代計算長度的單位。八尺為一仞，

❾ **《九招》**：即《九韶》。相傳為虞舜之樂的名稱。

～原文～

有蓋山之國。有樹，赤皮支❶幹，青葉，名曰朱木❷。

有一臂民❸。

大荒之中，有山名曰大荒之山，日月所入。有人焉三面，是顓頊之子，三面一臂，三面之人不死。是謂大荒之野。

西南海之外，赤水之南，流沙之西，有人珥兩青蛇，乘兩龍，名曰夏后開❹。開上三嬪于天❺，得《九辯》與《九歌》❻以下。此天穆之野❼，高二千仞❽，開焉得始歌《九招》❾。

～譯文～

有個蓋山國。這裡有一種樹木，它的樹皮、樹枝、樹幹都是紅色的，葉子是青色的，名叫朱木。

有一種只長一隻手臂的人。

大荒之中，有一座山，名叫大荒山，是太陽和月亮降落的地方。這裡有一種人，頭的前面、左邊和右邊各有一張臉，是顓頊的後代子孫。他們擁有三張面孔但只有一隻手臂，這種三張面孔的人永遠不會死。這裡就是所謂的大荒野。

在西南海以外，赤水的南岸，流沙的西面，有個人耳朵上掛著兩條青色蛇，駕著兩條龍，名叫夏后開。夏后開曾三次到天帝那裡做客，得到天帝的樂曲《九辯》和《九歌》，使之流傳人間。這裡就是所謂的天穆野，高達兩千仞，夏后開在此開始演奏《九招》樂曲。

～山海經傳說～

夏后啟

　　相傳年邁的禹必須找一個賢能的人繼位，眾人一致推舉助禹治水有功的伯益為繼承者，於是禹便表示死後就禪讓給伯益。豈料，事情沒有朝既定的方向發展，禹死後，四方諸侯卻是贊成禹的兒子啟繼位，伯益只好再禪讓給啟，然後隱居箕山南麓。

　　原來，禹覺得王權得來不易，生前就有讓兒子繼承的念頭。所以，明面上答應傳位給伯益，暗中卻叮囑啟要穩固自己的勢力、培養深厚的實力，然後取伯益而代之。啟果然將政事處理得很好，也提高了自己在眾人心中的地位，順利讓多數的部族首領表示效忠：「啟是禹的兒子，我們願意追隨他。」

　　伯益得知後不服，雙方起了爭執。伯益率軍攻擊啟，而啟早有防備，打敗伯益的軍隊。緊接著，啟在鈞臺舉行大規模筵席，公開宣布自己是夏朝第二代國君。儘管啟誅殺了伯益，還是有諸侯部族強烈反對他改變禪讓的傳統，其中有扈氏便不服而反抗。於是啟發兵征討有扈氏，大戰於甘，擊敗有扈氏，將倖存的有扈氏族貶為奴隸。

　　這一場激烈的甘之戰，使夏啟坐穩王位，家天下之制由此確立。

～人文風物觀察筆記～

夏后啟　明・蔣應鎬繪圖本

三面人　明・蔣應鎬繪圖本

互人之國 ── 大巫山

～ 注釋 ～

❶ 互人之國：即氐人國，該國國民可以騰雲駕霧。已見於〈海內南經・氐人國〉：「其為人人面而魚身，無足。」

❷ 炎帝：帝號。相傳上古帝王神農氏振興農業，口嚐百草，為務農、製藥的創始人。因以火德王，故稱為「炎帝」。

❸ 偏枯：中醫上指半身偏廢無用的病。

❹ 道：從、由。

❺ 為：是。通「謂」。

❻ 漢景帝：帝號。姓劉名啟，是漢文帝的長子。在位時採用黃老治術，實行無為政治，節儉愛民。後因採用晁錯的主張，削奪諸侯王封地，引起七國之亂，幸賴太尉周亞夫平定，自此中央權力鞏固。

❼ 避諱：即為表尊敬，在言談和書寫時，不說君主和尊長的名號。避諱的方法有缺筆、缺字、換字、改音等各種方式。

❽ 此段按語並非《山海經》的原文，也不知道是何人所題，但為底本所有，今仍存其舊。

～ 原文 ～

有互人之國❶。炎帝❷之孫名曰靈恝，靈恝生互人，是能上下于天。

有魚偏枯❸，名曰魚婦，顓頊死即復蘇。風道❹北來，天乃大水泉，蛇乃化為魚，是為❺魚婦。顓頊死即復蘇。

有青鳥，身黃，赤足，六首，名曰鸀鳥。

有大巫山。有金之山。西南，大荒之中隅，有偏句、常羊之山。

按：夏后開即啟，避漢景帝❻諱❼云❽。

～ 譯文 ～

有個互人國。炎帝的孫子名叫靈恝，靈恝有後代互人，國民能騰雲駕霧，上下於天。

有一種魚，牠的半邊身體是偏廢無用的，名為魚婦，據說是顓頊死而復甦化成的。那時北風大作，大水如泉似的源源湧出，正是蛇變化成為魚的時機。死去的顓頊趁蛇魚變化未定的機會，藉由附於魚身之法，死而復甦。這種顓頊和魚兩相結合的生物，就是人們所謂的魚婦。

有一種青鳥，身體是黃色的，爪子是紅色的，有六個頭，名叫鸀鳥。

有座大巫山。有座金山。在西南方大荒的一個角落，有偏句山和常羊山。

按語：夏后開即夏后啟。因漢代避景帝劉啟的名諱而改。

～山海經傳說～

炎帝

　　有熊氏首領少典迎娶有蟜氏之女任姒（又稱女登）為妻，女登某日到華陽遊玩時，突然有神龍出現，圍繞身旁，於是女登受到天地自然感應而懷孕，並且生下炎帝。

　　相傳炎帝的外形是人身牛頭。他在姜水河邊成長，生來就非常聰穎，不僅發明了翻土所用的農具，教導百姓種植五穀，還親自嚐遍百草，只為了讓百姓不必枉受病疾之苦。炎帝還在日正當中之時舉辦集市，聚集各式各樣的貨物，使來參與的人民能夠彼此交易，各取所需。

　　後來，黃帝一系漸漸興起，炎帝一系的部落和黃帝起了衝突，雙方遂於阪泉之野進行決戰。經過三次激烈的廝殺，黃帝終於擊敗炎帝，將之流放。

～奇珍異獸觀察記錄～

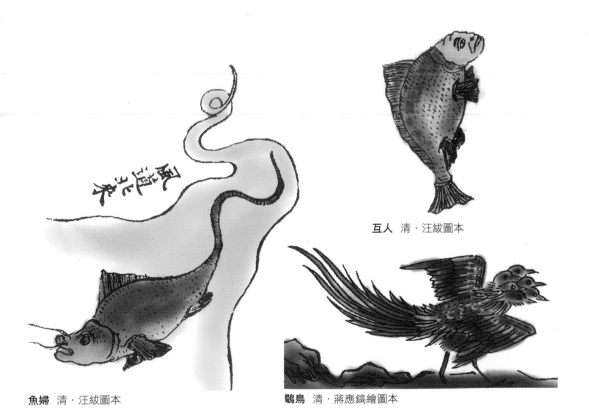

互人　清・汪紱圖本

魚婦　清・汪紱圖本

鸎鳥　清・蔣應鎬繪圖本

443

下卷

海經

大荒，是荒遠之處。　其經文豐富，但多是凌雜無統紀。

山海經第十七

大荒北經

〈大荒北經〉內容龐雜，大多與〈海外北經〉相同，諸如三桑無枝和無腸國，但部分內容卻有所改動。例如，〈大荒北經〉中的附禺山在〈海外北經〉中稱為務隅山，儋耳國稱為聶耳國，深目民稱為深目國，神話人物禺強和夸父亦是如此。

〈大荒北經〉的內容不僅與〈海外北經〉相同，也與其他許多篇章雷同。例如蕭慎國在〈海外西經〉中曾經出現，大人國和毛民國在〈海外東經〉中有所記錄，這些重複的內容可能是記載經文的竹簡散落後錯排所致。

附禺之山 ── 不咸山

～注釋～

❶ 附禺之山：即務隅山和鮒魚山。已見於〈海外北經·務隅山〉：「帝顓頊葬于陽，九嬪葬于陰。一曰爰有熊、羆、文虎、離朱、鴟久、視肉。」〈海內東經·鮒魚之山〉：「帝顓頊葬于陽，九嬪葬于陰，四蛇衛之。」

❷ 鴟久：即貓頭鷹之類的鳥。

❸ 大物、小物：指殉葬用的大小器具物品。

❹ 琅鳥：白色的鳥。琅，潔白。

❺ 玄鳥：一說是黑色的怪鳥；一說是燕子的別稱，因牠的羽毛為黑色，所以稱為玄鳥。玄，黑色。

❻ 璇：美玉。
瑰：似玉的美石。

❼ 大可為舟：一段竹節就大到足以製成船。例如，《神異經》云：「南方荒中有沛竹，其長百丈，圍二丈五六尺，厚八九寸，可以為船。」

❽ 赤澤水：指水呈紅色。

❾ 封淵：即大淵。

❿ 三桑無枝：三棵沒有樹枝的桑樹。已見於〈北次二經·洹山〉：「三桑生之，其樹皆無枝，其高百仞。」〈海外北經·桑無枝〉：「其木長百仞，無枝。」

⓫ 沈淵：即深淵。

⓬ 蜚蛭：見圖。蜚，通「飛」。蛭，環節動物，分為許多種類，如水蛭、魚蛭、山蛭等。

⓭ 蟲：這裡指蛇。南山人以蟲為蛇，見〈海外南經·南山〉。

～原文～

　　東北海之外，大荒之中，河水之間，附禺之山❶，帝顓頊與九嬪葬焉。爰有鴟久❷、文貝、離俞、鸞鳥、皇鳥、大物、小物❸。有青鳥、琅鳥❹、玄鳥❺、黃鳥、虎、豹、熊、羆、黃蛇、視肉、璇瑰❻、瑤碧，皆出于山。

　　衛丘方圓三百里，丘南帝俊竹林在焉，大可為舟❼。竹南有赤澤水❽，名曰封淵❾。有三桑無枝❿，皆高百仞。丘西有沈淵⓫，顓頊所浴。

　　有胡不與之國，烈姓，黍食。

　　大荒之中，有山名曰不咸。有肅慎氏之國。有蜚蛭⓬，四翼。有蟲⓭，獸首蛇身，名曰琴蟲。

～譯文～

　　在東北海以外，大荒之中，黃河水流經的地方，有座附禺山，帝顓頊與他的九個妃嬪葬在這座山。這裡有貓頭鷹、花斑貝、離朱鳥、鸞鳥、鳳鳥、大物、小物。還有青鳥、琅鳥、燕子、黃鳥、老虎、豹子、熊、羆、黃蛇、視肉、璇玉、瑰石、瑤玉、碧玉，都出產於這座山。

　　衛丘有方圓三百里，衛丘的南面有帝俊的竹林，竹子大得足夠製做一艘船，竹林的南面有紅色的湖水，名叫封淵。那裡有三棵不生長枝條的桑樹，都高達百仞。衛丘的西面有個深淵，是帝顓頊洗澡的地方。

　　有個胡不與國，國民姓烈，以黃米為主食。

　　大荒之中，有座不咸山。有個肅慎氏國。有一種能飛的蛭，長著四隻翅膀。有一種蛇，是野獸的腦袋和蛇的身體，名叫琴蟲。

～山海經地理～

不咸山　長白山的古名為不咸山，位於吉林、遼寧和黑龍江的東部及北韓兩江道交界處。長白山脈呈西南─東北走向，主峰長白山上有天池，在北方民族的神話中，此山是「神山」。

肅慎國　〈海外西經・肅慎之國〉：「在白民北，有樹名曰雄常，先入代帝，於此取之。」是古代東北邊疆的民族，為滿族的祖先。分布在黑龍江、烏蘇里江、松花江和長白山一帶。

～奇珍異獸觀察記錄～

蜚蛭　清・汪紱圖本　　　　　**琴蟲**　清・四川成或因繪圖本

大人之國 —— 先檻大逢之山

注釋

❶ **大人之國**：即〈海外東經〉和〈大荒東經〉所說的大人國。

❷ **釐姓**：防風國國君汪芒氏的後裔。《史記·孔子世家》云：「汪罔氏之君守封、禺之山，為釐姓。在虞、夏、商為汪罔，於周為長翟，今謂之大人。」

❸ **大青蛇**：蟒蛇。

❹ **麈**：頭似鹿，腳似牛，尾似驢，頸背似駱駝，也稱為駝鹿。

❺ **鯀攻程州之山**：以鯀攻擊程州一事命名。程州，國名。

❻ **槃木**：盤曲的大木。

❼ **使**：馴服、役使。
鳥：古代鳥獸通名，此處包含野獸。

❽ **蟲**：這裡指野獸。

❾ **猎猎**：《玉篇》云：「獸名，或作獚。獸似熊。」

❿ **北齊之國，姜姓**：具體所指的國家不明，但是〈大荒西經〉有「西周之國，姬姓」，此處可能也是周朝、秦朝的用詞說法。《說文解字》云：「姜，神農居姜水以為姓。」《史記·齊太公世家》云：「姓姜氏。」

⓫ **河濟**：黃河與濟水的並稱。《史記·孫子吳起列傳》云：「夏桀之居，左河濟，右泰華，伊闕在其南，羊腸在其北，修政不仁，湯放之。」

⓬ **禹所積石**：已見於〈海外北經·禹所積石之山〉：「河水所入。」

原文

有人名曰大人。有大人之國❶，釐姓❷，黍食。有大青蛇❸，黃頭，食麈❹。

有榆山。有鯀攻程州之山❺。

大荒之中，有山名曰衡天。有先民之山。有槃木❻千里。

有叔歜國，顓頊之子，黍食，使四鳥❼：虎、豹、熊、羆。有黑蟲❽如熊狀，名曰猎猎❾。

有北齊之國，姜姓❿，使虎、豹、熊、羆。

大荒之中，有山名曰先檻大逢之山，河濟⓫所入，海北注焉。其西有山，名曰禹所積石⓬。

譯文

有一種人名叫大人。有個大人國，國民姓釐，以黃米為主食。有一種大青蛇，牠有黃色的腦袋，能吞食駝鹿。

有座榆山。有座鯀攻程州山。

大荒之中，有座衡天山。有座先民山。有一棵盤旋彎曲一千里的大樹。

有個叔歜國，國民都是顓頊的子孫後代，以黃米為主食，能馴化驅使四種野獸：老虎、豹子、熊和羆。有一種形狀與熊相似的黑蟲，名叫猎猎。

有個北齊國，這裡的人姓姜，能馴化驅使老虎、豹子、熊和羆。

大荒之中，有座先檻大逢山，是黃河和濟水流入的地方，海水從北面灌注到這裡。它的西邊也有座山，那就是禹所積石之山。

～山海經傳說～

鯀

　　鯀是夏禹的父親，被堯封於崇伯，因治水無功，被舜殺於羽山。然而，關於鯀之死則有另一個傳說。

　　共工用頭去觸撞人間的支柱不周山後，使天崩塌，大地龜裂，洪水氾濫，生靈塗炭。堯見此，命四方諸侯推舉治水的人選，於是眾人紛紛推薦鯀。堯其實不放心將治水一事交給鯀，但又沒有更合適的人選，也就勉強應允了。

　　鯀為了順利完成治水大業，偷偷到天界竊取天帝的一件寶貝──息壤。息壤是一種非常肥沃、能夠自生自長而永不耗減的土壤，因此鯀認為它十分適合拿來圍堵洪水。就在即將治水成功的時候，天帝察覺息壤失竊，大怒之下就要處死鯀。鯀知道自己不久於人世，臨死前將治水大業交付給他的兒子──禹。

　　禹繼承父親的遺志，借助應龍之力，最終成功平息這場大洪水。

～人文風物觀察筆記～

大人國　清・汪紱圖本

獦獦　清・禽蟲典

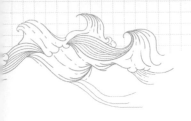

陽山 —— 北極天櫃

～注釋～

❶ **丹山**：根據晉代郭璞的說法，此山純出丹朱。

❷ **大澤**：袁珂云：「即〈海外北經〉所記『夸父與日逐走，北飲大澤』之大澤。」

❸ **解**：指鳥脫換羽毛。

❹ **毛民之國**：國民全身皆長滿毛。已見於〈海外東經·毛民之國〉：「為人身生毛。」

❺ **帝念之**：指大禹心裡憐愛、想念綽人。

❻ **潛**：祕密的、暗中的。

❼ **禺號**：即禺貌。已見於〈大荒東經·禺貌〉：「黃帝生貌。」

❽ **北海**：古代泛指北方最遠之地。

～原文～

有陽山者。有順山者，順水出焉。有始州之國，有丹山❶。

有大澤❷方千里，群鳥所解❸。

有毛民之國❹，依姓，食黍，使四鳥。禹生均國，均國生役采，役采生修鞈，修鞈殺綽人。帝念之❺，潛❻為之國，是此毛民。

有儋耳之國，任姓，禺號❼子，食穀。北海❽之渚中，有神，人面鳥身，珥兩青蛇，踐兩赤蛇，名曰禺彊。

大荒之中，有山名曰北極天櫃，海水北注焉。有神，九首人面鳥身，名曰九鳳。又有神銜蛇操蛇，其狀虎首人身，四蹄長肘，名曰彊良。

～譯文～

有座陽山。有座順山，順水發源於此山。有個始州國，附近有座丹山。

有一個方圓千里的大澤，是各種禽鳥脫去舊羽毛和再生新羽毛的地方。

有個毛民國，國民姓依，以黃米為主食，能馴化驅使四種野獸。大禹有後代均國，均國有後代役采，役采有後代修鞈，修鞈殺了綽人。大禹哀念綽人之死，暗地裡幫綽人的子孫後代建立國家，那個國家就是毛民國。

有個儋耳國，國民姓任，是神人禺號的子孫後代，以穀米為主食。在北海的島嶼上，有一個神，長著人的面孔和鳥的身體，耳朵上掛著兩條青色的蛇，腳底下踩踏著兩條紅色的蛇，名叫禺彊。

大荒之中，有座北極天櫃山，海水從北面灌注到這裡。有一個神，長著九個腦袋、人的面孔和鳥的身體，名叫九鳳。又有一個神，嘴裡銜著蛇，手中握著蛇，祂的形貌是老虎的腦袋和人的身體，有四隻蹄子和長長的手肘，名叫彊良。

∽山海經傳說∽

禺彊

禺彊，字玄冥，是傳說中人面鳥身、耳佩兩條青蛇、足踏兩條赤蛇的水神。

在渤海東邊不知幾億萬里之處，有一個名為歸墟的巨大溝壑，人間與銀河裡所有的河水最終都流注到那裡，而那裡有五座會隨著海水流動而位移的山。山上有瓊樓玉宇，到處是純白色的鳥獸，盛產可令人長生不老的果實，有仙人居住於此。為免這五座山飄流到極西之地，害得仙人流離失所，天帝命令禺彊指揮十五隻巨鼇以頭頂著五座山。於是，禺彊將巨鼇分成三班，每六萬年輪替工作，使這五座山不再流動。

豈料，龍伯之國有個巨人來到此處，釣起了六隻巨鼇，其中岱輿和員嶠二山就這樣飄流至極北之地，沉入大海之中。

∽神怪觀察記錄∽

九鳳 明‧蔣應鎬繪圖本

禺彊 明‧蔣應鎬繪圖本

儋耳國 明‧蔣應鎬繪圖本

彊良 明‧蔣應鎬繪圖本

成都載天 → 相繇

~注釋~

❶ 后土：相傳是共工的兒子句龍。

❷ 景：物體的形影。同「影」。

❸ 逮：到，及。

❹ 禺谷：又叫禺淵，神話傳說中日落的地方。

❺ 又殺夸父：先說夸父因追日而死，復說應龍所殺，這是神話傳說中的分歧。

❻ 無腸之國：國民身材高大，沒有腸子。已見於〈海外北經·無腸之國〉：「在深目東，其為人長而無腸。」

❼ 無繼：即無啟國。無啟，沒有後嗣之意。已見於〈海外北經〉。然而，此處又說無腸國人是無啟國人的後代，不符合無啟國沒有後嗣的說法，這正是神話傳說詼諧奇詭的性質。

❽ 相繇：即〈海外北經〉所說的相柳。

❾ 自環：指蛇身盤伏、旋繞。

❿ 欯：嘔吐。

⓫ 尼：止。

⓬ 源澤：沼澤。

⓭ 湮：堵塞。

⓮ 三：表示多數或多次的。

~原文~

大荒之中，有山名曰成都載天。有人珥兩黃蛇，把兩黃蛇，名曰夸父。后土❶生信，信生夸父。夸父不量力，欲追日景❷，逮❸之于禺谷❹。將飲河而不足也，將走大澤，未至，死于此。應龍已殺蚩尤，又殺夸父❺，乃去南方處之，故南方多雨。

又有無腸之國❻，是任姓。無繼❼子，食魚。

共工之臣名曰相繇❽，九首蛇身，自環❾，食于九土。其所欯❿所尼⓫，即為源澤⓬，不辛乃苦，百獸莫能處。禹湮洪水，殺相繇，其血腥臭，不可生穀；其地多水，不可居也。禹湮⓭之，三仞三沮⓮，乃以為池，群帝因是以為臺。在昆侖之北。

~譯文~

大荒之中，有座成都載天山。有個人耳上掛著兩條黃蛇，手上握著兩條黃蛇，名叫夸父。后土有後代信，信有後代夸父。夸父不自量力，想追趕太陽的光影，直追到禺谷。夸父喝光黃河的水還不足以解渴，就想跑到北方去喝大澤的水，還沒到便死在這裡。應龍殺了蚩尤，又殺了夸父後，就去南方居住，所以南方雨水豐沛。

又有無腸國，任姓，是無繼國的後代，以魚為主食。

共工的臣子名叫相繇，牠是九頭蛇身，盤繞成一團，九顆頭分別在九座山覓食。牠所噴吐停留過的地方都將變成沼澤，充斥辛辣或苦味，動物無法居住。禹堵塞洪水，殺死相繇，相繇腥臭的血害穀物無法生長；此處又水潦成災，無法居住。禹屢次填土屢次塌陷後，乾脆挖成池子，諸帝就用挖出的泥土建造高臺。高臺位於昆侖山北面。

~神怪觀察記錄~

夸父追日 明‧蔣應鎬繪圖本

無啟國 清‧汪紱圖本

無腸國 清‧邊裔典

應龍 明‧蔣應鎬繪圖本

相柳 日本江戶時代‧怪奇鳥獸圖卷

岳之山 ── 黃帝大戰蚩尤

注釋

❶ 尋竹：即長竹。尋，古代八尺稱為「一尋」。

❷ 鄉：通「向」，方向。

❸ 衣：動詞，穿。

❹ 女魃：相傳是沒有頭髮的女神，她所居住的地方天不下雨。

❺ 兵：兵器、武器。

❻ 冀州：古九州之一，包括今河北、山西兩省，及河南黃河以北、遼寧遼河以西之地。也泛指中原地區。

❼ 畜水：將水儲存起來。畜，儲存、積聚，通「蓄」。

❽ 風伯、雨師：風雨之神。

❾ 縱：施放。

❿ 叔均：即商均，帝舜和女英的兒子。

⓫ 田祖：主管田地之神。

⓬ 亡：逃跑。

⓭ 北行：指回到赤水之北。

⓮ 溝瀆：溝渠、水道。

原文

有岳之山，尋竹❶生焉。

大荒之中，有山名不句，海水北入焉。

有係昆之山者，有共工之臺，射者不敢北鄉❷。有人衣❸青衣，名曰黃帝女魃❹。蚩尤作兵❺伐黃帝，黃帝乃令應龍攻之冀州❻之野。應龍畜水❼，蚩尤請風伯、雨師❽，縱❾大風雨。黃帝乃下天女曰魃，雨止，遂殺蚩尤。魃不得復上，所居不雨。叔均❿言之帝，後置之赤水之北。叔均乃為田祖⓫。魃時亡⓬之，所欲逐之者，令曰：「神北行⓭！」先除水道，決通溝瀆⓮。

譯文

有座岳山，一種高大的竹子生長在這座山上。

大荒之中，有座不句山，海水從北面灌注到這裡。

有座山名叫係昆山，上面有共工臺，射箭的人因敬畏共工的威靈而不敢朝北方拉弓射箭。有一個人穿著青色衣服，名叫黃帝女魃。蚩尤製造了多種兵器攻擊黃帝，黃帝便派應龍到冀州的原野攻打蚩尤。應龍積蓄了很多雨水，而蚩尤則請來風伯和雨師，刮起一場大風雨。此時，黃帝就降下名叫魃的天女助戰，雨被止住，蚩尤被殺死。女魃因神力耗盡而無法回到天上，她居住的地方不會產生雨水。

叔均將此事稟報黃帝，後來黃帝就把女魃安置在赤水的北面。叔均便做了田神。女魃常常逃亡而使該地出現旱情，想要驅逐她，就要禱告：「神啊，請向北方去吧！」並且事先清除水道，疏通大小溝渠。

～興圖風物手札～

女魃 清·汪紱圖本　　**蚩尤** 清·汪紱圖本

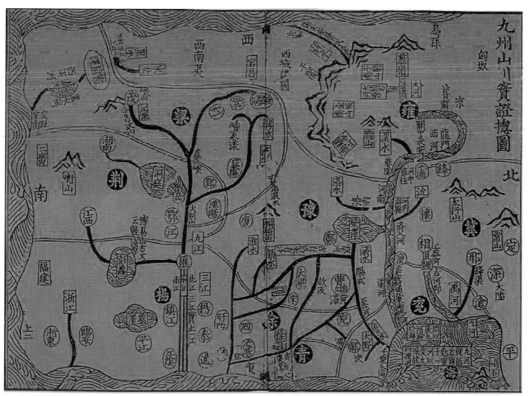

九州山川實證總圖 收錄於宋·程大昌所繪《禹貢論山川地理圖》。圖中標示了冀州、兗州、青州、徐州、揚州、荊州、梁州、雍州和豫州界域和主要山水。

深目民之國 ── 無繼民

～注釋～

❶ **深目民之國**：即深目國。已見於〈海外北經·深目國〉：「為人舉一手一目，在共工臺東。」

❷ **赤水女子獻**：清代吳承志認為，即前文所說的被黃帝安置在赤水之北的女魃。魃，旱神。

❸ **順水**：即前文「有順山者，順水出焉」之順水。

❹ **犬戎**：西戎種族的一支。多分布於今陝西涇渭流域一帶，為周朝西邊強大的外患。

❺ **白犬有牝牡**：一說指白犬雌雄同體；一說是指一雄一雌兩條白犬。

❻ **戎宣王尸**：相傳是犬戎族人奉祀的神。

❼ **有人一目**：即一目國國民。已見於〈海外北經·一目國〉：「一目中其面而居。一曰有手足。」

❽ **無繼民**：即前文的無繼國民。

❾ **無骨**：本意為身上沒有骨頭，此處指後文的牛黎之國：「有人無骨，儋耳之子。」

❿ **食氣**：一種透過調節呼吸來養生的吐納之道。《大戴禮記·易本命》云：「食氣者神明而壽。」

～原文～

有人方食魚，名曰深目民之國❶，盼姓，食魚。

有鍾山者。有女子衣青衣，名曰赤水女子獻❷。

大荒之中，有山名曰融父山，順水❸入焉。有人名曰犬戎❹。黃帝生苗龍，苗龍生融吾，融吾生弄明，弄明生白犬，白犬有牝牡❺，是為犬戎，肉食。有赤獸，馬狀無首，名曰戎宣王尸❻。

有山名曰齊州之山、君山、灊山、鮮野山、魚山。

有人一目❼，當面中生。一曰是威姓，少昊之子，食黍。

有無繼民❽，無繼民任姓，無骨❾子，食氣❿、魚。

～譯文～

有一群人正在吃魚，名叫深目民國，國民姓盼，以魚類為主食。

有座鍾山。有一個穿青色衣服的女子，名叫赤水女子獻。

大荒之中，有座融父山，順水流入這座山。有一種人名叫犬戎。黃帝有後代苗龍，苗龍有後代融吾，融吾有後代弄明，弄明有後代白犬，這白犬有一公一母而相互配偶，然後生下了犬戎族人，他們以肉類為主食。有一種紅色的野獸，形似馬卻沒有腦袋，名叫戎宣王尸。

有幾座山分別名叫齊州山、君山、灊山、鮮野山、魚山。

有一種人長著一隻眼睛，這隻眼睛長在臉的中間。有一種說法認為他們姓威，是少昊的子孫後代，以黃米為主食。

有一種人名叫無繼民，無繼民姓任，是無骨民的子孫後代，以空氣和魚類為主食。

～山海經傳說～

以鳥名作為官名的少昊

名摯，修太昊之法，故稱為「少昊」。為黃帝之子，嫘祖所生。

相傳少皞摯即位的時候，天空有鳳鳥盤旋而飛，所以決定以鳥名來定名各個官職。依據鳥類的特性，少昊將文武百官劃分為：

掌管天文曆法的鳳鳥，掌管春分、秋分的玄鳥，掌管夏至、冬至的伯趙，掌管立春、立夏的青鳥，掌管立秋、立冬的丹鳥。

掌理教化的是祝鳩，掌理軍事的是雎鳩，掌理水土營建之事的是鳲鳩，掌理刑獄的是爽鳩，掌理農事的是鶻鳩。簡言之，這五鳩的職責是聚集百姓，使社會安定。

另外有五雉主管五種手工技術，使百姓生活均衡。九扈主管九種農業，使百姓不至於淫逸怠惰。

百鳥各司其職，心裡都很感激少昊的慈愛和德政，佩服少昊的智能和才華。

～人文風物觀察筆記～

戎宣王尸　清・禽蟲典

少昊之子　清・汪紱圖本

457

中輪國 ── 燭龍

～注釋～

❶ **有神**：根據前文「有人名曰犬戎」，此處應作「有人」。

❷ **苗民**：即三苗國。〈海外南經‧三苗國〉：「在赤水東，其為人相隨。一曰三毛國。」

❸ **驩頭**：又名讙頭、驩兜、讙朱，名稱多異。已見於〈海外南經‧驩頭之國〉：「人面鳥喙，有翼，食海中魚，杖翼而行。維宜芑苣，穋楊是食。」

❹ **若木**：相傳長於日落處的樹。

❺ **乘**：根據清代畢沅，應是「朕」的假借音。《考工記圖‧函人注》：「舟之縫理曰朕。」此處指合上眼睛成縫隙狀。

❻ **瞑**：閉眼。

❼ **謁**：根據清代畢沅，是「噎」的假借音。此處指吞嚥。

❽ **九陰**：陰暗之地。

～原文～

西北海外，流沙之東，有國曰中輪，顓頊之子，食黍。

有國名曰賴丘。有犬戎國。有神❶，人面獸身，名曰犬戎。

西北海外，黑水之北，有人有翼，名曰苗民❷。顓頊生驩頭❸，驩頭生苗民，苗民釐姓，食肉。有山名曰章山。

大荒之中，有衡石山、九陰山、洞野之山，上有赤樹，青葉赤華，名曰若木❹。

有牛黎之國。有人無骨，儋耳之子。

西北海之外，赤水之北，有章尾山。有神，人面蛇身而赤，身長千里，直目正乘❺，其瞑❻乃晦，其視乃明，不食不寢不息，風雨是謁❼。是燭九陰❽，是謂燭龍。

～譯文～

在西北方的海外，流沙的東面，有個國家名叫中輪，是顓頊的後代，以黃米為主食。

有國家名叫賴丘。還有犬戎國。有位神，祂有人的臉、野獸的身體，名叫犬戎。

在西北方的海外，黑水的北岸，有一種長著翅膀的人，名叫苗民。顓頊有後代驩頭，驩頭有後代苗民，苗民姓釐，以肉為主食。有座山名叫章山。

大荒之中，有衡石山、九陰山、洞野山，山上有種紅色的樹，是青色的葉和紅色的花，名叫若木。有牛黎國。國民身上沒有骨頭，是儋耳國的子孫後代。

在西北方的海外，赤水的北岸，有座章尾山。有一個神，祂有人的臉和蛇的身體，全身紅色，身體長達一千里，豎立的眼睛合成一條縫，祂閉上眼睛就是黑夜、睜開眼睛就是白晝，不吃飯，不睡覺，不呼吸，以風雨為食。祂能照耀陰暗的地方，所以被稱作燭龍。

～山海經傳說～

神犬盤瓠

　　彼時高辛氏和戎族之間戰爭頻仍，敵方的吳部相當強盛，數次侵擾邊境。高辛氏多次派將討伐未果後，便向天下招募可以擊敗對方的勇士，並當場宣布：「誰能取敵方大將的首級，即賞金千斤，封食邑萬戶，並將小公主嫁給他。」

　　一日，高辛氏飼養的神犬盤瓠叼著敵將首級進獻，高辛氏仔細查看，為之大悅。然而，想起了自己的諾言，他趕緊問大臣們該怎麼辦。群臣皆答道：「盤瓠是畜生，是不能封官的，也不能娶妻，所以即使牠有功於稷，也不能按照承諾給予賞賜。」

　　小公主聽說此事後，告訴高辛氏：「大王已經以我向天下許下承諾，盤瓠確實把敵將的首級獻給您，為國家除去大害，這就是天命，豈是狗的智力就能辦到的？王者稱霸天下，要重信守諾，不能因為輕微的我而有負於天下，那將會給國家帶來禍患。」

　　高辛氏擔心背信的後果難以承擔，最後就順從女兒的意願，將她嫁給盤瓠，並以三百里地封之。盤瓠的後代，男則為狗，女則為美人。又稱犬戎國。

～人文風物觀察筆記～

犬戎　明‧蔣應鎬繪圖本

苗民　明‧蔣應鎬繪圖本

燭龍　明‧蔣應鎬繪圖本

海經

下卷

海內，是四海之內。

其經文記述龐雜凌亂，沒有明確的方向和順序。

山海經第十八

海 內 經

〈海內經〉是《山海經》十八篇中內容最雜亂的，很多內容都與〈海內〉四經和〈大荒〉四經重複。

諸如窫窳獸在〈海內南經〉中出現過；苗民在〈大荒北經〉中出現過；流黃辛氏國在〈海內西經〉中為流黃酆氏國。〈海內經〉推測可能是依據和前面的〈海內〉四經、〈大荒〉四經相似的古圖所撰寫，但內容大多遺失，現在所見僅是殘篇，所以雜亂無章。

〈海內經〉中亦介紹了許多豐富的文化，諸如殳發明箭靶；鼓、延二人發明鍾，創作樂曲和音律；番禺發明船；吉光用木頭製作出車子。

朝鮮 ── 鳥山

～注釋～

❶ **東海**：指今黃海和東海。

❷ **北海**：指渤海。

❸ **朝鮮**：晉代郭璞云：「朝鮮今樂浪縣，箕子所封也。列亦水名也，今在帶方。」即在今朝鮮半島北部。已見於〈海內北經〉：「朝鮮在列陽東，海北山南。列陽屬燕。」

❹ **偎**：傍著、靠著。

❺ **西海**：指位於內蒙古自治區的居延海。漢代稱居延澤，後稱西海。

❻ **三水**：三條河流。

❼ **璇**：美玉。
　瑰：似玉的美石。

❽ **流**：指出產、產生。

～原文～

東海❶之內，北海❷之隅，有國名曰朝鮮❸。有國名曰天毒，其人水居，偎❹人愛之。

西海❺之內，流沙之中，有國名曰壑市。

西海之內，流沙之西，有國名曰氾葉。

流沙之西，有鳥山者，三水❻出焉。爰有黃金、璇瑰❼、丹貨、銀鐵，皆流❽于此中。又有淮山，好水出焉。

～譯文～

在東海以內，北海的一個角落，有個國家名叫朝鮮。還有一個國家名叫天毒，天毒國的國民傍水而居，他們憐憫人並且慈愛人。

在西海以內，流沙的中央，有個國家名叫壑市。

在西海以內，流沙的西邊，有個國家名叫氾葉國。

流沙西面，有座山名叫鳥山，有三條河流共同發源於這座山。這座山裡所有的黃金、璇玉、瑰石、丹貨和銀鐵，全都產於這三條河流之中。

又有座大山名叫淮山，好水發源於此山。

～山海經地理～

天毒 ▶

 晉代郭璞云：「天毒即天竺國，貴道德，有文書、金銀、錢貨，浮屠出此國中也。晉大興四年，天竺胡王獻珍寶。」天毒為印度的舊稱。

 明代王崇慶云：「天毒疑別有意義，郭（璞）以為即天竺國，天竺在西域，漢明帝遣使迎佛骨之地，此未知是非也。」

 根據袁珂的說法，天竺即今印度，在西南，此天毒則在東北，方位迥異，所以王崇慶才會提出質疑。但也可能是因為《山海經》的原文有脫文或訛字。

壑市 ▶ 《水經注‧禹貢山水澤地所在》云：「在西海郡北……流沙又逕浮渚，歷壑市之國。」因此壑市在西北地區。

鳥山 ▶ 《水經注‧禹貢山水澤地所在》云：「流沙又逕浮渚，歷壑市之國，又逕于鳥山之東。」鳥山在今新疆。

～異國輿圖～

西土五印之圖 宋代，志磬大師於《佛祖統紀》中所附的插圖之一。五印即五印度，是佛教的名詞，在印度古書《往世書》中將其疆域分為東印度、北印度、西印度、南印度和中印度。

朝雲之國 ── 都廣之野

～注釋～

❶ 昌意：《史紀·五帝本紀》云：「嫘祖為黃帝正妃，生二子，其後皆有天下：其一曰玄囂，是為青陽，青陽降居江水；其二曰昌意，降居若水。」嫘祖，也作雷祖。

❷ 降：從上落下；賜予。一說指其從天而降，謫居於若水；一說為被賜封在若水。

❸ 擢：拔取，聳起。這裡指物體因拉扯而變成長豎形。

❹ 謹：慎重小心。這裡指細小。

❺ 豕喙：豬嘴。

❻ 麟：麒麟。

❼ 渠股：即O型腿或S型腿。

❽ 止：足，腳。

❾ 取：通「娶」。

❿ 淖子：即蜀山氏之女，是顓頊之母。

⓫ 不死之山：即員丘。《水經注·禹貢山水澤地所在》云：「流沙……又歷員丘不死之山西，入于南海。」

⓬ 柏子高：黃帝的臣子，是一位仙人。見《管子·地數》。

⓭ 膏：味道美好，光滑如膏。
菽：豆類的總稱。
稷：古書上常見的穀類植物；粟、小米；黍一類的作物；高粱。

⓮ 靈壽：靈壽即相傳生長於昆侖山上的壽木，食其果實可使人長生不老。
實：果實。
華：花朵。

～原文～

流沙之東，黑水之西，有朝雲之國、司彘之國。黃帝妻雷祖，生昌意❶。昌意降❷處若水，生韓流。韓流擢❸首、謹❹耳、人面、豕喙❺、麟身❻、渠股❼、豚止❽，取❾淖子❿曰阿女，生帝顓頊。 流沙之東，黑水之間，有山名不死之山⓫。

華山青水之東，有山名曰肇山。有人名曰柏子高⓬，柏子高上下于此，至于天。

西南黑水之間，有都廣之野，后稷葬焉。爰有膏菽、膏稻、膏黍、膏稷⓭，百穀自生，冬夏播琴。鸞鳥自歌，鳳鳥自儛，靈壽實華⓮，草木所聚。爰有百獸，相群爰處。此草也，冬夏不死。

～譯文～

在流沙的東面，黑水的西岸，有朝雲國、司彘國。黃帝的妻子雷祖有後代昌意。昌意自天上降到若水居住，生下韓流。韓流有長長的腦袋、小小的耳朵、人臉、豬嘴、麒麟的身體、O型腿、小豬的蹄子，娶淖子族人中的阿女為妻，他們有後代顓頊。在流沙的東面，黑水流經的地方，有座不死山。

在華山和青水的東面，有座肇山。有個仙人名叫柏子高，柏子高由這裡上天下地，到達天界。

在西南方黑水流經的地方，有一處名叫都廣野，后稷就埋葬在這裡。這裡出產膏菽、膏稻、膏黍、膏稷，各種穀物自然成長，冬夏都能播種。鸞鳥自由自在地歌唱，鳳鳥自由自在地舞蹈，靈壽樹開花結果，叢草樹林茂盛。這裡還有各種禽鳥野獸群居相處。這個地方生長的草，寒冬炎夏都不會枯死。

～山海經地理～

朝雲國▶《水經注・禹貢山水澤地所在》云：「流沙……又遄于鳥山之東、朝雲國西。」因此，朝雲國可能在今四川、甘肅、青海邊境。

若水▶《史記索隱》云：「帝子為諸侯，降居江水。江水、若水皆在蜀，即所封國也。《水經》曰：水出旄牛徼外，東南至故關為若水。」若水即今四川雅礱江。

都廣▶又作廣都縣，漢置，隋代改名雙流縣。明代學者楊慎於《山海經補注》云：「黑水廣都，今之成都也。」

～人文風物觀察筆記～

韓流 明・蔣應鎬繪圖本

柏子高 清・汪紱圖本

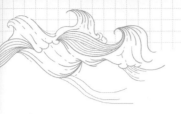

若木 — 九丘

～注釋～

❶ **南海**：先秦時指東海、南方各族的居住地，或泛指南方海域。西漢後始用於指今南海。

❷ **若木**：相傳長在日落地方的樹木。已見於〈大荒北經〉。

❸ **靈山**：十個巫師藉由往來此山，完成下宣神旨和上達民情的工作。已見於〈大荒西經·靈山〉：「有靈山，巫咸……巫羅十巫，從此升降，百藥爰在。」

❹ **木食**：即不吃獸肉的意思。

❺ **鳥氏**：即鳥夷。東北偏遠地區的居民，因取鳥獸之皮為衣而得名。唐代顏師古注《漢書·地理志上》云：「此東北之夷，搏取鳥獸，食其肉而衣其皮也。一說居在海曲，被服容止皆象鳥也。」

❻ **絡**：環繞。

❼ **昆吾之丘**：此山出名銅，顏色赤如火，若是以它來煉製刀刃，切玉如割泥。周穆王時西戎曾獻昆吾之劍。昆吾，古諸侯名。

❽ **武夫之丘**：此山產美石。武夫，即碔砆，像玉的石頭。《漢書·董仲舒傳》：「五伯比於他諸侯為賢，其比三王，猶武夫之與美玉也。」

❾ **神民之丘**：山上有神人居住。

❿ **建木**：神木。因其高大，而相傳為眾神往返天地之間的天梯。已見於〈海內南經〉。

⓫ **櫂**：樹枝彎曲。

⓬ **枸**：樹根盤錯。

⓭ **皞**：即古代帝王伏羲。

⓮ **爰過**：眾帝王以建木為天梯，往返天地之間。

～原文～

南海❶之外，黑水青水之間，有木名曰若木❷，若水出焉。

有禺中之國。有列襄之國。有靈山❸，有赤蛇在木上，名曰蝡蛇，木食❹。

有鹽長之國。有人焉鳥首，名曰鳥氏❺。

有九丘，以水絡❻之，名曰陶唐之丘、有叔得之丘、孟盈之丘、昆吾之丘❼、黑白之丘、赤望之丘、參衛之丘、武夫之丘❽、神民之丘❾。有木，青葉紫莖，玄華黃實，名曰建木❿，百仞無枝，上有九櫂⓫，下有九枸⓬，其實如麻，其葉如芒。大皞⓭爰過⓮，黃帝所為。

～譯文～

在南海以外，黑水和青水流經的地方，有一種樹木名叫若木，而若水就發源於若木生長的地底下。

有個禺中國，又有個列襄國。有一座靈山，山中的樹上有一種紅色的蛇，名叫蝡蛇，以樹木為食物。

有個鹽長國。國民長著鳥一樣的腦袋，被稱為鳥氏。

有九座山丘都被水環繞著，名稱分別是陶唐丘、叔得丘、孟盈丘、昆吾丘、黑白丘、赤望丘、參衛丘、武夫丘、神民丘。有一種樹木，有青色的葉子和紫色的樹幹，黑色的花朵和黃色的果實，名叫建木，高達一百仞的樹幹上沒有枝條，而樹頂上有九根蜿蜒曲折的椏枝，樹底下有九條盤旋交錯的根節，它的果實像麻子，葉子像芒樹葉。大皞憑藉建木登天，建木是黃帝所栽培的。

～山海經傳說～

伏羲始畫八卦

伏羲為人純樸厚道，他認為人和大自然要和平共處，就要順應大自然的變化去生活，於是他根據天地萬物的變化發明八卦，成為中華古文字的發端，也結束「結繩紀事」的歷史。他又結繩為網，教會人們另一種漁獵的方法；他發明瑟，創作了樂曲《駕辨》。他的時代，標誌著中華文明的起始。

伏羲日觀天象，夜觀星辰，他觀察萬物生長，觀察生老病死，觀察四季天氣的運作，觀察周遭的自然規則。有一天，伏羲來到卦臺山上，正在苦苦地思索他長期以來觀察的現象，突然聽到一聲奇怪的吼聲，只見卦臺山對面的山洞裡躍出一匹龍馬。這種動物長著龍頭馬身，身上還有非常奇特的花紋。龍馬一躍到了卦臺山下、渭水河中的一塊大石上。這塊石頭形如太極，配合龍馬身上的花紋，頓時讓伏羲有所感悟，於是便畫出了八卦。

～人文風物觀察筆記～

蝘蛇 清·江紱圖本

鳥氏 清·邊裔典

窫窳 —— 赢民

～注釋～

❶ 窫窳：居弱水之中。本是蛇身
人面的天神，被貳負之臣所殺，
復活後變成狀如龍首的怪物。
已見於〈海內南經〉。

❷ 猩猩：即狌狌，會説人語。已
見於〈海內南經〉。

❸ 巴國：國名。發源於湖北西部
的部落聯盟，西周時期成為周
的姬姓諸侯。晉代郭璞云：「今
三巴是。」三巴，古時巴郡、
巴東郡和巴西郡的合稱。

❹ 大皞：即伏羲。

❺ 始為巴人：稱為巴人的始祖。

❻ 流黃辛氏：國名，即流黃酆氏。
已見於〈海內西經·流黃酆氏
之國〉：「中方三百里。有塗
四方，中有山。在后稷葬西。」

❼ 塵土：即「塵」字被誤拆分為
「塵土」。塵的頭似鹿，腳似
牛，尾似驢，頸背似駱駝。也
稱為駝鹿。已見於〈大荒南經〉
和〈大荒北經〉。

❽ 澠水：即繩水，今金沙江。

❾ 黑蛇：即巴蛇。已見於〈海內
南經·巴蛇食象〉：「三歲而
出其骨，君子服之，無心腹之
疾。」

❿ 贛巨人：即梟陽。已見於〈海
內南經·梟陽國〉：「其為人
人面長唇，黑身有毛，反踵，
見人笑亦笑，左手操管。」

⓫ 長臂：〈海內南經〉作長唇。

⓬ 踵：腳後跟。

⓭ 因即逃：因贛巨人的嘴唇遮住
了眼睛，人可趁機逃走。

⓮ 啖：吃。

⓯ 封豕：大豬。

～原文～

有窫窳❶，龍首，是食人。有青獸，人面，名曰猩
猩❷。西南有巴國❸。大皞❹生咸鳥，咸鳥生乘釐，乘釐
生後照，後照是始為巴人❺。

有國名曰流黃辛氏❻，其域中方三百里，其出是塵
土❼。有巴遂山，澠水❽出焉。

又有朱卷之國。有黑蛇❾，青首，食象。

南方有贛巨人❿，人面長臂⓫，黑身有毛，反踵⓬，
見人笑亦笑，唇蔽其面，因即逃⓭也。

又有黑人，虎首鳥足，兩手持蛇，方啖⓮之。

有赢民，鳥足。有封豕⓯。

～譯文～

窫窳長著龍的腦袋，會吃人。還有一種青色的野獸，牠有
人的臉，名叫猩猩。西南方有個巴國。大皞有後代咸鳥，咸鳥
有後代乘釐，乘釐有後代後照，這位後照就是巴國人的始祖。

有個國家名叫流黃辛氏國，它的疆域有方圓三百里，這裡
出產一種駝鹿。還有一座巴遂山，澠水發源於此山。

又有個朱卷國。這裡有一種黑色的大蛇，牠的腦袋是青色
的，能吞食大象。

南方有一種贛巨人，有一張人臉和長手臂，黝黑的皮膚上
長滿了毛，腳尖朝後而腳跟朝前反著長，看見人笑他也笑，一
發笑嘴唇便會遮住他的臉，人就可趁機逃走。

還有一種黑人，長著老虎的腦袋和禽鳥的爪子，兩隻手握
著蛇，正在吞食牠們。

有一種人稱赢民，有禽鳥的爪子。還有大野豬。

～山海經傳說～

窫窳食人

　　相傳窫窳是燭龍之子，也曾經是生性善良的天神。一日，天神貳負的臣子危不知受到誰的挑唆，竟然殺死了窫窳。天帝氣極，就處死了危，並重罰貳負，然後命令屬下將窫窳的屍體帶到昆侖山，由巫師們用不死藥救窫窳一命。

　　豈料，復活的窫窳神智不清，意外跌落昆侖山下的弱水裡，變成性格兇殘，喜食人類的怪物。彼時天上還有十個太陽，每當十個太陽高掛天空時，窫窳就會出沒，危害百姓。人間的帝王得知此事，要求后羿將之射死。

～人文風物觀察筆記～

窫窳　明·蔣應鎬繪圖本

黑蛇　清·汪紱圖本

封豕　清·汪紱圖本

梟陽國　清·邊裔典

黑人　明·蔣應鎬繪圖本

嬴民　明·蔣應鎬繪圖本

苗民 —— 蒼梧之丘

注釋

❶ 苗民：即三苗族人。今苗族相傳為三苗的後裔。

❷ 轅：車前用來套駕牲畜的兩根直木，左右各一。

❸ 衣：動詞，穿的意思。

❹ 冠：動詞，戴的意思。
　旃冠：紅色的冠帽。旃，本義為赤色的旗子，此處指赤色。

❺ 延維：即委維，委蛇。已見於〈大荒南經·蒼梧之野〉。

❻ 人主：君主，一國之主。

❼ 饗：祭獻。

❽ 伯：稱霸、統領。通「霸」。

❾ 文：線條交錯的圖案、花紋。通「紋」。

❿ 膺：胸。

⓫ 菟：通「兔」。

⓬ 翠鳥：即翡翠鳥，形狀像燕子。雄性名翡，雌性名翠，其羽毛自古以來就做為裝飾品用。

⓭ 孔鳥：即孔雀。

⓮ 三天子之都：即三天子鄣山，已見於〈海內南經〉。晉代郭璞云：「今在新安歙縣（今安徽黃山市）東，今謂之三王山，浙江出其邊也。《張氏土地記》曰：『東陽永康縣南四里有石城山，上有小石城，云黃帝曾遊此，即三天子都也。』」袁珂云：「其地大約在今安徽境內黟山脈之率山。」

⓯ 九嶷山：位於湖南寧遠縣南。九嶷山因山巖羅列，異嶺同勢，常使遊人生疑，因此得名。也稱為蒼梧山。

⓰ 零陵：古地名，在今湖南寧遠縣東南。

原文

　　有人曰苗民❶。有神焉，人首蛇身，長如轅❷，左右有首，衣❸紫衣，冠旃冠❹，名曰延維❺，人主❻得而饗❼食之，伯❽天下。

　　有鸞鳥自歌，鳳鳥自舞。鳳鳥首文❾曰德，翼文曰順，膺❿文曰仁，背文曰義，見則天下和。

　　又有青獸如菟⓫，名曰菌狗。有翠鳥⓬。有孔鳥⓭。南海之內，有衡山，有菌山，有桂山。有山名三天子之都⓮。

　　南方蒼梧之丘，蒼梧之淵，其中有九嶷山⓯，舜之所葬。在長沙零陵⓰界中。

譯文

　　有一種人稱為苗民。這地方有一個神，祂有人的腦袋和蛇的身體，身軀像長長的車轅，左邊右邊各長著一個腦袋，穿著紫色衣服，戴著紅色帽子，名叫延維，君主得到祂以後，加以奉饗祭祀，便可以稱霸天下。

　　有鸞鳥自由自在地歌唱，鳳鳥自由自在地舞蹈。鳳鳥頭上的花紋是德字，翅膀上的花紋是順字，胸脯上的花紋是仁字，背脊上的花紋是義字，牠一出現就代表天下和平。有一種像兔子的青色野獸，名叫菌狗。又有翡翠鳥。還有孔雀鳥。

　　在南海以內，有座衡山，又有座菌山，還有座桂山。還有座名叫三天子都的山。

　　南方有一片名叫蒼梧的丘，還有一個名叫蒼梧的深淵，在蒼梧丘和蒼梧淵的中間有座九嶷山，帝舜就葬在這裡。九嶷山位於長沙零陵境內。

～山海經地理～

南海 ▶	所指因時而異。先秦時指東海、南方各族的居住地或南部的某一海域。西漢後始用於指今南海。
衡山 ▶	晉代郭璞云：「今衡山在衡陽湘南縣，南嶽也，俗謂之岣嶁山。」衡山即今湖南衡陽市的南嶽。
菌山 ▶	菌山可能是君山。位於湖南岳陽市西南，洞庭湖中。也稱為湘山、洞庭山。山上有二妃墓。
桂山 ▶	《本草圖經》：「桂有三種：菌桂生交趾山谷，牡桂生南海山谷，桂生桂陽。因此桂山可能在今廣西境內。」
蒼梧 ▶	《漢書》記載漢武帝置蒼梧郡，屬交阯刺史部。其地應在今湖南九嶷山以南，廣西賀江、桂江、鬱江地區。
長沙 ▶	有萬里沙祠，故曰長沙。漢為長沙國，晉於郡置湘州，南宋為長沙國。即今湖南長沙市。

～神怪觀察記錄～

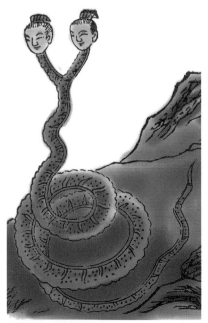

延維 明・蔣應鎬繪圖本

菌狗 清・汪紱圖本

孔雀 清・汪紱圖本

蛇山 —— 幽都之山

	🐾 動物
⛰ 幽都山	玄鳥、玄蛇、玄豹、玄虎、玄狐蓬尾

∽ 注釋 ∽

❶ **飛蔽一鄉**：指群鳥飛過，遮蔽一方天空的景象。

❷ **翳鳥**：相傳是鳳凰之類的鳥。

❸ **巧倕**：相傳古代有一巧匠名倕，故稱為巧倕。

❹ **盜械**：古時凡因犯罪而被戴上刑具，都稱作盜械。

❺ **戈**：武器名。為長柄橫刃的平頭戟。

❻ **倍**：違背、反叛。

❼ **佐**：輔佐帝王的人。

❽ **相顧之尸**：即〈海內西經〉所說貳負之臣一類。

❾ **氐羌**：氐族與羌族。氐與羌關係密切，故常連用，漢時始分稱，氐居西部及西南部，羌居西境，並伸至西域。

❿ **玄丘之民**：晉代郭璞認為是指生活在丘上的百姓，他們皮膚黝黑。

⓫ **赤脛之民**：晉代郭璞認為是從膝蓋以下的腿全為紅色的一種人。

∽ 原文 ∽

北海之內，有蛇山者，蛇水出焉，東入于海。有五采之鳥，飛蔽一鄉❶，名曰翳鳥❷，又有不距之山，巧倕❸葬其西。

北海之內，有反縛盜械❹、帶戈❺常倍❻之佐❼，名曰相顧之尸❽。

伯夷父生西岳，西岳生先龍，先龍是始生氐羌❾，氐羌乞姓。

北海之內，有山名曰幽都之山，黑水出焉。其上有玄鳥、玄蛇、玄豹、玄虎、玄狐蓬尾。有大玄之山。有玄丘之民❿。有大幽之國。有赤脛之民⓫。

∽ 譯文 ∽

在北海以內，有座山名叫蛇山，蛇水發源於此山，向東流入大海。有一種長著五彩羽毛的鳥，成群地飛起而遮蔽一鄉的上空，名叫翳鳥。還有座不距山，巧倕便葬在不距山的西面。

在北海以內，有一個戴著刑具並被反綁著的臣子，他帶著戈而圖謀不軌，名叫相顧尸。

伯夷父有後代西岳，西岳有後代先龍，先龍的後代子孫便是氐羌，氐羌人姓乞。

北海以內，有一座幽都山，黑水發源於此山。山上有黑色鳥、黑色蛇、黑色豹子、黑色老虎，還有尾巴蓬鬆的黑色狐狸。有座大玄山，有玄丘民。有個大幽國，有赤脛民。

～山海經地理～

北海

觀點 1 泛指北方最遠之地，或是神話中想像的北方大海。

觀點 2 渤海的別名。位於東北方，以山東、遼東兩半島環抱而成，其外為黃海。遼寧、河北及山東北部都瀕臨此海。

觀點 3 貝加爾湖的別名。在西伯利亞伊爾庫次克州，有貝加爾山圍繞。

幽都山

觀點 1 位於雁門關以北的古朔方之地。

觀點 2 地下陰間。《楚辭・宋玉・招魂》：「魂兮歸來，君無下此幽都些。」

～人文風物觀察筆記～

赤脛民 清・汪紱圖本

玄丘民 清・邊裔典

氐羌 清・汪紱圖本

相顧尸 清・汪紱圖本

翳鳥 清・四川成或因圖本

釘靈之國 ─ 羿扶下國

～注釋～

❶ 郄：同「膝」。

❷ 走：跑。

❸ 同：通「通」，通姦。

❹ 孕：懷胎。

❺ 侯：箭靶。《詩經·齊風》：「終日射侯，不出正兮。」宋代朱熹注：「侯，張布而射之者也。大射則張皮侯而設鵠，賓射則張布而設正。」

❻ 鍾：一種打擊樂器。通「鐘」。

❼ 鯀：相傳是大禹的父親。

❽ 帝俊：這裡指黃帝。

❾ 淫梁：即〈大荒東經〉所說的禺京。

❿ 奚仲：傳說中發明製造車的人。後文「吉光是始以木為車」指吉光和父親一起發明，故歷史記錄上奚仲才是車子的發明人。

⓫ 少皡：即少昊。

⓬ 彤：朱紅色。

⓭ 矰：繫有絲繩，用以射鳥的箭。

⓮ 扶下：輔助人間的國家。

⓯ 恤：體恤，救濟。

～原文～

有釘靈之國，其民從郄❶以下有毛，馬蹄善走❷。

炎帝之孫伯陵，伯陵同❸吳權之妻阿女緣婦，緣婦孕❹三年，是生鼓、延、殳。

殳始為侯❺，鼓、延是始為鍾❻，為樂風。

黃帝生駱明，駱明生白馬，白馬是為鯀❼。

帝俊❽生禺號，禺號生淫梁❾，淫梁生番禺，是始為舟。番禺生奚仲❿，奚仲生吉光，吉光是始以木為車。

少皡⓫生般，般是始為弓矢。

帝俊賜羿彤⓬弓素矰⓭，以扶下⓮國，羿是始去恤⓯下地之百艱。

～譯文～

有個釘靈國，國民從膝蓋以下的腿都有毛，長著馬的蹄子而善於快跑。

炎帝的孫子名叫伯陵，伯陵與吳權的妻子阿女緣婦私通，阿女緣婦懷孕三年，才誕下鼓、延、殳三個兒子。

殳發明了箭靶，鼓、延二人發明了鐘，作了樂曲和音律。

黃帝有後代駱明，駱明有後代白馬，白馬就是鯀。

帝俊有後代禺號，禺號有後代淫梁，淫梁有後代番禺，番禺發明了船。番禺有後代奚仲，奚仲有後代吉光，吉光最早用木頭製造出車子。

少皡有後代般，般最早發明了弓和箭。

帝俊賞賜給后羿紅色的弓和白色矰箭，命他用射箭技藝扶助人間各國。后羿便開始救濟世間百姓脫離各種苦難。

～山海經地理～

釘靈國 即丁靈，也作丁零、丁令。漢時為匈奴屬國，游牧於北方和西北方廣大地區。《史記·匈奴傳》云：「後北服渾庾、屈射、丁零、鬲昆、薪犁之國。」《史記索隱》云：「丁靈在康居北，去匈奴庭接習水七千里。」

～人文風物觀察筆記～

釘靈國 明·蔣應鎬繪圖本

禺號 清·汪紱圖本

創制琴瑟 —— 禹鯀布土

注釋

❶ 帝俊生晏龍：已見於〈大荒東經·司幽之國〉：「帝俊生晏龍，晏龍生司幽。」

❷ 帝俊：這裡是指帝舜。

❸ 三身：已見於〈大荒南經·三身之國〉：「有人三身，帝俊妻娥皇，生此，姚姓，黍食，使四鳥。」

❹ 義均：即叔均。〈大荒南經〉提到叔均是帝舜的兒子，這裡卻說是帝舜的孫子，此為神話傳說的分歧。

❺ 巧倕：古代的巧匠，此處言明是義均。其葬在不距山的西側。

❻ 大比赤陰：意義不明。〈大荒西經〉云：「叔均是代其父及稷播百穀，始作耕。有赤國妻氏。」據此推測，「大比赤陰」應該與「赤國妻氏」有關。袁珂云：「大比，或即大妣之壞文，赤陰，或即后稷之母姜原，以與姜原音近也。」

❼ 為國：受封為一方諸侯國。

❽ 布土：即敷土，劃分土地。《尚書·禹貢》云：「禹敷土，隨山刊木，奠高山大川。」

❾ 均：平均，引申為測量。

❿ 九州：相傳大禹治理洪水以後，把天下劃分為九個行政區域。

原文

帝俊生晏龍❶，晏龍是始為琴瑟。

帝俊❷有子八人，是始為歌舞。

帝俊生三身❸，三身生義均❹，義均是始為巧倕❺，是始作下民百巧。

后稷是播百穀。稷之孫曰叔均，始作牛耕。大比赤陰❻，是始為國❼。

禹、鯀是始布土❽，均❾定九州❿。

譯文

帝俊有後代晏龍，晏龍發明了琴和瑟兩種樂器。

帝俊有八個兒子，他們開始創作歌曲和舞蹈。

帝俊有後代三身，三身有後代義均，義均便是巧倕，他開展了世間的各種工藝技巧。

后稷開始播種各種農作物。后稷的孫子名叫叔均，叔均最早發明了以牛耕田的耕種方法。大比赤陰開始受封而建國。

大禹和鯀開始挖掘泥土治理洪水，測量並劃定九州。

帝俊譜系

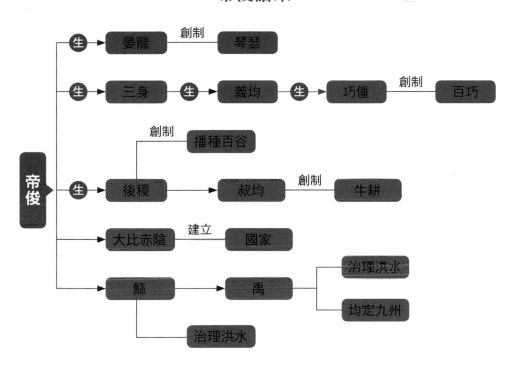

帝俊
- 生 → 晏龍 ── 創制 → 琴瑟
- 生 → 三身 ─生→ 義均 ─生→ 巧倕 ── 創制 → 百巧
- 生 → 後稷
  - 創制 → 播種百谷
  - → 叔均 ── 創制 → 牛耕
- → 大比赤陰 ── 建立 → 國家
- → 鯀 → 禹
  - → 治理洪水
  - → 均定九州
  - → 治理洪水

輿圖風物手札

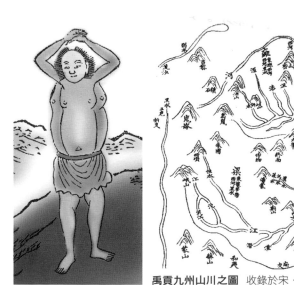

三身國 明·蔣應鎬繪圖本

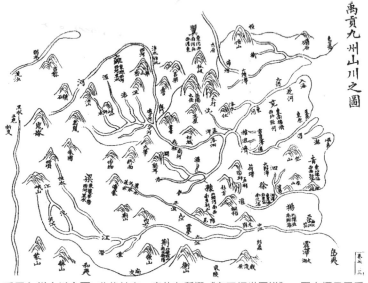

禹貢九州山川之圖

禹貢九州山川之圖 收錄於宋·唐仲友所撰《帝王經世圖譜》。圖中標示了禹貢九州的地理分布。

炎帝譜系 —— 禹定九州

～注釋～

❶ 赤水：一説指諸侯部落奔水氏，一説指黃河。

❷ 降：從上落下；賜予。一説指其從天而降，謫居於江水；一説為被賜封、流放到江水。

❸ 顚：頭頂。

❹ 復土穰：透過翻耕土地來使農作物豐收。

❺ 生歲十有二：一説為把一年劃分為十二個月；一説指生有十二個以歲為名的孩子。

❻ 滔：漫。

❼ 息壤：相傳是一種平坦肥沃，能夠自生自長、永不耗損的土壤。

❽ 羽郊：羽山之郊，相傳是舜殺死鯀的地方。

❾ 復生：相傳鯀死了三年後，屍體沒有腐爛，用刀剖開肚腹，就有了禹。復，即「腹」。

❿ 布土：即敷土，劃分土地。《尚書·禹貢》云：「禹敷土，隨山刊木，奠高山大川。」

～原文～

炎帝之妻，赤水❶之子聽訞生炎居，炎居生節並，節並生戲器，戲器生祝融。祝融降❷處于江水，生共工。共工生術器，術器首方顚❸，是復土穰❹，以處江水。共工生后土，后土生噎鳴，噎鳴生歲十有二❺。

洪水滔❻天。鯀竊帝之息壤❼以堙洪水，不待帝命。帝令祝融殺鯀於羽郊❽。鯀復生❾禹。帝乃命禹卒布土❿，以定九州。

～譯文～

炎帝的妻子，即赤水氏的女兒聽訞，有後代炎居，炎居有後代節並，節並有後代戲器，戲器有後代祝融。祝融自天上降到江水居住後，便有後代共工。共工有後代術器。術器的頭頂是方形的，他重新翻耕祖父祝融所擁有的土地，使農作物豐收，就此住在江水旁。共工有後代后土，后土有後代噎鳴，噎鳴有十二個孩子，他們分別是一年當中的十二個月。

洪荒時代，到處是漫天大水。鯀偷偷拿天帝的息壤堵塞洪水，而沒有得到天帝的同意。天帝派遣祝融把鯀殺死在羽山的郊野。禹從鯀的遺體肚腹中生出來，天帝就命令禹最後要測量山川地勢，才能開山築堤，疏通水道，從而劃定九州區域。

～山海經傳說～

禹鑄九鼎

　　禹建立夏朝後，為了防止諸侯國之間離心離德，決定召開諸侯大會。會後，諸侯暗自表達對禹的不滿。禹在一邊悄悄觀察，不服的諸侯國共有三十三國。於是，禹再次召開諸侯大會，在會上大聲向諸侯說道：「我召集大家開這個大會，為的是希望大家明白地規戒、勸喻我，使我知過改過。」原本對禹有意見的諸侯看到禹的態度，紛紛表示敬重佩服，消除了原先的疑慮。禹大享諸侯後，又申明貢法，要求諸侯務必按照規則繳納稅貢。同時，禹也表示會竭力保護各諸侯國的權利，使其不受鄰國的侵犯。

　　大會結束後，各方諸侯為表示敬意，紛紛向禹進獻青銅。禹準備將各方諸侯進獻的青銅鑄造成幾個大鼎，但為免諸侯責備，就決定哪一州所貢之金，就拿來鑄哪一州的鼎，將那一州內的山川形勢都鑄在上面，並將從前治水時所遇到的各種奇珍異獸和神怪一並鑄在鼎上。幾年後，九鼎鑄成。

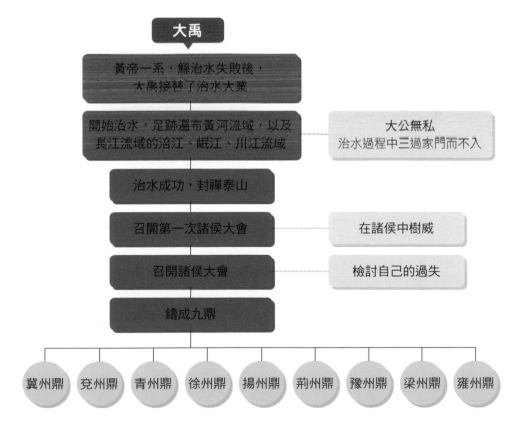

國家圖書館出版品預行編目資料

山海經大圖鑑：遠古神話之歌 / 遲嘯川 著 . --初
版. --新北市：典藏閣，采舍國際有限公司發
行, 2018.06 面；公分 . --（經典人文01）

ISBN 978-986-271-776-9 （平裝）
1.山海經　2.注釋
857.21　　　　　　　　　　106009295

山海經大圖鑑~遠古神話之歌

出版者▼ 典藏閣
編著▼ 遲嘯川　　　　　　　　　品質總監▼ 王擎天
總編輯▼ 歐綾纖　　　　　　　　出版總監▼ 王寶玲
文字編輯▼ 范心瑜、孫琬鈞　　　美術設計▼ 吳佩真、蔡瑪麗

台灣出版中心　新北市中和區中山路2段366巷10號10樓
電話　（02）2248-7896　　　　傳真　（02）2248-7758
ISBN▼ 978-986-271-776-9
出版年度　2024年最新版

全球華文市場總代理/采舍國際
地址　新北市中和區中山路2段366巷10號3樓
電話▼（02）8245-8786　　　　傳真　（02）8245-8718

全系列書系特約展示
新絲路網路書店
地址　新北市中和區中山路2段366巷10號10樓
電話▼（02）8245-9896
網址▼ www.silkbook.com

線上pbook&ebook總代理：全球華文聯合出版平台
地址：新北市中和區中山路2段366巷10號10樓
新絲路電子書城 www.silkbook.com/ebookstore/
華文網雲端書城 www.book4u.com.tw
新絲路網路書店 www.silkbook.com

本書採減碳印製流程，碳足跡追蹤並使用優質中性紙（Acid & Alkali Free）通過綠色環保認證，最符環保要求。

古之為書，有圖有文，圖文並舉是中國的古老傳統。《山海經》母本最早也是有配圖的，稱為《山海圖經》，但是隨著時間流逝，山海經圖被淹沒在歷史的長河中，現在所見《山海經》圖多是明清時期的文人根據《山海經》內容所繪製的。本書精選四百多幅明清手繪線稿，將之上色，全面展現《山海經》的東方奇幻世界。

古代必備旅遊攻略

《山海經》標明了山川河流方位，也記載了旅人必須提防的各種凶險動物，例如少咸山有會吃人的窫窳、敦水中有食之會中毒的䱇䱇魚；各種野外求生食物，例如吃了形似韭菜的祝餘草就不會感到飢餓；甚至是會發光的迷穀樹，只要將它佩戴在身上，旅人就不會迷失方向。

在沒有GPS與網路的上古神州大陸，這不僅僅是一部神話性質的地理書，也是遨遊神州大陸的熱門攻略大全。

青耕

山

驕蟲

人面鳥身神

九尾狐

《山海經》全書十八卷,由〈山經〉與〈海經〉所組成,約三萬一千字。
其〈山經〉井然有序地展示古代四方的山川地理、奇珍異獸及宗教祭祀活動;
〈海經〉大致記載海內外各邦國的人文風物、神話故事與神仙譜系。
透過如此豐富博雜的記述,足以讓我們描繪出一幅神州風貌地圖。

韓流

讙頭國

海

氐人國

圖解礦物、植物、奇珍異獸的特徵與產地
原文、翻譯及注釋一次對照,輕鬆讀懂《山海經》

定價NT**490**元

ISBN 978-986-271-776-9
00490

典藏閣

行銷總代理
采舍國際
www.silkbook.com

9 789862 717769